司法的
责任与担当

江苏法院2022年度优秀新闻作品扫描

江苏省高级人民法院新闻办公室 编

人民法院出版社

图书在版编目（ＣＩＰ）数据

　　司法的责任与担当：江苏法院2022年度优秀新闻作
品扫描／江苏省高级人民法院新闻办公室编. -- 北京：
人民法院出版社，2023.2
　　ISBN 978-7-5109-3739-2

　　Ⅰ．①司… Ⅱ．①江… Ⅲ．①新闻－作品集－中国－
当代 Ⅳ．①I253.1

　　中国国家版本馆CIP数据核字(2023)第018487号

司法的责任与担当

——江苏法院2022年度优秀新闻作品扫描

江苏省高级人民法院新闻办公室　编

策划编辑　韦钦平
责任编辑　周利航
封面设计　马永刚
出版发行　人民法院出版社
地　　址　北京市东城区东交民巷27号（100745）
电　　话　（010）67550691（责任编辑）　67550558（发行部查询）
　　　　　　65223677（读者服务部）
客 服 QQ　2092078039
网　　址　http://www.courtbook.com.cn
E- mail　courtpress@sohu.com
印　　刷　天津嘉恒印务有限公司
经　　销　新华书店

开　　本　787毫米×1096毫米　1/16
字　　数　407千字
印　　张　25
版　　次　2023年2月第1版　2023年2月第1次印刷
书　　号　ISBN 978-7-5109-3739-2
定　　价　98.00元

锡山法院法官对一起集体土地腾退案件进行现场沟通

暖企行动中使用移动执行终端对失信被执行企业的财产情况进行摸底

南京知识产权法庭法官赴泰州植物新品种育种基地
与育种专家交流育种专业知识

序　言
2017 至 2022 年全省法院工作情况通报

江苏省高级人民法院

　　过去的五年，江苏全省法院坚持以习近平新时代中国特色社会主义思想为指导，深学笃行习近平法治思想，紧扣"努力让人民群众在每一个司法案件中感受到公平正义"工作目标，坚持司法为民、公正司法，忠实履行宪法法律赋予的职责，推动全省法院工作持续走在全国前列，为"强富美高"新江苏现代化建设提供有力司法服务和保障。

　　江苏全省法院共受理案件1021.8万件，审执结998.1万件，结案标的额7.1万亿元，分别比前五年上升44.3%、47.9%、178.9%，其中江苏省高级人民法院受理案件11万件，审执结9.5万件，分别上升90.8%、80%。

　　服务保障常态化疫情防控。全省法院共组织48.4万人次投入一线防控，省高院出台21份司法文件，强化新冠肺炎疫情应对分类指导，建成互联网司法新模式，在线立案、在线开庭、在线调解、在线执行成为司法新常态，实现审判执行不停摆、公平正义不止步。依法打击暴力伤医、制假售假等涉疫犯罪，一审审结此类案件962件。落实"苏政40条"，出台12条司法措施，为企业纾困，帮群众解难。

　　打造一流法治化营商环境。聚焦提升江苏法治核心竞争力，推进南京法治园区建设，一批优质司法资源进驻，吸引一批国内外高端法律服务资源向园区集聚。贯彻省优化营商环境行动计划，树立"案案都是营商环境"理念，一审审结商事案件75.3万件，标的额8748.7亿元。服务保障全国统一大市场建设，出台26条措施，审结平台强制"二选一"、大数据杀熟等垄断和不正当竞争案件2332件。服务长三角一体化发展，与沪浙皖法院建立9项协作机制，推进信息全域共享、法律适用统一。完善企业信用治理，开展"优化法治化营商环境执行年"1+4专项行动，为47 794家失信企业修复信用。

服务创新驱动发展。在全国率先实施最严格知识产权司法保护，出台36条措施，创新审判机制和裁判规则，新增无锡、徐州知识产权法庭，共4家知产法庭，为全国最多，一审审结知产案件10.7万件。加大侵权损害赔偿力度，对298件案件适用惩罚性赔偿，最高判赔2亿元。创设知识产权省级执法司法协作机制，成立南京都市圈知识产权保护联盟，增强保护合力。

服务美丽江苏建设。深入践行"两山"理念，设立全国首家环境资源法庭，首创环境资源审判"9+1"机制，被中央全面深化改革委员会办公室向全国推介，审结环资案件4.3万件。聚焦打好污染防治攻坚战，审结环境污染案件1402件。贯彻长江保护法，审结相关案件814件。审理"3·07"长江特大非法采砂案，在全国首次主动跨省移交生态修复金，促进长江全流域一体化保护。

维护群众生产生活安全。严厉打击电信网络诈骗犯罪，从严从快审结案件6020件，为群众挽回损失6.9亿元；对被告人达800多名的"10·30"跨境电信网络诈骗案、涉案金额近30亿元的"创赢集团"网络诈骗案罪犯依法严惩。参与打击整治养老诈骗专项行动，审结案件141件。严惩制售"毒牛肉"、生理盐水假冒疫苗等犯罪，守护食药安全。严惩高空抛物、抢夺方向盘、偷盗窨井盖等犯罪，守护出行安全。

防范化解风险隐患。一审审结金融案件46.8万件，标的额5506.2亿元，依法维护金融安全。妥善审理证券、期货等重大案件，积极参与非法金融活动专项治理，审结"钱宝""统资联"等重大非法集资案件180件，追赃222.7亿元；在全国率先开展"套路贷"及虚假诉讼专项整治，研发全国首个"套路贷"智能预警系统，对民间借贷等8类案件强化甄别防范，民间融资环境持续改善。

强化民生司法保障。立足司法推动解决人民群众急难愁盼问题，一审审结民事案件373.5万件，用心用情化解涉诉信访，努力增强群众司法获得感，5家法院获评全国首批"为民办实事示范法院"。设立全国首家地方劳动法庭，注重保护劳动者权益与促进企业健康发展并重，全省共审结劳动争议案件 21.1 万件。持续开展治理欠薪等涉民生专项执行行动，执行到位 246 亿元，其中为农民工追回"血汗钱"39 亿元。

全力兑现胜诉权益。完成"基本解决执行难"攻坚任务，保持执行工作高水平运行，以全国约 1/20 的执行人员承担了近 1/10 的执行案件，执结案件 304.5 万件，执行到位 4522 亿元。贯彻中央全面依法治国委员会"一号文件"，推动形成 31 家单位参与的综合治理、源头治理执行难工作格局。迭代升级执行"854"模式，运用信息化手段实现执行工作深刻变革。网络查控系统实现一键查询、线上控制，有效破解查人找物难，累计查控 548.9 万件次、冻结资金 2570 亿元。司法拍卖系统有效破解财产变现难题，有效防范暗箱操作和权力寻租，拍卖成交 2410 亿元，为当事人节约佣金 120 亿元。

服务全面推进乡村振兴。紧扣产业、人才、文化、生态、组织振兴，出台 45 条措施，建立 23 个司法服务乡村振兴实践基地，助力打造宜居宜业和美乡村。审理涉农电商、乡村文旅等案件，帮助农民增收致富。妥善化解土地承包等纠纷，特色农业承包协议得以继续履行，妥善化解万亩养殖水面清退纠纷，促成企业追加数亿元投资，既保障了村民收入和企业发展，又改善了基础设施和生态环境。

全面推行一站式多元解纷和诉讼服务。坚持把非诉讼纠纷解决机制挺在前面，着力打造一站式解纷"门诊部"，会同司法行政机关在三级法院统一设立"非诉讼服务分中心"，整合 7 种非诉解纷资源；建立 30 多项诉调对接机制，与省银保监局、省总工会等 13 家单位建立在线诉调对接机制；开通"江苏微解纷"线上平台，2653 个调解组织和 1.5 万名调解员进驻，平均每分钟在线化解纠纷 11 起；推行"示范诉讼＋集中调解"机制，解决一个，化解一片。

弘扬社会主义核心价值观和中华优秀传统文化。发挥司法教育、评价、指引、规范功能，审理"空巢老人要求子女探望案"，弘扬敬老爱老美德；审理"业主为小区捐赠滑梯被索赔案"，弘扬乐善好施美德；审理"女童热心助人致伤案"，弘扬助人为乐美德；审理"乘客无视黄灯警告抢上地铁受伤案"，杜绝"谁受伤谁有理"的"和稀泥"做法；审理"小偷逃逸跳河溺亡案"，依法判决见义勇为不担责。成立中国法学会案例法学研究会江苏研究基地，发布法治和德治相结合典型案例 50 个。落实普法规划，编写《漫画民法典》，上榜"2020 年度影响力图书"，通过以案释法，用有力量、有是非、有温度的司法裁判，讲好法治故事，弘扬法治精神，引领社会风尚。

过去五年，全省法院向各级人大、政协报告专项工作 1509 次，邀请代表委员监督、见证审判执行活动 10.6 万人次，依法接受检察监督，共同维护司法公正。广泛接受社会监督，3.4 万名人民陪审员参审案件 93.7 万件，召开新闻发布会 3611 场，及时回应社会关切。

江苏全省法院将坚持不懈用党的创新理论凝心铸魂，深入学习宣传贯彻党的二十大精神，着力打造一流法治化营商环境，持续推进为民司法，持续深化司法改革，持续锻造过硬队伍，以忠诚履职坚守司法公正，以拼搏奋斗彰显司法担当，为在新征程上更好"扛起新使命、谱写新篇章"贡献司法智慧和力量！

目 录

CONTENTS

迅速兴起学习贯彻党的二十大精神热潮，深入贯彻党的二十大关于坚持全面依法治国、推进法治中国建设的决策部署，为在新征程上全面推进中国式现代化的江苏新实践提供有力的司法服务和保障。

坚持服务大局，始终坚持党委中心工作到哪里，司法服务就跟到哪里的工作思路，切实增强主动性，自觉扛起为经济社会高质量发展保驾护航的责任担当，发挥法院在稳企业、增动能、防风险等中心工作中的重要作用。

2022 年 4 月，贯彻落实最高人民法院指示精神，江苏法院积极开展"为群众办实事示范法院"创建活动。此次创建活动是巩固拓展党史学习教育和政法队伍教育整顿成果的重要举措，是展现新时代人民法院司法为民、公正司法的"窗口"工程，通过创建以点带面，充分发挥示范引领作用，激励引导江苏全省各级法院树牢司法为民理念，创新司法为民举措，提升服务群众本领。

7　英模凝聚力量　典范映照初心 / 315

英模人物是榜样，英模精神是引领，以鲜明党性和担当精神荣耀天平，第三届"江苏最美法官"的推选与宣传有力地激励广大干警履行"争当表率、争做示范、走在前列"光荣使命，不负韶华、砥砺奋进，更好地奋进新征程，建功新时代，为江苏切实担起"勇挑大梁"重任贡献更多司法力量。

8　守护绿水青山　加强环境资源司法保护 / 367

紧紧围绕党和国家生态文明工作大局，深入践行习近平生态文明思想、习近平法治思想，始终坚持以人民为中心，充分发挥司法职能作用，全力推进环境资源审判体制机制改革，不断提升新时代生态环境司法保护工作能力水平，用最严格的制度、最严密的法治，为生态文明建设提供有力司法保障。

深入学习贯彻党的二十大精神和习近平法治思想

1

迅速兴起学习贯彻党的二十大精神热潮，深入贯彻党的二十大关于坚持全面依法治国、推进法治中国建设的决策部署，为在新征程上全面推进中国式现代化的江苏新实践提供有力的司法服务和保障。

深入学习贯彻习近平法治思想
以高质量环境司法服务保障生态优先绿色发展

江苏省高级人民法院党组书记、院长　夏道虎

建设生态文明，关系人民福祉，关乎民族未来。党的十八大以来，以习近平同志为核心的党中央以前所未有的力度抓生态文明建设，全方位、全地域、全过程加强生态环境保护，开展一系列根本性、开创性、长远性工作，美丽中国建设迈出重大步伐，我国生态环境保护发生历史性、转折性、全局性变化。习近平总书记就生态文明法治作出的一系列重要论述，是习近平生态文明思想和习近平法治思想的重要组成部分，揭示了社会主义生态文明法治建设的本质规律。习近平向世界环境司法大会专门致贺信，提出共建人和自然和谐的美丽家园。这些都为人民法院环境资源审判工作指明了努力方向，提供了根本遵循。我们要深入学习贯彻习近平生态文明思想、习近平法治思想，认真落实习近平致世界环境司法大会贺信重要指示精神，坚定贯彻生态环境司法保护新理念，持续深化高质量司法实践，全面加强生态环境司法保护，为美丽中国、美丽江苏建设提供更加坚强有力的司法保障。

一、准确把握"山水林田湖草沙冰是生命共同体"的整体系统观，建立健全有利于系统保护的环境资源审判新机制

习近平总书记指出，生态是统一的自然系统，是相互依存、紧密联系的有机链条；要坚持山水林田湖草沙冰系统治理，不能再是头痛医头、脚痛医脚。这就要求人民法院必须从系统和全局角度加强生态环境司法保护，尊重生态系统整体性、系统性和内在规律，以生态功能区、自然保护地、重点流域为单位，统筹推进山水林田湖草沙冰一体化治理和保护。司法实践中，传

统的以行政区划为单位的环境资源审判机制容易导致环境保护碎片化、责任追究局限化、环境修复片面化，同时，在一些地方容易产生诉讼主客场问题，影响生态环境保护法律的统一正确实施，不利于生态环境的系统保护和整体保护。为此，自2018年以来，江苏法院充分考虑全省生态功能区具体情况，以江河湖海为脉络划分生态环境保护空间格局，探索建立起以南京环境资源法庭为核心、9个生态功能区法庭为依托的"9+1"创新型环境资源审判机制，实现了全流域保护、跨区划管辖、专门化审判，推动了生态环境整体保护、系统修复、区域统筹、综合治理，形成生态文明司法保护的"江苏模式"。去年底召开的第三次全国法院环境资源审判工作会议指出，要努力构建有中国特色和国际影响力的生态环境司法保护体系，这对环境资源审判机制创新提出了新要求。我们将系统总结近年来环资审判改革经验，持续深化"9+1"机制改革，完善环资审判组织机构，强化流域系统治理，加大长江、大运河等重点流域司法保护力度，加强集中管辖和非集中管辖法院之间，法院与公安机关、检察机关之间的协调配合，进一步推动生态系统协同治理和一体保护。

二、准确把握"用最严格制度最严密法治保护生态环境"的严密法治观，切实提高污染环境破坏生态违法成本

习近平总书记指出，生态环境没有替代品，用之不觉，失之难存；在生态环境保护问题上，就是要不能越雷池一步，否则就应该受到惩罚，要用最严格制度最严密法治保护生态环境。实行最严格的环境资源保护制度，有赖于最严格的执法和司法作保障。人民法院在环境资源审判工作中必须严格执行法律规定，准确适用刑事、民事、行政等多种法律责任，把最严格的源头保护、损害赔偿和责任追究制度落到实处，让污染者付出沉重代价。近年来，江苏法院积极探索，创新适用惩罚性赔偿、全链条追责等裁判规则，切实加大对环境污染、生态破坏行为的惩治力度。例如，在非法捕捞长江鳗鱼苗民事公益诉讼案中，在全国首次判决鳗鱼苗收购者、贩卖者与非法捕捞者对长江生态破坏后果承担连带赔偿责任，彻底斩断非法利益链。面对司法实践中层出不穷的新情况新问题，环境司法严的尺度不能松，裁判规则创新也要同步跟上。我们将严格落实严密法治观，深入落实长江保护法和长江"十年禁渔"重大决策，严厉打击污染环境违法犯罪，助力深入打好污染防治攻坚战。同时，更加准确把握刑事、民事、行政法律及生态环境专门法精神，持续完善环境资源裁判机制、规则和方式，推进生态环境法律适用规则体系化，为环境法典编纂贡献江苏智慧。

三、准确把握"良好生态环境是最普惠的民生福祉"的基本民生观，切实保障人民群众环境权益

习近平总书记指出，环境就是民生，青山就是美丽，蓝天也是幸福。随着我国社会生产力水平明显提高和人民生活显著改善，人民群众期盼享有更优美的环境。我们必须始终把人民群众对美好生活的向往作为环境资源审判工作的根本出发点和落脚点，依法保障人民群众在健康、舒适、优美生态环境中生存发展的权利；通过公开审判重大案件、发布环境司法白皮书等多种形式，深化公众参与，倡导全民行动。近年来，我们依法妥善审理"邻避"等案件，平衡个体权益与公共利益，明确企业、政府法律责任，保障公众环境知情权、参与权。在光大公司垃圾焚烧发电项目环评许可案中，判令企业全面实时公开生产排放信息，消除群众后顾之忧。编辑出版《中国环境司法改革之江苏实践》《以案释法·漫画生物多样性保护》，宣传江苏环境资源审判工作成效，促进全社会提升生态环保意识，受到广泛好评。在今后的工作中，我们将始终坚持以人民为中心，聚焦重污染天气、黑臭水体、垃圾围城、农村环境治理等人民群众反映强烈的突出环境问题，充分发挥环境资源审判职能作用，加大对相关案件审理力度，切实维护人民群众环境权益。

四、准确把握"绿水青山就是金山银山"的绿色发展观，协同推进生态环境高水平保护和经济高质量发展

习近平总书记指出，绿水青山和金山银山绝不是对立的，保护生态环境就是保护生产力，改善生态环境就是发展生产力，要牢固树立生态优先、绿色发展的导向。这一论断指明了实现发展与保护内在统一、相互促进、协同共生的方法论，对处理好发展与保护的关系，推动形成绿色发展方式和生活方式提出了明确要求。人民法院必须准确把握发展与保护协同共生的辩证关系，充分运用司法智慧，创新裁判执行方式，努力实现发展经济、保障民生和保护环境的平衡。针对"案件执行企业经营难、案件不执行环境修复难"的两难问题，江苏法院探索建立"技改抵扣""分期付款"等方式，既严惩企业污染行为、保护生态环境，又兼顾企业生存发展，防止陷入经营困难。例如，在常隆公司等环境污染民事公益诉讼案中，明确企业投入的技术改造费用可以在一定额度内抵扣修复费用，支持企业通过技术改造实现副产酸循环利用，从源头化解环境污染风险。面对新时代推进高质量发展的新要求，我们将进一步贯彻落实民法典绿色原则，强化对节约资源、循环利用的司法指引，促进形成绿色生产方式，引导全社会形成简约适度、绿色低碳生活方式。随着碳达峰碳中和纳入生态文明建设整体布局，我们将深入贯彻《中共中央国务院关于完整准确全面贯彻新发展理念做好碳达峰碳中和工作的意见》，积极开展相关法律问题研究，妥善做好司法应对，推动减污降碳协同增效，服务绿色低碳循环发展。

五、准确把握"坚持人与自然和谐共生"的科学自然观，探索建立"恢复性司法实践＋社会化综合治理"机制

习近平总书记指出，人与自然是生命共同体，人类必须尊重自然、顺应自然、保护自然；坚持节约优先、保护优先、自然恢复为主的方针，像保护眼睛一样保护生态环境，像对待生命一样对待生态环境。推动受损生态环境有效恢复是实现人与自然和谐共生的重要举措，也是环境资源审判的重要目标。针对生态修复难问题，江苏法院首创异地补植、劳务代偿，推行增殖放流，将修复行为、效果作为案件办理考量因素，引导污染者主动修复环境。对于无法原地修复的，判令异地补绿植树造林；经济赔偿能力不足的，判令劳务代偿从事环保劳动服务；损害水体生态环境的，判令增殖放流鱼虾苗。在南京胜科公司污染环境刑事附带民事公益诉讼案中，坚持"一地污染、全域修复"原则，调解促成排污企业以"现金＋替代性修复"方式赔偿4.7亿元，替代性修复项目遍及长江江苏全段。生态修复是环境治理系统工程的重要一环，我们将牢固树立恢复性司法理念，充分发挥南京长江新济州、连云港海洋牧场、盐城黄海湿地等生态环境司法修复基地作用，坚持因地制宜、因案施策，灵活运用多种责任承担方式，推动受损生态环境有效恢复，更好维护生态环境公共利益。

江苏高院党组理论学习中心组专题学习党的二十大精神

苏法轩

2022 年 10 月 24 日，江苏省高级人民法院召开党组理论学习中心组（扩大）学习会，专题学习党的二十大精神，中心组成员就贯彻落实党的二十大精神开展交流研讨。江苏高院党组书记、院长夏道虎主持学习会，并提出工作要求。

会议指出，党的二十大是在迈上全面建设社会主义现代化国家新征程、向第二个百年奋斗目标进军的关键时刻召开的一次十分重要的大会。全省各级法院要深刻认识党的二十大的划时代、里程碑意义，紧紧围绕大会主题，深入学习领会习近平总书记提出的一系列新观点、新论断、新思想，切实把全省法院广大干警的思想和行动统一到大会精神上来。

会议强调，全省各级法院要把学习宣传贯彻党的二十大精神作为当前和今后一个时期的首要政治任务，深刻领悟"两个确立"的决定性意义，增强"四个意识"、坚定"四个自信"、做到"两个维护"。要认真学习新修改的党章，更好发挥党章在推进党的工作和党的建设中的根本性规范和指导作用，教育引导全省法院党员干警更加自觉地学习党章、遵守党章、贯彻党章、维护党章，为新时代新征程上持续推动全省法院工作高质量发展提供坚强政治保证。要弘扬伟大建党精神，坚持服务大局、司法为民、公正司法，持续深化高质量司法实践，努力把报告擘画的宏伟蓝图落实到具体实践之中。

会议强调，全省各级法院要深刻领会、准确把握党的二十大对坚持全面依法治国、推进法治中国建设作出的重要部署，牢牢坚持党对人民法院工作的绝对领导，坚持以人民为中心的发展思想，坚持中国特色社会主义道路，更好发挥法治固根本、稳预期、利长远的保障作用，努力使法治成为江苏推进社会主义现代化建设的显著优势和核心竞争力,为推进中国式现代化提供有力司法服务。要严格公正司法,深化司法体制综合配套改革和智慧法院建设,全面准确落实司法责任制,积极弘扬社会主义法治精神,传承中华优秀传统法律文化,持续锻造忠诚干净担当的过硬队伍,努力让人民群众在每一个司法案件中感受到公平正义。

会议要求,全省各级法院要加强组织领导,压紧压实责任,确保学习宣传贯彻工作有力有序开展。要坚持原原本本学、全面系统学、联系实际学,党员领导干部带头学、带头讲,知行合一、笃信笃行,自觉把学习成果转化为高质量司法服务高质量发展的强大动力。要充分利用各类平台载体,大力宣传党的二十大精神,总结推广全省法院学习宣传贯彻党的二十大精神新举措、新进展、新成效,营造浓厚氛围。

江苏高院微信公众号 2022 年 10 月 25 日发布

苏法轩:江苏省高级人民法院

江苏高院举办全国"人民满意的公务员" 杜开林同志先进事迹报告会

苏法轩

2022年11月11日下午，江苏省高级人民法院举办全国"人民满意的公务员"杜开林同志先进事迹报告会，江苏高院党组书记、院长夏道虎出席报告会，江苏省委政法委政治部主任倪春青到会指导。江苏高院院领导、部分省人大代表、政协委员、省法院特约监督员代表及省法院干警代表在主会场参加报告会。全省各中级、基层法院院领导及干警代表在各地分会场，通过视频同步收看报告会。

杜开林同志现任南通市中级人民法院执行局副局长，参加法院工作二十余年来，始终坚定理想信念，坚守法治信仰，勤勉敬业、锐意进取、无私奉献，真心实意为群众办实事办好事，在平凡的工作岗位上创造了不平凡的业绩，先后荣获全国优秀法官、江苏最美法官、江苏省先进工作者、全省百名政法先进典型、个人一等功等荣誉。今年8月，在首届以党中央、国务院名义召开的全国"人民满意的公务员"和"人民满意的公务员集体"表彰大会上，杜开林同志作为江苏全省法院系统唯一的全国"人民满意的公务员"代表，受到习近平总书记亲切接见。

报告会上，播放了反映杜开林同志先进事迹的专题片；杜开林分享了他作为全国"人民满意的公务员"代表赴京参加表彰大会及受到最高人民法院和江苏省主要领导接见时的感受，汇报了自己的成长历程和思想体会；南通中院李梦龙和孙宁璞两名同志以质朴的语言、生动的事例和真挚的情感，从不同角度讲述了杜开林同志从事刑事审判和执行工作的感人故事，分享了和杜开林同志一起工作学习的体会和感悟。

报告会号召全省法院干警，学习杜开林同志坚定理想信念、永葆对党忠诚的政治本色；学习杜开林同志心系群众、司法为民的真挚情怀；学习杜开林同志勇于担当、精益求精的敬业精神；学习杜开林同志坚守平凡、严于律己的高尚情操。

报告会要求，全省各级法院和广大干警要将学习宣传杜开林同志先进事迹与学习贯彻党的二十大精神紧密结合起来，深刻汲取榜样的精神力量，弘扬伟大建党精神，坚定不移捍卫"两个确立"、坚决做到"两个维护"，忠实履行宪法法律赋予的职责，以忠诚担当、昂扬奋进的精神状态推进新时代新征程江苏法院各项工作，不断提升全省法院工作现代化水平，努力使法治成为江苏推进社会主义现代化建设的显著优势和核心竞争力，为江苏在中国式现代化道路上更好"扛起新使命、谱写新篇章"提供有力司法服务和保障。

《江苏法治报》2022 年 11 月 14 日刊登

苏法轩：江苏省高级人民法院

筑牢信念之基　激发奋进之力

——江苏高院开展党史学习教育纪实

郑卫平　傅振华

心有所信，方能行远；学有所悟，而后笃行。

2021年江苏省高级人民法院坚持高站位谋划、高起点部署、高标准推进党史学习教育，成立由院党组书记任组长的党史学习教育领导小组，先后以党组（扩大）会、领导小组会等方式专题研究审议党史学习教育相关工作，组织召开任务部署会和工作推进会，创新方式方法，拧紧责任链条，推动党史学习教育有序有力展开，教育引导广大干警从党的百年奋斗历程中启迪智慧、砥砺品格、汲取力量，更加激发了干警奋进新征程、建功新时代的精气神，深化了高质量司法新实践。

深学深研悟思想

"视频中的生动画面、前辈们语重心长的讲述，展现了民庭人对党的优良作风的传承，对我们的年轻一代而言，是鼓舞，是动力，更是鞭策……"2021年12月17日下午，由江苏高院机关党委组织的第十六期"新思想·青年说"活动在院机关"初心守望庭"举行。江苏高院民一庭法官助理李佳鸿在看了由民一庭党支部制作的专题片《传承好传统 奋进新时代》后有感而发。

据江苏高院机关党委副书记华任介绍，除了"新思想·青年说"外，江苏高院还通过开设"党员大讲堂"，开办"75号青年学堂"，开展知识竞赛，邀请专家学者作专题讲座等形式，引导干警带着问题学习、带着思考交流。

有群众积极学，更有领导带头示范学。

江苏高院党组理论学习中心组开展专题研讨 5 次，举行专题辅导报告会 5 次，举办领导干部专题读书班，围绕"弘扬伟大建党精神 推动学习贯彻习近平法治思想走深走实"现场交流，中心组成员撰写 11.8 万字的学习体会，真正做到安下心来学习、静下心来感悟。

领导不仅带头学习，而且带头宣讲。

江苏高院党组书记、院长夏道虎以"从百年党史中汲取智慧和力量 在全面深化高质量司法实践中勇担当做表率"为题，带头为全院干警讲授党史专题党课，其他院领导、支部书记分别在分管部门、条线或所在支部讲党课，引导广大干警不断从党的百年奋斗中汲取全面深化高质量司法实践的智慧和力量。

实境实物强信念

"这是在周恩来总理百年诞辰之际仿制的西花厅，这里重现了总理生前工作、休息和会见的场景，这里陈列着总理的遗物……"听着周恩来纪念馆讲解员的讲述后，江苏高院法警总队的王圣国深有感触地说："一幅幅感人的照片，一件件生动的实物，让我们真切地感受到总理为国为民、勇于担当、甘于奉献的崇高品格。"

鲜花朵朵献英雄，芳草萋萋寄哀思。2021 年 4 月 1 日上午，全省法院新入额法官培训班 120 名学员，来到南京雨花台烈士纪念碑前，缅怀革命英烈，默哀致敬英雄，重温入党誓词。

驻足纪念碑前，徐州市鼓楼区人民法院执行局局长李新说："忠魂常在，英气常存！作为新时代的政法干警，学习英烈精神，就是要把'对党忠诚、履职尽责'镌刻于心，将'公正司法、担当作为'固化于行。"

从雨花台烈士陵园到苏中七战七捷纪念馆，从常熟的沙家浜红色革命教育基地到连云港开山岛的党性教育基地，都留下了江苏高院党员干警学习的身影。他们在红色之旅中赓续精神血脉、筑牢信仰根基。

据华任介绍，江苏高院注重可视化、数字化学习教育，还开展了"点亮红色地图""打卡红色印记"等活动，举办"75 号好声音红歌耀法徽"歌唱比赛，组织"追忆革命先烈重温红色家书"书法比赛，观看《周恩来的四个昼夜》《守岛人》等红色电影并交流观影体会，教育引导干警不断检视初心、滋养初心。

实抓实干开新局

东风浩荡满眼春，新征程上绘新图。

2021年，江苏高院促进诚信江苏建设有新亮点。

双善公司销售假冒知名品牌咖啡，流入18个省份，无锡市中级人民法院适用惩罚性赔偿，判令该公司承担2172万元赔偿金并公开赔礼道歉。"双善公司销售假冒知名品牌咖啡的判决，旨在弘扬'言而有信''有诺必践'契约精神，将有力促进诚信江苏建设。"南京商厦股份有限公司党委书记、省人大代表郑立平说。

2021年，江苏高院服务创新驱动发展有新举措。

4月14日，淮安市中级人民法院知识产权审判庭判决被告北京三快科技有限公司赔偿原告上海拉扎斯信息科技有限公司35.2万元。被告为抢占市场，排挤餐饮商户在原告的平台开店，并采取不提供订单或者隐性关店等手段，迫使商户屈服。据此，原告请求法院判令被告停止不正当竞争行为，赔偿其经济损失。

2021年，江苏高院服务绿色低碳发展有新作为。

3月1日，春寒料峭，江苏高院携手江苏省农业农村部门联合主办"贯彻长江保护法 共同守护母亲河"增殖放流活动。300余万尾鲢、鳙、长吻鮠、胭脂鱼等"土著"和珍稀鱼苗伴随着水花跃入长江。

增殖放流活动前夕，南京环境资源法庭与江阴市人民法院长江流域环境资源第一法庭、盱眙县人民法院洪泽湖流域环境资源法庭等集中宣判10起长江流域非法采砂、非法捕捞水产品案件，对涉案的30余人判处相应刑罚。

"省法院把党史学习教育同激发队伍干事创业结合起来，除了服务保障经济社会高质量发展外，一年来，在促进更高水平平安江苏建设、积极助推社会治理现代化、着力推进'切实解决执行难'等方面也取得新成效。"江苏高院党组成员、政治部主任孙效增说。

用心用情办实事

2021年11月18日，江苏高院开展"执行案款集中发放日"活动，6.2亿元执行案款发放到了2671名申请人手中。2021年，全省法院共执结涉民生案件123 779万件，执行到位金额53.9亿元。开展根治欠薪冬季专项行动，对每一件涉农民工工资案件进行拉网式清理，帮助农民工在年底前拿到血汗钱。

涉民生案件专项执行、救助行动是江苏高院推出的十件为民办实事项目之一。

在党史学习教育中，江苏高院把"我为群众办实事"实践活动同"两在两同"建新功行动融合起来推进。

切实把问题找准，在分析讨论的基础上，全省法院组织问卷调查、公布电子邮箱、开展座谈会，同时，向市县人大代表、政协委员发放调查问卷6000余份，收集各方意见建议900余条，梳理形成94项整改任务。

为把群众反映的"问题清单"变成"履职清单"，江苏高院党组研究出台《关于开展"我为群众办实事"实践活动的实施方案》，确定要重点办好推进"家门口"式诉讼服务、护航未成年人健康成长、严厉打击电信网络诈骗犯罪等十件实事。同时，指导各中基层法院推出办实事项目2107个。

压紧责任链条，江苏高院党史学习教育、队伍教育整顿领导小组统筹抓好对实践活动开展情况的督促指导，先后召开5次推进会，跟进工作进度；院领导对分管部门承担的实事项目常态化跟踪推进；各条线加强条上指导，研究解决共性问题，确保不走过场、取得实效。

《新华日报》2022年1月18日刊登
郑卫平、傅振华：江苏省高级人民法院

培根铸魂砺初心　司法为民谱新篇

——江苏全省法院推进队伍教育整顿工作纪实

谭翔文

政法队伍教育整顿开展以来，全省各级法院坚持"两手抓、两促进"，把开展教育整顿同激发队伍干事创业、履职担当结合起来，扎实开展"两在两同"建新功行动，服务保障江苏高质量发展走在前列，切实把教育整顿成效转化成服务大局、司法为民、公正司法实效。

教育整顿过程中，江苏法院紧盯人民群众急难愁盼问题，推出 10 个为民办实事重点项目，确定 28 个建章立制项目，全省 103 篇信息被全国、全省教整办和最高人民法院简报刊发，顽疾整治经验在全国法院顽疾整治会议上作交流。

政治引领　以上率下推动从严从实

"推动教育整顿在全省法院系统走深走实，是推进自我革命、解决突出问题、营造良好政治生态的必然要求，也是锻造一支信念坚定、执法为民、敢于担当、清正廉洁的法院队伍的必然要求。"江苏高院党组书记、院长夏道虎在全省法院第二批队伍教育整顿动员部署会上强调。

为推进教育整顿开好局、起好步、效果实，江苏高院先后召开教育整顿动员部署会、查纠整改环节工作推进会、顽瘴痼疾专项整治推进会，多次召开党组会、教育整顿领导小组及其办公室会议，部署推进重点工作，拧紧责任链条，形成一级抓一级、层层抓落实的工作格局。

江苏高院结合审判执行工作实际，注重做好两个批次的有效衔接，制定形成 1 个教育整顿总方案，学习教育和查纠整改 2 个环节方案，自查自纠、肃清流毒影响等 11 个配套方案构成的"1+2+N"方案体系，明确任务清单和序时进度，实现逐项推进有计划、整改落实有步骤。

以上率下，为教育整顿做好表率。江苏高院第一时间制定落实领导理论学习、谈心谈话、基层调研等 10 项教育整顿任务清单，院领导班子成员以身作则，带头领学督学、谈心谈话和检视整改，多次开展集中下沉基层法院调研，有力推动教育整顿任务落实。

坚持开门抓整顿，江苏高院通过组织开展一次问卷调查、一场座谈交流、一轮下沉调研等开门纳谏"五个一"活动，广泛收集各方面意见建议，梳理形成整改任务清单并主动向社会公布顽疾整治清单，做到整治过程让群众参与，整治效果由群众评判。

此外，全省法院认真对照"十严查十整治"，全员开展个人自查，主动报告问题。对 2015 年以来选人用人情况进行"回头看"，江苏高院副处级以上干部对照"八个有无"，逐一检查剖析。

江苏法院在全国较早出台《关于加强全省法院队伍教育整顿条上指导的工作方案》，明确 22 条指导意见，针对学习教育、查纠整改、肃清流毒影响等工作开展情况，坚持以导促学、以导提质，让教育整顿工作从文件走入现实，从会议现场走入干警心中，确保教育整顿不走过场、取得实效。

为压紧教育整顿"责任链"，南京中院成立 5 个监察指导小组深入下辖法院和内设部门，督促部署要求落地落实；南通市中级人民法院制定下发《队伍教育整顿工作党支部书记履责指引》，进一步压实工作责任。全省三级法院将教育整顿推向最基层最末梢，确保"规定动作"严格落实、"自选动作"富有特色。

学深悟透　砥砺初心葆有先进本色

思想在学习中升华，力量在教育中凝聚。江苏全省法院以开展党史学习教育为牵引，把政治教育、警示教育与查纠整改有机结合，推进肃清流毒影响专项行动，教育引导干警不断提高政治判断力、政治领悟力、政治执行力，让忠诚底色更加鲜亮。

教育整顿伊始，江苏高院就围绕教育整顿学习教育环节的工作目标，设置内容鲜活、载体丰富的主题活动，推动学习教育全覆盖、常态化、重创新、求实效。

以政治教育铸魂。通过"一把手"上党课、领导干部专题读书班、党史专家辅导等方式开展政治学习，教育引导干警永葆忠诚本色；以"坚持讲政治与讲法治的统一，引领高质量司法实践"为主题，夏道虎院长为全省法院干警讲授专题党课；江苏高院每月定期举办"新思想 青年说"，青年干警自发开办"75号青年学堂"、举行专项知识竞赛。作为全国教育整顿试点地区，徐州法院总结试点经验，通过打造思想提升"全景课堂"、深化政治轮训"实景教学"等多种形式提升学习效果，进一步引导干警铸牢忠诚之魂。

以警示教育明纪。各地法院纷纷开展以案明纪、以案释法、以案明理专题活动，注重用"身边人、身边事"开展警示教育，促使干警明辨是非，心有所戒、行有所止。通过召开全省法院警示教育大会，编印《廉洁司法文件汇编》，发布违反"三个规定"、违规违法执行、涉虚假诉讼等典型案例，进一步压实主体责任，让"红脸""出汗"成为常态。观看一部警示教育专题片、旁听一次职务犯罪案件庭审、召开一次干警家属座谈会等警示教育周"九个一"活动，在干警中产生热烈反响，让大家经历了一次思想灵魂的再洗礼。

以英模教育激励。以"学习恩来精神、践行忠诚为民"为主题，全省法院干警积极开展参观寻访、读书观影、主题演讲等系列活动。在"老法院人"讲优良传统报告会上，"全国先进工作者""全国模范法官"姜霜菊等"老法院人"，以朴实的语言、鲜活的案例和真挚的情感，讲述了她和基层法院法官们在审判执行一线不忘初心、牢记使命的奋斗历程。策划推出"可感的榜样、亲近的标杆"系列宣传，选树先进典型，认真讲好英模故事，用真实事迹打动人，用崇高精神感染人，引导广大干警在学中汲取养分、在比中补齐短板、在干中争创一流。

"能够在现场参与党百年华诞的盛典，亲眼见证这一神圣庄严的时刻，我深感荣耀，无比激动。"受邀参加建党百年庆祝大会的王小莉，是泰州法院的一名法官，从一名右手部分丧失功能的残疾人，到一名人民法院的法官，再到"全国自强模范""全国三八红旗手""全国先进工作者"，王小莉身上体现着新时代法院人的精神气。

和王小莉相似的先进典型，江苏法院还有许多。31 年如一日扎根基层审判一线积劳成疾的王海斌，把疑难复杂案件交给自己、癌症晚期仍坚守审判台的戴宜，奉献青春、倒在执行一线的青年干警杨增超，不惧冰河勇救落水女孩的司法警察大队大队长杜晓庞等，一张张鲜活的面孔、一件件感人的事迹，不仅鼓舞着法院干警，更感动了社会各界人士。

固本清源　迎难而上严整顽瘴痼疾

查纠整改是教育整顿的中心环节，直接决定着教育整顿成效。江苏高院注重用好谈心谈话这一"法宝"，江苏高院领导带头与干警开展谈心谈话，讲清形势，讲清政策、讲清方向，让每名干警从思想根源上杜绝"过关"思想。

"自查从宽、被查从严"，为了将这一鲜明导向把握好、坚持好，江苏高院紧密结合全省法院违纪违法典型案例，先后开展两次政策集中宣讲，中秋国庆前夕又印发了《致全院干警及家属的一封信》，引导干警主动打开心结、放下包袱。

在此过程中，法院干警内练"依法用权"一口气，正心明道、不逾红线，外练"拒腐防变"筋骨皮，不为利动、不为威劫，自觉做到慎独、慎初、慎微、慎欲。

"他在执行岗位工作，我更要和他一起筑牢家庭的廉政防线"，在江苏高院干警家属座谈会现场，江苏高院执行局副局长王成的妻子谈道。法院机关的"红色家书展"中，一幅幅干警手抄的"红色家书"，表达着挚爱亲情和"舍小家为大家"的坚定情怀。

如果说清除思想障碍是一场闪电战，那么顽瘴痼疾整治就是一场攻坚战、持久战，顽瘴痼疾是人民群众反映强烈、严重影响执法司法公信力的"老大难"问题，也是难啃的"硬骨头"。针对"存量清零难""深挖彻查难""甄别定性难"等顽瘴痼疾整治中的难题，全省法院坚持靶向施策、迎难而上，不清仓见底不收兵。

落实防止干预司法"三个规定"，是顽瘴痼疾整治的重点之一。全省法院在广泛开展宣讲活动的同时，为全体干警开通来电提醒彩铃，从源头上减少各界对执法司法活动的干扰。

针对个别干警违规经商活动表现形式多样、隐秘性强，客观上存在界定难、排查难、处置难问题，江苏高院协调市场监管部门利用大数据平台，对政法干警、配偶、子女及其配偶违规经商办企业、参股借贷等情况进行及时核查。

法院离任人员违规到律师事务所当律师或在幕后当"法律顾问"、充当"司法掮客"问题一直是社会关注的重点。江苏高院充分利用信息化手段，研发推出"全省法院代理人风险预警模块"，通过嵌入全省法院案件办理系统，全面梳理排查 2016 年以来离任干警从业情况，自动拦截违规代理案件，切实阻断利益输送和利益勾连，不断维护司法廉洁和司法公正。

紧扣中央确定的四方面整治重点和"六大顽瘴痼疾"，结合法院实际，明确 4 大类 16 项整治内容。通过分类施策、靶向治疗、对账销号，一大批长期影响司法公信力的突出问题得到彻底解决，一系列富有特色的江苏法院经验向全国推广。

针对查摆和整改的问题，全省法院坚持"当下治"与"长久立"相结合，注重从违纪违法干警的个案问题中查找共性问题，深挖顽瘴痼疾的成因根源，充分运用制度思维和改革思路抓源治本，扎紧制度的"笼子"。

教育整顿以来，江苏高院先后围绕健全正风肃纪长效、司法制约监督、能力素质提升等确定 28 个建章立制项目，制定出台《江苏省法院系统八条禁令》《干警轮岗交流实施办法》等一系列制度性文件，将顽瘴痼疾整治成果用制度固定下来、坚持下去。

办好实事　创新争优深化实干为民

走群众路线，就是要走进群众心坎里。全省法院立足办好民生实事，把教育整顿的成效体现在服务保障高质量发展、高效能治理、高品质生活上。

2021 年 6 月 18 日，江苏高院制定出台"我为群众办实事"实践活动实施方案，明确了涵盖异地诉讼、民生保障、基层治理、司法救助等领域的多项为民办实事项目。全省法院系统闻令而动，一个个实招硬招相继推出。

"刚刚同事告诉我,有一个抚养权纠纷的被申请执行人看到了我们的直播,已经主动要求来还钱了。"镜头前,南京市秦淮区人民法院执行局副局长戴娟说。

2021年12月19日,江苏高院与江苏广电联合举办的大型网络接力直播《跟着法官"抓老赖"》在江苏各地展开,全省法院共直播执行行动15场,涉及执行案件50多起,出动警力524人次,在线观看人数超过千万,取得了良好的法律效果和社会效果。

执行工作一头连着司法、一头连着民生,不仅关系到人民群众对公平正义的切身感受,还关系到社会的和谐稳定。江苏法院将开展涉民生案件专项执行行动作为"我为群众办实事"实践活动的重要举措,全面推行执行事务一站式服务,让当事人办事有人、心里有底、投诉有门。

2021年全国法院执行案款集中发放日当天,江苏全省共设立执行款发放现场96个,发放执行案款6.2亿元、领款当事人2671名,真正把"问题清单"变成"幸福账单"。

让数据多跑路,让群众少跑腿。在常州市两级法院,线上诉讼服务网、12368诉讼服务热线、移动服务端等一网通办的"智慧诉讼服务"新模式,和24小时不打烊的自助诉讼服务站,广受上班族、出差族等群体欢迎。

电信网络诈骗玩出的各种新花样,让人防不胜防。江苏高院召开专门发布会,介绍全省法院审结的电信网络诈骗犯罪案件情况,详细解读电信网络诈骗的套路和模式,提高群众防诈意识,守护好老百姓的"钱袋子"。两年来全省法院审结生效跨境电信网络诈骗犯罪一审案件58件,涉案金额2.6亿余元,挽回经济损失1626万余元。

教育整顿过程中,全省法院始终把群众满意作为教育整顿出发点和落脚点,持续深入开展"我为群众办实事"实践活动,聚焦群众急难愁盼问题,从身边的小事做起,真正让群众得实惠、解决问题见效果。

江苏高院、江苏省妇联等单位联合拍摄的全国首部民法典普法网剧《第十五法庭》于2021年10月全网播出,法庭案件素材涉及"妈宝男"、家暴、催婚、"鸡娃"等群众关心的社会话题,播出后收视率位列省市双网第一;"家门口式"诉讼服务实现"就近能办、异地通办";设立巡回办案点,对于老弱病残等行动不便的当事人施行上门立案、立即送达、就地审理……一项项便民举措拉近了与群众的距离，一件件为民实事传递了司法的温度。

　　教育整顿带来新面貌，队伍建设一直在路上。新的一年，江苏法院将在筑牢政治忠诚上持续下深功夫，以更高站位更大决心更实举措，做好教育整顿后半篇文章，努力交出一份让党放心、让人民满意的答卷，以实际成效向党的二十大献礼。

《新华日报》2022 年 1 月 19 日刊登

谭翔文：江苏省高级人民法院

"创·融"党建助力司法为民

丁国锋　高　远

围绕法院队伍建设与审判执行工作实际，南京市秦淮区人民法院聚焦党建引领、司法服务、审判管理、作风建设等关键环节，用心用情用力解决好群众关心的急难愁盼问题，成功解锁司法为民的"服务密码"。

"群众利益无小事。作为司法机关，应当将为群众办实事的精神融入和渗透到法院工作各方面、全过程，从而让为民措施更有温度、利民实绩更有高度、惠民答卷更有厚度。"秦淮法院党组书记、院长周守忠说。

党建引领　全院上下"一盘棋"

"上个月以来，本院各党支部实现了每周召开党支部会议；荣誉方面，少年及家事审判庭被南京市委宣传部命名为'学雷锋活动示范点'……"这是日前在秦淮法院每月例行"四创四融"（创设高质量司法、高水准服务、高素质队伍、高科技助力的特色品牌，将党建工作融入执法办案、司法服务、队伍建设、智慧法院建设）工作会议上，政治部副主任王小娣的发言。

近年来，秦淮法院深入践行"以党建带队建、以队建促审判、以审判助发展"工作思路，打造"创·融"党建模式，将党建融入法院各项工作。通过每月召开"四创四融"工作会议，将参会人员扩大到全体部门负责人、党支部书记，政治部、审管办部门负责人对本季度或本月工作进行情况通报及点评，党支部书记、分管领导针对部门问题群策群力，逐一探讨解决思路。

该院党组拧成"一股绳"，发挥每个党支部战斗堡垒作用，将审判执行工作做好，将为群众办实事的精神落实好。少年及家事审判庭庭长朱教莉作为政法网格员，走访中发现十多年前建设大型商场对周边小区建筑造成了影响，业主多次反馈，但涉及人员多、时间久，赔偿问题一直没有妥善解决。"系列案件的最后两户当事人，因为房屋所有权多次变更，我们多次前往现场勘查，经与物业协调定损，已经成功签订了补偿协议，业主也表达了满意和感谢。"朱教莉说。

"层层压实责任，紧盯重点难点问题逐项攻坚，是我院以党建为引领推动为群众办实事的具体要求。"该院党组副书记、副院长刘斌介绍说，去年包括调解房屋受损赔偿案件在内的两起案例，被南京市委政法委评选为全市政法网格员工作"年度十佳案例""年度优秀案例"。

狠抓质效　牵住工作"牛鼻子"

"法院的人案矛盾大家都是知道的，想到前几年办案子的时候，压力很大。特别是到了年底，经常连续几个月周六甚至周日也要来法院加班写判决书。"谈起近年来案件办理的感触，资深审判员伏小全介绍说，通过一系列审判管理改革，初步实现了均衡结案，即便是经过繁简分流，手里办的都是繁案，但压力反而变小了，质量也提高了。

据了解，秦淮法院针对日益突出的人案矛盾，充分发挥审判管理职能，打造出了"团队创新、智慧在线、责任到人"的审判管理新模式，在减轻法官办案压力的基础上，进一步推动审判质效不断优化。

该院依据案件类型和办理阶段，结合区情与收案特色建立类案专审团队与简案快审团队，按照"员额法官+法官助理+人民调解员+事务助理"构建团队，充分释放协作效能。

立案庭法官周艳所在的小额团队每月结案数在150件以上，平均审理天数却仅有不到20天，远远低于法定期限。目前，该院通过"智慧法院"的技术运用，电子卷宗随案同步生成，配合智能编目和一件转档，案件办理实现了全流程电子化；借助语音同步转录，实现无书记员开庭，类案团队平均庭审时间从原来的1小时缩短到只有15分钟。

该院还对案件开展常态化评查，将案件质效权重引入考核系数，充分发挥引导激励的作用；院庭长重点把控好案件办理的流程关、质效关，审管办积极建立长期未结案预报备结案机制，针对即将超期案件一对一提醒。"审判管理是为全院法官服务，要坚持全面常态监督，目的还是案件的质效不断提升。"审管办副主任陶剑涵介绍说。

2021 年度，该院受理各类案件 30 308 件，一审服判息诉率、平均审理天数等核心指标不断优化，均位列全省基层法院前列。

精神赓续　俯首甘为"孺子牛"

2022 年 3 月南京出现新一轮新冠肺炎疫情，秦淮区部分社区被列为封控区。疫情就是命令，该院每日派出 100 多名干警下沉社区参与防疫，还派出两批"突击队"常驻封控区参与防疫。接到通知后，全院党员干警纷纷主动请缨下沉一线。

"每天发动居民分享美食、打卡健身，让封控生活不再单调。"在封控区的法官助理郭凯敏，兼任了"楼栋长"，每天他带领小组成员从事垃圾清运、物资配送、协助核酸检测等繁重的工作。

谈到自己工作动力的来源，郭凯敏认为法院就是一个有战斗力的集体，真学实干、争先创优、为民办事的良好作风十分浓厚。"先进典型的激励引导作用，法院办公区设置的荣誉展播专栏，时刻激励着年轻干警。"

"法院的文化建设非一日之功，宣传工作在其中发挥了很大作用。让法院先进典型的感人事迹成为激励大家、鼓舞大家争先的精神源泉，营造积极健康、充满温情的干事创业氛围，这方面我们的确花了很多时间来思考。"秦淮法院副院长沈小军说。

《法治日报》2022 年 6 月 7 日刊登

丁国锋：《法治日报》记者

高远：《法治日报》通讯员

"红色引擎"迸发澎湃动力

——海安法院党建引领全局工作纪实

储慧文　陈　坚

警笛声声，酷暑练兵。

2022年7月25日清晨，"出发！"随着江苏省海安市人民法院党组成员、副院长孙卫华一声号令，5名党员先锋带领下的执行干警队伍兵分多路，以利剑出鞘之势，分赴战场开展集中执行。这既是该院执行局党支部开展"保民生专项执行夏季集结号"主题党日活动的现场，也是该院党建引领业务工作的一个缩影。

"我院坚持党建与业务工作互融共促的理念，构建党建与业务'一体化'运行模式，不断增强队伍政治高度、夯实基础力度、提升服务温度。"海安法院党组书记、院长秦昌东介绍说。今年来，该院牢固树立"党的一切工作到支部"的鲜明导向，积极打造"红色天平"党建工程，构建党建引领全局的工作格局，最大化凝聚全体党员共识，促进党建与业务统筹结合、一体推进。

构建项目磁场　激活发展动能

书记项目是"抓党建带队建促审判"的龙头抓手，是党建融合业务的关键环节。6月15日上午，在海安市曲塘镇恒科众创城，海安市党建引领营商环境提升推进会正在举行。海安法院"先锋法驿站"项目作为机关党建书记项目，被此次推进会予以推介。

今年以来，该院聚焦党建引领营商环境提升，推出"先锋法驿站"书记项目。一把手院长、党组书记牵头抓总，精心制定书记项目实施方案，按步骤、分阶段确定任务指标。致力于让企业解决问题花的时间最少、找的部门最少、跑的次数最少、维权弯路最少、负重最少这五个"最少"的目标，该院分别构建"党员干警助企110"机制、搭建涉企纠纷"一扇门"多元解纷平台、提供智能化线上诉讼服务、应用数据惠企模式、深化府院联动机制，打通法治服务营商环境"全流程"。

"海安法院创新服务企业工作举措，通过党建领航，党员法官主动上门问需，帮我们有效解决了流程耗时长等问题，以实际行动暖企、惠企。"海安市恒安建材有限公司执行董事韩良稳称赞道。

据悉，"先锋法驿站"入选海安市级机关红色赋能"海心安"融合党支部的领办项目，海安法院作为项目牵头单位，通过联合举办主题党日、开展党建共建、建立会商机制等措施，充分激发机关党支部、党员服务企业的内生动力。

"发挥书记项目牵引作用，促进党务、业务、服务'三务'融合。"海安法院党组成员、副院长、机关委员会书记周国庆表示，将通过精准领办书记项目，有效推动党建工作与司法助企纾困同频共振。

发挥品牌力量 壮大攻坚潜能

"作为党员法官，不仅要带头妥善处理案件，更要将每一件案子做成精品。"海安法院第二党支部书记、南莫法庭庭长李晓萍说道。新上任仅半年来，她积极发挥党员示范作用，创立疏导式诉调、"小南说法"等多个工作品牌。这些品牌的策划与建树，无不倾注了她以上率下、躬身实践的心血和汗水。前不久，一起劳动报酬纠纷通过她创新的疏导式诉调得以解决，乡邻关系通过品牌孕育的解纷机制恢复如初。

"深化法庭与辖区基层党组织高效联动，将党建与业务在谋划部署上同步融入、在实施推进中有机贯通。"7月25日下午，海安法院召开重点工作推进会，会上，在谈及发挥党建品牌作用为审判工作聚力提质时，院党组副书记、副院长许金海说道。

围绕高质量党建引领高质量司法这一议题，今年以来，该院党组会多次专题研究，确立了以擦亮党建品牌增进观念认同、行动融通的工作思路。"投

身疫线心向党 铭记'生日'筑忠诚""我是党员我先行""让每个案件都有党员'带头人'"等，一系列党建品牌如雨后春笋拔地而起，队伍潜力的不断挖掘，为审判事业输送了源源不断的前进动力。

锻造务实作风　提升干事效能

"我们的青年干警要做到办事实一点、行动快一点、效率高一点，在急难险重一线、实践中提升自己解决实际问题和复杂矛盾的能力，以'功成不必在我，功成必定有我'的境界推动各项工作落细落实。"7月14日，海安法院召开"喜迎二十大"青年干警学习研讨会，该院党组书记、院长秦昌东鼓励大家道。

以作风建设为笔，画出最大同心圆，才能同心同德、团结奋斗，凝聚起向上向好的强大力量。今年以来，该院研究制定《深入推进"作风建设提升工程"工作方案》，分解12项工作任务。以支部为单位扎实抓好作风建设思想淬炼，在法院微信公众号开设"善作善传 风随声动"《每周一播》、"党员干警话作风"两个专栏。开展司法作风问题专项整治，建立多发性、顽固性问题"挂销号"机制，切实将党纪党规细化到人、量化到岗。

只有强化规矩意识，作风建设各项要求才能落到实处，干事创业才有保障。5月11日，在该院开展"廉洁法院·你我共建"为主题的"5·10"思廉日活动中，27名党员干部集中参观"坠崖·镜鉴"系列警示教育展，大家表示深受教育。这次参观，又一次让规矩意识在党员干警的思想中立下根，让党风廉政责任一层一层传导下去。

"'红色天平'党建工程切中肯綮，抓住了党建就是抓好事业发展、队伍发展的关键内核。"秦昌东表示，将通过党建引领机制，不断激励干警担当作为、奋发进取，引导其为法院工作贡献才智，为激发审判事业"活水"持续助力。

《江苏法治报》2022年8月17日刊登

储慧文：《江苏法治报》通讯员

陈　坚：《江苏法治报》记者

高质量司法护航经济社会高质量发展

2

坚持服务大局，始终坚持党委中心工作到哪里，司法服务就跟到哪里的工作思路，切实增强主动性，自觉扛起为经济社会高质量发展保驾护航的责任担当，发挥法院在稳企业、增动能、防风险等中心工作中的重要作用。

全方位全链条保护　点燃"第一动力"

——江苏法院强化知产审判服务创新驱动发展战略

朱　旻　王国亮　唐　静

连日来，江苏法院干警认真学习习近平总书记重要讲话精神，深入学习贯彻党的二十大精神，一致认为抓创新就是抓发展，谋创新就是谋未来。深入实施创新驱动发展战略，人民法院要落实好党的二十大关于加强知识产权法治保障的部署，践行好新发展理念，切实担负起推动创新发展的职责使命。

南京知识产权法庭牵头成立南京都市圈知识产权司法保护联盟，积极走访产业链龙头企业、科技型初创企业、高新技术企业，助力企业知识产权管理和运用；无锡法院与市科协、无锡物联网创新促进中心深度合作，促进物联网产业知识产权全链条保护；苏州法院深化、细化技术调查官职能，健全技术事实查明"苏知模式"；连云港自贸区法庭协同南京海事法院连云港法庭等共同构建司法服务保障"一带一路"协作联盟；泰州法院持续开展专项行动，靶向重点医药企业知识产权保护；南通法院和国内大型电商平台签订合作协议，源头化解知产纠纷，服务产业发展。

2022年10月18日，江苏省高级人民法院知识产权庭专题研究讨论贯彻落实习近平总书记重要讲话精神，明确了推动实施创新驱动发展战略十二条工作措施。

"这十二条举措包括加强全方位全链条保护，持续优化营商环境、加强反垄断与反不正当竞争司法、促进数字经济发展等。还包括依法平等保护中外当事人享有的知识产权，积极参与全球治理，反对境外'长臂管辖'，维护我国企业的合法权益。"江苏高院民三庭负责人强调，新发展新征程，为推进中国式现代化建设提供有力司法服务，知产法官的审判思维应该更具发展视野和前瞻性，对企业创新应该有着更强烈的保护意识。

10月21日，江苏高院发布《关于充分发挥司法职能作用服务保障全国统一大市场建设的指导意见》，要求充分发挥司法职能作用，为加快建设全国统一大市场提供高质量司法服务和保障。该意见明确，要依法促进技术和数据要素有序流通，依法审理涉及战略性新兴产业、现代服务业、新型基础设施建设等领域案件，服务数字经济健康发展。要坚持最严格知识产权司法保护，规制滥用知识产权阻碍中小微企业创新与发展的不法行为。要加大对专精特新中小微企业关键核心技术和原始创新成果的保护力度，支持引导企业通过科技创新提升核心竞争力。

记者了解到，党的十八大以来，江苏法院牢固树立"保护知识产权就是保护创新"理念，适时出台司法政策、强化司法引领，提升创新主体保护能力，切实优化创新环境和营商环境，加快推进江苏引领型知识产权强省建设。

全省法院提出最严格知识产权司法保护理念，持续强化创新、权利、惩罚、效率和诚信导向，依法审理涉及企业科技创新融资、科研成果转化等案件，依法纾解企业创新困境；妥善审理职务发明专利纠纷，促进创新成果产权化产业化；聚焦关键领域核心技术攻坚，最大限度激发创新创业动力。

据统计，全省法院近五年共审理技术类案件10 273件；共有11件知识产权案例入选最高人民法院指导性案例、公报案例和中国法院十大知识产权案例，2篇案例入选世界知识产权组织首部30例典型案例集。

"深入实施创新驱动发展战略，为新时代知识产权司法保护工作指明了方向，提出了新的更高要求。作为一名江苏知产法官，我将立足审判工作实际，加大对原始创新技术、创新成果、新兴产业等重点领域知识产权司法保护，为更好服务保障知识产权强国建设，更好服务高水平科技自立自强贡献江苏力量！"全国模范法官、全国自强模范、泰州市中级人民法院民三庭庭长王小莉在采访中谈道。

◆大法官访谈◆

江苏省高级人民法院党组书记、院长 夏道虎

党的二十大报告用专章部署"实施科教兴国战略，强化现代化建设人才支撑"，强调加快实施创新驱动发展战略，加强知识产权法治保障。保护知识产权就是保护创新。人民法院知识产权审判工作，事关创新驱动发展战略实施，事关经济社会文化发展繁荣，事关国内国际两个大局。我们要把学习宣传贯彻党的二十大精神作为首要政治任务，坚定捍卫"两个确立"，坚决做到"两个维护"，持续深化高质量司法实践，充分发挥知识产权审判职能作用，积极营造尊重知识价值、推动创新发展的法治化营商环境。

一是进一步增强知识产权审判服务创新驱动发展的责任感使命感。自觉把知识产权审判工作置于加快构建新发展格局、着力推动高质量发展中谋划思考，深刻认识知识产权审判对于增强自主创新能力、提升国家战略实力的重要意义，从落实党中央决策和国家战略的高度推进知识产权审判工作，为加快实现高水平科技自立自强、加快实施创新驱动发展战略提供更加有力的司法服务和保障。

二是进一步增强知识产权审判服务创新驱动发展的精准性实效性。更好发挥知识产权司法保护主导作用，依法保护重大创造性和实用性发明成果，促进科技创新尤其是原始创新，助力打赢关键核心技术攻坚战。持续加强最严格知识产权司法保护，依法加大惩罚性赔偿适用力度，切实维护企业创新权益，弘扬科学家和企业家精神，激发市场主体创新活力，依法促进产业链创新链深度融合。依法平等保护中外当事人合法权益，持续加强涉外知识产权案件审判工作和国际交流合作，不断提高知识产权司法保护国际影响力。

三是进一步增强知识产权审判服务创新驱动发展的能力水平。深入推进知识产权审判体系和审判能力现代化建设，健全完善知识产权专门化审判体系，持续深化"三合一"机制改革，着力提升知识产权司法保护整体效能。准确把握知识产权审判专业性、前沿性和国际性特点，有针对性地开展政治

历练、专业训练、实践锻炼，着力打造一支政治坚定、顾全大局、精通法律、熟悉技术，既熟悉中国国情又具有全球视野的专家型、复合型知识产权审判队伍。

《人民法院报》2022 年 11 月 2 日刊登

朱 旻、王国亮、唐 静：江苏省高级人民法院

江苏法院以高质量司法护航经济社会高质量发展

司法有温度，助企业轻装前行

顾　敏

去年9月，最高人民法院发布人民法院助推民营经济高质量发展典型案例，其中3起来自江苏；今年4月，最高人民法院发布人民法院助力中小微企业发展典型案例，江苏又有3起入选。

多起案件入选全国范例，彰显了江苏法院护航经济高质量发展的智慧和力量。江苏省高级人民法院近日出台《全省法院服务保障疫情防控和经济社会发展十二条司法措施》，依法保障"苏政40条"和进一步助企纾困22条政策措施落地见效，让新时代司法更加有力量、有是非、有温度，让企业在前进路上更加有信心、有保障、有希望。

雪中送炭，让中小微企业挺得住有奔头

受新冠肺炎疫情影响，江苏自贸区连云港片区的不少货运代理公司遇到麻烦事：委托企业长期不通知提货放货，其间产生大量堆存费用，再加上不少进出口贸易公司迟迟不支付代理费，导致货代公司经营陷入困境。

今年3月，南京海事法院连云港法庭先后受理多起货代公司起诉主张代理费的货运代理合同纠纷案件。承办法官因案制宜，打出"诉前调解＋灵活保全＋判后跟踪"组合拳，一个多月内妥善处理12起涉自贸区企业纠纷。

江苏高院民二庭统计显示，新冠肺炎疫情出现以来，中小微企业经营压力持续攀升，与之相关的买卖合同、承揽合同、服务合同纠纷数量同比增幅较大，尤其是服务合同纠纷增长达64.73%。一场为中小微企业纾困解难的司

法保卫战在江苏全省法院打响。

——保障产业链供应链稳定，对于受疫情影响产生的买卖、租赁、加工承揽、建设工程等合同纠纷，全省法院鼓励引导当事人维持合同关系或调整、变更协议内容。在适用法律时，综合考量疫情对不同地区、行业、案件的影响，合理确定各方责任。

——保障货运物流畅通，依法妥善审理运输合同纠纷，对受疫情影响发生运输路线变更、装卸作业受限并导致迟延交付等情形，视情依法免除承运人相应责任。

——缓解企业融资难题，对于企业因疫情影响迟延偿还金融借款的，审慎认定违约情形，积极促成当事人以展期、续贷或分期付款等方式化解纠纷。

阜宁县重点企业苏民绿色能源科技有限公司是一家高新技术小微企业，其产品具有技术参数先进、生产成本优化等优势，具备较强竞争力。但受疫情影响，企业加工的成品无法出口，生产订单大幅减少，导致资金链断裂。2020年3月起，阜宁县人民法院陆续受理上海、深圳等地企业作为原告、苏民公司作为被告的买卖合同纠纷案件30余件，诉讼标的共计4600余万元。阜宁县法院引入县开发区商会，通过走访、电话、微信等方式做7家债权人工作，多次组织案件当事人开展线上调解，最终大部分案件以调解分期还款或撤诉方式结案。

"商会商事调解高效、灵活、成本低，是商事纠纷化解的重要途径之一。"江苏高院民二庭相关负责人介绍，江苏全省法院不断深化全省商会商事调解工作，全省设立商会调解组织332个，聘用调解人员1528名，全省各类商会调解组织共有效化解商事纠纷3757件，化解标的金额10.27亿元。

"破"解困局，一批危困企业浴火重生

上市公司"永泰能源"近日发布公告，下属公司海则滩煤矿项目获国家发改委批准，总投资74.6亿元。就在几个月前，"永泰能源"母公司"永泰科技"和4家关联公司在南京破产法庭重整成功，从实质合并重整再到裁定批准重整计划，成功化解债务近600亿元，仅耗时85天。

如此"涅槃重生"的案例，在江苏还有不少。江苏高院充分发挥破产救

治功能，2021 年以来累计化解破产债权 4660 亿余元，妥善安置职工 4.1 万人，盘活土地及房产 2742 万平方米，让 190 余家有发展前景的困境企业重获新生。

——全力提升审判质效，开展营商环境"办理破产"指标评价，全面落实破产案件繁简分流和快速审理机制，江苏全省法院破产案件审判周期同比下降 38.65%。

——全力保市场主体，建立大中型企业破产协调指导机制，指导各地法院运用预重整、重整、和解等方式，救治危困企业，提振市场信心。

餐饮、娱乐等行业中小微企业受疫情冲击最为明显，与之相关的一些新兴行业也受到较大影响。苏州新聚鑫环境技术发展有限公司作为江苏省消防协会排油烟设施清洗分会会长单位，牵头开发信息化平台，实现餐饮行业企业排油烟数据向消防监管部门的实时传递，原本市场前景良好。但受疫情影响，公司经营陷入困境。

去年 12 月，苏州市吴中区人民法院根据债权人申请，裁定受理新聚鑫公司破产清算一案。法院审理发现，该公司仍有"生"的价值。在法院引导下，股东们最终达成共识，筹措偿债资金并决定继续经营。吴中法院根据债务人申请裁定受理破产和解，并拟在第一次债权人会议上对和解协议进行表决。今年苏州发生新一轮新冠肺炎疫情，为避免再次对该公司产生影响，吴中法院及时组织以非现场表决方式召开会议，和解协议经表决全票通过。2 月 22 日，吴中法院裁定认可和解协议并终止和解程序。该案从受理和解至终止和解程序仅 8 天。

善意执行，避免"办一个案子，垮一个企业"

因担保产生债务约 8 亿元，某铜业公司先后被 7 家金融机构诉至法院，经审理后进入强制执行程序。无锡市中级人民法院经财产调查，发现该公司可供执行财产只有 4.4 万平方米厂房及相关机器设备，生产经营尚属正常。无锡中院利用"物联网查封财产监管系统"，在公司安装近 300 个电子封条、40 多台监控设备，全时段动态监管该公司所有的厂房、原材料、生产设备等财产，实现企业"边查封边经营"。由于企业仍在正常生产，在随后的司法拍卖中，其整体资产拍卖价达 1.6 亿元，溢价 4000 万元，远超第一次流拍的拍卖底价。

对受疫情影响暂时陷入困境无法及时清偿执行债务的企业，江苏全省法院依法审慎采取强制措施，引导当事人达成执行和解协议，通过"放水养鱼"实现债权受偿和企业生存发展双赢，避免"办一个案子，垮一个企业"。

4 月 26 日，无锡市惠山区人民法院作出无锡首份"纳失宽限期"执行决定书，苏州某机械公司成为首个获得 90 天"纳失宽限期"的被执行人。

苏州某机械公司因结欠无锡某设备公司货款 15.6 万余元，在法院主持下达成调解协议。但因机械公司未按调解协议履行，设备公司向法院申请强制执行。执行中，机械公司向承办法官言明现实困难，公司一旦被纳入失信黑名单，将无法参加招投标，正常生产、工人工资发放等都会受到很大影响，希望法院给予一定的期限组织生产并分期履行，设备公司也表示理解。在法院组织下，双方重新达成执行和解协议。"我们一定会珍惜这次难得的机会，按约履行还款义务，组织好复工复产，保障企业正常运转、工人工资按时发放。"该企业负责人说。

眼下，"优化法治化营商环境执行年"1+4 专项行动正在江苏全省有序推进。全省法院以企业信用修复"暖企"行动为牵引，以市场主体出清"助企"行动、善意文明执行"护企"行动、推进政务诚信"惠企"行动、执行信访突出问题攻坚化解"安企"行动为支撑，对失信企业进行专项治理，推动江苏省法治化营商环境持续优化、社会信用总体水平持续提升。

《新华日报》2022 年 5 月 23 日刊登

顾 敏：《新华日报》记者

尽力"双保护" 打好"组合拳"

郑卫平

劳动争议连着民心，事关民生。

"疫"线有担当，携手越关山。新冠肺炎疫情以来，江苏省高级人民法院出台《全省法院服务保障疫情防控和经济社会发展十二条司法措施》，并且与江苏省人力资源和社会保障厅、江苏省司法厅印发《关于做好涉新冠肺炎疫情劳动争议调解和案件审理工作的指导意见》，坚持平衡保护劳动者合法权益与促进用人单位健康有序发展并重的原则，及时有效化解涉疫情劳动争议，为夺取疫情防控和经济社会发展"双胜利"作出了积极贡献。

"两难"如何变"双赢"

"合同中明确每月工资 7000 元，现在怎么每月仅支付基本工资 2500 元？"苏州某电子商务公司销售人员杨某有些伤感，"因疫情影响我只得通过电话、网络等方式居家办公，再说，我在 2 月完成了 35 笔订单，也是很努力的。公司有困难，可我上有老、下有小，也不容易呀！"

"公司受疫情影响，效益没以前好，你居家办公还能领到基本工资就不错了。"公司相关负责人也拿着合同振振有词。

苏州市姑苏区人民法院法官姜伟谈到该案时说，劳动者因疫情原因居家办公较多，这种特殊情况下的居家办公应当参照正常提供劳动情形计算工资。电子商务公司所说杨某不到岗、绩效不达标等，均未能提供证据证明，不是有效抗辩。因此，判决电子商务公司补发杨某 2020 年 2 月工资 4500 元。

企业负责人表示，通过这个案件深刻感受到眼光一定要长远，在疫情防控期间，应当依法支付员工工资，现在他们公司劳动者队伍稳定。

2021 年 7 月南京禄口疫情发生，附近一餐饮管理公司经营出现困难，欠付 19 名员工工资。2022 年 3 月，19 名员工起诉至南京市江宁经济技术开发区人民法院。据了解，自 2020 年初疫情暴发以来，该公司原有的 5 家餐饮门店已关 4 家，而员工再就业困难，没有收入来源。

经法官与调解员的不懈努力，员工与公司及股东达成"三方调解协议"，握手言和。

据江苏高院党组成员、副院长刘嫒珍介绍，疫情给用人单位的生产、经营及劳动者的正常工作均带来不利影响，劳资双方因此面临诸多新情况、新矛盾。江苏全省法院通过开展"审务进基层、法官进网格"活动，主动参与基层综合治理，积极融入网格化社会治理体系，提前介入并化解企业用工和劳资纠纷，有效实现发现问题在早、矛盾化解在小。

南京、苏州、无锡、常州、盐城、宿迁等地法院及时制定司法举措，明确疫情期间劳动用工和工资报酬支付等事项，稳定劳动者和用人单位的预期，引导双方把精力集中到恢复企业生产经营上。

慎将"情况变化"当"合同变更"

疫情下什么情况都可能发生。

王某从没想到自己会突然下岗。王某在镇江某汽车公司任结算专员，2020 年初王某拒绝汽车公司让其临时支援自驾客服部的安排，公司与他多次沟通无果后，依照公司规章制度提前结束王某派遣服务期，将其退回至人力公司，人力公司要与王某解除劳动合同。

随意变更合同，这不行！王某遂申请劳动仲裁，请求裁令汽车公司和人力公司支付违法解除劳动合同的赔偿金。仲裁委终结审理后，王某诉至法院。

镇江经济开发区人民法院审理后认为，因受疫情影响，汽车公司各部门间业务量发生较大变化，公司对王某的工作做短期调整，并明确告知王某该临时支援并不是转岗，未对其工作时间等作出调整，具有合理性。王某拒绝安排不具有正当理由。判决不予支持王某的主张。二审后，镇江市中级人民法院维持原判。

顾某系盐城某制药企业员工，受化工产业结构调整及疫情影响，处于放假期间的顾某从 2020 年 2 月开始，每月只能领到 500 元生活费。顾某认为企业擅自变更劳动合同，要企业支付经济补偿金。

盐城市大丰区人民法院审理后认为，该企业在"停产＋疫情"双重压力下，仍能积极筹措资金发放工资及缴纳社会保险，已很不容易，该企业未能及时足额支付生活费的原因并非主观恶意。在此情况下，顾某要求支付经济补偿金，不应支持。

江苏高院民四庭庭长李亚林说，为应对疫情冲击，用人单位临时性调整工作和调整工资支付，属于自主经营权的合理行使，并非对双方之间劳动合同的变更，当然这种调整不能被滥用，一定要有合理性。

各地法院深入企业走访调研，了解企业复工复产状况和劳动用工问题，积极宣传疫情期间企业用工保障的政策措施，加大对企业用工指导。

无锡法院通过"无锡发布""无锡观察"和"两微一端"平台，运用漫画、小视频、宣传册等方式，引导劳资双方协商解决纠纷。泰州市中级人民法院开展农民工权益保障问题专题座谈，在项目施工现场与企业负责人、建筑工人深入交流，预防化解矛盾纠纷。宿迁市中级人民法院指导辖区企业填写"法律问题体检表"，制定《关于疫情防控期间企业复工复产法律问题及诉讼服务指引》，为企业提供法律服务。

在"不停摆"中实现"加速度"

3 月初，苏州疫情防控形势严峻。在苏州工作的小王心急如焚："我和'老东家'协商了两个多月，问题还没解决，眼看社保就要断缴。"

小王在南通某科技公司工作多年，2022 年年初从该公司离职后，以未为其足额缴纳社会保险等为由，向该公司主张经济补偿 20 多万元，公司对此不认可。为讨回补偿，小王本打算回南通继续处理相关事宜，可突发疫情一下子打乱了计划。

小王在焦急万分时得知，南通市中级人民法院与市总工会联合开发了"和谐劳资"App，为企业和职工提供法律查询、咨询、线上调解、申请法律援助、申请司法确认等线上服务。小王很快通过手机下载"和谐劳资"App。

经过多次在线调解，4 月 2 日，小王和某科技公司通过"和谐劳资"App

在线签字确认了调解协议，双方约定：小王删除在网上发表的关于该科技公司的言论并道歉，该科技公司支付小王6万元经济补偿，并帮助其办理离职手续。

有电脑"面对面"，还有电视"面对面"。5月10日，扬州市中级人民法院法官做客扬州新闻广播"扬法在线"访谈节目，谈外卖员和外卖代理公司之间的劳动争议。访谈现场的热线电话不时响起。

"疫情防控常有静态管理，疫情下的劳动争议，当事人着急，我们也着急。"苏州劳动法庭庭长王岑介绍说，苏州劳动法庭通过电子诉讼改进劳动人事案件审理流程与审判方式，让纠纷尽可能快审快结。

着眼高效解纷，江苏全省法院都是铆足了劲。

江苏高院推动建立健全人民调解、行政调解、律师调解、行业调解、仲裁调解、司法调解等既各司其职又同向发力的共建、共享、共治联动工作机制，并将涉疫劳动争议的处理纳入一站式多元解纷机制统筹推进。

常州法院在乡镇、街道和经济发达的村、社区及规模企业建立劳动争议调解委员会，健全调解网格建设机制，实现劳动争议源头化解。淮安市中级人民法院将劳动争议多元化解纳入对各基层法院的综合考评范畴，明确考核导向，有效推动多元化解落实。徐州法院充分发挥网格员和人民调解员的作用，健全"网格法官＋人民调解员＋网格员"多元化解纠纷工作机制，在诉前及时介入劳动争议调解。泰州市中级人民法院与市人社局、总工会、残联及其他行业主管部门加强协作，采取风险排查与预警措施，形成劳动纠纷化解合力。连云港市连云区人民法院在区仲裁院设立劳动争议巡回法庭，实现劳动人事争议一站式化解。

《江苏法治报》2022年5月25日刊登

郑卫平：江苏省高级人民法院

"暖"字打头 "稳"字打底
江苏开启司法护航执行 "新模式"

王晓红

"疫情要防住、经济要稳住、发展要安全。"今年 3 月底，面对严峻复杂的新冠肺炎疫情形势，江苏各级法院努力实现执行工作不停摆，江苏省高级人民法院提出以推进社会诚信建设为牵引，推动法治化营商环境的持续优化，启动"优化法治化营商环境执行年"1+4 专项行动。

专项行动要求全省法院充分发挥人民法院职能作用，以企业信用修复"暖企"行动为牵引，以市场主体出清"助企"行动、善意文明执行"护企"行动、推进政务诚信"惠企"行动、执行信访突出问题攻坚化解"安企"行动为支撑，助力市场主体纾困解难，为江苏省建设市场化、法治化、国际化的一流营商环境作出积极贡献。

信用修复，"暖"企"护"企两难变双赢

"我们公司主要靠投标、中标后承揽工程业务，受疫情影响企业经营压力很大。被纳入失信被执行人名单后，不仅丧失了投标的资格，也被银行系统停止授信，面临倒闭困境。"不久前，江苏某民营建筑企业给当地法院发出了一封需求迫切的信用修复申请。

这是一家因提供 1300 余万元债务担保而承担连带清偿责任的民营企业，之前一直积极配合法院执行工作。镇江市京口区人民法院第一时间主动协调，在取得申请执行人谅解的基础上，决定删除其失信信息，为当事企业生存发展提供了"一线生机"，也为债务后续履行保留了"双赢可能"。

退出失信被执行人名单，意味着这些有存续发展前景的企业能够得以更

好地生存和发展。出现新冠肺炎疫情以来，为了帮助企业纾困解难、提振信心，全省各地法院结合实际，逐步探索开展失信被执行人信用修复工作。

镇江法院 2021 年开展失信企业信用修复专项治理行动，使 2605 家企业退出失信名单，为镇江城市信用综合评价排名从全国 97 位提升至 31 位作出了积极贡献。南京市中级人民法院根据企业失信程度，分类施策、逐步推进。无锡市中级人民法院制定《删除失信被执行人名单信息申请书》《提供被执行人财产线索通知书》等制式文书，统一全市法院处置标准和方式。泰州市中级人民法院根据行政非诉执行案件数量多的特点，加强与市生态环境局等部门沟通。徐州市中级人民法院在总结失信分级惩戒与守信激励工作经验的基础上，探索建立失信宽限期制度，截至目前已有 210 余家企业在宽限期内主动履行了义务。

不久前，苏州地区出现疫情，苏州某金属科技公司经营困难，未能按照调解书履行融资合同纠纷中的还款义务。在强制执行过程中，承办法官了解到，该公司经营状况正常，只是因为经营地出现疫情，才导致经营发生短期困难。如对其采取传统的失信惩戒，可能会给企业的信誉造成不可挽回的损失，企业很有可能因此一蹶不振。为此，苏州工业园区人民法院及时调整执行方式，送达失信惩戒预处罚通知书，提醒该企业要积极配合法院执行，否则有被纳入失信被执行人名单的风险。同时，促成双方当事人根据企业的实际经营情况达成执行和解协议。令人欣慰的是，疫情刚刚散去，该企业已全面恢复生产经营。

"我们根据企业的基本信息、生产经营状况、履行能力、执行案件情况等信息，建立了可退出、需指导、应约束三类清单。"5 月 18 日，在江苏高院召开的"优化法治化营商环境执行年"1+4 专项行动进展情况新闻发布会上，江苏高院二级巡视员汤小夫表示。

在此次"暖企"行动中，江苏全省各级法院会同当地信用管理、市场监管、税务等部门，对企业失信被执行人逐一排查摸底，42 373 家企业被纳入"暖企"专项行动治理范围。坚持边排查、边治理，目前全省已删除企业失信信息 5790 条，1516 家企业退出失信被执行人名单。

智慧赋能，"死封"变"活扣"焕发生机

据最高人民法院执行指挥中心综合管理平台数据显示，今年1月至3月，受疫情影响，江苏全省法院异地执行报备申请同比下降63.18%。网络司法拍卖成交标的5894件，成交金额77.33亿元，相比去年同期有所下降。如何应对受疫情影响执行法官无法异地办案，以及异地资产处置工作本身存在的调查难、执行成本高、处置协同难等诸多难题？

"智能化建设是疫情防控常态化背景下提高执行效率的关键环节，也是实现执行规范化建设的重要抓手，更是推进执行工作高效规范运行的必由之路。"江苏高院执行局局长朱嵘谈道。

记者了解到，早在2021年2月，苏州市中级人民法院便作了尝试，与京东集团签署"互联网+"战略合作框架协议；今年初，进一步加深与阿里拍卖在长三角地区沪嘉苏法院的法拍车辆一体化处置、异地执行事务办理等方面的合作。通过互联网赋能，江苏全省法院正在打造异地资产现状调查、查封扣押车辆处置、动产仓储管理等方面"互联网+异地执行"执行新模式，有效破解在疫情防控下异地资产处置难题。

"能不能不要拍卖我们公司的旧机器设备，一旦没了设备，那我们厂就真的完了，我们这二十几个工人咋生活啊！"在一起货款纠纷执行中，江阴市人民法院实地勘查发现，丰瑞模具公司是一家一直在正常生产经营的小微企业，疫情缓和后新接了不少订单。但因欠125万元的货款及逾期付款利息，厂里除了二十余台机器设备外，无其他可供执行财产。

本着善意文明执行的理念，江阴法院对丰瑞模具公司的生产场所安装"鱼眼式电子封条"对机器设备进行"活封"，令该企业得以继续经营。发稿前记者了解到，经过分期履行，丰瑞模具公司目前所有债务已履行完毕，各方利益均得到最大程度保障。

在当前疫情影响仍未完全消除的大背景下，如何避免对被执行人"竭泽而渔"？利用现代物联网信息技术，尽可能采取"活封""活扣"方式，给受到疫情影响或资金链暂时断裂企业带来新的发展生机，实现各方利益最大化，江苏全省法院做了诸多有益探索。

江苏高院出台《关于进一步规范查封、扣押、冻结财产工作指引》，坚持

"当下治"与"长久立"相结合，严格依法规范法院执行行为。苏州中院出台强化善意文明执行、保障中小微企业正常生产经营的"稳企复产14项措施"，受到最高人民法院充分肯定。无锡中院、苏州工业园区法院两则执行案例，入选最高人民法院公布的12件人民法院助力中小微企业发展典型案例。

"执转破"破冰，激活发展一江春水

4月22日下午，苏州市吴江区人民法院召开了一场特殊的"云端"债权人会议，承办法官章伟会上宣布裁定认可和解协议并终止和解程序。在疫情防控特殊时期，吴江法院仅用61天，便推动这起"执转破"案件完成了破产和解。

债务人是一家从事建筑装饰、装修的中小企业，自2020年开始，陆续6件执行案件申请人申请对其强制执行，未履行执行标的额合计为102.38万元。在执行过程中，法院发现债务人系因疫情陷入资金流动性困难，但其拥有国家相关建筑资质，具备通过破产程序实现继续经营的挽救价值。经申请人同意后，该案移送破产审查。61天后，该案第一次债权人会议通过在线方式召开，当场裁定并宣布由破产清算转入破产和解程序，认可和解协议并终止和解程序。

近年来，江苏法院大力推进"执行转破产"，推动市场主体彻底退出市场。吴江法院探索形成移得出、立得上、破得了的"执行转破产"吴江经验；新沂市人民法院提出"企业法人无终本"工作理念，要求对僵尸企业被执行人"应转尽转、当破必破"。

"谢谢你李法官，我以为这个钱永远拿不到了，听说最近南通疫情紧张，没想到这么快就拿到了，你们辛苦了！"近日，南通市通州区人民法院执行局法官助理李金萍通过电话和微信，收到了申请执行人的连连道谢。

7年前，泰兴某收购站经营者刘某向通州法院执行局申请执行南通某工贸公司房屋租赁合同、买卖合同款项共计13万余元，执行中法院依法拍卖了被执行人名下数台机械设备，执行到位4万余元。因被执行人无其他可供执行财产，两案终本。

今年3月，通过多方查找，李金萍终于联系上了被执行公司的法定代表

人倪某，得知疫情下公司早已停工，倪某表示还是希望法院能积极与申请人沟通，让公司在疫情缓解重振生机后再履行。经过组织多番协商，申请执行人对被执行人的情况表示体谅，愿意给被执行企业一次重生的机会，申请执行人撤回了"执转破"申请。

面对疫情防控复杂形势，江苏全省法院充分发挥执行程序与破产挽救程序的衔接作用，精准引导执行转破产后促成破产重整或和解，以尽早实现对困境企业的司法保护。同时，多地法院已申请"与个人破产制度功能相当"的试点工作，助力一批"诚实而不幸"的个人免除债务、纾困解难。

秉承善意文明的执行理念，江苏法院打出一系列执行专项行动组合拳，确保疫情防控不缺位，复工复产有保障。为进一步促进社会诚信建设、优化法治化营商环境，助力市场主体更好生存发展，江苏法院的号角已经吹响。

《江苏法治报》2022 年 5 月 30 日刊登

王晓红：《江苏法治报》记者

以"新模式"满足"新需求"

——江苏法院疫情防控常态化背景下提升司法服务效能纪实

郑卫平

新冠肺炎疫情防控常态化背景下，人民法院如何为人民群众提供更加便捷高效精准的诉讼服务？

2020年以来，江苏法院始终坚持群众需求导向，充分运用一站式多元解纷和诉讼服务体系建设创新成果，全力打造线上线下相结合的新型诉讼服务模式，统筹推进疫情防控与诉讼服务、审判业务，积极回应了疫情防控常态化背景下人民群众对司法服务的多元需求。

转型升级——畅通"一站通办""一网通办""一次通办""一号通办"

进过酒吧，玩过陶吧，没想到还有"诉服吧"。当事人陈某对"诉服吧"有些好奇。

陈某见到的"诉服吧"在苏州工业园区人民法院诉讼服务大厅内。陈某从免费饮水机打来开水，坐在带暖色的沙发上，将手机在身边的充电设备上充电，看着苏州园林特色的窗格背景，喝着热气腾腾的茶，感觉舒坦了不少。喝完水，陈某在大厅里转了转，还看到各类调解室和律师专用室。与他同行的顾律师告诉他，进了这大厅就不用烦了，这里有立案、法律咨询、调解、资料复印等一条龙服务。

真的不需要来回跑，也不需要跑那么远。

走进徐州市中级人民法院诉讼服务大厅，"全域诉服"标识赫然在目。

"两级法院在诉讼服务大厅均设立了'全域诉服'窗口，可以办理各种类型案件的诉讼立案。"徐州中院立案一庭工作人员向记者介绍，"当事人还可以在徐州辖区内任何一家法院的'全域诉服'窗口，办理由本省范围内其他法院办理的立案登记、信息查询、卷宗查阅等诉讼服务。"

在徐州中院诉讼服务大厅，记者还看到由自助立案终端、自助送达一体机、电脑、扫描仪等设备搭建的"自助诉服区"。在工作人员引导下，刘某刷身份证进入自助区。在自助服务终端前，刘某按照系统上的提示，将纸质立案材料通过终端扫描上传至系统，最后点击"确认立案"。不一会，手机就收到了立案成功的短信，整个过程不到 10 分钟。

进商场有"导购员"，到了法院有"导诉员"。

"我十年前也到法院打过官司，当时进了法院，有晕的感觉，现在不一样了，进了大厅，有专人引导我如何填写诉讼材料和答疑解惑，还带我至指定场所、协助转交材料。"当事人杨某对涟水县人民法院推行的"导诉员"很满意。

为切实解决 12368 诉讼服务热线接听难、等待时间长等问题，江苏省高级人民法院借鉴 12345 政务热线模式，将分散在各家法院的 12368 诉服热线进行省一级集中部署，统一提供案件查询、法律咨询、诉讼指导等十多项服务，打造全省诉讼服务"总客服"，为群众架起"连心线"。试运行以来，热线接通率、满意率分别达 95%、99% 以上。

据江苏高院立案庭庭长刘振介绍，近年来，江苏高院积极推进诉讼服务全方位转型升级，以诉讼服务中心为枢纽，依托江苏诉讼服务网、江苏微法院、江苏微保全等十多个平台，打造包含诉前调解、起诉立案、案件审理和网上接访在内的在线诉讼工作闭环，为当事人提供"一站通办、一网通办、一号通办、一次通办"高品质诉讼服务。

转战"云端"——实现从"面对面"到"屏对屏"

2021 年 11 月 29 日下午，南京海事法院立案庭工作人员、当事人张某及其委托的律师如约在"江苏移动微法院"上见面了。

张某是中国籍船员，他在西非科特迪瓦感染了新冠肺炎和疟疾，在当地接受治疗。因国内公司未支付治疗期间的工资，导致他生活难以为继，打算起诉要求公司支付相应的劳动报酬。考虑到往返国内的成本和其他因素，在征求律师意见后，他希望通过委托代理视频见证机制办理授权委托手续，由代理人直接在国内处理相关诉讼事宜。

南京海事法院立案庭接到当事人的申请后，立即为张某开辟了"船员绿色通道"，解决了张某跨境立案的燃眉之急。

新冠肺炎疫情出现以来，陆续有法院暂停线下诉讼服务活动。与此同时，江苏法院积极推动大数据、云计算、人工智能、区块链等新技术与法院业务的融合创新应用，不但实现了疫情防控态势下诉讼服务不停摆、不止步，而且提升了司法为民的深度、广度和精细度。

江苏高院还开发了全国首个互联网庭审小程序——"互联网开庭"平台，今年疫情期间共通过平台化解纠纷 105 788 起。

苏州法院聚焦"全链条卷宗生成、全流程在线办案、全方位智能服务"，激发智慧审判新动能。

南京法院研发"宁融智诉"一体化解纷平台，实现小额金融案件批量网上立案、批量在线庭审、批量在线调解。

南通市中级人民法院自主研发"支云庭审系统"，将线下庭审"搬"到线上。

转变方式——从"治已病"到"防""治"并举

"疫情期间我们公司资金流动困难，实在拿不出货款……"某包装公司负责人庄某某满面愁容地诉说着公司的难处。

该包装公司是张家港一家专门生产饮料机械、包装机械等设备的小型民营企业，拖欠多家供应商货款未付。短短几个月内，连续有 26 家供货商提起诉讼，要求支付货款、违约金。

"如果采取'立案－开庭－判决'的模式，审理周期会很长，极有可能导致公司资金链断裂，加剧企业破产风险。"张家港市人民法院锦丰人民法庭庭长蒋晓说道。

为保障企业正常运转，该院启用非诉讼矛盾纠纷化解机制，指派驻庭调解员全流程跟踪该系列案件，最终促成双方达成了分期付款的调解方案，并予以司法确认。

江苏高院不仅依法高效裁判"治已病",同时注重延伸司法触角"防未病"。

江苏高院开发在线调解平台"人民法院调解平台·江苏微解纷"。"江苏微解纷"有效整合法院审判资源和司法行政机关七种非诉解纷力量,运用智能算法和大数据技术,以 PC 端和微信小程序两种方式,提供智能风险评估、特邀调解和专职调解、案件流转、司法确认等一站式解纷服务,努力打造层次分明、协调联动、便捷高效、线上线下相互结合的一体化、一站式多元解纷体系。目前,11 516 名调解员、近 1900 家调解组织入驻"江苏微解纷"平台,在线开展调解工作,平台访问已达 1163 万人次。

"防未病"的力度不断加大,效果不断显现。

2020 年以来,江苏高院推动司法重心下移、力量下沉,主动融入自治法治德治相结合的城乡基层治理体系,全面推进"审务进基层、法官进网格"工作,各基层法院均在辖区内各乡(镇、街道)设立审务工作站,法官进入社区网格覆盖率达 100%,开展矛盾纠纷化解排查 118 万余件,打通了服务群众的"最后一公里",切实把矛盾解决在萌芽状态、化解在基层。

淮安法院开展了"法官进企业 企业家进法院"的"双走进"活动,选派法官组建"民企运行法律诊疗所",对企业法律风险做全方位检查。"主检法官"撰写翔实的"体检报告",并向企业讲解"体检报告"中的专业术语、法律依据,并做好核心风险提示。对于部分企业风险盲点多、"慢性病"一时难以"治愈"的,定期开展回访复检工作,为企业建立动态风险信息库,做好长期跟踪和风险研判。

5 月 25 日,南通法院 10 个业务庭、近 50 名干警进乡村、进社区、进学校,走到群众身边开展调研座谈,了解人民群众对司法的新需求新期待,推动"无讼村居"创建,进行民法典宣讲,加强诉源治理,推动矛盾纠纷源头化解。

镇江法院开展"抗风险 稳经营"联系企业活动,成立 20 个联系小组,重点集中走访联系涉市人大代表企业 52 家,赠送《企业经营法律风险提示手册》《企业知识产权保护指南》，为企业在复工复产、生产经营、风险防控等方面提供精准法律服务。

《江苏法治报》2022 年 6 月 9 日刊登

郑卫平：江苏省高级人民法院

夏风渐渐吹散"倒春寒"

——致敬奔忙在疫情防控和审判执行一线的江苏法院人

朱 旻

新冠肺炎疫情防控已经进入第三年，病毒的流行不断重塑着我们的生活方式。今年1月以来，具有强传染性的奥密克戎变异株迅速蔓延至我国28个省份，至3月份，"倒春寒"式的疫情暴发使得本土感染者累计突破7万，各地中高风险区一度超过600个……人民生命安全和经济社会发展面临严峻的考验。

要保持战略定力，坚持稳中求进，努力用最小的代价实现最大的防控效果，最大限度减少疫情对经济社会发展的影响。

回溯中央经济工作会议、中央政法工作会议到全国"两会"，"稳字当头，稳中求进"一再被强调为今年工作的总基调。

越是面对复杂变局，越要稳字当头，牢牢稳住发展的基本盘。国之大者国泰民安，推动稳中求进离不开司法对经济社会发展，对群众权益、民生稳定的有力保障。

一

司法构建和修复了稳中求进的秩序环境。平凡人家、小微企业的民商事活动是经济社会发展稳中求进的晴雨表，司法活动构建、修复平安和谐稳定秩序的独特功能无可替代，有着应急处突与终局兜底的价值意义。

2022年春，坐标无锡。苏州某机械公司因未及时履行生效裁判，即将被法院纳入失信被执行人名单，而一旦进入失信名单，企业何谈发展生产。体恤困境企业"喘口气"才能再出发，无锡市惠山区人民法院作出该院首份"纳失宽限期"执行决定书，该公司成为首个享有90天"纳失宽限期"的被执行人。

同样在这个春天，为缓解发展困境，镇江法院为具有一定诚信度和发展前景，需要法院协调达成和解协议的企业制作"帮扶清单"，及时修复企业信用。今年年初至3月底，全市2778家失信企业修复信用，按下复工复产键。

推动信用修复，推动复工复产，重振企业发展生机，这是落实高效统筹疫情防控和经济社会发展的党中央要求，是江苏全省法院加强组织部署的整体行动。今年3月底以来，一场"优化法治化营商环境执行年"1+4专项行动在江苏全省有序推进。全省法院把企业信用修复"暖企"行动作为重心，对4.2万余家相关企业进行全面专项治理，截至5月中旬，已删除5790条失信信息，切实保障申请执行人权益的同时，将数千家企业退出失信被执行人名单。

坚持发展和安全并重，实现高质量发展和高水平安全的良性互动。

稳中求进的核心是保障社会稳定和群众生产生活安全。回看疫情防控三年，江苏法院持续服务"六稳""六保"，用高质量司法护航经济社会高质量发展。

持法律之剑严惩涉疫犯罪。各级法院从严从快惩处妨害疫情防控的制假售假、造谣传谣、暴力伤医、涉疫诈骗，妥善化解涉疫行政争议；妥善处理因疫情引发的劳资用工、购销合同、商铺租赁等纠纷，妥善审理涉疫民商事案件，审结涉及教育、就业、医疗、养老、消费、社会保障等案件，促进保障和改善民生。

稳住市场主体才能稳住经济。各地法院纷纷出台实招硬招，助力企业发展。这些举措包括，解决挤压生存发展空间、拖欠账款、超标的查封乱查封等侵害企业权益问题；助推危困企业先破后立，浴火重生等。2021年，江苏全省法院充分发挥破产救治功能，累计化解破产债权2688.7亿元，妥善安置职工3.5万人，盘活土地及房产2194.2万平方米，让183家有发展前景的困境企业重获新生。

今年4月，江苏高院出台12条司法措施，保障产业链供应链稳定，保障货运物流畅通，缓解企业融资难题，帮助受疫情严重冲击的行业、中小微企业和个体工商户纾困解难，在公正高效的前提下，从最有利于企业生产经营的角度寻求司法"最优解"……鏖战疫情背景下，奔忙在疫情防控和审判执行一线的江苏法院人，以生动的司法实践，勇于担当的司法作为为推进经济社会稳中求进、行稳致远留下了点睛之笔。

二

花开苏南苏北，春意盎然犹在，夏风翩然而至。

工厂机器轰鸣，生产高效运行，研发有条不紊，企业按下复工键，司法跟进怎么做？

劳动争议纠纷中，引导企业维护好劳动者权益。疫情期间，社会各行业都不同程度受到影响，疫情之中劳动者的生活尤为艰辛。"民生要托底、货运要畅通、产业要循环"，劳动者的权益保障问题不能忽视，这不仅关乎着广大劳动者的切身利益，也影响着复工复产的顺利进行，乃至于战"疫"大局。

南京、苏州、常州、盐城、宿迁等地法院及时制定司法举措，明确疫情期间劳动用工和工资报酬支付等事项，稳定劳动者和用人单位预期，引导双方把精力集中到恢复企业生产经营上，引导企业把眼光放长远，疫情防控期间依法支付员工工资，保持企业劳动者队伍稳定。

体谅企业的发展也正举步维艰。全力保护劳动者权益的同时，各级法院纠纷化解中不搞"谁弱谁有理"，防止部分劳动者的片面认知、不合理诉求和过度维权，依法支持用人单位合情合理合法行使权利。

在刚性的执行工作中，注入更多的善意文明。各级法院强化善意文明执行理念，在依法保障胜诉当事人合法权益的同时，尽可能减少对被执行人生产、生活等方面带来影响，实现法律效果和社会效果的最大化。与此同时，精准洞悉矛盾爆发的节点，把强制力聚焦到对规避执行、逃避执行、抗拒执行行为的依法打击和惩处上来，维护执行权威和司法公信力。

善意文明的点点滴滴包括，选择对被执行人生产经营活动影响较小的查封措施，适度、合理、必要、审慎适用查封、扣押、冻结等强制措施，将

"竭泽而渔"改为"蓄水养鱼",把"死封"改为"活封"……

无锡市中级人民法院利用"物联网查封财产监管系统",在某被执行铜业公司安装近300个电子封条、40多台监控设备,全时段动态监管该公司所有厂房、原材料、生产设备,实现企业"变查封为经营",成为一家正常生产的"活着的企业",在随后对该公司进行司法拍卖中,公司整体资产拍卖价达1.6亿元,溢价4000万元,远超第一次流拍的拍卖底价。

善意文明执行并不是削弱执行的强度和力度。疫情防控大背景下,执行工作高质量发展需要有强度、有力度,也要刚柔并济、体恤民生,以对话代替对抗,以善意化解分歧,努力把握好"力度"与"温度"的平衡,努力做到"执行一个案件、拯救一个企业、促进一方发展、保障一方平安"。

三

应对疫情"大考",江苏全省法院不断完善智慧法院建设,推动审判执行在"不停摆"中实现加速度。

今年4月以来,南通法院运用"365"全流程执行无纸化办案系统,交出了一份疫情期间毫不褪色的工作答卷。1月至4月,南通全市法院执结案件14 254件,执行到位金额27.94亿元,其中仅4月份就执结到位金额7.86亿元。

苏州市中级人民法院建设了"全域诉讼服务"系统,归口管理线上、线下各类诉讼服务事项,实现各类事项的收集、办理(转化)、跟踪,推进诉讼服务规范化、便捷化、无纸化。全省法院积极推进在线诉讼,据统计,2020年疫情发生以来,全省共开展在线庭审302 705场,"互联庭审,支在云端",有力保障了群众诉权,实现了审判执行工作"不打烊",公平正义"不止步"。

司法服务疫情防控和经济社会发展,法院人一直都是"双线作战"。2022年2月15日,正值元宵佳节,苏州两级法院面对突发疫情,闻令而动,第一时间吹响疫情防控"集结号";3月6日,连云港市灌云县人民法院干警组成疫情防控第一梯队,奔赴、下沉社区;3月13日,泰兴市人民法院党员干警赴社区卡口担任核酸检测志愿员;3月15日,扬州市中级人民法院干警下沉曲江街道下辖的19个村(社区),开展沿街商铺劝导防疫志愿服务;3月19

日，淮安市中级人民法院组织第一批志愿者赶赴社区抗疫一线，逐户逐人拉网式摸排，引导教育群众及时关注疫情信息，不信谣不传谣；3月21日清晨，常州市中级人民法院年轻干警集结成"战疫青年突击队"，奔赴高风险封控区进行全封闭疫情防控志愿服务；3月28日，党旗飘扬，南通市中级人民法院首批疫情防控党员突击队队员奔赴疫情防控一线……

4月初，位于江苏西北部，地处苏皖两省、七县交界的徐州睢宁县再次被疫情席卷。睢宁县人民法院干警们不分昼夜，在就地社区疫情服务中纷纷当起了点位长、楼长、志愿者，淋淋大雨、烈日余晖、满天星辰下，扛起一个个生活物资包送至每家每户。老同志庄亚每天接送徐州来睢支援的医护人员、统筹社区防控和物资保障，每天只能在搭建的简易帐篷休息两三个小时；速裁中心女法官吴艳以单薄的身躯拉起载满了整个单元楼生活物资的三轮车，遇见上坡咬牙对自己说：坚持！坚持！

坚持，坚持住，即便这个春天不太暖，但你，奔忙在疫情防控和审判执行一线的江苏法院人，你们温暖了整个春天。你们是令人尊重的拥有定力的坚持者，坚持做着正确而有力的事，砥砺自身、关爱他者、履职司法、推进社会。

粽叶飘香，人间烟火，夏风渐渐吹散了"倒春寒"。致敬你们，致敬激荡的历史洪流中，温和而坚定的司法前行者、奋进者！

《江苏法治报》2022年6月13日刊登

朱旻：江苏省高级人民法院

暖企纾困　全力以"复"

——江苏张家港法院护航"稳企复产"工作纪实

沈林娅

企业是经济发展的源头活水。江苏省张家港市人民法院充分发挥司法职能，推动涉企纠纷实质性快速化解，帮助企业打通堵点、解决难点、消除痛点，让经济活力不断迸发。

高效"诉前调"孕育"新生机"

"诉前调解既高效便捷，又实质化解了我们小企业的债务危机，帮助我们渡过疫情难关！"某包装机械公司负责人庄某某握着张家港法院锦丰人民法庭庭长蒋晓的手连连道谢。

某包装机械公司是一家小型民营企业，在日常生产经营活动中购买设备配件和材料时通常采取"先发货后付款"的交易模式，疫情影响下因现金流紧张，拖欠多家供应商货款未付。短短几个月内，连续有 26 家供货商提起诉讼，要求支付货款和违约金。

"疫情期间我们公司资金流动困难，实在拿不出货款……"庄某某满面愁容地诉说着公司的难处。

"如果采取立案、开庭、判决的固有办案模式，审理周期长，而且该包装机械公司将面临案件生效后一次性付款的压力，一旦集中执行，极有可能导致公司资金链断裂，加剧企业破产风险。"蒋晓说道。

为保障企业正常运转，该院依托诉前调解服务平台，启用非诉讼矛盾纠纷化解机制，指派驻庭调解员全流程跟踪该系列案件，从保障债权实现、兼顾企业发展的共赢角度，做好债权人的工作，根据公司的偿债能力，最终促成双方达成了分期付款的调解方案，并予以司法确认。

对于暂时存在经济困难但有发展潜力的企业，该院积极引导双方当事人达成和解协议，在保障债权人合法权益的同时缓解债务人的资金压力，避免"办理一个案子，垮掉一个企业"。

采取"活保全"送去"定心丸"

张家港市有江苏省最大的强村群体，护航农村集体经济高质量发展是该院的一项重要延伸服务。

"对牵涉诉讼纠纷的村集体企业，我们采取诉讼保全强制措施时，要依法尽可能以不影响或少影响企业发展的方式进行，避免对企业发展造成二次冲击。"该院副院长李清泉表示。

张家港市8个村共同投资成立了一家集体资产经营公司，以1.01亿元的价格收购某包装材料公司名下50亩国有建设用地使用权及其上近3万平方米的工业用房。在双方办理资产过户手续期间，因该包装材料公司涉诉，其名下的土地、厂房被查封。面对这一突如其来的问题，集体资产经营公司负责人刘某某犯了难："6000余万元的转让款已经支付了，现在却拿不到土地和厂房，不能投入使用，资产收购风险也会增加，这可怎么办啊！"

得知集体资产经营公司面临的困境后，该院提出由集体资产经营公司提供担保换取资产解封的方案，在不影响某包装材料公司对方当事人诉讼权利的同时，推进资产收购合同如期履行。

集体资产经营公司立即提交了书面担保函，并按照保全金额200万元交纳了保证金，该院依法解除了对包装材料公司的资产查封。市值上亿的土地、厂房顺利完成过户，让集体资产经营公司吃下了一颗"定心丸"。

对于保全措施已严重影响企业的工资发放、贷款还款、资产收购的，该院灵活运用财产保全置换手段，在依法保障保全申请权利的同时，解决企业的燃眉之急，为企业生存发展提供坚强的"法治后盾"。

赋予"宽限期"帮助"喘口气"

"我们坚持严格依法执行和善意文明执行并重，不仅及时维护买受人的合法权益，而且提升被执行企业在疫情期间的继续存活能力，实现'双赢'。"在一处腾退交接现场，该院执行局副局长李军向记者介绍道。

在一起金融借款合同纠纷案中，因某医疗公司未履行生效法律文书确定的义务，该院决定通过淘宝网司法拍卖网络平台公开拍卖某医疗公司的厂房及土地。

疫情期间，企业生产经营难免受到影响。为避免正常查封导致某医疗公司生产经营情况"雪上加霜"，该院贯彻落实"有利经营原则"，对某医疗公司采取了"活封"措施，使其在财产被查封到拍卖成交的4个月内可以继续生产经营，同时给予其宽限期用以另寻厂房地址。

某医疗公司找到新厂房后，及时将老厂房中的物品搬离。随后执行法官经现场查验确认后，当场将厂房土地及钥匙交付给买受人。

"法院变'死封'为'活封'，帮了我们厂子，更是保住了35人的饭碗。目前我们接到了几笔新订单，已经在生产供货了。"新厂房门口，货车进进出出，某医疗公司负责人顾某某正安排人手进行货物装箱，脸上笑容洋溢。

疫情影响下，涉企执行案件数量有所上升。该院秉持善意文明执行理念，灵活运用执行查控措施和信用惩戒措施，减少对被执行企业正常生产经营的影响，及时为市场主体纾困减负，助力企业复工复产。

《人民法院报》2022年6月3日刊登

沈林娅：《人民法院报》通讯员

疫情之下，苏州稳企复产答出"最优解"

艾家静　高　源

今年以来，江苏省苏州市两级法院在新冠肺炎疫情形势严峻复杂的情况下，根据江苏省高级人民法院"优化法治化营商环境执行年"1+4专项行动工作方案总体要求，在执行工作中贯彻善意文明执行理念，保护受疫情影响的市场主体有序复工复产，努力做到"执行一个案件、拯救一个企业、促进一方发展"，为优化营商环境提供了有力司法保障。

力行"活封活扣"　困境企业走向新生

"感谢法官灵活执行，公司现在能够起死回生，继续生产了！"随着双方达成执行和解协议，常熟市某精密机械公司负责人陶某心里的石头终于落下。

今年1月，因公司未按生效判决支付其拖欠某公司的80万元费用，案件在常熟市人民法院进入执行程序。

"我们生产的精密机械销路很好，一直有订单，但是受疫情影响，物流中断，资金链遇到困难，后续生产经营面临不小的挑战。公司还有30多位员工苦等开工复产，我一直在联系生意伙伴想办法。"谈起当时的经营困境，陶某眉头紧锁。

今年3月，申请执行人称该器械公司有转移被查封设备的可能，请求法院予以制止，并立即启动拍卖程序。得到消息后，常熟市人民法院的执行干警当即赶往现场核查，虽未发现设备转移迹象，但还是再次向陶某释明了私自转移设备的法律后果。

"私自转移被查封的设备是要吃官司的，我们肯定不会做这样的事。但是我们想在4月底搬迁到新厂址，希望法院能准许我们搬迁设备，尽快恢复生产。我们保证被法院查封的设备一台都不会少！"陶某对执行法官讲出了自己的请求。

法院认为，查封是一项重要的执行措施，但其目的是财产控制，对于能够"活封""活扣"的，尽量不要"封死""扣死"。

常熟法院执行法官李阳说："疫情背景下，既要保证申请执行人的合法权益，也不能因为一次执行将企业推至绝境。应当依法允许被执行人在法院监督下合理处置财产，尽可能增强资产的流动性，提高资产的经济效能。"

为此，常熟法院在不损害债权人利益的情况下，对上述器械公司资产采取"活封"措施，允许其择址搬迁后在正常生产范围内使用机器，但不得进行买卖、转让等财产处分行为，最大限度保护其正常生产经营。经法院多次沟通协商，申请执行人也认可了分两期还清款项的协议。

眼下，这家精密机械公司按照既定方案顺利搬迁，随着物流恢复正常，企业已经接到了近80万元的货单，正开足马力，加大生产力度。

"近年来，苏州法院处置涉企执行案件更加审慎、灵活、人性化。深入了解其无法还款的原因和还款能力，努力做到充分研判，最大限度减少执行工作对企业正常生产经营的影响。"苏州市中级人民法院执行局副局长沈丽表示。

力践"善意文明" 暖企理念渗透审执环节

2019年12月，主业生产防疫物资的刚松公司进入破产程序。2020年2月，疫情刚出现，防疫物资紧缺。苏州市吴江区人民法院主动作为，依法通过预重整程序让刚松公司重获新生。

面对困境企业，善意文明理念先导，成为苏州法院服务大局的生动实践。

2020年5月，苏州中院先后发布了《关于贯彻善意文明执行理念 优化法治诚信营商环境的若干意见》等一系列文件，围绕15项具体内容对执行案件中经常遇到的财产保全审查、保全顺序的选择、信用惩戒措施等情形进行细化，明确了相关工作的尺度标准。

"每个案件都是一个营商环境。执行工作中既要充分保障债权人合法权益，严厉打击规避执行、抗拒执行行为，又要坚持比例原则，减少对债务人权益的影响。"苏州中院执行局综合协调处处长陈琳指出，"要将善意文明理念渗透到各个执行环节，一系列文件的出台多层面、多角度细化了准则，加强了善意文明执行在实践中的可操作性和规范性。"

2020年6月，苏州一家生产土特产的知名民营企业因股权纠纷被诉至法院，原告提出财产保全申请要求冻结企业6个账户，涉及金额达4079.5万元。此案正值复产复工关键时期，姑苏区人民法院审理后认为，本案保全标的金额较大，应当谨慎选择保全的财产类型，遂按照上述意见要求，以"有利于生产经营"为原则，选择对生产经营活动影响较小的财产灵活采取查封措施，最终依法足额查封了公司名下5处房产、4辆汽车，避免因冻结银行账户致使企业经营严重受到影响的局面。

标准不降低，运行更审慎灵活人性化。据统计，2021年全年，苏州市两级法院结案133 947件，执行到位总金额217.05亿元，均居全省首位，执行效率有效提升，执行信访率为全省最低。

力求"最优解" "两难"终至"双赢"

今年3月，江苏高院打响了"优化法治化营商环境执行年"1+4专项行动发令枪，苏州中院闻令而动，迅速部署开展全市法院"稳企复产"专项执行行动。

苏州中院审判委员会专职委员、执行局局长沈如介绍："此次专项执行行动聚焦涉企执行案件，坚持依法规范执行和善意文明执行，对相关企业走访调研一批、信用修复一批、'执转破'重整挽救一批、加大力度执行一批，着力破解疫情对企业经营造成的不利影响，帮助企业快速复工复产。"

一起房屋腾空返还案件，为这次专项行动力求"最优解"写下注脚。

某科技公司承租了某服装公司的房屋用作生产经营，因合同到期且该房屋面临拆迁，双方发生纠纷，后吴中区人民法院判决科技公司腾空返还房屋，又因该公司未按生效法律文书履行义务，服装公司向法院申请执行。

"法官，这个房子如果不能及时腾空，我们公司要承担巨大损失。按照搬迁补偿协议，每拖延交付一天，我们要赔偿3万多元违约金，我们真的很着急！"服装公司负责人多次联系执行法官，希望法院对被执行人采取断水断电措施并强制腾空房屋。

而另一边，被执行人向法院提交了延期搬迁申请书，表示其已找到了新厂房且和房东签好租赁协议，正急于搬迁新址。但因疫情影响装修进度，新厂的无尘要求不达标，搬迁工作也由此搁置。

"我们在疫情期间生产一直在继续，愿意支付占有房屋期间的租金、物业费、水电费及其他相关费用。希望能宽限点时间。"科技公司负责人诚恳表态。

面对两难境地，执行法官第一时间赴现场进行调查。

"被执行人是一家科技企业，系某知名电商主要供应商，发展前景良好。调查发现，由于其主营的光电产品对生产环境要求极高，全程需使用无尘车间，目前匆忙搬迁确实无法保证其正常生产。"执行法官补充说，该科技公司也积极履行了占用使用费等给付义务，只是搬迁受疫情影响无法推进，并不是恶意拖延。贸然采取强制清场执行措施，将严重影响企业正常生产经营，导致其无法向上游企业供货，可能造成不可估量的经济和信誉损失。

考虑到上述情况，吴中区法院积极促成双方达成执行和解，申请执行人对延期方案的态度有所松动，但依然担心对方到时再不搬会给他们造成损失。

为了打消服装公司的顾虑，执行法官多次走访科技公司，了解其经营状态及搬迁进度，发现该企业所在厂区大部分企业已搬迁，现场嘈杂无序，及时搬迁到新的厂房对该公司生产经营更为有利。随即，执行法官又到其新租赁的厂房实地查看，发现被执行人已加快装修进度并做好搬迁准备。

为帮助企业尽快走出困境，法院主动与新旧厂房同时所属的街道取得联系，告知本案执行进展及双方企业面临的困难。街道方面也认为，被执行人发展前景非常好，于是在原租赁厂区拆迁后，又出租近1万平方米达到无尘标准的厂房给被执行人，表示欢迎其及时进驻，并会做好搬迁配合协助工作。同时，为了给双方企业纾困解难，街道再给予合理的搬迁期限，如法院促成双方就搬迁事宜达成和解，其也不会追究违约责任。于是，执行法官再次组织双方和解，并很快达成协议。

目前，该企业已顺利搬迁，并对执行法官的善意文明执法表示由衷感谢。

沈如介绍说，今年2月，苏州出现疫情，对中小企业发展产生较大影响。

在做好疫情防控各项工作的同时，苏州中院出台了《关于充分发挥司法职能服务保障稳企复产的14项措施》，助力中小微企业复工复产。该案办理过程中，法院充分考虑被执行人企业实际情况、履行诚意以及疫情对企业搬迁的客观影响，制定合理的搬迁时限，积极促成双方达成执行和解。

力保信用"生命线" 精准惩戒及时修复

"有了这份决定书，我们30多个靠车轮子吃饭的人终于可以喘口气了。"云南西双版纳某旅游公司负责人在收到苏州工业园区人民法院送达的信用宽限决定书后如释重负。

案情并不复杂。该旅游公司因一起融资租赁合同纠纷被诉至法院，达成调解协议后，该公司也按期履行，但就在大部分款项已经还上时，旅游公司突然中断了还款。

"不是不想还钱，真是受疫情影响太大，公司经营实在困难，一下子拿不出钱来。"旅游公司负责人说，该公司经营地在西双版纳，本来红火的旅游行业受疫情重创，一向业绩很好的该旅游公司首当其冲受到影响。

实地调查中，法官还通过当地交通部门了解到，涉案抵押车辆保存完好，且该旅游公司也向法院提交了信用承诺书，承办法官决定给予该公司三个月的信用宽限，暂不将其纳入失信被执行人名单。

"2020年5月，我们就出台了建立被执行人失信分级分类惩戒和守信激励机制的实施意见。在今年苏州遭遇疫情的背景下，我们在上述意见框架下制定了《关于建立被执行人失信分类惩戒和信用修复机制的实施细则》。"工业园区法院执行法官朱文峰介绍，细则将失信行为界定为轻微失信行为、一般失信行为和严重失信行为，并相应确定对其采取失信惩戒的措施、期限及方式，提高了失信惩戒的精确性和适度性。

就在不久前，苏州某金属科技公司经营困难，未能按照调解书履行融资合同纠纷中的还款义务。在强制执行过程中，承办法官了解到，该公司经营状况正常，只是因为经营地出现疫情，才导致经营发生短期困难。如对其采取传统的失信惩戒，可能会给企业的信誉造成损失，企业很有可能因此一蹶不振。

苏州工业园区人民法院党组成员、执行局长曹亚峰介绍，为此，园区法院及时调整执行方式，向被执行人企业送达《失信惩戒预处罚通知书》，提醒该企业要积极配合法院执行，否则有被纳入失信被执行人名单的风险。同时，促成双方当事人根据企业的实际经营情况达成执行和解协议。令人欣慰的是，疫情刚刚散去，该企业现已全面恢复生产经营。

信誉是企业的生命线。常熟法院依法力保信用"生命线"，为企业脱困上市铺路。

2019 年，陈经理所在公司进行转型升级，贷款 500 多万元用于产品的研发。但突如其来的疫情打乱了公司的生产计划，导致销售情况不及预期。2020 年，相关贷款陆续到期，公司却没有资金来偿还贷款。2021 年 5 月，经过多次协商无果后，陈经理和公司被银行告上了法庭。

案件进入执行程序后，公司抵押的厂房被查封，进入司法拍卖程序。而公司的检索信息中也被打上了"失信"标签。

经了解，陈经理的公司是一家在新三板上市的科技型中小企业，拥有 20 多项技术专利。但盖上了"失信"印章后，这些荣誉顿时显得苍白无力，并不为合作方认可。

"当时，我真是一夜白头。合作方看到'失信'二字后，我怎么解释都是徒劳，订单进不来，公司没有进账，债务就偿还不了，陷入了一个恶性循环。"陈经理回忆着当时的情形。

让她高兴的是，这样的困境很快迎来反转。

常熟法院执行局接到该案后，对公司的运营进行了调查，发现这家公司虽暂时遭遇困难，但仍有"造血"能力，并且该公司已在经营范围内增加了智能制造项目，拟注入智能机器人制造资产后在北交所挂牌上市。

"执行法官将破产重整理念贯穿执行进程，积极协调该公司、注资方及各债权人在开拍日前达成一揽子解决方案。注资人向拍卖案件申请执行人支付 315 万元，对其余 5 件关联案件的申请执行人先行支付 180 万元，余款近 206 万元在注资人和被执行人完成注资相应手续后支付。"常熟法院执行局副局长金连涛介绍。

今年 5 月 16 日，执行人员召集各方主体至该公司现场办公。根据法院协调出具的解决方案，公司近 500 万元的债务由注资方偿还。确认和解协议和履行情况后，常熟法院根据申请执行人的申请，当场屏蔽该公司的失信信息、撤回不动产拍卖程序，并开具了常熟市首份信用修复证明。

"接下来，法院还将延伸司法职能，对接当地发改委、科技局等政府职能部门，为公司提供一站式服务，推动高质量资产注入相关事宜，让企业恢复元气，发展得更快更好。"金连涛表示。

"拿到信用修复证明的那一天，我真正地睡了一个好觉。"陈经理感慨，"法院善意执行，帮我们渡过了难关。我们有信心让公司发展得更好！"

《人民法院报》2022 年 7 月 6 日刊登
艾家静、高 源：《人民法院报》通讯员

江苏法院"最严格保护"赋能创新驱动

瞿　敏

2021 年 11 月，江苏省高级人民法院申报的"江苏法院最严格知识产权司法保护工作"项目荣获江苏全省政法工作优秀创新成果特等奖。三年来，江苏法院知识产权司法保护工作稳步发展，成果丰硕。

2018 年，江苏法院在全国率先提出实施最严格保护知识产权的理念；2019 年制定《关于实行最严格知识产权司法保护为高质量发展提供司法保障的指导意见》，提出 36 项措施。该项机制受到最高人民法院充分肯定，连续两年载入《中国法院知识产权司法保护状况白皮书》。2021 年 11 月 2 日，最高人民法院发布《人民法院服务和保障长三角一体化发展司法报告》，其中也提到江苏法院最严格知识产权司法保护成效显著。

江苏高院党组书记、院长夏道虎做客由最高人民法院新闻局与中国法院网联合推出的 2021 年全国"两会""大法官访谈"节目采访时强调："要强化全链条保护，依法促进科技创新，尤其是原始创新，助力打赢关键核心技术攻坚战。聚焦更高水平开放型经济发展新要求，不断提高知识产权司法保护的国际影响力，努力打造国际知识产权争端解决'优选地'。"如今，这些展望正在一一实现。

让最严格保护成为裁判的价值理念

江苏法院最严格知识产权司法保护理念，旗帜鲜明地树立了创新导向、权利导向、惩罚导向、效率导向和诚信导向，更加注重通过依法裁判激励创新，更加注重司法保护便捷高效，更加注重通过惩罚性赔偿让侵权人付出沉重代价。

2019 年以来，全省法院近 200 件知识产权案件适用惩罚性赔偿，2020 年判赔额超过 500 万元的案件数相较 2019 年增加近 1 倍。2021 年，全省法院适用惩罚性赔偿判决案件 80 件，同比增长 56.86%，最高判赔额 1 亿元。《法治日报》以《江苏法院着力打造知识产权司法高地 151 起知识产权案适用惩罚性赔偿》为题刊发专题报道。

在江苏高院党组成员、副院长刘嬡珍看来，惩罚性赔偿的法治意义在于，既对权利人因侵权行为遭受的损失进行补偿，又严厉惩治严重侵权行为，通过让恶意侵权人付出数倍于成本的代价，有效防止侵权行为再发生，具有较为突出的阻碍、遏制、惩戒功能。

在某知名商标被侵权案中，一、二审法院均判令相关企业立即停止侵权，全额支持权利人 5000 万元赔偿请求，该案成为商标法修改后，国内判决适用惩罚性赔偿数额最高的案件，被评为 2019 年中国十大最具研究价值的知识产权案例；某网络游戏作品侵权案，全额支持了权利人 3000 万元的诉讼主张……

2021 年，江苏高院知识产权庭对适用惩罚性赔偿案件实行"一案一报"，在审判结案系统中设置惩罚性赔偿模块，推动指导更有针对性。

让创新提档升级成为裁判的价值导向

2021 年 9 月 20 日，世界知识产权组织（WIPO）发布《2021 年全球创新指数报告》，中国排名第 12 位，较 2020 年上升 2 位。报告显示，2021 年中国知识传播这一大类指标进步明显，特别是知识产权收入在贸易总额中的占比这一细分指标持续进步，表明中国正逐步从知识产权引进大国向知识产权创造大国转变。

"以最严格的知识产权司法保护，创造更加有利于创新的法治环境，使创新成为推动发展的强大动能，已经成为我国经济发展的迫切需求。"刘嬡珍说。

江苏法院注重加强科技成果保护，尤其加大对新技术、新产品、新业态、新模式知识产权的保护力度，依法保护重大创造性和实用性发明成果，推动行业技术标准升级、产业更新换代，有效促进了江苏自主可控的现代产业体系建设。南京市中级人民法院对因竞争对手"挖墙脚"导致一项环保工艺技术秘密受到侵犯的某环保公司,一审依法全额支持其 9600 万元的赔偿请求。

让优化营商环境成为裁判的价值追求

"现在,知识产权保护工作已列入省委服务高质量发展、营商环境等考核内容。"江苏高院知识产权庭庭长汤茂仁介绍,法治是最好的营商环境,人民法院作为知识产权保护体系的重要力量,必须充分发挥职能作用,用法治思维和法治方式为创新保驾护航。以最严厉手段打击恶意抢注、仿冒搭车、重复侵权、产业化侵权等严重侵权行为,进一步净化创新环境,优化法治化国际化营商环境。

继南通家纺市场知识产权保护作为世界知识产权组织(WIPO)确定的全球版权保护优秀示范案例,2021 年,江苏省委宣传部、江苏高院又共同推动吴江丝绸产业成为 WIPO 全球第三个版权保护优秀案例示范点,促进版权保护为丝绸纺织产业高质量发展赋能。近年来,一批国内外知名企业主动选择在江苏提起诉讼,更是证明了江苏知识产权司法保护"高地"初步形成。

2020 年,在最高人民法院指导下,长三角地区三省一市高级人民法院和知识产权局签署备忘录,有力推动了区域创新共同体和改革开放新高地建设。2021 年 3 月,江苏高院又与长三角地区其他高级法院以及知识产权行政管理机关共同签署发布国内首个跨省域强化知识产权保护的指导性文件,提出 16 条先行先试举措,共同为长三角地区科技创新赋能,为一体化、高质量发展护航。

《新华日报》2022 年 1 月 22 日刊登

瞿 敏:《江苏法治报》记者

苏州知识产权法庭五年砺剑自生辉

艾家静　张羽馨

2017 年 1 月，苏州知识产权法庭揭牌。5 年来，法庭以保护创新为使命，充分发挥"跨区域集中管辖""飞跃上诉"两大红利优势，亮出"苏工苏作"精神，精心织就了一幅审判与服务兼优的"双面绣"。不久前发布的江苏省高级人民法院工作报告中，在苏州设立涉互联网知识产权保护调研基地成为"苏州元素"之一。

5 年来，法庭新收各类知识产权案件 9478 件，其中跨区域管辖案件 4770 件。法庭先后获得省级以上荣誉 104 项，其中国家级荣誉 25 项。2018 年获评"全国法院知识产权审判工作先进集体"，连续两年同时获评全国法院 10 大知识产权案件和 50 件典型知识产权案例。

科技赋能　以"数字正义"释放数字红利

为打造符合知产审判个性化特点的"苏知版本"，法庭以智慧审判苏州模式为抓手，围绕侵权证据交换展示、证物集约化管理、优化在线开庭、专业技术术语精准录入等领域推进一体化集成方案的深度应用。在最高人民法院网络安全和信息化领导小组 2021 年第一次全体会议上，苏州市中级人民法院作为全国唯一一家受邀法院，参与在线演示汇报环节，现场完成了向最高人民法院知识产权法庭整卷移送上诉案件的全国"第一案"。

"开庭前，案涉发明专利产品已通过激光扫描和贴图渲染，在屏幕上 3D 成像。下面，请双方当事人对扫描成像所对应的技术特征予以确认。"2021 年 4 月 21 日，法庭开展"数字经济　苏知护航"主题系列活动，一场公开庭审格外令人瞩目。这起发明专利权纠纷案成为法庭通过 3D 扫描技术设备固定技术特征的"第一案"。

承办法官表示，探索性引入 3D 扫描设备用于技术事实查明，解决了审理技术类知识产权案件中证据原件核对、实物证据勘验比对等难题，有助于优化庭审效果，同时也为侵权证据交换展示、证物整备管理等领域的一体化集成方案运用插上数字化"翅膀"。

匠心锤炼　以"精品战略"服务创新发展

"这是一种用于输入装置的电子仪器承托架，案涉发明创造性解决了智能电子设备的承托及便捷输入问题，对拓展数字产品应用场景具有重大意义。"上述发明专利权纠纷案中，来自国家知识产权局专利局专利审查协作江苏中心光电技术发明审查部的审查员李晶晶，作为人民陪审员全程参与诉讼。

这是法庭引入技术型人民陪审员审理的"第一案"，也是专业化知产审判助力苏州数字经济时代产业创新集群发展的生动实践。

不仅是创新科技事物，一些老字号及传统文化也通过知识产权保护焕发时代活力。在"抖音"驰名商标认定案中，法庭充分考虑涉案商标影响力的传播速度，突破了传统驰名商标司法认定中对商标注册和使用年限的规则，在全国首次认定"抖音"为驰名商标；积极适用惩罚性赔偿，"巴洛克"地板商标侵权及不正当竞争纠纷案对惩罚性赔偿裁判规则的探索性实践在业界获得高度评价，先后四次获评全国性荣誉；平等保护中外当事人合法权益，在涉"舍弗勒""欧舒丹""普利司通"等国际知名品牌案件中，均依法按照法定赔偿额上限确定损害赔偿数额；发力传统文化保护，在苏绣案件审理中，首次确认精品苏绣绣品拥有独立的著作权……一个又一个标杆性案例，成为苏州法院聚焦开放要素、创新要素，将具有苏州特色的自然、人文资源优势转化为现实生产力的重要例证。

让权利止损更快，让侵权成本更高——法庭创新协同审理，与国家知识产权局专利复审和无效审理部进行对接，探索性开展侵权诉讼与无效审查的协同审理。同时，加大惩处力度，对易于作出侵权可能性判断且符合行为保全条件的行为，根据当事人申请及时采取行为保全措施，并对妨害行为保全的行为依法予以严厉制裁。在涉"大自然地板案"中，依法规制"傍名牌""搭便车"行为，对恶意抢注、囤积近似商标的被告作出 1500 万元的行业最高判赔；在新百伦商标案中，一审判决依法全额支持原告 1000 万元的赔偿请求；在《太极熊猫》诉《花千骨》手游"换皮抄袭"案中，对游戏行业知识产权侵权行为依法作出 3000 万元的最高判赔额。

机制革新　以"苏式路径"提升审判质效

记者在采访中了解到，数据显示，2021 年法庭新收各类知识产权案件 2605 件，同比增加 52.07%；新收一审案件 2248 件，其中技术类案件 1230 件，占比 47.22%。在新收技术类案件中，专利案件占比达 73%，技术秘密纠纷、计算机软件纠纷增幅分别达 54.17%、47.93%。

面对新形势新挑战，法庭坚持问题导向、效果导向，在前期充分汇聚社会专业力量，选聘"技术调查官"助力案件审理的基础上，积极探索推进繁简分流改革和"一官二员"机制建设，在全国首创技术调查官担任法院"特邀调解员"和"人民陪审员"的新机制，实现技术调查官队伍效用最大化，推动完善高效审判机制。通过与国家知识产权局专利局专利审查协作江苏中心进行对接，确定首批 30 名技术专家担任技术型人民陪审员，涵盖计算机、机械、材料、电子、生化医药等多个前沿专业领域。作为裁判者，他们全程参与诉讼，实质性介入案件审判，让技术意见在案件审理过程中从"参考"变为"决定"。

截至目前，"技术调查官"共完成技术咨询 1286 件次，参与庭审和庭前听证 613 次，外出勘验和证据保全 256 次，出具书面技术意见 539 份，先后参与审结了一大批具有高技术难度的技术类知识产权案件。法庭还积极协助最高人民法院知识产权法庭组建"全国法院技术调查官人才库"及来苏开展技术勘验及巡回审判工作，应邀向最高人民法院知识产权法庭派出技术调查官提供技术支持，完成了技术调查官统筹调配机制落地江苏的"第一例"。

为构建知识产权司法"大保护"格局，共同推动长三角一体化知识产权司法保护协作机制的健全与完善，苏州市中级人民法院与上海市浦东新区人民法院签署了知识产权保护司法协作备忘录，并与无锡、南通、常州三地中级人民法院签署《知识产权司法保护合作共建协议》，形成四地一体聚焦保护创新的新格局，同时积极与市场监管局等部门共建知识产权协同保护平台，强化全链条保护。法庭针对性发出司法建议，推动阿里旗下三大平台 40 多万商户 2000 万件 3C 认证商品的规范销售，获评江苏全省法院优秀司法建议。

秉持"用户思维、客户体验"司法服务理念，法庭倾力打造"1+2+3"的"苏知最舒心"亲商法律服务品牌，即构建 1 个"苏知倾听热线"法企对接平台，组建 2 个"苏知最舒心"亲商法律服务团队，着力实现"听诉求""答疑惑""解纠纷"等 3 项依法亲商护商功能。

《江苏法治报》2022 年 2 月 10 日刊登

艾家静：《江苏法治报》通讯员

张羽馨：《江苏法治报》记者

二十年匠心成就"宁知"新品牌
——南京中院植物新品种权司法保护发展轨迹探寻

吴锦铭　栗　娟

五谷者，万民之命，国之重宝。粮食安全是"天字第一号"大问题，而粮食安全最重要的就是种业和耕地。

1997年，我国出台了植物新品种保护条例，开始重视对植物新品种权的知识产权保护。

2002年，南京市中级人民法院立案受理第一起植物新品种权纠纷案。从那时起，南京市中级人民法院开始了植物新品种权纠纷案的审理。

植物新品种权纠纷可以说是较小类的知识产权案件，全省每年不到百起，但是这类案件的审理却关乎江苏省乃至我国种业的发展，继而对粮食安全产生重大影响。目前，江苏省内的植物新品种纠纷案件基本集中在南京中院。

从无到有　前行唯勇毅

"那时庭里的主要负责人非常重视，要求我们年轻一点的多钻研，不要轻易应付，更不要轻言放弃。"至今一直都在南京中院知识产权庭工作的副庭长徐新谈起起步时的情况颇为感慨。就此，他们开始了探索之路。

那时的侵权案件比较简单，大多是冒充优质品种装在白皮袋里销售。一旦成讼，被告的"抗辩理由"大多为：销售的是商品粮，不是种子。法院在审理时往往根据销售的价格、数量等来判断。

但是，在具体案件审理中还是会遇到很多问题：很多有关种业的专业名词不要说理解，听都没有听说过；很多关键证据的认定需要求助于专业机构，有些鉴定甚至需要将争议标的进行田间种植后才能得出结论；损失赔偿额的计算也没有一个明确的标准。

没有可供参照的案例，没有现成的规范模式，一切从零开始。不懂就请教专业人士，到实地观察，到现场测算。徐新说，那时去得最多的就是安徽农科院，那边有一个国家挂牌的实验室，设备先进，加上很多案件涉及江苏省农科院培育的新品种，为了程序正义，只能舍近求远。另外，涉及对一些新品种的认定，还要征求专家意见，他们就曾向袁隆平等专家请教过专业问题。

志不求易者成，事不避难者进。经过多年的摸索，慢慢地，徐新也成了专家。他对一些优良品种的名称、性能、形状、遗传特点有了一定的了解。

令记者感到意外的是，目前南京中院知识产权庭并没有专门的团队审理这类"专门案件"。年轻的知识产权庭副庭长刘方辉解释说："我们能随机分案的底气来自庭里有多位像徐新这样的专家，一般的专业问题都能得到答案。"

从有到好 积厚以成势

随着侵权手段的日益隐蔽，审理案件的难度不断增加。很多侵权品种与专利品种很难区分，传统的审理模式需要突破。如果说前十年他们迈出了关键一步，那么此后的十年，就是他们在创新中寻求的关键一跃。

"对于侵权行为，我们恨之入骨。一旦要诉讼，就要有充分的证据。为了取证，我们有时不得不请律师跟踪拍摄、固证，有些证据的取得时间长达半年之久（从储存到销售，到种植，需要全部固证）。"江苏明天种业科技股份有限公司副总经理胡玉成对记者说。为了取证，需要购买大量涉嫌侵权的产品，这些作为证据的产品按需要被保存半年以上后，基本上就得废弃，因此维权成本很高。

一般的民事诉讼中"谁主张谁举证"，但是在植物新品种纠纷中权利人往往很难拿到充分的证据。比如，当侵权人将权利人的种子销售给农民或者种植大户时，数量难以确定、行为难以认定。

实践中，南京中院不断探索。他们先后创新综合运用证据保全、现场勘验、调查令、举证责任分配等方式，降低品种权人举证负担。有时还会通过证据链进行分析判断，当侵权人没有相反证据时，直接采纳原告证据。

在河北兆育种业集团有限公司诉江苏省睢宁县桃园镇某农资门市的戴某侵害植物新品种权、侵害商标权及擅自使用企业名称纠纷案中，法院认为，被诉侵权品种繁殖材料使用的名称与授权品种相同，可直接推定该被诉侵权品种繁殖材料属于授权品种的繁殖材料。被诉侵权人主张其生产、繁殖、销售的繁殖材料不属于授权品种的，应当承担举证责任。这样的举证责任分配大大减轻了权利人的举证负担。

江苏明天种业科技股份有限公司曾花1000多万元购买了一个小麦新品种，结果被人到处侵权。原因一方面是该品种好，另一方面也是因为赔偿数额少，违法成本低。为此，南京中院大胆尝试，引入惩罚性赔偿。目前判决涉及该品种权案的赔偿数额已超过1000多万元。

曾专业学过农业，后改行当律师的江苏博事达律师事务所的律师潘小龙在采访中说，他代理过很多起植物新品种的维权诉讼，南京中院的审判专业性强、效率高，权利人的权益能得到较好的保护。

在江苏省金地种业科技有限公司诉徐州市地王恒鑫农资有限公司侵害植物新品种权纠纷案中，法院认定，被告侵权故意明显、侵权情节严重，应当按照侵权者故意程度、情节严重状况等因素依法适用惩罚性赔偿确定赔偿数额。

从好到精　落笔答新卷

植物新品种权保护的是蕴藏在品种中的生命信息，需要通过鉴定等方式来进行技术事实查明。植物新品种的侵权判断具有其特殊性。如果侵权人侵权较为隐蔽，无法明确品种种类，则要启动鉴定程序。植物新品种的鉴定又有其特殊性，主要涉及被诉侵权物与保护品种的一致性鉴定及被诉侵权物与保护品种亲本间的血缘性鉴定，基本采取田间观察检测（DUS测试）和基因指纹图谱检测（DNA检测）。因此，鉴定对于"裁判"的重要性不言而喻。

为了规范鉴定，南京中院着力对鉴定方法、鉴定机构、鉴定过程和鉴定结果的鉴定程序予以规范化。关于鉴定方法，一般采用DNA检测，并超过国家标准数倍进行 SSR 标记比对，增加真实性和可信度。如有证据对 DNA 鉴定结果产生合理怀疑，则采用田间种植鉴定方法。同时加强对鉴定机构的计量认证、实验室认证资质以及鉴定人员从业资质和能力的审查，确定其具备实质的鉴定能力；强化鉴定程序和过程的可回溯性，要求鉴定机构在接受检材、实施鉴定、确认结果的整个程序中均留痕操作，且在鉴定报告中进行详细描述并附有足以确认鉴定结果的基因图谱。当事人在庭审中可对鉴定报告充分发表质证意见。对行政查处程序中的鉴定，则进行实质审查，以确定行政查处中鉴定程序的合法性以及结果的可采性。必要时，通过咨询育种专家、种植专家或者种子管理部门的专家等，科学地论证和解决相关技术问题。

先行一步胜人一筹。规范化的司法鉴定提高了裁判的公正性，让当事人胜败皆服。

在 2021 年 7 月 6 日农业农村部召开的保护种业知识产权专项整治行动会议上，南京中院作为全国法院系统唯一代表单位在会上作交流发言。

于无声处见匠心。20 年来，南京中院植物新品种审判从零起步，一路探索，潜心研究，匠心培育，终于"开花结果"。近两年来，1 件案例入选最高人民法院公报案例，3 件案例入选农业农村部农业植物新品种保护十大典型案例，3 件案例入选全国法院种业知识产权司法保护典型案例，8 件案例入选江苏法院农业植物新品种保护十大典型案例。最高人民法院于 2021 年 7 月 5 日颁布的植物新品种司法解释（二）中，24 个条文有近 10 条采纳了南京中院相关案例的裁判规则。南京中院报送的《涉植物新品种权纠纷案件存在四方面特点需引起重视》引起相关部门重视，江苏省高级人民法院在南京中院报送材料基础上形成的《关于加强种业知识产权保护工作的报告》受到江苏省委主要领导批示肯定。

经过 20 年的发展，南京中院对植物新品种权纠纷的审判"实力"有了较大发展。南京中院知识产权庭庭长周晔向记者介绍说："多年的探索和多年的积累，南京中院对植物新品种权纠纷的审判形成了一些有成效的经验，也获得了植物新品种育种人、权利人的点赞和上级法院的肯定，在全国形成了具有一定影响的知识产权审判品牌特色。"

"一个品牌的打造，就像一个良种的培育，需要更多的投入、也需要时间的酝酿。一蹴而就的成功往往并不持久，所谓'恒者行远，思者常新'。南京知识产权审判任重道远。"南京中院副院长姚志坚在采访中对记者说。

【记者手记】

在采访中，记者了解到，种子作为农业的"芯片"，其研发培育十分重要。一个品种往往要经过多年的时间，数百万甚至上千万的投入。一旦被人侵权而不予查处，就会扼杀研发者的动力。目前，我国种业的差距与国外巨头有进一步拉大的趋势，尤其在科技创新上，全球最先进的品种研发技术仍掌握在孟山都、陶氏杜邦等少数几家公司手中。对此，中央高度重视。2021年中央一号文件指出"打好种业翻身仗。农业现代化，种子是基础。加强育种领域知识产权保护"。2021 年 7 月 9 日，中央深改委第二十次会议审议通过《种业振兴行动方案》。最高人民法院也专门出台了植物新品种司法解释（二），从司法解释层面加强权利保护的司法指导。2000 年 12 月 1 日起施行的《中华人民共和国种子法》分别作了三次修改，2021 年 8 月又提请全国人大常委会再次进行修改。中央的高度重视和法律的不断完善，对引导、扶持和促进我国种业健康发展有着十分重要的作用。

种子问题涉及研发技术、司法保护、行政保护、种子管理、种子市场、种子维护等诸多方面。在采访中，记者还了解到，相对而言，江苏省在行政保护这方面的力度还不够大，查处起来有一定难度，行政与司法保护的合力有待加强。记者希望各部门能各司其职形成合力，共同营造一个良好的种业环境。

吴锦铭：《江苏法治报》记者
栗娟：南京市中级人民法院

"微"板块串起多维度司法服务

——江苏宜兴"法官＋工作站"夯实基层社会治理根基

丁国锋

常态化新冠肺炎疫情防控下，法院服务基层社会治理出现了哪些新变化？近日，江苏省宜兴市人民法院"法官＋工作站"开启云上"微课堂"，该院官林法庭副庭长吴旻昊以《规范商事交易，防范商业风险》为题，通过视频会议方式为分散在全国20个省市的100多名宜兴电缆企业供销经理上了一堂生动的普法课。

"课件素材均来自镇上电缆企业的真实案例，既是以案释法又作了法律风险提示，还视频回答了现场提出的问题，会后又搜集到20多个问题，我都一一单独连线作出解答。"吴旻昊说，疫情影响不能大范围聚集开讲座，但"微课堂"这种方式很接地气、很受欢迎。

记者近日在宜兴法院采访了解到，通过积极开发"法官＋"信息化平台，该院整合了"智慧法院"建设的各类线上线下资源，并一举升级打造了微解纷、微指导、微立案、微庭审、微直播、微课堂、微法规、微法官、微执行9大板块，集咨询、调解、立案、审理、执行等全过程司法服务于一体的新模式，给群众带来全方位高效便捷的诉讼服务体验。

线下平台线上服务

宜兴法院"法官＋工作站"集线下平台建设和线上、掌上诉讼服务为一体，目前已经在18个镇（街道）全面铺开，还延伸到电线电缆、金融保险等行业组织。通过入驻社区服务中心，让当事人就近就能享受到法院微服务，基层组织也增添了以法官为主体的专业调解力量。

记者在宜兴市宜城街道枫隐社区看到，"法官＋工作站"与社区的"徐佳倩调解工作室"联合在社区服务中心挂牌，宜兴经济开发区法庭庭长蒋立军以"网格法官"身份挂钩服务该社区。社区工作人员介绍说，一些疑难复杂纠纷尤其是专业法律问题，通过显示屏直接点击"微解纷"模块，按照提示递交调解申请并预约调解时间，双方当事人就可以通过电脑或者手机在线视频调解的方式，实现法官见证参与下的调解。

不仅如此，社区工作人员包括人民调解员，还可以通过"微直播"模块，在线观摩全国各地法院典型案例的现场庭审，为提升基层干部法治素养提供了便捷实用的新平台。"法院积极延伸司法职能、主动参与服务基层社会治理，有效缩减了司法职能与网格化治理相融合的时空距离，方便老百姓和法官'面对面'，丰富了多元化解基层矛盾纠纷的方法手段。"宜兴市委副书记、政法委书记沈晓红评价说。

通过"一根网线、一块屏"，基层社会矛盾调处中心的司法资源得到有效整合。人民法庭通过智慧法院系统，健全线上线下一站式解纷机制，增强诉讼服务便利性、便捷性和高效性；司法所、法律服务所解决了矛盾纠纷专业化调处难题；基层工会、妇联、劳动、民政、市场监管、土地管理等部门，依托设置在街镇的"法官＋工作站"，解决了突发、重大、群体性矛盾纠纷所需的精准法律解读难题。

调解与普法更有效

7月21日下午，宜兴法院刑庭庭长黄澄来到该市家庭教育指导服务中心新成立不久的"法官＋工作站"，为暑假期间的孩子们带来未成年人暑期法治小课堂。

"你以为是天上掉'馅饼'，躺着也能赚钱？其实是掉入了犯罪的'陷阱'……"孩子们通过"微庭审"远程观看了一起帮助信息网络犯罪活动罪案件庭审。一些难懂的法律词汇，在法官通俗易懂的分析解说下，听得孩子们频频点头。

"我们已经收录25个小视频，在'微课堂'平台随时可以点击收看。"宜兴法院党组成员、审委会专委许锡良介绍说，"法官＋工作站"有效集成"微课堂""微指导"等云端功能，为未成年人法治教育提供了广阔平台。

"由于案多人少矛盾长期得不到有效缓解，直接影响法官进网格的时间和精力，前移诉源治理端口，有效探索全域解纷、全程服务、全员赋能的实效性，只要法官能做的事，通过'法官＋'的信息化手段，辅之以线下工作站实体运作方式，让法官延伸社会治理工作既看得见又摸得着。"宜兴法院党组书记、院长方海明说。

据介绍，宜兴法院最早在道路交通一体化矛盾调处中心开启法官远程视频指导工作。如今，依靠"微指导"功能，交警大队解决了前端调解中迫切需要法官直接指导的问题。许锡良介绍说，当事人可以进行预约，一些疑难复杂问题经后台集体讨论会商后，再及时答复当事人，对于进入诉讼程序的案件，当事人家属亲友可登录"微直播"，同步观看庭审直播。

6月23日，宜兴法院联手该市企业家协会打造全省首家线缆企业信用修复指导工作站、破产调解联络站，依托"法官＋工作站"平台，发挥企业家协会调解的专业性优势，构筑线缆行业矛盾纠纷多元化解模式。

机制创新助力实质化解

近日，宜兴法院围绕前期对"法官＋工作站"平台机制等经验探索，出台《关于全面推进"法官＋工作站"建设的实施意见》，要求将法院司法职能与网格化社会治理有机结合，打通服务群众"最后一公里"。

意见明确，将以数字化改革为牵引，创新和发展新时代"枫桥经验"，形成诉讼与非诉讼一站式解纷、线上与线下立体化服务的新格局，以一体化、均衡化、便捷化的诉讼服务推进基层治理体系和治理能力现代化。方海明介绍说，这项机制深度融合"智慧法院"、诉源治理、矛盾纠纷多元化解、诉讼服务、案件审理与裁判执行、法治宣传教育等多维度司法工作，使之成为一个完整的服务链条，推进基层治理资源整合提升。

据了解，宜兴法院近年来在推进基层社会治理中探索创新了不少因地制宜的举措。其中通过嵌入"陶都模式"，构建了以"网格＋综治＋法庭＋社会组织"为主体、以"依靠党委领导、法庭前移指导、对接多元组织、分层递进调解"为支撑的纠纷调处网络，推动基层矛盾实质化解决。2021 年以来，经该模式前端化解纠纷 2800 余件，诉前由法庭介入调解 141 件，通过法庭诉前调解程序 9123 件，成功化解 2432 件。

宜兴法院党组成员、副院长陈国斌说，下一步将在实体平台全覆盖基础上，构建掌上"法官 + 工作站"，推出"法官 +"微信小程序，使当事人足不出户通过手机即可享受全方位的司法"微服务"。

宜兴法院"法官 + 工作站"，夯实了基层治理根基，促进了审判质效的提升。今年 1 月至 6 月，该院受理案件 16 610 件，审结 12 612 件，法定正常审限内结案率、一审服判息诉率、民事案件调解撤诉率、一审判决案件被改判发回重审率、人均办案数等质效指标均位于无锡基层法院前列，综合得分位列无锡基层法院第一名，蝉联"无锡审判质效优审法院"。

《法治日报》2022 年 8 月 6 日刊登

丁国锋:《法治日报》记者

"三段式"分层诉源治理模式息纷止争

——苏州相城法院改革助力形成纠纷化解多元共治局面

罗莎莎　居丹丹　唐　灿

"立足于审务工作站，我们提前介入化解一起农民工欠薪纠纷群体性事件，并在此基础上进一步推动出台《黄埭镇企业群体性欠薪处置应急预案》，建立了农民工欠薪纠纷解决的长效机制。"近日，江苏省苏州市相城区人民法院黄埭法庭庭长施磊接受《法治日报》记者采访时说，法庭依托黄埭镇政府打造"埭无忧"民情工作室，从而形成特色非诉解纷模式，推进矛盾纠纷源头治理。

这是相城区法院不断深化诉源治理内涵的实践之一。近年来，相城区法院坚决落实"坚持把非诉讼纠纷解决机制挺在前面"的要求，坚持创新发展新时代"枫桥经验"，通过前段治根、中段治本、后段治症打造"三段式"分层诉源治理新模式，形成纠纷化解多元共治局面。

预防在前纠纷止于萌芽

2019 年 10 月，相城区法院设立审务工作站，依托"法官进网格"工作体系，以创建"无讼村（社区）"活动为契机，与基层职能部门积极协调配合，法官下沉基层了解社情民意，参与矛盾纠纷化解，开展巡回审判，进行普法宣传。目前，全区 12 个镇（街道）已实现全覆盖。

"在镇（街道）层面设立审务工作站，是法院走基层、促调解、利民生、重服务的主要载体和重要平台，有效畅通了人民法院与基层职能部门的协调配合。"相城区法院审委会专职委员、立案庭庭长黄伟丰说。

与此同时，2020年1月，相城区法院将"法官进网格"工作纳入法院年度工作重点，出台《关于深入推进法官进网格工作的实施意见》，将全院员额法官、法官助理嵌入全区500个基层网格。

数据显示，截至2021年，网格法官与村（社区）进行互动1426次，提前介入、与基层联动处理矛盾纠纷253件次，成功化解131件。

相城区法院副院长谢群说，立足社区、农村和基层一线，强调社会纠纷源头治理，密切法院与基层联系，通过审务进基层、法官进网格、无讼村（社区）创建三个"全覆盖"，助力群众纠纷源头化解，群众法治素养全面提升，实现小事不出社区、大事不出街道、难事不出县区效果，让纠纷止于未发、止于萌芽。

巧借多重外力事半功倍

"将律师力量吸引进特邀调解员队伍，利用其自身专业优势、职业优势和实践优势化解矛盾，积极推进诉前调解工作，从而提升司法效率，提高人民群众的司法满意度。"黄伟丰介绍说，截至目前，全区共聘任25名律师调解员，参与了诉前分流案件15 631件的纠纷调解，调解成功4579件。

记者了解到，在此基础上，2022年4月，相城区法院积极探索律师参与市场化解纷机制新路径，确定了"公益＋市场化"的律师调解思路，由法院选取相关案件经双方当事人同意后，委托至由区司法局核准建立的法律服务调解中心，再由专业律师调解团队引导诉争双方当事人达成协议。

不只是律师调解员，该院还不断吸纳非诉讼解纷力量。"我们从妇联、消保委、仲裁机构等选取业务水平高、沟通能力强、法律素养高的工作人员作为调解员，纳入法院特邀调解名单，从事专业领域的调解工作。"黄伟丰说，截至目前，该院登记在册的特邀调解员数量为148名，律师调解员25名。

为提高人民调解员的调解能力和水平，相城区法院与区委政法委、区司法局建立了人民调解员到法院参加实战轮训常态化机制，2019年至2021年，共组织实战轮训7批次28人次。2020年8月以来，28名调解员回到本职岗位后与法官导师保持联系，共为辖区居民提供法律咨询500余人次，在导师指导下实质性化解纠纷400余件。

此外，相城区法院还充分发挥地域网格优势，不断扩大法院"网格＋司法"格局，自主研发打造网格多元化解纠纷平台，打通区集成指挥中心平台，将委托案件推送至平台形成调解工单，集成指挥中心平台根据案件事发地匹配对应网格调解员；网格员接收案件后，借助人、地两熟优势，展开调解。

平台引入区块链技术，线上调解全节点上链存证，为后续司法程序奠定电子证据基础，保证案件全流程信息操作安全、完整、可靠。运用大数据、人工智能等信息化手段，对法院案件及网格矛盾纠纷进行多角度分析，梳理出网格案发率、高发案由等要素，形成可量化、可视化的"司法晴雨表"，为基层治理决策提供数据支撑。

不断拓展"朋友圈"外延

"以前我们商会就有调解组织，现在有了法院官方认证，说话更有底气了，做起工作来更方便了。"被法院聘任为特邀调解员的相城区汽车流通业协会秘书长叶元旦说。

商会作为企业的"娘家人"，在化解民营经济领域纠纷方面具有天然优势。2021年，相城区法院与区工商联联合打造涉企商事纠纷联动化解平台，将专业协会组织纳入法院特邀调解名册，借助元和、望亭、温州、天台等地域商会，阳澄湖服装商会、阳澄湖大闸蟹商会等特色行业商会力量，充分发挥"娘家人"作用，实现矛盾纠纷提前介入、快速化解。目前，法院登记在册的特邀调解组织数量32个，涉及14个商会。

近年来，相城区法院与区工商联、区劳动人事争议仲裁委员会、区妇联等政府单位建立良好的互动关系，在全市范围内首家挂牌"苏知和合坊"，借助苏州知识产权法庭特邀的3家专业机构作用，汇聚合力实质性参与案件调解工作，实现纠纷高效化解，推动案件诉源治理。

今年6月29日，作为全市试点法院，相城区法院率先在全市范围内推动的人大代表参与涉法涉诉矛盾纠纷化解工作成功落地。相城区人大常委会出台了相关实施意见，建立了人大代表参与涉法涉诉矛盾纠纷化解工作机制，并选取30名人大代表加入法院特邀调解员名册。

除了积极扩大"朋友圈"，该院还积极践行最高人民法院提出的"多元调解＋速裁"工作机制建设，结合案件性质，对机动车交通事故责任纠纷、知识产权类纠纷等特定类型的案件，由具体业务庭指派法官助理及员额法官成立调解速裁团，有序开展诉前调解。

相城区法院院长徐建东说，接下来，该院将推动组建物业纠纷、劳动争议、金融纠纷、医疗事故等类型案件专业速裁团队，扩大速裁范围，把牢矛盾纠纷"成讼"关，守住案件"成讼"防线，以专业性带动诉前调解类案成功率提升，化解法院日益突出的人案矛盾，提升群众诉源治理工作的获得感。

《法治日报》2022 年 8 月 2 日刊登

罗莎莎：《法治日报》记者

居丹丹、唐 灿：《法治日报》通讯员

优化司法服务 为群众办实事

3

2022 年 4 月，贯彻落实最高人民法院指示精神，江苏法院积极开展"为群众办实事示范法院"创建活动。此次创建活动是巩固拓展党史学习教育和政法队伍教育整顿成果的重要举措，是展现新时代人民法院司法为民、公正司法的"窗口"工程，通过创建以点带面，充分发挥示范引领作用，激励引导江苏全省各级法院树牢司法为民理念，创新司法为民举措，提升服务群众本领。

特别的爱给特别的你

——江苏镇江法院司法助残工作纪实

朱　旻　赵　璠　孙彩萍　夏思纯

"现在他每月 10 号就把生活费打过来了，开学后我在大学城的小吃摊就可以营业了。李院长，真是谢谢您了！"听到电话那头张女士的回答，江苏省镇江市丹徒区人民法院院长李平波欣慰地放下了电话。

2021 年 6 月以来，李平波和承办法官席俊一直揪心着这起离婚后抚养费纠纷案的履行情况，"张女士的女儿小彤生活不能自理，是未成年残疾人。这个家庭真的很需要小彤父亲每个月的这笔抚养费。"

残障人群是生活中的少数人群，他们面临着比一般人更多的困难，更期待困境中一双双援助的手。近日，记者来到初冬的镇江，聆听这座城市里"司法助残"的温暖故事，探访故事背后的那些人和事。

一支笔一张纸一个屏，无声调解暖人心

2022 年春节刚过，这天，一位特殊的求助者赶到镇江市润州区人民法院立案窗口。

"我家小严借给别人的 4 万块钱拿不回来了！这可是孩子辛辛苦苦赚来的啊！"寒冷的天气里，这位母亲急得满头大汗。

润州区法院立案庭庭长徐海宁向她仔细询问了事情的来龙去脉。原来，这位求助者的儿子小严是聋哑人，去年到上海打工时，与聋哑人小殷成了室友。见小殷经济困难，小严便将 4 万元积蓄借给了他，但之后小殷却迟迟没有还钱。

听到是两个聋哑人之间的纠纷，徐海宁立即找来法院诉前调解办公室主任单立新，商量通过诉前调解解决纠纷，这样既可以减少诉讼的经济压力，也能以最快速度保障残障人士的合法权益。

发生在两个聋哑人之间的纠纷，其调解难度可想而知。单立新想到了长期从事基层工作，曾做过社区党总支书记、居委会主任的人民调解员洪云。

考虑到小殷人在上海，因疫情无法到现场，洪云立刻加上他的微信进行沟通。起初，洪云微信告知小殷被起诉的情况时，小殷情绪激动，十分抗拒，拒绝出示身份证件、残疾人证，沟通一度陷入僵局。洪云没有一丝气馁，耐心劝导着这个身处无声世界的年轻人。

一次次文字释明后，小殷逐渐敞开心扉："洪阿姨，不是我不还钱，实在是生活困难，我拿不出这个钱啊。"

看到小殷这句无奈的话，洪云松了一口气："孩子，只要你有还钱的想法，阿姨就帮你一起想办法。"

洪云回过头和小严沟通："小殷是想还钱的，可现在没法一次性还清，分月还款不失为一个好办法。"小严和母亲也表示体谅，接受分期还款，并且不要利息。初步的调解有了进展，这让洪云备受鼓舞，随即约好双方择时线上调解。

然而，约定的调解时间到了，小殷却没有上线，洪云的心悬了起来，只能发微信询问，在焦急中等待着。5分钟之后，小殷终于上线了。经过那么多次无声的文字交流，此刻看到这个眉清目秀的年轻人出现在眼前，洪云的眼睛湿润了。

一支笔、一张纸、一个屏幕，这场特殊的调解在网络的连接下开始了。随着和解协议的签订，历经16天、数百次文字沟通，调解圆满结束。"谢谢阿姨了！"收到小殷、小严发来的感谢微信，洪云觉得再多的付出也是值得的。

特别的爱给特别的你。无声的世界阻碍了交流，却阻挡不了情感的涌动。

记者在润州区法院诉讼服务中心，看到残疾人专用车位、法院台阶斜坡化改造、全省首家无障碍法庭，法庭里拐杖、轮椅、助行器也一应俱全。立案窗口开设绿色通道，为涉残案件卷宗贴上寓意优先处理的绿色标志……

"我们的涉残案件每年大概有 100 多件。案件审理中，我们要求法官们不算经济成本、人力成本，努力帮助残障人群清除参与司法活动的障碍，依法为他们提供平等、高质量的诉讼服务。"润州区法院院长张传军谈到。

巧设终身居住权，让特殊当事人住有所居

"我愿意在房屋上为父亲设立居住权，毕业后会照顾好父亲，承担起赡养义务。"张兰搀扶起年迈的父亲，对案件承办法官陈宁说道。

因家庭琐事经常发生争执，2017 年 7 月，张兰的母亲提出离婚，并与张兰的父亲分居。分居期间，张兰的父亲突发脑出血，手术后肢体和智力二级伤残，丧失行动和表达能力。考虑到儿子的照料问题，张兰的爷爷奶奶坚决不同意二人离婚，张兰的母亲遂诉至镇江经济开发区人民法院平昌人民法庭要求判决离婚。平昌法庭庭长陈宁承办了该案。

因案涉残障人士，陈宁非常慎重。多次实地走访中，陈宁了解到张兰的爷爷奶奶年事已高，无力照料其残疾儿子，且张兰的父亲名下无任何住房，唯一一套祖遗拆迁安置房登记在了张兰名下。如果简单判决离婚，张兰的父亲此后的基本生活难以保障。

"讨论时陈庭长提出，为了让两位老人放心，也为了让特殊当事人有所居、有所养，把同步解决其居住和赡养问题作为破局点，案件极有可能会调解成功。"平昌法庭干警刘超回忆说。

"我们运用了民法典新增的居住权来解决问题。居住权指居住权人对他人所有房屋全部或部分享有的占有和使用权。综合考虑张兰名下住房情况及其应负的赡养责任，在张兰名下的拆迁安置房上为其父亲设立永久居住权，既能保障离婚后住有所居，又能方便张兰成年后尽照顾赡养之责，也一揽子解决了张兰爷爷奶奶的顾虑。"陈宁谈起调解思路。

最终，双方当事人达成一致意见同意离婚，张兰自愿在名下房屋上为其父亲设立居住权，待毕业工作后履行赡养义务。

"这是镇江为保障特殊群体生活而设立终身居住权的首例案件，展现了法官平衡情理法的司法温度与智慧。结案不是办案的最终目的，寻求各方利益平衡点，通过司法手段帮助解决当事人的困难才是我们的追求。"谈起该案，

镇江经开区法院院长张子敏说。

落实免费乘车权，司法建议引发社会关注

姚某在镇江市南门客运站换乘公交车时，主动出示残疾人证，但却被司机告知要购买车票，或者前往镇江当地有关部门更换免费乘车卡。双方因此产生争执，姚某认为自己应享有的残疾人免费乘车权受到侵害，遂诉至润州区法院，要求公交公司赔偿误工费、餐饮费、精神损害抚慰金等。润州区法院依法作出判决，支持了姚某为处理纠纷而产生的交通、餐饮费用318元。

为从根本上维护残疾人的免费乘车权益，润州区法院专门向区交通局、区残联发出司法建议，建议及时更新修改相关规定，打破只认免费乘车卡不认残疾人证的乘车模式，进一步优化、便利残疾人免费乘车制度。

"法院的司法建议非常及时，体现了司法对于特殊群体现实需求的回应。"提起该案例及司法建议，润州区残联维权科科长肖钧文谈到，推动残疾人群各项优待政策落地落实，需要多部门协同配合。这其中，法院一直在主动担当积极作为。

"随着社会发展和时代进步，残障人群的维权意识在逐步提升，他们会积极运用法律武器来保护自己的合法权益，其诉求也从单纯地要求经济补偿到各项助残政策的落地落实，还有个人及群体的尊严需求。司法不仅要持续关注这一人群，以机制和维权手段的创新更好地依法维护权益、回应诉求，还要以'向前一步'的司法服务推动全社会来共同关心和帮助。"润州区法院副院长余波认为。

小众的事做精，大众的事才能做好

走访中记者看到，镇江两级法院建立法律援助机制，让符合援助条件的残疾当事人获得专业司法服务；组织"青年法官助残服务队"，为残疾人进行法律义诊。扬中市人民法院为听力障碍当事人联系手语老师到庭翻译；镇江市京口区人民法院主动为残疾当事人申请司法救助金，为残疾当事人解决实际经济困难……点点滴滴，残障人群感受着司法的关爱和帮助。

在镇江市中级人民法院诉讼服务中心，该院立案庭庭长程刚介绍，围绕

一站式多元解纷和诉讼服务体系建设，锚定普惠均等这一重点要求，镇江两级法院对于涉老年人、残障人士、少数民族人群等案件专设绿色通道，实现案件立案优先、调解优先、审理优先、执行优先。

据了解，2022 年 5 月，镇江中院、镇江市残联联合制定实施意见，对涉残诉讼服务进行全面优化升级，细化 12 条服务举措，为残疾人充分行使诉讼权益搭建司法保护平台。2021 年以来，两级法院为困难残疾当事人缓、减、免诉讼费 35 万元，发放司法救助金、执行救助款 30 余万元。

"小众的事做精，大众的事才能做好。关注、关爱少数人群，是镇江这座大爱之城的优秀传统，也是城市文明、社会进步的标志。"镇江中院院长刘亚军表示。

《人民法院报》2022 年 11 月 28 日刊登
朱　旻、赵　璠、夏思纯：江苏省高级人民法院
孙彩萍：镇江市中级人民法院

22 年无法使用的小区车库

邹宇扬

22 年里，车库无法使用

南京市玄武区孝陵卫街 49 号住宅小区于 1999 年建成，但在建成之后的 22 年时间里，地下停车库却被对外出租，用于开设餐饮、网吧等经营性场所，小区业主却从未使用过车库。

虽然在消防、城管等部门的联合执法下，承租户在 2018 年搬离了车库，但此前承租户对车库墙体、管道等进行了改造，地下车库早已面目全非、隐患重重，完全无法满足居民的停车需求。

为此，小区居民与开发商常年交涉，却始终未能解决问题。无奈之下，2021 年 3 月，小区业委会将开发商诉至南京市玄武区人民法院，要求开发商将地下停车库恢复原状，供业主使用。

法庭上，双方各执一词，开发商认为是物业公司将车库出租，自己不应当承担责任。业委会则认为，开发商当初承诺将车库卖给业主，理应对车库现状负责。因时间较久资料缺失，双方均无法提供证据证明地下车库归谁所有，谁应当对车库的现状承担责任。

为了研判车库修复工程及费用，承办法官联合社区、城管工作人员，与双方当事人一起前往车库现场进行查看。

小区路面上汽车停得满满当当，地下车库的大门则被铁皮围栏封闭，内部积水深度深达一米多，腐烂变质的动植物漂浮在积水上，车库根本无法正常出入。

车库的现状不仅造成居民停车困难，房屋地基长期浸泡在水中也带来了安全隐患，修复车库刻不容缓。据承办法官向城管部门了解，修复车库需要抽干积水、清理垃圾、修复墙面和管道，初步估算至少需要 50 万元。

谁来进行车库修复

法官了解到，开发商公司已处于歇业状态，部分股东也移居国外，不管法院判决车库归谁所有，开发商无钱投入改造费用，居民亦难以在短期内筹集几十万元的前期改造费用。

承办法官综合各方现状，认为双方均无切实证据证明车库归属权所在，且即便明确车库的归属，双方现阶段也并无资金进行车库改造。居民的核心诉求是要解决小区停车难的问题，帮助解决这一问题才能够真正做到"为群众办实事"，而不是仅以一纸判决来明确车库的归属。

"谁来进行修复？谁应享有车库相关权利？"承办法官认为，利用多元解纷机制将双方矛盾化解，达成一致解决车库修复和小区停车的问题才是目前最要紧的事情。

为此，法院联系了孝陵卫社区，希望通过社区的帮助来解决改造车库的资金问题，希望尽快将修复工作提上日程。同时，法院向孝陵卫司法所反映情况，通过人民调解员的介入合力化解矛盾，并向城管部门咨询了修复车库的相关问题，帮助小区车库进行维修。

2021 年 9 月，法院牵头司法所、社区、城管部门先后组织双方进行了三次调解，向各方阐明利害关系，提出可行性建议，化解各方矛盾。

2021 年 11 月 18 日上午，双方终于达成调解意向，开发商的代理人表示："我们同意将车库交给业主委员会管理，无论车库归谁，我们不主张权利。"业主代表也同意了开发商的方案，决定由居民自己修复车库。

基于法院前期做了大量的工作，社区和城管部门也纷纷表态，愿意介入为小区业主解决部分现实困难。

社区表示，"法庭之前联系过社区，希望我们能够帮忙解决前期改造费用。现下正是解决问题的有利时机，社区可以从为民办实事经费中申请费用，垫付改造资金，让小区的居民可以把车库先用起来。"

城管部门的代表也表示，"先把安全隐患消除掉，我们城管已经通过招标，找到了施工单位，待经费到位后随时可以进场。"

在多元解纷力量的共同努力下，双方于 2021 年 11 月 22 日达成调解协议：地下汽车库使用、收益等权利均归小区业委会享有，车库由业委会负责清理，使车库恢复停车功能，业委会不得向开发商主张任何权利。

此外，考虑到小区居民修复车库的实际资金难题，法院还免收了本案 16 200 元的案件受理费。

案件圆满调解后，社区为小区居民申请了 50 多万元的为民办实事经费，解决了车库修复的资金问题。

盼了多年的车库终于清空了

2022 年 4 月 25 日，清理工程正式启动，经过施工团队 10 天连续不断的努力，5 月 5 日，小区的业主终于盼来了车库清空！

车库里原先一米多深的积水已经抽干，遗留在车库里的各种杂物也被清运掉。与之前污水横流，一片狼藉，无从下脚的车库截然不同。

看到车库如今的景象，小区居民给承办法官送去一面锦旗表示感谢，激动地说："全小区居民都感谢玄武法院，没想到法院对车库这件事是会从头管到尾，不仅调解矛盾，还帮助清理车库，我们真的感受到了法院为百姓办事的真心实意。"经过初步统计，清理完毕的车库可容纳 40 多辆机动车停放，将极大地改善共有 84 户居民的老旧小区停车难的问题。

南京玄武法院认真践行司法为民宗旨，积极探索"府院联动、多方协同"的群众工作模式，着力打造"和、畅、融、快、绿、新"六大特色项目品牌，为营造安全稳定的社会环境、公平有序的竞争环境、诚实守信的营商环境、"亲""清"有界的服务环境，贡献司法智慧与力量。

江苏高院微信公众号 2022 年 6 月 29 日发布

邹宇扬：南京市玄武区人民法院

因假种子导致的"烂番茄"

吴　磊　李梦瑶

"特别要感谢法官，不然的话，我们因假种子导致的损失还真不知道该怎么挽回！"6月的一天，庞大爷等人冒着38℃的高温来到江苏省徐州市铜山区人民法院张集法庭，将一面写有"为百姓排忧解难 做人民满意公仆"的锦旗送至庭长万小永和法官张衡手中，紧紧握住了法官的手。

这一切，都要从铜山区人民法院张集法庭圆满化解一起157户蔬菜种植户因购买假冒伪劣番茄种子而引发的赔偿纠纷案说起……

八个月的辛苦劳作，却换来"不忍直视"

庞大爷所在的村是远近闻名的"蔬菜大村"，已具规模效应。成熟满棚的蔬菜是他们的安身之本，某种程度来说，更是他们的寄托所在。

2020年9月，庞大爷和其他156户蔬菜种植户分别从经销商李某处购买番茄种子。育苗、栽培、施肥……历经多道环节，大伙儿一直从秋天忙到了春天。

2021年3月，番茄陆续结果，大家激动地等待着果实的成熟，一切看似都那么美好。

"你们快来看看，咱的番茄好像有问题啊！"一个月后，农户老张的一句话，犹如晴天霹雳，让每个人都吃惊不已。

大家纷纷跑到地里查看，心都凉了半截：种植的番茄均已成熟，却出现坐果差、不开个、僵果多、着色不均、卖相差等问题，大棚内一片破败景象。

气愤不已的农户们立即找到李某反馈，李某通知种子生产者周某到场协商。周某、李某和农户们一起来到种植区进行实地勘查，周某对客观情况和实际损失表示认可，但未能提出有效的解决方法。

此后的多次沟通，周某始终表示对农户们的遭遇"很同情"，却辩称"自己做了这么多年的种子生意，从来没出过这样的问题""番茄长成这样，也不一定是种子的原因"。

逐渐，双方剑拔弩张，矛盾日趋尖锐。农户们也曾到相关职能部门反映问题，有关部门也组织进行调解，却未有实质性进展。

法官的百转千回，终迎来"案结事了"

时间来到了 2022 年 2 月 20 日，时值铜山法院法官进网格"固定活动日"，张集法庭庭长万小永和法官张衡如往常一样，来到挂钩的村"送法进基层"。

庞大爷和其他蔬菜种植户主动找万小永、张衡提到了这起纠纷。

张集法庭迅速启动重大疑难复杂案件办理机制，张衡、网格员主动与农户代表联系，了解纠纷进展情况。在得知农户已有诉讼打算但担心耗时耗力后，张衡耐心予以释明，并提供必要帮助，157 名蔬菜种植户遂将销售者李某、生产者周某诉至铜山法院。

"种子质量是问题关键"，张衡了解到，农户和周某各执一词，互不相让，农户们也曾请来民间专家进行鉴定，但因结论缺乏公信力，周某并不认可。

张衡积极与农业主管部门联系，了解到因涉案种子特殊，需委托市农业主管部门进行专业鉴定。多次沟通下，鉴定机构第一时间出具鉴定报告，认定涉案种子确属假冒伪劣种子，与番茄成果不佳、减产有直接关系，并非农户们后天管理不当所致。

之后，张衡多次到田间进行实地勘验，了解产量、品质的影响程度及市场行情等因素，充分听取双方就损失数额确定的意见并到第三方处询价，同时就相关农业技术专业知识多次向农业专家咨询，力求取得令农户满意、被告信服的裁判结果。

万事俱备，只欠东风。张衡密切结合案件在审判过程中发现的具体问题，多次召集双方当事人及诉讼代理人到法庭进行调解，协商解决赔偿问题。一方面，引导原告消除过激情绪，以平和心态进行沟通，另一方面，敦促被告正视应尽责任、以积极心态面对赔偿。在此基础上，寻求双方的"最大公约数"，寻找彼此能接受的赔偿方案。

通过法院搭建的"沟通桥梁"，原被告双方实现了从剑拔弩张到积极沟通的转变，并最终达成调解协议，由周某赔偿农户们各项损失 60 万元，以平和的方式为这场拖延了近两年的纷争画上句号。

《人民法院报》微信公众号 2022 年 7 月 13 日发布

吴　磊、李梦瑶：徐州市铜山区人民法院

为了一笔难退的案款

刁汉腾　郎义宁

"20多万元案款我退了差不多一年，这一笔笔钱退得我口干舌燥、头昏脑涨。"近日，江苏省宝应县人民法院干警胡健文谈起他退案款的事，无奈又欣慰。

这20多万元案款源于一起电信诈骗案。

2021年3月，这起案件被立案执行，由胡健文承办。被执行人戚某某等4人因犯诈骗罪被判处有期徒刑，并责令缴纳罚金，向被害人退赔赃款。可赃款早已被4名被告人挥霍一空，只有戚某某名下的房产可供执行。

戚某某的房产位于江西省赣州市。胡健文依法启动了对房产拍卖的程序，并上门张贴了执行裁定和拍卖公告。很快，胡健文就接到了戚某某父母的电话，他们哭着说："法官，房子不能卖啊，一旦卖了，我们这个家可就散了！"戚某某的父母在电话中表示，他们愿意替戚某某还款，但是因为能力有限，请求法官允许分期偿还。

戚某某父母的哭诉时常在胡健文耳畔回响。考虑再三，胡健文联系戚某某的父母，确定了分期交款计划。"感谢法官，您放心，我们肯定按时把钱打到账户上！"2021年6月和10月，戚某某的父母均如约缴纳了前两期款项。

案款陆续到账，胡健文着手联系该案的13名被害人，希望他们能够提供身份证明材料和银行账户，以便退款。可在联系的过程中，5名被害人的手机无法接通，1名被害人拒接电话，3名被害人的手机号码已是空号。没办法，胡健文只好向警方求助，几经辗转，终于取得了其中8人新的联系方式。

"你好，是赵某某吗？我是宝应法院……"

"你怎么不说你是最高法院的？你也可以说你是公安部的呀。"对方说完气呼呼地将电话挂了。

"你好，是赵某某吗？我真是宝应法院的……"胡健文尴尬地撇撇嘴，又拨通了赵某某的手机。

"你就是个大骗子，我……"

对方声嘶力竭，家里祖宗八代都被对方骂了，胡健文一下子蒙了。

这已是胡健文第三次给赵某某打电话了，对方不是拒接就是破口大骂，胡健文越想越气，越想越委屈。

对方为什么会那样呢？胡健文心想，赵某某远在云南昆明，肯定是因为吃过电信网络诈骗的亏，害怕是诈骗分子又冒充公检法忽悠他、吓唬他，所以格外警觉。一朝被蛇咬，十年怕井绳。想到这，他开始思考如何让赵某某相信自己。

第二天早上，胡健文给赵某某发了一条短信，不仅表明了身份，还将案件审判执行案号、按比例受偿金额、领取执行款所需材料等一并写上，同时提醒他，如果在指定日期内不回复，将视为放弃领取案款。

短信发出后，胡健文觉得这次应该是"稳了"。两分钟后，"叮"的一声手机短信音响起，对方回复："还要不要我交手续费啊？还要不要我交保证金啊？还有什么花样，继续使出来……"看到回复，尤其是看到后面骂人的话，胡健文无奈至极。

与赵某某的联系是如此，与其他几名被害人的联系也是如此。到手的案款退不出去，还挨了不少骂，胡健文有天旋地转之感。

"他们都认为你是诈骗犯，不要就算了呗，你把材料整理好写个情况说明交给院里，别管了。"家人忍不住劝道。

胡健文站到阳台上，揉了揉脑门。"那哪行啊，好不容易追回来的钱，得还给他们啊。要怪也只能怪骗子太精明、太狡猾、太可恨，把人骗怕了、骗苦了。"胡健文决定还是要耐心退款。对于赵某某，他向云南省昆明市盘龙区人民法院发出委托执行函，请求协助联系。

几天后，赵某某终于主动添加了胡健文的微信，发来一个尴尬的表情，并说道："不好意思，我以为你是骗子。"而此时，距离胡健文第一次联系他已经过去了两个月。

提交完相应的材料后，赵某某陆续收到了第一笔退款 1296 元、第二笔退款 820 元、第三笔退款 362 元。今年 3 月 29 日，胡健文第 5 次联系赵某某，将 3421 元退给他，至此，赵某某被骗的 5899 元全部退还完毕。

还有两名被害人，无论怎么打电话、发短信都不管用，实在是没办法，胡健文只好开车几百公里将钱送过去。

7 月初，戚某某的父母将第 5 笔退款汇入法院账户，戚某某家人已累计缴款 20 多万元。胡健文打开电脑上"戚某某退案款"的表格文件，一笔笔计算本次应退金额。表格中，3 名损失较小的被害人"待退金额"都显示为"0"，另外 10 人的"待退金额"也已只剩下一小半。此时的胡健文满心欢喜，他有信心将被害人的损失全部退回。

看着胡健文又在摆弄"小账本"，宝应法院执行局局长丁文强感慨道："只要思想不滑坡，办法总比困难多。电信网络诈骗被害人分布在全国各地，我们的执行干警在联系电信网络诈骗被害人时，很少一次性成功。不过，不管受多大的委屈，不管有多大的麻烦，该退的款一定要退。不能为退不掉找理由，而是要为如何退想办法啊！"

《人民法院报》2022 年 7 月 19 日刊登

刁汉腾、郎义宁：《人民法院报》通讯员

破天价彩礼陋习　有情人终成眷属

常志飞

江苏省泰兴市宣堡镇郭寨村是远近闻名的文明村，江苏省首份"乡规民约"就出自该村，该村历来有通过乡规民约实行村民自治的优良传统。

"我们的乡规民约最近修改了一条，推动修改的是泰兴市人民法院宣堡人民法庭庭长张展。"近日，记者到郭寨村，刚到村会议室，村党总支书记刘仲生就谈起乡规民约的事。

郭寨村乡规民约之所以修改是缘于一份天价彩礼。小张和小王从小青梅竹马、两小无猜，到了法定结婚年龄，两人正准备领结婚证时，小王的父母提出要18.88万元彩礼。小王的父母说："收那么多彩礼，一是图个好彩头；二是闺女养那么大不容易，不能白给人家；第三，也是最主要的，如此收彩礼的不是我们一家，别人家都收，自己家不收，岂不是女儿太掉价了，自己的脸往哪搁？"

小张家不是很富裕，结婚需要的开支很多，另外还要拿出那么多彩礼，他家人一下子犯了难。小张为难地说，婚姻是以感情为基础的，这都啥年代了，还搞过去的老一套？

小王听着小张的抱怨，心中满是委屈，她深知，父母都是为了自己的孩子好，她可不想伤了父母的心。再说了，她爸妈要这些彩礼并不是贪图那些钱财，而是要考验小张对她的那份心。彩礼再高，她家也有陪嫁和"压箱钱"，不会低于小张家的彩礼数额。她希望小张哪怕是贷款，也要满足她父母的要求。

贷款？为结婚负债？小张不敢苟同，小王也割舍不下小张，她只能每天以泪洗面。

"法庭怎么知道这事？"记者插了一句。

"法庭有千里眼和顺风耳。"刘仲生笑道。

"千里眼和顺风耳是怎么回事？"记者一时不明白。

刘仲生说："这你要问张展。"

坐在一旁的张展说起了相关情况——

张展今年年初走上宣堡法庭庭长岗位后，主动组织了辖区内网格员进法庭参加培训。通过培训，网格员学会了不少纠纷调解的知识和技巧，不但成了源头解纷的好帮手，还成了法庭的"耳目"，自己调解不了的纠纷，他们就会向法庭反映。

了解到小张和小王的情况后，郭寨村的网格员小李与小张家的邻居一同到小王家劝和，可小王的父母仍然不松口。小李随即向法官们"取经"，看看法庭能不能帮帮小张和小王。张展就这样在第一时间知道了两人的事。

近年来，宣堡法庭受理了多起因彩礼问题引发的婚姻家事纠纷，在审理该类案件时，常常有双方的家人和亲戚朋友参与旁听，两方人员严重对立。该类案件处理不当极易引发两个家庭甚至是两个家族之间的矛盾，严重影响社会的和谐稳定。

"法官对于该类事件具有高度的敏感性，也具有从源头化解该类矛盾的内生动力。"刘仲生说道。

张展也深有感触："通过分析这几年审理的类似纠纷案件，发现高价彩礼存在的根本原因是攀比心在作祟。解决高价彩礼纠纷最根本的是要解开村民的'精神枷锁'，最好的途径是村民在自治过程中达成统一的行为规范，来帮助村民实行自我纠偏。这需要外力的适当介入，由此我想起了乡规民约。"

"问题是我们村现行的乡规民约没有涉及彩礼。"刘仲生接过张展的话，他很赞成张展的想法，想借调处该起纠纷的契机，以点带面，将规制彩礼的内容写进乡规民约，用成文的公约来引导和规范新时代村民的新风尚，破除陈规陋习。

对此，宣堡法庭与镇上有关部门工作人员联合走进村民家中，征求大家对乡规民约的修改意见。绝大部分村民表示，高价彩礼拆散的不仅仅是情投意合的恋人，更打击了年轻人的信心，同时还破坏了社会风气，加重了村民负担，支持将彩礼规制写进乡规民约。同时，也有部分村民表示，收取适当的礼金，既符合民俗，也能表明男方的态度，可以适度保留，但高价彩礼不可取。

法庭会同村委会、人大代表、政协委员、村民代表等一起商讨将婚嫁的新俗写进乡规民约。在村民代表大会上，大家听取了法庭的建议，在乡规民约中新增一条"婚丧嫁娶新风尚，少收彩礼不铺张"，同时明确彩礼数额不超过3万元。

有了规矩就好办事。在法官、村干部、网格员对新的村规民约进行讲解后，小王的父母卸下了包袱，同意不收取18.88万元的彩礼，只要小张给小王置办金项链、金手镯、金戒指即可，有情人终成眷属。

《人民法院报》2022年8月10日刊登
常志飞：《人民法院报》通讯员

让民生实事件件有着落

耿亚中

"为企业解难纾困、守护群众养老钱、全流程化解行政争议、打盗维权、净化图书市场，经统计，今年以来，全市两级法院已为群众办实事 289 次……"近日，江苏省宿迁市中级人民法院举行新闻发布会，用丰富翔实的事例数据向媒体和社会各界进行为群众办实事工作成效发布。

"为群众办实事示范法院"创建活动启动后，宿迁中院及时下发《创建"为群众办实事示范法院"十大行动工作方案》，围绕深化扫黑除恶、服务营商环境、推动乡村振兴等十个工作大类，锚定重点项目、拟定实事清单，努力为群众提供优质的司法服务。

乡贤调解破僵局

"真没想到，案子这么快就调解好了！"拿到 2.8 万元赔偿款，泗阳县桑蚕养殖户老马激动地说。

今年 5 月，邻居王某将承包地上的小麦打药事宜发包给刘某和陈某，在操作无人机喷洒农药时，两人因操作不当将农药喷洒到了老马承包地的桑树叶上，导致桑蚕大面积死亡，此后双方就损失赔偿金额一直协调无果。老马来到泗阳县人民法院新袁人民法庭乡贤调解室，找到乡贤调解员邱善成。

桑蚕养殖一年只有两季，损失这一季要再等六个月，这六个月对养殖户来说太宝贵了。邱善成随即走访了解桑蚕受损详情及村里其他桑蚕养殖户的市场销售情况。为了尽快解决问题，新袁法庭增强调解力量，指派驻庭调解员胡振兴共同参与调查。在调解员耐心调解下，双方对彼此的责任比例达成一致意见，老王当场交了赔偿金，两个老邻居握手言和。

推行乡贤调解是宿迁法院为群众办实事工作的一个缩影。

近年来,宿迁中院坚持"把非诉讼纠纷解决机制挺在前面",在一站式多元解纷机制建设中,着力夯实诉前驻院调解、乡贤调解、律师调解、行业调解四大解纷阵地。2021 年以来,全市法院入驻调解组织 142 家,调解员 812 人,诉前化解纠纷约 3.3 万件,调解成功率达 52%,"只进一个门、最多跑一次",有力缩减了诉讼成本,缓解了当事人诉累。今年,宿迁法院"一站式多元解纷"改革创新成果入选"人民法院一站式建设十大典型经验"。

"9612368" 热线来调度

"三年多了,心里这块石头总算落地了!"7 月中旬的一天,申请执行人小赵给宿迁中院"9612368"执行热线打来电话。

小赵的案件虽然三年前就胜诉了,但被执行人财产一直无迹可寻。今年 7 月,小赵到盱眙县办事,偶然在盱眙街头发现被执行人名下车辆出现在路边。看着轿车即将启动,情急之下,小赵直接拨通了宿迁中院"9612368"全市统一执行热线,请求法院紧急前往查扣。

接线员接听电话后,立即将情况报告宿迁中院执行指挥中心。此时已临近下班时间且涉及跨地域执行,指挥中心随即向江苏省高级人民法院报告案情并申请调度。在江苏高院统一调度指挥下,盱眙县人民法院对涉案车辆成功查扣。直至当天深夜,被执行人履行完全部义务。

据统计,近五年来,宿迁市两级法院年均新收首次执行案件超 3 万件,加上恢复执行的终本案件,每年全市法院在办执行案件高达 5 万件左右,而全市执行条线一线在编办案干警仅有 150 余人。

为缓解人案冲突,提升司法服务能力,今年 6 月 15 日,宿迁中院"宿执通办"9612368 执行热线正式开通并向社会公布。热线实行"一号对外、上下联动、有呼必应、限时办理"工作机制,兼具执行案件查询、事务咨询、线索举报、涉执信访等多项功能于一体。群众来电事项若接线员能当场答复的直接回复,如若不能,接听人员随即制作热线受理事项转办单,当天由中院执行指挥中心分流中院执行团队或各县区法院执行指挥中心进行处理,并规定具体案件承办人及时答复来电人,于一周内将回复情况反馈给 9612368 执行热线平台。

"执行热线把市域执行调度进行贯穿连串,实现了执行问题全域一号通办。"宿迁中院执行局局长程黎明说,"目前,热线平台转办信息办理情况已经纳入了全市法院执行工作单独考核范围,推动群众来电反映的问题件件有落实,事事有回复,有力提高了人民群众对执行工作的满意度。"

"涉罪企业体检"细规范

2021 年 7 月,宿迁中院依法审理詹某等人不服一审判决提起上诉的诈骗罪一案。在该案中,某公司法定代表人凌某明知詹某等人可能实施诈骗,仍安排公司员工收购詹某等所骗得的手机充值卡,产生的违法所得归属于该公司。凌某作为该公司法定代表人被起诉构成诈骗罪,涉案金额累计 210 万余元。

由于是二审案件,宿迁中院刑二庭在审查案情时格外谨慎细心。同时,疫情之下,对于涉罪实体企业,庭里考虑到审查中应该尽量避免采用不当或机械的刑事强制措施、财产保全措施、刑罚执行方式,以避免推动企业陷入经营困境。

为核实该公司构罪原因及经营状况,以准确定罪量刑,宿迁中院刑二庭随即决定对凌某所在企业展开一次摸排情况的"体检"。

通过实地走访、调取证据,法官了解到涉案公司法定代表人凌某收购被告人詹某等人手机电话卡的行为具有一定的日常业务特征,所涉犯罪金额在公司收购手机卡经营额中占比极少,被告人凌某还获得过省政府技术创新奖等。同时该公司及凌某又自愿退赔上游诈骗犯罪中被害人的全部损失。刑二庭法官考虑到二审查明的新事实、新情况,经研究改判被告人凌某构成掩饰、隐瞒犯罪所得罪并适用缓刑。

"涉罪企业体检报告制度有效运行后,通过对涉罪企业经营状况及涉罪原因的把脉、问诊,我们详细了解到企业运营情况及入罪原因。可以在了解具体案情的基础上有针对性地开方、回访,督促企业及其法定代表人以后依法经营企业,保障工人权益,依法及时纳税。"宿迁中院刑二庭庭长孙泳说。

涉罪企业体检报告制度是宿迁中院为群众办实事工作中涌现出的一项改

革创新举措。该院下发《关于依法保障涉罪实体企业健康有序发展的通知》，对制度实施具体方法、详细步骤进行统一规范，对涉罪企业体检标准等作出详细规定，对涉罪企业法定代表人适用缓刑的范围作出限定，对法院此后的跟踪回访、提示依法经营、帮助企业后续经营规范化的具体举措等进行了明确。

值得注意的是，全市法院在实施涉罪企业体检报告制度时注重人民群众对裁判结果的认同度。法院在判前、判后认真听取企业工人、企业所在社区的基层党组织等社会各界意见，制发《把脉问诊表》《企业内部调查问卷》，对涉罪企业进行广泛调研、跟踪回访，实行事前事后抽查机制，形成"体检报告"，确保司法裁判的政治效果、社会效果和法律效果有机统一。

实践证明，这一制度在一定程度上推动了宿迁地区因不慎商业行为入罪的地方知名企业、高新技术企业、带动就业企业的涅槃重生和后续健康发展。

《人民法院报》2022年8月24日刊登

耿亚中：《人民法院报》通讯员

徐州：优化司法服务　为群众办实事

褚红艳

近日，申请执行人王某接到了江苏省徐州市中级人民法院法官的电话，在电话中法官详尽释明王某申请执行的工程款因被他人申请保全，暂时不能向王某发放的来龙去脉。王某在了解具体情况后，表示予以理解。

"释明疏导多说几句，让群众的疑惑更少一些"，这是徐州法院坚持优化司法供给工作机制的一个缩影。

近年来，徐州法院深度聚焦人民群众在司法领域的急难愁盼，优化司法服务，激发干警敢为善为担重担，务实落实扛重责，做好审判执行及司法职能延伸工作，用一件件民生实事、一个个惠民举措带动司法效能提升，推动法治营商环境改善，促进司法公信提高。

裁判说理多几句　群众疑惑少一些

"这份判决书对事实认定、法律适用及理由都进行了详细阐明，我们虽然败诉了，但心服口服。"一名律师接过徐州中院民一庭法官孙守明作出的一起财产损害赔偿纠纷案的判决书，边看边说。

"充分说理，是法官应尽的责任，也是裁判文书的生命所在。说理就是要把话说清、说透，有针对性地释疑解惑，让当事人清楚自己赢在哪里、输在何处。"孙守明对撰写裁判文书颇有心得。

数据显示，今年1至8月，徐州两级法院一审服判息诉率达88.55%，在全省排名同比上升2个位次；二审服判息诉率达90.33%，在全省排名同比上升3个位次。

数字的背后，是群众对徐州法院裁判文书释法说理工作的认同，亦是徐州法院干警对"裁判文书说理多说几句，让群众疑惑更少一些"理念的践行。

裁判文书是案件审判的客观反映，更是衡量干警司法能力和审判工作质量的重要标尺。

近年来，徐州法院把开展案件审判质量评查作为加强审判质量管理的有力抓手，作为"我为群众办实事"实践活动的重要内容和有效载体。评查过程中，严格区分办案质量瑕疵责任与违法审判责任，坚持"主观过错与客观行为相结合"的错案责任认定原则，通过事后监督倒逼事中履职。将案件评查与审判责任认定、法官绩效考核、法官晋职晋级有效衔接、一体推进。

为进一步提升审判质量，徐州法院实招频出：建立民商事典型发改案件集中通报机制，使一审法官从案件存在的具体问题中寻找裁判方法上的原因；出台关联案件和类案强制检索机制，解决法律适用分歧问题，约束法官任意裁判；徐州中院各审判业务部门采取"片会"、审判工作座谈会等形式，对疑难复杂案件、系列案件等组织"专家会诊"，统一类型化案件的法律适用标准，促进审判质量提升……

精细化的审判管理带来审判质效质的飞跃。今年1至8月，徐州中院一审判决案件被改发率同比降低了2.88%，在全省排名同比上升7个位次。

"司法的公平正义需要一个个具体案件体现的公平正义来支撑，作为审判机关，在案件审理的全过程，我们要多看几遍卷宗材料，开庭审理时多听几句，制作出更多符合群众需求的裁判文书，让群众的质疑少一些，让公平正义可触可感可信。"徐州中院执行局局长李勇表示。

服务保障多一些　企业困难少一些

今年3月31日，江苏省高级人民法院打响"优化法治化营商环境执行年"专项行动"发令枪"。

徐州法院闻令即动，一场以企业信用修复"暖企"为牵引，以助企、护企、惠企、安企为支撑的行动，在徐州全面铺开。

"感谢法院，我们的工资拿到了！""感谢法院，我们的企业又能正常运营了！"日前，邳州市人民法院同时收到申请执行人和被执行人的感谢信。邳州一家化工企业因信用修复而恢复运营，申请执行人的工资也已发放到位。

原来，该企业因资金紧张陷入停工状态，工人要求发放工资。案件进入执行阶段后，邳州法院执行局干警经过多次查控和走访，发现该企业名下无财产可供执行。同时，因无力支付工资导致的信用"污点"，使该企业在贷款、投资以及享受政府政策扶持和补贴等方面受到诸多限制，这让企业恢复经营变得更加困难。

如何化解矛盾，帮助企业走出困境，成为摆在邳州法院面前的问题。

"经过多番组织协商，在征得申请执行人同意后，我们对该企业启动信用修复，及时撤除其失信信息，还协助企业通过政府担保平台获得贷款支持。目前，该企业已投入正常生产运营，工人工资也已发放到位。"邳州法院执行局副局长吴振宁说。

邳州法院执行局局长吴树渠介绍："为充分发挥失信企业主体'自我纠错'的主动性，法院在发出执行通知时，同步告知信用修复激励与惩戒机制，给予被执行人1—3个月暂缓纳入失信被执行人名单的合理宽限期限。这样不仅有利于企业回归到正常的生产经营轨道，也有利于其尽快履行执行义务。"

这样暖心的故事在徐州法院频频上演。据统计，截至今年8月，徐州法院共修复失信企业1817家。

8月26日，徐州中院出台了《涉企财产保全操作规范指引》，为全市法院在涉企民商事案件审判与执行过程中，发挥财产保全制度功能，保障判决顺利执行提供了"指导书"和"行为准则"。

"在涉企财产保全的操作实务中，我们要求法官多问多查，依法审查保全申请的合法性、必要性、合理性，对担保的要求因案而异，立、审、执部门分工负责诉讼保全各环节，以减轻企业的诉讼成本和经济负担，助力法治化营商环境建设。"徐州中院执行保全中心主任李军川说。

近年来，徐州法院在运用法治化手段强化营商环境建设保障上，不断"加码"，按下助企便企"快进键"。

细化工作举措。徐州中院推出推进法治化营商环境建设19条举措，聚焦企业司法需求、企业对执法办案提速增效和加强产权保护的期待、企业办案办事中的痛点难点堵点，推出了"全域诉服一窗通办"等一批叫得响、推得开的工作机制。

秉持善意文明执行理念。对信用状况良好、暂时陷入困境的被执行人企业，依法运用"活封""活扣"措施，最大限度减少对被执行人生产经营的影响，帮助企业渡过难关。

调解工作多几轮　矛盾纠纷少一些

近年来，徐州法院以构建多渠道便捷化矛盾预防化解网络为动力，以打造多层次阶梯式纠纷解决体系为核心，将调解工作贯穿纠纷化解全过程各方面，融入基层社会治理大格局。

坐落在沛县杨屯镇的一家煤矿公司因长期开采煤炭，导致附近 4 个村庄的部分土地出现塌陷。经与村委会协商，双方约定煤矿公司一次性补偿 3696 户村民土地复垦费和农作物损失费共计 470 万元，并已支付完毕。时隔数月，村委会得知关于采煤塌陷地的补偿，相关部门出台了新标准，并且新标准远远高于前期煤矿公司的补偿标准。村委会于是要求煤矿公司按照新标准继续进行补偿，煤矿公司不满，双方互不相让。

为了防止事态蔓延扩大，做到案结事了，沛县人民法院大屯人民法庭庭长李魁首先想到了诉前调解。但经过一个月的调解，双方对补偿一事还是无法达成共识。李魁及时转变工作思路，先对其中一起案件进行立案，采用示范诉讼的方法以点带面稳步推进纠纷的解决。案件进入诉讼程序后，李魁将调解工作贯穿案件审理全过程。

在该起案件适用简易程序的最后一天，李魁决定再做一次努力，于是又一次组织双方到庭调解。李魁还邀请杨屯镇矿办负责人、分管副镇长等一起做双方的调解工作。最后，双方达成协议。历时近半年，该批涉及 3696 户村民的群体性纠纷以煤矿公司再补偿 49.7 万元圆满化解。

"调解工作应贯穿诉前、诉中各个阶段，诉前调解聚焦双方矛盾焦点，注重消除双方对立情绪，诉中调解释法明理'乘胜追击'，多做几轮调解工作，找到双方利益平衡点，有利于化解矛盾纠纷。"李魁说。

"我们常态化开展法官进网格活动，完善'大数据＋网格化＋铁脚板'模式，做好风险排查、症结分析、协同化解等工作，促进矛盾纠纷源头化解。"徐州中院审委会专委王牧介绍，徐州法院用足用好人民调解、特邀调解、委派调解等，推动非诉解纷发挥实质作用。

网格所在之地，即是法官的脚步所及之处。

不久前，在新沂市人民法院，该市某化肥公司的一批劳动争议纠纷案得以圆满调解。与其他案件不同的是，该批案件不是由当事人提起诉讼，而是源于网格法官王晓明的一次企业走访。

作为组长的王晓明带领"公检法三人服务小组"深入某化肥公司走访调研，获悉公司负责人正为百余起劳务纠纷焦头烂额。弄清纠纷的来龙去脉和症结所在后，王晓明建议通过诉前调解的方式化解矛盾。

据悉，近年来，徐州法院积极发挥在基层社会治理中的职能作用，延伸服务触角，积极"下沉一线"，把源头阵地建强，把源头工作做实，将大量纠纷化解于未发、化解于萌芽。

"法官进网入格的次数越来越频繁了。"这是徐州当地老百姓最直观的感受。

"司法为民是最高宗旨，维护权益是最大正义。下一步，徐州法院将凝心聚力，为群众提供更优质更高效的司法服务，让群众获得更多的司法红利。"徐州中院院长刘建功如是说。

《人民法院报》2022 年 10 月 17 日刊登

褚红艳：徐州市中级人民法院

全国"最老"县：这里的司法不一样

季诗秋

江苏南通是全国深度老龄化地区，下辖的如东县 60 岁及以上人口占比更是达到了 38.91%，被称为全国"最老"县。

最老，意味着什么？

涉老纠纷频发，老年人权益亟待保护，这一切呼唤着新的司法服务机制，调解、立案、审判、执行等各个环节需要为老年人提供"定制版"服务。

面对"最老"，面对"涉老"，如东法院交出了自己的"适老型"司法服务答卷。

病榻前的庭审

2021 年，如东县人民法院受理了一起宣告无民事行为能力人的案件，申请人王老太已经 75 岁，儿子张某十年前因一场高烧而意识不清，变成了"植物人"，日常生活起居全都依赖王老太照料。

王老太的老伴生前有一笔定期存款，取款手续需要所有继承人共同去银行办理。眼看着存款到期了，钱却迟迟取不出来，王老太经过一番咨询后得知，这事儿法院有办法，申请法院宣告儿子张某为无民事行为能力人后，王老太便是儿子的监护人，"取款难"的问题便迎刃而解，于是王老太将求助电话打到了如东法院。

在得知王老太家中情况后，承办法官决定提供"上门服务"，将法庭搬到当事人的住处，就地审理此案。

2021 年 11 月 11 日，承办法官带上国徽，和书记员一同来到了王老太家中，在张某的病榻前开展了一场没有审判席、没有法槌的特殊庭审。

国徽、桌椅和席位牌，就地组成了一个临时审判庭。尽管庭审设施简易，但审判程序却严谨有序、一丝不苟，庄严中透露着温情。

"这 50 000 元是救命钱啊，我年纪大了，希望有生之年还能看到我的儿子好起来……希望法官能帮帮我！"王老太絮絮叨叨着这笔钱的重要性。

"老人家，我们审查这个案件呢，关键要查明张某现在的行动能力和表达能力，就是他现在能不能动，能不能说话？等这个事儿确定好了，您才能去银行取到钱。"法官默默提高了自己的音量，用大白话解释着法律规定，书记员也帮忙用方言进行翻译。

王老太点点头，"哦，我明白了，你们是要我说说张某的情况啊……"王老太开始慢慢叙说着家里的情况，并向法官提供了相关证明材料。

四十分钟后，这场审判落下帷幕，承办法官当场向王老太宣布了判决结果：宣告张某为无民事行为能力人，指定王老太为张某的监护人。同时为王老太送上了"新鲜出炉"的判决书。

这是如东法院为老年群体提供精准化司法服务，畅通护老"最后一公里"的缩影。针对行动有障碍、交通不方便、文化程度较低的老年人，如东法院推出电话立案、上门立案和上门巡回审理等便民举措。习惯了乡音的老年人，在寻求司法帮助时可申请调配本土法官"双语"审理案件，用通俗话语代替法言法语，确保老年人能听清、听懂、听真切，切实感受到司法的温度。

失而复得的养老钱

怀着忐忑的心情，82 岁的黄老伯一大早就从南通通州赶到如东法院，在案款集中发放现场，他将身份证和银行卡攥得紧紧的。在涉盛某某系列诈骗案中，黄老伯因购买所谓保健品被诈骗 46 000 余元。

黄老伯是"一滴血检测"的受害者。营销人员通过采集老年人的血放在显微镜下观察，谎称"自由基"偏多，可能导致癌症，从而伺机推销所谓保健产品。82 岁的黄老伯在这一骗局里几乎花光了所有的积蓄，获得的却只是普普通通的胶囊和口服液。

"案件牵涉面广，办理周期长，高龄当事人多，这些情况导致案款的线上发放存在困难，身份确认、签字送达等环节实操难度极大。"如东县人民法院执行局局长曹锐说。

因此，当疫情趋缓，如东法院组织了首次线下集中发放活动。2021 年 8 月 27 日，集中向 211 人发放案款近 300 万元。

在发放现场，黄老伯遇到了不少曾经一同参加"会销"的老伙计，养老钱"入袋为安"后，他们感慨道："感觉跟做了一场梦一样，当年推销员的'亲情'关切骗走了我们养老钱，现在法院给我们夺回来了。"

对因疫情和身体等原因不能现场领取的老年人，该院执行人员均以上门发放形式及时处置到位。

"身体抱恙要去正规医院、服用正规药品……多和子女沟通，有情况多向社区邻里反映……"执行人员登门发放完相关款项后，也不忘和刘大娘做着反诈宣传和情感疏导。

涉老案件大多发生在日常生活领域，最贴近民生的"人间烟火气"，最能彰显出司法的"大担当"。近三年如东法院受理的涉老家事案件中，离婚、继承、赡养案件占据 90% 以上。此类案件案情虽然不复杂，但深度化解需要充分考虑到亲情伦理、家庭关系乃至社会观感，需要更多的时间走进人心，尤其是对于年迈的、思维慢的老人，更有必要提供缓冲带。

如东法院创立了家事纠纷诉前调解制度，并向外"引智"，借力"外脑"，聘请政法"五老"人员担任涉老纠纷人民调解员，邀请辖区人大代表、政协委员适时参与、跟踪个案。集合多方力量，向案外延伸，将司法关怀从法庭内延续到法庭外，将老年人常见的纠纷矛盾预防、化解在萌芽状态。

如东法院切实将优化涉老司法服务作为"为群众办实事示范法院"创建的突破口，息讼安老、诉讼便老、善意援老、普法护老，切实让"银发一族"感受到受人尊重、办事方便，充分彰显人民法院对老年群体的司法人文关怀，真真切切为民，实实在在办事，着力为老年人"有尊严、有价值、高质量"的晚年生活提供更加有力的司法保障。

江苏高院微信公众号 2022 年 7 月 27 日发布

季诗秋：如东县人民法院

公司停产停业，他们何去何从？

郝　振　吴玉娇

王静来到某公司工作已经 13 年了，经过不懈努力，做到了业务主管的位置。生产主管张强比王静晚入职 2 年，也已经是一名老员工了。

对于王静和张强来说，能够进入该公司是非常幸运的事情，因为公司给员工的待遇相比当地同行业来说是非常优渥的，员工们也都非常信任公司。

"公司的一线生产工作施行 12 小时两班倒，我手下很多生产部门的员工长期值夜班。大家担心下班后管不住自己去喝酒打牌，便会向公司申请，只要按月发放基础生活费即可，由公司留存每月工资的一部分，留存部分到过年前一并发放。从这件事就可以看出大家对于公司以及老板的为人是无条件信任的。"张强这样回忆。

可是从 2019 年开始，公司开始出现了问题，摆在眼前的经营困境，致使员工工资纷纷被要求留存。考虑到员工们的生活必需，公司会在每学期开学之前和过年前，想方设法筹钱发放工资，但每次发放的金额最多也只够两三个月的生活所需。王静所在业务部门的员工只能靠自己的积蓄艰难生活，而张强所在生产部门的员工偶尔会出去打打零工，也仅能维持基本生活。

即便这样，大部分员工仍然信赖公司，也相信老板的为人，他们坚信老板不是有钱拖着不发的人，所以并没有在公司最困难的时候离开。

为了挽救企业，公司老板积极拓展新供应链，并努力寻求各方投资，但一直没有成功引进合适对口的投资方。作为业务主管的王静心里非常清楚，公司订单数仍然每况愈下，作为生产主管的张强眼里看到的是他手下一线生产员工的工作量也在逐渐下降。

2021 年底，公司拖欠的工资数额如滚雪球般越来越大，员工们不得不催促公司支付拖欠工资以及经济补偿金。公司每每筹措到些许资金，就会先支付给家庭困难或者比较急用钱的员工，但是每次的数额也只有几千元。

同舟共济并没有换来峰回路转。

2022年初，该公司完全停产停业了，员工们在微信群里收到要自谋出路的通知。屋漏偏逢连夜雨，疫情突袭苏州，员工们离开公司后，难以快速找到合适的新工作。

"当时我家二胎刚出生不久，感觉生存压力陡增。公司尚且拖欠着近两年半的工资，新的收入来源又迟迟找不到，所以大家虽然对公司都是有感情的，但是迫于生存压力，都不得不对公司提起劳动仲裁，后来我们就向法院申请强制执行了。"王静无奈地说道。

在执行过程中，苏州市吴江区人民法院查询到该公司名下有54亩土地的使用权、24 000余平方米的工业厂房、2条日本进口的铸造自动生产线及其他铸造相关机器设备，获批铸造产能指标能达到4万吨/年。员工们都想着公司有财产可以执行，那么工资应该很快就能到手了吧。

面对众人的期许，执行法官心中五味杂陈，可供执行的财产是有的，但是这并不意味着职工工资马上就能到位。一方面，财产变价需要时间，变价后所得款项清偿大额抵押权人后，剩余部分是否足以清偿职工债权也未可知。另一方面，将资产简单进行拍卖，势必造成进口设备价值贬损，每年4万吨铸造产能指标的无形价值亦无法体现。

如何寻一个让公司员工、债权人、债务人等各方利益共赢的方案？

经过综合评估后，苏州市吴江区人民法院认为，引导企业适用重整程序是一个可行方案，这样既可以全面解决公司的债务危机，也能实现对困境企业的挽救，唤醒"沉睡"的价值。

今年5月24日，该公司自行向法院提出重整申请。为提高重整成功率，公司同时请求在重整申请审查期间进行预重整。该院经审查，决定对该公司进行预重整并确定江苏新天伦律师事务所作为临时管理人。

启动预重整程序是踏上挽救之路的第一步，困境企业可能因此重生。但是对于员工来说，怎样在短时间内拿回工资，缓解生存压力，才是燃眉之急。

为此，该院在对接辖区政府后，指导临时管理人利用其优势资源，引入市场力量，积极协调第三方先行垫付职工债权。

经过多方沟通协调，有初步投资意向的苏州工业园区某资产管理有限公司及某并购重组顾问某有限公司，在了解到该公司的境况后，考虑到工人工资无法立刻清偿可能会让员工们的基本生存陷入困境，这两家公司深入了解垫付职工债权的相关法律规定，并对该公司进行尽职调查后，愿意先行垫付工人工资和经济补偿金。

垫付方公司程经理表示："作为苏州资产管理有限公司参股的企业，在从事市场经营的同时，我们也承担着社会责任。不管最终能否成为本案重整投资人，现阶段我们愿意最大限度帮助原职工解决拖欠工资的问题，有效缓解社会矛盾。"

两家公司与临时管理人充分沟通后，在项目合法合规、总体风险可控的前提下，仅用一周时间就完成项目审批。临时管理人在职工的配合和帮助下，加快职工债权调查速度，先期确认了职工工资和经济补偿金。

垫付款到位后，该院迅速召集债务人、临时管理人、垫付方、职工代表进行现场签字确认。

"今天召集大家到法院来主要有三件事，一是签字确认收款账户，确认后钱会在三个工作日内汇至大家的账户；二是告知大家，对于这次的垫付款，垫付方在后续重整程序中将按照职工债权性质进行清偿；三是做一个提醒，本次垫付的是工资和经济补偿金，不包括公司在社保中心欠缴的保险费。为保障自己社保的正常使用，大家在领取款项后，可以先垫付公司在社保中心欠缴的保险费，进入重整程序后，大家垫付的该部分保险费也将按照职工债权性质进行清偿。大家清楚了吗？"预重整案件审理法官解释并询问道。

"法官，你说的我们基本了解了，我还有一个疑问，不知能不能问一下？"作为职工代表的王静举起手说道。

"可以的，请讲？"

"公司之前还从我们的工资中扣除一部分钱，用于支付公司应向社保中心缴纳的保险费，这部分钱如何来处理？"

"经调查若存在这种情况，进入重整程序后，这部分钱也将按照职工债权来清偿。"法官耐心回答。

"好的，这我们就放心了，谢谢您！"王静一边点头一边说道。

7月初，员工们收到了法院打来的工资和经济补偿金，和当时申请仲裁的金额一样。"我们真的很意外很开心，可以提前拿到这些钱！"王静和张强的话，代表了所有员工的心声。

至此，仅仅用了4个月时间，涉及97名职工的598万元工资及经济补偿金全部得到清偿。

同时，该公司预重整投资人招募工作也在有条不紊地进行着，已经有多家单位向临时管理人表达了投资意向，一切都在向着好的方向发展。

苏州吴江法院坚持破产审判市场化、法治化理念，从全力提升破产审判质效、细化府院联动子机制、着力发挥破产挽救功能、加强破产审判机制创新、持续提升破产专业化水平等五个方面开展工作，深耕执行转破产"吴江经验"。

近年来，面对疫情，该院顺应时势，推动破产审判工作灵活转型，高度重视破产重整、和解，努力扮演好"疫情下困境企业医院"的角色，发挥司法救治功能，为困境企业撕破"溃烂"旧壳，唤醒"沉睡"价值，创建"'破'而有序，'劳'有所依"劳动人事审判示范项目品牌，守护就业民生，激发市场活力。

今年上半年，该院即已审结重整、和解案件10件，引入资金8.32亿元，化解债务13.88亿元。

（文中人物均系化名）

江苏高院微信公众号2022年8月3日发布

郝振、吴玉娇：苏州市吴江区人民法院

为一条船撑起一片天

——南京海事法院连云港法庭妥处涉渔民生案件工作记事

李冠颖　许　晨

8月，迎来了一年热火朝天的开海季，江苏连云港赣榆渔港码头千舟竞发、浩浩汤汤。受上半年疫情影响的蛰伏，渔民们怀着对丰收的期待，加大马力、驶向深蓝……

然而，对一辈子靠海而生的许老伯一家来说，大海却成了挥之不去的梦魇：曾赖以为生的船只再也无法载着日思夜想的亲人回家，望见那片深蓝，他们看见的不再是收获的喜悦，而是失去亲人的痛苦。

对这起事件的处理，或许是对许老伯一家最后的宽慰。

许家的"天"塌了

时间倒回到2021年1月10日，这是船老大闫某带船出海的第10天。

船员许某在船上负责起网机操作。当日中午，许某觉得不舒服，跟闫某打了声招呼便回舱休息。傍晚6时，有船员喊许某吃晚饭，却发现许某双眼紧闭，面色灰白。众人连忙进行心肺复苏急救，但未见起色。

意识到事态严重，闫某赶紧掉转船头朝岸的方向开，并多次拨打12395水上遇险求救电话。救援部门当即提供了医生的联系方式，闫某立刻与医生联系，并按照医生的要求对许某进行施救。

在连夜返航的过程中，闫某让船员将许某身体的突发状况告知其家人。尽管闫某采取了一系列急救措施，但仍为时已晚，许某仍然没有逃过死神的魔爪，不幸离世……

许某出事时才 34 岁，上船捕鱼已有 10 余年，是家中的顶梁柱。4 年前许某与妻子离婚，体弱多病的父母在家照顾年幼的孩子。许某的突然离世，对这个本已摇摇欲坠的家庭而言，无疑是天塌了下来。

他的离世究竟是谁的责任

许某家人将闫某诉至南京海事法院连云港法庭。

"都是船老大的责任，他不听渔政警告强迫劳动、顶风作业。要不是他们违法在先，人怎么会出事！"旁听席上许某的前妻情绪激动。坐在原告席上的许老伯低垂着头，白发人送黑发人的悲痛在他的眼眸里无声地流淌。

"许小哥的事情我也很痛心，但是真的不能怪我啊，都海上跑惯了的，谁也没想到他身体会出状况，而且当时我已经采取了所有能够采取的措施。考虑到许老伯一家的情况，我愿意承担部分补偿。"庭审中，闫某对于涉案事故原因和责任明显有着不同的意见。

原告主张许某是在劳务中受伤致死，而船员作证许某并没有摔倒、受外力打击等情况。为查明许某死亡原因、分清双方责任，承办法官多次上门阐释尸检的必要性，打消原告的顾虑，使原告最终同意进行死亡原因尸检鉴定。

"路律师，鉴定报告出来了，报告附后的照片可以拿掉，许老伯看到了难免伤心。"承办法官将鉴定意见书交给原告代理人并细心叮嘱道。经鉴定机构检验，排除其他死因，许某脑血管畸形，部分管壁菲薄，破裂出血，符合颅内出血死亡的特征。

法庭查实了当天风力天气、船只航行轨迹、呼叫救援等情况，确实如船主陈述。被告跨区作业行政违法行为与损害后果没有直接因果关系，而许某未必知晓自身体质特殊，意外的发生不能苛责于双方中任何一方。综合案情，法庭判决闫某给予原告一定补偿。

收到判决后，原、被告均没有上诉。

那颗理解的心

然而关于履行问题，闫某却犯了难。

"我对判决结果没有异议，但是我现在只能暂时凑出一部分补偿款，手头原本也不宽裕，我的船也是贷款来的，还贷负担也大，现在受疫情影响，船舶不能正常出海，上半年没啥收成，能不能跟对方商量，等保险公司的理赔完成后再支付剩余款项。"

电话里，承办法官感受到被告的无奈和焦急。

令人动容的是，许老伯一家同意闫某分期支付。"都是在船上一辈子的人，互相理解吧！"许老伯叹了口气，命运的多舛并没有压垮这位久经沧桑的老人，也许未来要用后半辈子治愈失去独子的伤痛，但对待他人，他仍然抱持着一颗理解的心。

为了使案件有个完美的结局，也为了不辜负许老伯的那份理解，承办法官持续跟进关注理赔情况，与渔业互助保险协会不断沟通，最终案件顺利理赔。而闫某在收到理赔款后悉数转给了许老伯。

"等眼下第一网螃蟹捕上来，最后一笔几万元补偿款也会很快给到许小哥家人了，我的心也就放下了。"闫某说道。

"一条船、一家人、一片天"，这是中国大多数渔民船员的真实生活写照。海上生产点多、面广、线长，风险高，纠纷频发，牵动着无数家庭的心，涉渔民生案件的妥善审理，给予了他们真切的希望与关怀。

《人民法院报》2022 年 8 月 29 日刊登

李冠颖、许晨：南京海事法院

老李葡萄园的最后一个"最佳赏味期"

曹道清

"没想到，这是我和老伙计们的最后一个成熟季了。"老李摸着葡萄藤，有点心酸，又有点释然。

深紫色的葡萄沉甸甸地挂满了枝头，这意味着葡萄园和老李的完美收官。过了这个 9 月，老李将离开这片土地，而葡萄园的清退也终于迎来了完满的结局。

"能够吃到这一季的葡萄都托大家的福了，来尝尝我们的葡萄吧。"老李邀请承办法官、村委的办事人员一起分享着这一季的甜蜜。

葡萄藤下，阵阵清风吹过，讲述着一个动人的执行故事 ……

十多年的生活来源断了，老李不甘心

无锡市锡山区锡北镇地处无锡东北近郊，河湖遍布，土地肥沃，老李的葡萄园就坐落在这里。

2010 年，老李从当地村民手里租了近 20 亩土地，租期十年，主要用于种植葡萄。经过十多年的深耕与栽培，老李的葡萄园年产夏黑葡萄 60 000 斤以上，成为老李一家老小的主要生活来源。

在此期间，葡萄园所在村的全体村民将土地承包经营权交给村委统一管理使用。对于部分村民与老李签订的租赁合同，村委表示认同该合同的出租效力，并将每年收到的土地使用费向农户进行了分发，各方在数年间相安无事。

一晃十年租期即将到期，村委告知老李由于土地使用规划有了变化，租期届满之后将不再进行续期，要老李提前做好准备。老李本来还在筹划下一

个十年，现在情况发生了变化，老李一时之间难以接受。

近些年种植葡萄投入费用巨大，老李想着，如果能续签合同继续经营，哪怕提高一点租金也是可以接受的；假如确实不能续签，村里也应当给予一定的经济补偿。

村委则认为租赁期限是固定的，老李应当提前进行规划、考虑退路。双方交涉无果，诉诸法律途径解决。

2022年2月，无锡市中级人民法院二审支持了村委的诉讼请求，判令老李在判决生效后30日内移除土地上的种植物、构筑物，同时支付占有使用费。

葡萄熟了，为"新无锡人"争取一个"缓冲期"

判决生效之后，老李不仅没有按期履行义务，时不时还到村委争论要求补偿，村委见老李并没有主动腾退的意向，便向无锡市锡山区人民法院申请强制执行，要求老李立即腾退案涉土地。

"这起案件涉及农村土地流转，案涉面积大，矛盾发酵久，强制清场可能会引发冲突，并不是最佳方案，我们希望通过现场的摸底调查来进一步理清思路、明确方案。"执行法官说道。

葡萄园被铁丝网围了起来，种植区域主要分成两个部分，一小部分是露天种植区，里面的葡萄树正在休眠期；其余绝大多数是大棚种植区，一串串葡萄挂果压枝，已经到了将要收获的时候。

葡萄即将成熟，这是实地执行中发现的新问题，如果按照申请人的要求直接强制清场必将造成浪费。

执行法官意识到，这，或许能成为案件解决的突破口。心里有了主意，执行法官先找老李谈心："李老板，这么多年生意做下来，有没有遇到过问你订了葡萄又反悔的客户？"

"不多，但肯定有。这样的客户我直接拉黑。说好的事情怎么能反悔！"老李回答完后，看见法官笑而不语，突然意识到什么，不好意思起来。

法官又循循善诱道："我知道你心里主要是不舍得。葡萄园不仅是一家人的生活保障，更是以后的希望。'新无锡人'已经扎根在这里了，不容易。但十年租期满了，至今还多用了两年，再不搬说不过去。我看咱们这葡萄也熟了，我和村委再商量商量，咱们把这一季葡萄卖出去，手里有了钱，也就可以搬了，你看怎么样？"

老李也被说动了，确实这些年村委对自己也多有帮助，再这么拖下去也于理不合，如果能有个"缓冲期"，将这一季的葡萄卖出去，对老李来说，也是个安慰。终于，老李的心结打开了，同意按照法官的方法，争取"缓冲期"后搬离。

老李葡萄园的最后一个"最佳赏味期"

走出葡萄园，执行法官立即就查明的情况与村委人员进行了沟通。村委按照判决书要求腾退并收回租期届满的土地理所应当，但一味要求按照判决书履行，辛苦一年种出来的果子就这样毁掉，任谁都难以接受。作为村委，在维护村民经济利益的同时也承担相应的社会责任，能否为成熟的葡萄等一等，为老李最后内心的不舍与纠结等一等。

村委的工作不难做。初步谈妥后，执行法官组织双方进行现场执行谈话，最终确定了分区域、分阶段逐步腾退的执行方案，其他细节也一一安排妥当。

今夏7月至9月将是老李葡萄园的最后一个"最佳赏味期"。期限过后，老李一家将离开这里，去别处谋生。生活总有波折，但就像老李所说，有出路的困境就不是绝境，一家人在一起，总有办法的。

无锡锡山法院自"为群众办实事示范法院"创建活动开展以来，以切实解决好群众"操心事、烦心事、揪心事"为目标，制定涵盖全院各部门的6项创建项目清单，关口前移"零距离"纾困沟通民意、履职尽责"精细化"服务保障民益、职能延伸"新模式"创建回应民需，出台全国首个《人民法院在线司法鉴定规则》，挂牌设立全省首个"信用修复辅导工作站"，联合锡山区自然资源规划分局发布《不动产登记"司法＋行政"分流联处机制》，推动系列实事项目"落地生根"。

江苏高院微信公众号2022年9月21日发布

曹道清：无锡市锡山区人民法院

闹心的车位

赵亚鲁　高　婧

合同暗藏猫腻，变相兜售人防车位，开发商在人防车位的建设、管理和使用上"打擦边球"，却坑苦了业主。

市民林先生 2015 年初在购房时就与小区开发商签订了车位使用合同。"当时开发商直接打出了买房送车位的旗号，还签订了车位使用合同，使用期限与土地使用年限相同，等于省了一个买车位的钱。"林先生介绍，尽管心里还是有点打鼓，担心未来会产生一些"扯皮"的事情，"但我算了一笔账，我们小区租车位的话一年大概 4000 元，30 年就是十几万元，这样算下来还是很划算的，好些业主冲这买的房子。"

那么，开发商与业主的地下车位协议是如何签订的呢？根据顾先生等人提供的《车位使用合同》显示，"使用期限以土地年限为限，该车位不收取租赁费亦不得转让"。该小区住宅土地使用年限为 70 年，即意味着车位使用期限也是 70 年。

《江苏省物业管理条例》对物业管理区域内人防工程建设和平时使用的管理做了专门规定，特别强调依法配建的人民防空工程平时用作停车位的，应当向全体业主开放，出租的租赁期限不得超过 3 年，不得将停车位出售、附赠。开发商将人防区域停车位以 70 年使用期限签给业主显然不符合规定。

2020 年，该小区开发商经债权人申请被常州市天宁区人民法院依法受理破产清算。企业破产管理人在履职过程中发现，林先生等 9 位业主"购买"或"获赠"的车位系人防车位，开发商无权对上述车位进行处置，依法需将相关人防车位收回，补偿方式为由业主作为普通债权人进行申报。得知这一消息的业主们顿时悬了心，为维护自身权益，他们多次找到法院、郑陆镇政府、管理人反映情况。

承办法官查熙迪在接到林先生等人的情况反映后，立即着手进行调查，他发现从林先生提供的《车位使用合同》来看，开发商未在合同中明确车位属性，合同约定 70 年使用期限有变相兜售人防车位之嫌。现该企业已进入破产程序，要妥善解决这一问题，法官深知仅以法院一家之力很难推动。

在案件办理过程中，天宁法院在协调破产管理人加大对开发商资料数据检索、复核校对的同时，积极争取属地政府郑陆镇政府支持，郑陆镇政府成立了工作专班，搭建起沟通平台，多次组织业主开展座谈，听取业主意见，及时反馈处置进度，平复情绪，保障了案件平稳推动。

同时，在与市区两级人防部门沟通过程中，找出问题的所在，本着最大限度减少破产案件对民生问题的不利影响，借助府院联动机制，有效形成政府、法院、管理人"三点一线"的信息共享和工作互通网联，为业主迫在眉睫的车位合法有序使用问题探索合理解决方案，从而快速解决小区业主的"急难愁盼"。

付出总有回报。在天宁法院指导与监督下，在郑陆镇政府及其物业管理科、郑陆镇司法所、物业公司等相关单位的支持和帮助下，经与相关业主数轮协商后，最终确定了采用尚未出售的车位进行使用权调换的解决方案，相关业主按照公开、公平、公正的程序，通过大家同意的签到抓阄、现场摇号方式选取交付车位。

2022 年 8 月 12 日下午，民二庭庭长孙晓星与法官查熙迪顶着 40 摄氏度的高温前往郑陆镇司法所，与郑陆镇党委副书记黄佳清共同主持了车位摇号仪式。仪式现场，孙晓星、查熙迪就业主关心的问题与疑问进行了现场解释与答疑，消除了业主的疑虑。

"从今天开始，终于可以安心地使用车位了，我心中的一块大石头也终于落地了！"选到心仪车位的林先生长舒了一口气。

"本次车位摇号仪式解决了业主急难愁盼的难题，不仅是我院府院联动机制下取得的又一具体成果，也是我院开展'为群众办实事示范法院'创建活动的一个缩影。"承办法官查熙迪介绍道，"今年以来，我院在推进示范法院创建工作的同时，结合市法院'五大行动'工作部署，充分发挥审判职能解难纾困作用，切实为群众解决了一批'急难愁盼'问题。"

树高千尺，根植沃土。天宁法院将继续以"为群众办实事示范法院"创建工作为抓手，努力把好事办实，把实事办好，办到群众心坎上，用实际行动践行"我为群众办实事"，努力守护好公平正义的最后一公里。

江苏高院微信公众号 2022 年 9 月 28 日发布

赵亚鲁、高婧：常州市天宁区人民法院

连云港法院用心答好群众满意的民生考卷

张晓晓　王晓红

以人民满意为标尺，答好群众急难愁盼问题考卷。2021年，结合政法队伍教育整顿和党史学习教育，连云港市中级人民法院明确了全市法院优化包括"家门口"式诉讼服务、"法官进网格、审务进基层"、庭审直播普法公开课活动、涉民生案件专项执行活动在内的"4+14"民生实事项目。

充分发挥人民法院审判职能，提供优质便利的诉讼服务，依法维护胜诉当事人的合法权益，依托基层人民法庭发挥好人民法官"八大员"的作用，通过多样化普法宣传活动，强化司法公开，以"五个助推"全方位、精细化做好"我为群众办实事"实践活动，以实实在在的行动用心完成任务清单，交上了一份群众满意的答卷。

科技赋能　助推诉讼质效提升

"有了这些先进设备，现在我们立案方便多了！"正在进行自助查询的当事人张某感慨道。为给当事人提供不间断的自助立案、查询、文书打印和材料中转、缴费、联系法官等自助式诉讼服务，连云港中院24小时自助诉讼服务中心配备了诉讼服务自助终端、自助查询机、智能材料收转柜、综合文书打印服务终端、自助缴费终端、联系法官终端等设备。

依托全市法院诉讼服务中心、24小时自助法院、人民法庭诉讼服务站以及基层社区诉讼服务点，全市法院"一窗通办、一站全办、全市联办"诉讼服务体系基本形成。为进一步优化服务，在服务范围上，全市法院不区分受理案件类型，打破一个窗口只办一项业务的局限性；在服务对象上，打破诉讼只能到管辖法院立案的局限性，畅通立案通道，实现就近能立案，最大限度满足群众诉讼服务需求，减轻群众诉累。

记者了解到，2021年以来，全市法院网上立案68 962人次，跨域立案253件，依托"江苏微解纷"等平台，在线调解、审理13 777件案件。

融网进格　助推审判资源下沉

"感谢你们，忙到这么晚，我的麦子终于收割完毕了。"2021年6月21日晚11点，当事人对不辞辛劳取证的法官由衷感谢道。正值农忙，当事人的小麦因播种时受到阻扰，耽误了农时，诉至法院要求赔偿减产损失。为避免耽误收割，立案当天从早上8点不到一直到夜里11点，连云港市海州区人民法院板浦人民法庭的法官们便完成了产量确认。

农忙时节，为充分保障农民的合法权益，高效率解决纠纷，板浦法庭坚持下乡巡回办案，灵活安排开庭时间，打造"农忙法庭"，适时启动"午间法庭""晚间法庭"和"假日法庭"，加强巡回审判，高效解决农民当事人纠纷。这些都是"家门口"调解工作站的缩影。

2021年以来，连云港全市法院在基层治理上再出新招，各基层人民法院在连云港中院的指导下，在辖区内乡镇、街道设立审务工作站，法官进入社区网格，依托"党建＋审务工作站""法官工作室""五老"调解中心等平台指导和参与调解，促进矛盾纠纷源头化解、就地解决，全市审务工作站和法官进网格覆盖率达到100%，解纷效果显著。

为进一步推进审判资源下沉，连云港中院还印发了《关于开展学党史、践初心、树形象法院队伍"为民服务"进网格当好"八大员"活动方案》。2021年，连云港法院参与法官进网格人数746人，开展法治宣传教育677次、参与矛盾纠纷源头处理721次。

创新普法　助推普法广度精度

"你的脸被偷了吗？商家在没有征得顾客同意的前提下，私自获得顾客的人脸识别信息，据此提前了解顾客的消费倾向，进行有针对性的销售……是对自然人信息保护的严重侵犯，应当予以制止。"这是连云港海州区法院"海哥说法"栏目其中一期普法微视频的内容。截至2021年底，该普法栏目共发布 20 期，其中有 11 期被学习强国全国平台采用。该普法栏目获评 2021 年连云港市第九届网络文化季优秀项目奖。

近年来，连云港法院的线上普法栏目如雨后春笋，全市法院司法拍卖直播、海州区人民法院"海哥说法"、赣榆区人民法院"赣法微课堂""每天学习一点'典'"、灌南县人民法院执行局的抖音直播问答、灌河流域环境资源法庭的"云端"普法微课堂……一系列有影响的优质普法平台正在悄然崛起，全市法院普法方式多样展开，多点开花。

如果说线上普法宣传拓展了普法的广度，那么线下普法宣传则深挖了普法宣传的精度。为进一步加强区域内法治宣传的针对性，全市法院采取了多样举措助推全方位普法。2021 年以来，全市法院参与法官进网格人数 746 人，开展法治宣传教育 677 次，积极帮助企业纾困解难，开展"法进电商""法进银行""法进社区"等宣讲活动 113 次，旁听人数达 15 500 余人。

庭审直播　助推司法公开透明

为把权力关进制度的笼子，加强司法公开，让权力在阳光下运行，连云港全市法院积极推进庭审直播工作，将整个庭审活动全方位向社会公开。建立健全人民检察院、当事人、辩护人等就庭审互联网公开向人民法院提交意见、建议的渠道和审查机制，确保庭审公开产生良好社会效果。

仰某某祭祖失火刑事附带民事诉讼一案通过网络庭审直播的方式开展，央视新闻发起的话题讨论阅读量近 1 亿，获网友点赞 5.3 万次，实时热度微博热门排行榜第 8 名。

案件庭审时，组织市、县人大代表、政协委员和中、小学校 2000 余名师生在线旁听，通过网络庭审直播的方式，既实现了案件审理的公平正义，同时又起到了"庭审直播一案，指导教育一片"的效果。该案入选江苏法院环境资源十大典型案例，以"线下补植 + 线上直播""庭内审判 + 庭外教育"的方式，在公众中形成了生态祭祀、安全用火的良好社会风尚。

2021 年以来，全市法院发挥庭审网络直播公开课作用，直播庭审实况 35 664 次，点击量 747 万人次，在中国庭审公开网上累计直播案件 2996 场，在全国中级人民法院排名第 46 位，获评全国"优秀直播法院"。

专项执行　助推胜诉权益落地

2022年1月27日凌晨5∶30，临近春节，灌南县法院大楼前一片灯火通明，执行干警们在灌南县法院执行局局长李文谦的带领下，分成3个执行小组，8辆警车踏着黑夜分别赶赴执行现场。

年终岁尾，连云港法院抓住失信被执行人返乡的高峰期，铁腕出击，以雷霆之势推进案件执结。共开展集中执行32次，出动警力550余人次，拘传拘留279人，执结案件数579件，到位金额5576.6万元，交付厂房土地10 000多平方米，着力解决好人民群众的"急难愁盼"。

全国人大代表权太琦在参加完连云港中院执行案款集中发放日活动后激动地表示："我们对全市法院执行队伍为全体市民提供良好的司法服务充满信心！"执行案款集中发放当日，全市两级法院涉民生、涉中小微企业的执行案件156件，共计发放案款金额19 921 974元。

2021年，全市法院执行攻坚硕果累累，全市法院共受理执行案件41 743件，结案36 870件，结收案比为97.69%。开展夜间执行、假日执行102次，拘传523人，全年执结案件36 870件，执行到位29.51亿元。

《江苏法治报》2022年2月28日刊登

张晓晓：连云港市中级人民法院

王晓红：《江苏法治报》记者

把诉讼服务送到家门口

——江苏扬州两级法院构建特色诉讼服务体系纪实

张瑾瑶　王雨欣

"些小吾曹州县吏，一枝一叶总关情。"郑板桥，一位与江苏扬州有着不解之缘的文学家。隔着几百年的时光，我们依旧能够因这句诗所饱含的为民情怀而动容。

保障和改善民生没有终点。近年来，扬州市两级法院始终传承着"一枝一叶总关情"的这份为民情怀，牢记司法为民，关注人民群众多元化的司法需求，不断拓宽服务范围、提升服务品质，真正把诉讼服务送到群众身边，努力让群众少跑腿、让诉讼再提速，构建起具有扬州法院特色的诉讼服务体系。

诉服热线——架起法院与百姓的连心桥

"法官您好！我想要申请撤销仲裁裁决，可我所在的小区因疫情封闭管理，无法送交相关材料，怎么办呢？"扬州市中级人民法院 12368 诉讼服务热线响起，电话里，陈先生的语气十分焦急。值班法官耐心指导陈先生通过"江苏移动微法院"平台，顺利提交了诉讼材料和立案申请。

2021 年 7 月，扬州暴发新冠肺炎疫情，为减少病毒传播风险，扬州两级法院暂时关闭诉讼服务中心，但两级法院的诉讼服务并没有因此停歇。在此期间，12368 诉讼服务热线架起了法院与百姓的连心桥，为群众答疑解惑，提供诉讼服务。

据统计，疫情期间，全市法院 12368 诉讼服务热线共接听当事人来电

3644 次，有效助力审判执行工作开展，高效保障了当事人合法权益。

上门解纷——拓宽调解方式和调解渠道

近年来，扬州两级法院不断加强诉源治理工作，积极拓宽调解方式和调解渠道，力求把矛盾化解在诉前。日前，邗江区人民法院受理的一起离婚纠纷，便是通过人民调解员上门调解成功化解的。

原告李某和被告赵某某因离婚纠纷起诉至邗江区法院，人民调解员丁久祥和沈秋在查阅卷宗后，发现双方当事人均已年过八旬。考虑到当事人年事已高、行动不便，在电话征询两位当事人同意后，调解员决定上门开展调解工作。

丁久祥和沈秋详细了解了双方情况，耐心倾听了两位老人的诉求，之后，他们针对这起离婚纠纷的主要矛盾进行了劝解和疏导。最终，李某和赵某某就解除婚姻关系及财产分割等一系列问题达成一致。

据统计，2021 年，扬州两级法院诉前调解案件 29 054 件，同比增长 2.97%，调解成功 15 609 件，调解成功率达 53.72%，多元解纷工作成效明显。

跨域立案——让数据多跑路，让群众少跑腿

吕某驾驶的机动车与明某驾驶的电动车发生碰撞，导致明某车上搭载的亲属张某抢救无效死亡。因多次协商未达成一致，明某准备起诉吕某及保险公司。但吕某是上海人，其车辆投保公司也在上海，如果要去上海的法院立案，免不了来回奔波，这可让工作忙碌的明某有点犯愁。

抱着试试看的心态，明某来到了高邮市人民法院。高邮法院工作人员对明某的诉讼材料进行了审查，并告知其缺乏的材料类型。材料补充完整后，立案庭工作人员引导明某进行跨域立案，并积极联系上海市虹口区人民法院审查立案材料。不到 10 分钟，工作人员便收到了虹口区法院的受理案件通知书以及诉讼费交纳账号，并将其转交给了明某。

2019 年开始，扬州两级法院推行跨域立案。2021 年，扬州法院跨域立案 287 件、审查网上立案申请 24 990 件，网上立案、自助立案、跨域立案逐渐被更多当事人接受和使用。

此外，扬州多家法院还在诉讼服务大厅设立"全域诉服"窗口，实现立案登记、信息查询、受理保全、鉴定申请等诉讼服务事项一窗通办，推动"数据多跑路，群众少跑腿"得到更为广泛的覆盖范围。

乡间庭审——打通普法"最后一公里"

"江都区人民法院现在开庭！"

随着法槌落下，一场乡间庭审拉开帷幕。

与以往的庭审不同，这次庭审的法庭设在江都区丁伙镇某村村部。该村村委会变身为临时审判庭，部分人大代表、政协委员、村（社区）支部书记应邀和当地村民一起旁听。

这是一起农村地区比较常见的土地承包经营纠纷案。原告和被告系堂兄弟关系，被告一方已近 80 岁，双方就讼争土地由谁耕种各执一词，矛盾非常激烈。

为了查清案件事实，找出双方矛盾的症结所在，江都区法院法官陈芳、胡买梅在庭审前深入田间地头，对涉案承包地实地调查，多次联合镇政府、村委会梳理事实，对当事人释法明理。经过不懈努力，双方矛盾有所缓解，同意在法庭主持下进行调解。

考虑到近年来辖区涉土地纠纷案件持续增长，且当事人年事已高，承办法官决定上门开庭。

把法庭搬到田间地头，搬到村居民舍，面对面通过接地气的审判方式，就地化解矛盾纠纷，同时以案释法，向村民宣传相关法律知识，这是扬州两级法院一直在努力做的一项工作。

据了解，扬州法院积极推广在乡镇、村（社区）设立审务工作站、法官工作室、巡回审判点等，构建以诉讼服务中心为龙头、人民法庭为支撑、审务工作站为网点的矛盾化解网络。全市 7 家基层法院已设立 80 个审务工作站，2021 年化解矛盾纠纷 1278 件。

《人民法院报》2022 年 2 月 11 日刊登

张瑾瑶、王雨欣：《人民法院报》通讯员

"家门口式"诉讼服务就在您身边

张羽馨

2021 年，江苏省高级人民法院部署推进"家门口式"诉讼服务改革，运用信息化手段，依托协作联动机制、集约化管理等方式，实现全省跨地域、跨层级一体化服务。这项改革被确定为全省政法惠民十件实事、"我为群众办实事"重点项目。

江苏全省法院借助现代信息技术，紧扣"一站式""一体化"，推动诉讼服务实体平台、热线平台、网络平台融合发展，推广苏州、徐州法院"一窗通办、一站全办、跨域联办"全域诉服工作经验，健全线上线下一体化诉讼服务体系，构建一站、集约、集成、在线、融合的诉讼服务新模式，实现"法院一盘棋，服务一体化"，为群众提供普惠均等、便捷高效、智能精准的诉讼服务。

"零障碍"全域诉服可感可知

目前，全省三级法院网上立案、跨域（跨境）立案全覆盖，当事人异地打官司，不再需要长途奔波到外地法院去立案，可以向家门口任何一家法院递交起诉材料，通过网络办理立案手续。

2021 年 9 月 10 日，加拿大某国际贸易公司以苏州一家药业公司为被告，通过跨境立案方式，在苏州市中级人民法院立了案，解决了跨境诉讼当事人的立案难题。2020 年以来，全省各级法院网上立案 129 万件，跨域案件 1.1万件次，跨境立案 46 件。

全面推进跨域立案的同时，江苏高院还借鉴银行"通存通兑"模式，在全省法院推广苏州法院、徐州中院全域诉服工作经验，开发全域诉服平台，当事人可以不受地域、审级限制，就近选择一家法院"全域诉服"窗口，办理立案登记、保全申请、案件查询等服务，实现"一窗通办、一站全办、跨域联办、就近可办"。

全域诉服，全域通办，从"来回往返"到"一站通办"，律师们感受尤深。笔者在苏州市相城区人民法院走访时，巧遇来立案的周律师，"全域诉讼真的特别方便，有时到相城开庭，其他法院的案件就能带过来提交，不用再专门跑一趟，省时又省力。"

跨域阅卷范围不止苏州，而是可以"横跨"全省。前几天，来自盐城的束先生给相城区法院档案室打来电话，询问调阅案卷证据所需材料和法院下班时间，准备购买下午的车票来苏州调档。小刘主动告知，省内法院在当地即可办理。第二天上午，收到盐城市大丰区人民法院申请后，小刘按照工作规范第一时间完成审批授权，束先生感谢之余感慨道："到苏州跑一趟要一天时间，现在家门口就能调档，效率太高！"

目前，全省各级法院已经普遍设立"全域诉服"窗口，实现跨域材料转递、卷宗查阅、文书打印和跨域查询等功能。

12368 总客服架起"连心桥"

诉讼服务热线接听难一直是群众反映突出的热点问题。江苏高院紧密结合贯彻落实全国政法队伍教育整顿工作部署要求以及"我为群众办实事"重点项目推进，借鉴"12345 政务服务便民热线"部署模式，以打造全省诉讼服务"总客服"为目标，将分散在各家法院的 12368 热线省级集中部署，架起人民群众与法院之间"连心桥"。

2021 年下半年，12368 热线统一部署在南京地区开始试运行。试运行期间，热线接通率由以往的 51% 提高到 99%，满意率达 99.8% 以上。省人大代表柳雅训告诉笔者："现在拨打 12368，不需要等待，解决的事项也越来越多，为热线服务点赞。"目前，全省法院 12368 诉讼服务热线集中部署工作已开始落地推进，预计各设区市将于 2022 年 3 月底之前分期分批全部完成上线。

多层次多样化精准服务擦亮"金字招牌"

江苏高院会同江苏省司法厅、省律协印发《关于进一步做好律师服务平台推广应用工作的通知》，共同推广应用律师服务平台。泰州等地已实现律师诉服平台培训应用全覆盖。目前，全省已有 63.90% 以上的律师注册服务平台，平台申请立案近 7 万件。律师办理诉讼事项的便捷性显著提高，家里办、网上办将成为新常态。

在互联网带来诉讼便利的同时，绝不让不会、不便使用网络的群众出现"数字鸿沟"。全省各级法院充分关注老年人、残障人士等特殊诉讼群体的需求，积极开辟特殊诉讼群体绿色窗口，通过多样化的诉讼服务，满足人民群众多层次、多样化司法需求。全省 124 家法院均在诉讼服务大厅设置了绿色服务窗口，并采取一对一导诉等措施，为老年人、残障人士等提供专门窗口人工办理服务；针对出行不便的特殊群众，提供预约本地立案和异地立案服务，实现立案"上门可办"。

"服务好不好，群众说了算。"省法院在推进过程中，始终以人民群众满意作为根本标准，持续推进各类诉服平台升级完善，不断提升用户体验；建立群众满意度评价机制，在诉讼服务网、诉讼服务大厅配置满意度评价设备或二维码，引导群众对大厅环境、工作人员服务态度和事项办理情况进行评分。12368 诉服热线接收来电人的评分，收集记录对立案和诉讼服务工作的意见建议，并在规定时限内予以处理。

"把方便留给群众，把困难留给自己。""家门口式"诉讼服务改革，实现了将功能定位从立案受理向全程服务的转变、服务方式从大厅现场服务向线上线下立体服务的转变、运行机制从分散粗放向集约集成的转变、服务品质从"有没有"向"好不好"的转变。全省法院以人民群众满意为根本标准，推动工作不断走深走实，让"家门口式"诉讼服务这块"金字招牌"底色更亮、特色更浓。

《新华日报》2022 年 1 月 23 日刊登

张羽馨：《江苏法治报》记者

依法公正裁判 打造法治化营商环境

4

坚持以习近平法治思想为引领，贯彻落实中央决策部署以及上级法院关于优化营商环境的部署要求，牢固树立"人人都是营商环境、案案都是试金石"的理念，积极参与市场化、法治化、国际化营商环境建设，紧紧围绕"努力让人民群众在每一个司法案件中感受到公平正义"目标，持续深化高质量司法实践，为打造稳定、公平、透明、可预期的法治化营商环境进一步展现担当和作为。

水韵江苏，满眼风光入画来 *

高倩倩　朱　旻　顾鸿昊

　　江淮大地，辖江临海，钟灵毓秀。习近平总书记一直牵挂着江苏发展，党的十八大以来，他先后三次亲临江苏，深入镇江、南京、徐州、南通、扬州等地考察调研。沿着总书记的足迹，近日，记者回访江苏多地，感受司法担当，见证进展成效，记录江苏之变。

一

　　现在的先锋村，房屋白墙黛瓦、错落有致，道路干净整洁、绿树成荫，空气中还带着几分草莓的甜香，一派生机勃发、欣欣向荣的景象。

　　回忆起总书记来视察时的情景，全国人大代表、世业镇副镇长、先锋村第一书记聂永平记忆犹新。"我真心期望习总书记能再来世业镇和先锋村看看。"他高兴地告诉记者，从总书记视察以来，先锋村发生了翻天覆地的变化。

　　"这几年，村民的法治意识越来越强，对我们基层干部的要求也越来越高。"聂永平说，"对土地流转、征地拆迁、项目建设、邻里关系等可能出现的矛盾纠纷，我们依靠网格法官，充分利用田间课堂、草莓园法庭巡回审判等途径，从源头化解。"

　　聂永平提到的"网格法官"和"巡回审判"，是镇江两级法院服务乡村振兴的两项重要举措——

　　2017 年，丹徒区人民法院在世业镇设立巡回法庭，既方便了群众诉讼，

---

* 文章收入本书时有删减。

又通过开展巡回审判，妥善处理各种矛盾纠纷，审理一案、教育一片，让村民吃下"定心丸"，种田更安心。

2020 年以来，镇江两级法院持续推进"法官进网格"和"无讼村居（社区）"建设工作，加强与基层党组织、政法单位、群众自治组织的对接，推动纠纷就地发现、就地调处、就地化解。

截至目前，江苏法院干警下沉网格参与调处涉诉矛盾纠纷 118 万起，全省人民法庭设立起 8 个司法服务乡村振兴实践基地。

"法院坚持力量下沉、重心下移、服务下倾，为乡村振兴提供了重要司法保障。"聂永平说。

二

成立于 2017 年的集萃药康，是江苏省产业技术研究院的研究所之一，也是南京市首批认定的新型研发机构。集萃药康董事长高翔告诉记者："知识产权是创新发展的生命线。南京知识产权保护氛围良好，期待人民法院进一步加强对开创性药品专利的保护力度，更好地解决药企研发、经营过程中的知识产权难题。"

跟上时代发展的步伐，让裁判符合创新的需求，这是所有创新者对司法的共同期待。

近年来，南京法院新收各类知识产权案件数呈快速上升态势，这既集中反映出知产保护的发展与挑战，也让南京法院在司法实践中不断揽"高人"、出"高招"，探索出知产保护"南京范儿"。

从个案突破到裁判方法创新，从量的积累到质的飞跃，每一个"首次"和率先判决，都是一次全新的出发，都是南京法院法官在为科技创新开辟新的保护道路。

三

2022 年这个春季，一则重磅消息在工程机械业界炸响：全球最大吨位后驱刚性矿车 XDE440 在徐工下线。这一力作一举拿下 60 余项发明专利。转型突围，正在这个有着红色基因的老牌国企上演。

徐州经济技术开发区人民法院立案庭庭长侯希斌说："作为习总书记视察过的工程机械龙头企业，徐工的健康稳定发展关系甚大，及时有效化解其债权系列案件是司法护企的重要发力点。"

2017年11月以来，徐州法院开展涉徐工债权案件执行攻坚行动，累计出动警力7000余人次，行程近40万公里，遍及全国30个省、自治区、直辖市，执行和控制到位财产总价值30亿余元。

2020年4月20日下午，徐州经开区法院设立在徐工集团的审务工作站内，法官正在开庭调解38起总标的额达6000万余元的涉徐工债权系列案件，双方当事人当场达成调解协议。

侯希斌说："通过在企业审务工作站用非诉形式调解案件，积极引导双方当事人和解，可以最大限度减少对企业的影响。"

记者了解到，徐州两级法院深入开展"审务进基层、法官进网格"工作，法官在网格开展法治宣传、诉前调解等工作，以"包干制"的形式，各耕"责任田"，为国企转型发展"对症开方"。

四

波澜壮阔的长江水、五彩斑斓的景观带……极目远眺，狼山、军山、剑山、黄泥山、马鞍山临江而立。这里就是五山地区，走在滨江片区14公里的长江岸线，江风温润，绿道成荫。

南通素有"江海门户"之称，拥有长江干流岸线166公里。为守护好万里长江在江苏奔流入海的最后一道生态屏障，南通两级法院构筑起了一道坚实的法治屏障。

2022年3月1日上午，在如皋市长江镇长源码头，一场增殖放流活动正在进行，2万余尾鱼苗被放流长江。

如皋市人民法院院长唐明渠说："此次长江如皋段增殖放流活动是如皋法院与长江镇政府、市农业农村局的再度联手。"

作为长江流域江苏段通扬泰地区的管辖法庭，如皋法院长江流域环境资源第二法庭通过增殖放流、劳务代偿等多种举措，切实维护长江水生生物多样性，促进长江生态环境系统性保护修复。

立足南通，放眼江苏，守护大江，法治有为。2019年1月，江苏法院创建环境资源审判"9+1"机制，建立起全流域保护、跨行政区划管辖、刑民行"三合一"专门化审判的环资审判体系。

我见青山多妩媚，料青山见我应如是。江苏法院贯彻落实长江大保护精神的一幕幕精彩篇章在持续上演。

五

浩浩汤汤的运河水，不仅诉说着古代扬州的发展与兴衰，更联系着今天扬州的城市活力，承载着扬州百姓的富裕与幸福。

如何助力古运河重生，扬州法院书写着时代的答卷——

一方面，健全完善大运河保护刑事、民事审判服务平台，严厉打击盗掘古墓葬犯罪行为，加大对大运河文化遗产的保护；另一方面，加强与检察机关、自然资源局、文化和旅游局等行政机关联动，共同推进大运河环境资源保护、文化带建设和旅游开发。

庙山汉墓是全国重点文物保护单位，也是大运河文化带建设中不可忽视的文化符号之一。2021年6月22日，仪征市人民法院受理了一起12人盗掘庙山汉墓群案，以盗掘古墓葬罪对杨某某判处有期徒刑并处相应罚金。一审判决后，杨某某向扬州市中级人民法院提起上诉，二审驳回上诉，维持原判。

扬州市文物局副局长徐国兵说："扬州法院在有力打击文物犯罪的同时，积极会同文物部门，建立打击文物犯罪制度体系，以法密织文物保护'防护盾'，做好文物保护'执剑人'的角色。"

运河两岸，风光无限好。江苏省高级人民法院和全省沿河地区法院不断完善大运河司法保护机制，依法审理涉非法排污、古建筑保护等案件，护航"古运河重生"。未来，将会有越来越多的人从千年运河中读懂中国故事，看见法治担当。

横空大气排山去，砥柱人间是此峰。

牢记嘱托，把总书记交办的事情办好。江苏法院人正以更昂扬的精神、更务实的作风、更雄劲的步伐，真抓实干，感恩奋进，为奋力谱写"强富美高"新画卷贡献着司法力量！

◆大法官访谈◆

江苏省高级人民法院党组书记、院长 夏道虎

党的十八大以来，习近平总书记先后三次视察调研江苏并作出重要讲话指示。从 2014 年 12 月视察时提出推动"五个迈上新台阶"、建设"强富美高"新江苏的要求，到 2017 年 12 月视察时强调坚守实体经济、推动创新发展、深化国有企业改革、实施乡村振兴战略、建设生态文明、加强基层党组织建设等"六个重点问题"，再到 2020 年 11 月视察时赋予"争当表率、争做示范、走在前列"新的重大使命，江苏发展每到关键时期、重要节点，习近平总书记都亲临江苏，对江苏工作精准把脉、科学定向，作出重要指示，这些都是习近平新时代中国特色社会主义思想在江苏的具体化，为江苏更好推动高质量发展、构建新发展格局、开启现代化征程提供了根本遵循，也为江苏法院工作指明了前进方向。

近几年来，全省法院坚持以习近平总书记重要讲话指示精神定向领航，结合法院实际，自觉对标对表，明确提出打造高质量司法、服务高质量发展的总体工作思路，始终保持法院工作与中心大局同频共振，以优质高效的审判执行工作服务经济高质量发展、助推社会高效能治理、守护群众高品质生活，坚定不移沿着总书记指引的方向奋勇前进，努力为加快展现中国特色社会主义现代化在江苏实践的新图景作出了司法贡献，全省法院年均审执结案件 180 余万件，打造了"9+1"环境资源审判机制建设、最严格知识产权司法保护、企业破产处置府院联动、执行"854"模式等一批在全国有影响力的司法品牌，为推进审判体系和审判能力现代化建设，推动人民法院工作高质量发展贡献了"江苏智慧""江苏力量"。

《人民法院报》2022 年 5 月 15 日刊登
高倩倩：《人民法院报》记者
朱旻、顾鸿昊：江苏省高级人民法院

法治有温度有力度　企业增信心添活力

金 歆

受疫情影响，一向繁忙的大连港出现这样一幕：数千进口冷链集装箱货物滞留，航运公司与收货人均认为对方应承担集装箱超期使用费。一时间，大连海事法院收到多份海事强制令申请，请求强制航运公司立即交货。

在公正司法的前提下，如何从最有利于企业生产经营的角度寻求最优解决方案？法院最终决定创新采用"诉前调解 + 海事强制令 + 司法建议"方式，很快妥善解了多家冷链企业的燃眉之急。

市场主体是稳定经济基本盘的重要基础。一段时间以来，诚信市场环境不断改善，法治政府、诚信政府建设进一步推进，企业合规改革试点全面铺开……各地各部门综合运用法治手段，力求让企业感受法治温度、增强发展信心。

法治引领——构建诚信市场，优化营商环境

"当前，企业发展面临压力，如果市场环境中信用不能维持，经营不能及时回款，企业发展将会受到极大打击。"河北省某公司董事长庞永辉说，"及时制止失信行为，维护市场信用，十分重要。"

这样的期待在现实中正一步步实现。

"推动社会信用体系建设全面纳入法治轨道，规范完善各领域各环节信用措施，切实保护各类主体合法权益。"

"加强法治政府、诚信政府建设，在政府和社会资本合作、招商引资等活动中依法诚信履约，增强投资者信心。"

…………

日前，中办、国办印发《关于推进社会信用体系建设高质量发展促进形成新发展格局的意见》。以法治手段推动社会信用体系建设，构建诚信市场环境，是其中的重要内容。

"《意见》的发布从宏观上擘画了社会信用体系建设的蓝图，让企业对市场中的诚信建设更有信心。"北京某贸易公司负责人杨树豫说。

一纲举而万目张。

过去一段时间，各地各部门纷纷出台相应规范性文件，强调法治政府、诚信政府建设，推动社会信用体系建设全面纳入法治轨道，真正优化营商环境。

内蒙古自治区政府印发加强政务诚信建设的实施方案，以充分发挥政府在诚信建设中的表率示范作用；黑龙江省哈尔滨市政府出台多部规范性文件，提出建设法治政府、诚信政府，并开展失信市场主体信用修复行动，率先开展"承诺即修复"，实现信用修复"零跑腿"等；江西省政府发布关于征集"新官不理旧账"问题线索的公告……

让法律规范真正落到实处，司法之力不可或缺。过去一段时间，全国法院加大对规避和抗拒执行行为的惩戒力度，推动高效为民专项执行行动取得更大成效。

"公司确实没钱，没法支付工程款，要不你再等等？"王某在履行完与江苏省某实业公司的建筑施工合同后，却收到了这样的回复。王某向江苏省睢宁县人民法院起诉。胜诉后，该公司还是不履行生效判决。王某遂申请强制执行。

睢宁法院随即向该实业公司发出执行通知书和信用告知书，并依照睢宁县出台的相关文件，将该公司纳入"失信黄名单"。被纳入"失信黄名单"的公司在融资、招投标等方面将受到多种限制。

接到执行通知书和信用告知书后，该公司马上到法院说明情况，称受疫情影响，企业回款困难，并签署信用承诺书。睢宁法院经审查，确认其所说为实情，于是同意暂缓执行一个月。很快，该公司如约将款项打入执行款专用账户。

"近年来，失信惩戒相关制度不断完善，起到了督促守信的良好效果，有效维护了诚信的市场环境。"江苏省高级人民法院相关负责人说。

司法创新——避免办一个案子、垮一个企业

"司法实践中，有的企业如果负责人被采取刑事措施，就无法正常生产经营。"湖北省某科技公司董事长章锋说，"如果能帮助'犯小错'的企业继续正常经营，避免企业破产、工人下岗，将有助于稳定市场信心。"

对于这样的反映，全国检察机关及时给予回应：全面推开涉案企业合规改革试点工作。

广东省深圳市某公司是国内水果行业的龙头企业。在进口水果报关过程中，该公司根据报关代理公司发布的虚假"指导价"，制作虚假采购合同用于报关，报关价格低于实际成本价格。

不久，公司相关负责人张某某、曲某某等被抓获归案。其后，深圳海关缉私局将该公司、张某某等以涉嫌走私普通货物罪移送深圳市检察院审查起诉。

"依法处理犯罪容易，可这么一个行业龙头企业，如果因为公司和其主要负责人被处以刑罚而陷入经营困难甚至破产，那对于行业发展都会造成重大影响。"深圳市检察院相关负责人说。

2020年3月，在深圳市检察院的建议下，该公司启动为期一年的进口业务合规整改工作。

"经过前期合规整改，我们公司在集团层面设立了合规管理委员会，合规部、内控部与审计部形成合规风险管理的三道防线。"该公司相关负责人说，公司还聘请了进口合规领域的律师事务所、会计师事务所专业人士对重点法律风险及其防范措施提供专业意见。

最终，该公司获得重生，2021年被评为深圳市宝安区"3A"信用企业、诚信合规示范企业。

为避免办一个案子、垮一个企业、下岗一批职工，最高人民检察院自2020年起陆续在10个省份442个检察院开展涉案企业合规改革试点：在依法对涉案企业及负责人拟依法不捕、不诉或者提出轻缓量刑建议的同时，督促涉案企业作出合规承诺、落实合规整改，做到既"厚爱"又"严管"。

　　四川省一家银行请求重庆市高级人民法院执行并查封了一家房地产企业的两处房地产项目，项目总价值高达 1.8 亿元。

　　但是，被执行企业一时根本拿不出这么多钱还款。如果按正常程序执行，可能导致企业破产。而被执行企业一旦破产，剩余债务将彻底无法偿还，还可能会出现购房者无法拿到房子等一系列连锁反应。

　　为了避免原被告两败俱伤，合议庭多次主持双方调解，最后决定采取滚动解封：首次解封房地产项目的 50 套房屋，解押的融资一部分用于偿还债务，另一部分用于被执行人公司项目后续建设。后续项目建设完成收益再继续用于偿还债务。

　　"感谢法院给我们再生的机会，我们一定会尽快偿还债务。"涉案企业相关负责人说。

　　据介绍，2021 年，全国法院系统持续服务"六稳""六保"，妥善处理因疫情引发的劳资用工、购销合同、商铺租赁等纠纷，审结涉疫民商事案件 14.2 万件。

提升服务——有事随叫随到，无事绝不打扰

　　"太感谢你们了！居然主动上门为我们办手续！"

　　内蒙古自治区通辽市某企业工作人员接过办理好的备案材料，连声道谢。前不久，该企业技术人员信息变动，民警要求负责人重新到公安机关对人员信息进行备案。由于疫情防控等原因，相关人员一直未能到公安局办理备案。

　　为了使企业能够尽快合法合规经营，民警主动把服务"送"上门，让企业少跑腿。

　　过去一段时间，公安机关为了给市场主体做好服务，纷纷主动作为，深入企业经营一线，着力解决企业反映的难点、热点问题。

　　"有事随叫随到，无事绝不打扰。"政法机关尤其是执法机关，在服务市场主体过程中，尽量减少不合理、不必要的执法行为对企业正常经营活动的干扰。

　　2022 年 3 月，云南省公安机关制定优化营商环境 20 条举措。其中就明确提出建立对企业"无事不扰"机制，减少不必要的检查、处罚等对企业经

营行为的干预。

在天津市，公安机关制定公安执法检查"无事不扰"工作机制，科学安排检查频率，着力解决重复检查、多头执法问题。同时，天津市公安局还制定出台《市场主体首次轻微行政违法行为免罚清单》，把握宽严相济原则，尽可能减少执法活动对市场主体正常生产经营活动的影响。

在北京市，"6+4"一体化综合监管改革试点开展，在医疗、养老、餐饮等9个行业领域试点推行"一业一评"等创新监管模式，将企业信用评级与执法抽查的频次和比例等内容挂钩。

"合理的制度设计，科学的创新举措，让政府监管既'无事不扰'又'无处不在'，促进了营商环境的优化。"北京市司法局相关负责人说。

《人民日报》2022年4月21日刊登

金歆：《人民日报》记者

保护知识产权　助力创新发展

倪　弋

　　既想拿回专利发明人署名权，又不想与合作方闹僵，怎么办？前不久，广东省深圳市一家设计公司的总经理杨某为这事发了愁，于是向深圳市知识产权局宝安分局提交了专利权利归属调解请求。

　　中国（深圳）知识产权保护中心立即组织专家根据请求人所提交的资料以及行政执法部门的调查证据，不仅对涉案专利进行分析、审查，确定涉案专利的权属现状，为行政执法部门提供专业参考意见，还促进当事双方就主要纠纷达成调解合意，确认涉案专利发明人为杨某，并配合变更涉案专利。

　　创新是引领发展的第一动力，保护知识产权就是保护创新。进入新发展阶段，知识产权作为国家发展战略性资源和国际竞争力核心要素的作用更加凸显。党的十八大以来，高效的执法司法体系成为知识产权保护的重要支撑，知识产权法治保护网不断织密，护航经济社会创新发展。

依法严惩侵犯知识产权犯罪

　　"检察机关不仅让企业得以挽回 400 余万元直接经济损失，还从防伪、监管、制度等方面提出建议，帮助我们补齐了在企业知识产权保护方面的漏洞。"这些真挚的言语出自一封来自某家居生产企业的感谢信。日前，一起涉及全国 16 个省市，涉案人员多达 50 余人的假冒注册商标、销售假冒注册商标的商品案画上句号。

　　这一切要追溯到 2020 年 12 月 8 日，重庆市涪陵区公安机关对一起涉嫌假冒注册商标罪、销售假冒注册商标的商品罪一案立案侦查。涪陵区检察院依法提前介入，积极引导侦查。"该案最初是从查处在涪陵当地销售假冒品牌卫浴产品发端，很快牵扯出全国各地的销售网络。"主办检察官余萍说。

最高检、公安部联合挂牌督办该案，后查明该案造假者在广东某地制造假冒卫浴产品，然后通过中间销售者销往16个省份，再由30余名终端销售者销售给消费者。"这种全链条犯罪的案件点多面广，案情错综复杂。"余萍说，检察机关引导公安机关及时收集、固定关键证据，对50余名涉案人员细致区分。最终，25人符合起诉条件被移送检察机关审查起诉，犯罪嫌疑人全部认罪认罚。目前该案判决已全部生效。

"造假者历时5年在三无产品上贴上该公司著名商标，但公司一直未能主动发现；该公司产品缺乏防伪手段，极易被制假者钻空子……"不止于打击犯罪，涪陵区检察院还根据办案过程中发现受害企业存在的诸多问题，以检察建议的方式为企业出具"诊疗书"：规范代理经销合同中知识产权保护条款，加大违约赔偿力度；提升产品科技防伪能力，通过扫码等方式提供验真服务、追溯产品真假；强化内部管理，不定期抽查经销商是否存在售假行为。

这起案件是近年来政法机关依法严厉打击侵犯知识产权犯罪的一个缩影。2021年，全国检察机关共起诉侵犯知识产权犯罪6565件14 020人。2019年以来，公安部组建食品药品犯罪侦查局，将原来分散在不同警种的打击侵犯知识产权犯罪以及食品、药品领域制售伪劣商品犯罪等职责整合起来加以强化，同时连续组织开展"昆仑"专项行动，针对各类侵犯知识产权犯罪发起凌厉攻势；"十三五"期间，全国公安机关共侦破侵犯知识产权和制售伪劣商品犯罪案件9万余起，涉案价值470余亿元。

"检察机关不局限于打击犯罪、'就案办案'，还注重延伸检察职能作用，努力实现对知识产权多角度、全方位的法治保护。"最高人民检察院知识产权检察办公室副主任宋建立介绍，例如在山东某环保工程有限公司、马某强、郭某侵犯商业秘密案中，检察机关做好刑事附带民事诉讼工作，促进侵权人积极赔偿取得谅解，实现对知识产权权利人的最佳保护。

公正高效审判助力知识产权保护

种子是农业的"芯片"。强化种业知识产权保护，对加快推进种业振兴，从源头上保障国家粮食安全至关重要。

　　某水稻品种性状优良，在江苏、安徽、河南等地广泛种植，受到种植农户的普遍欢迎。其母本由江苏省某农科所选育，并授权南方某公司独占实施，父本由辽宁省某研究所选育并许可北方某公司独占实施。在两家公司实际生产过程中，都使用了对方品种进行生产，为了达到独占生产的目的，两家公司分别向法院提起诉讼，主张对方构成侵权。

　　知识产权纠纷一般发生在权利人和侵权行为人之间，而本案中，当事双方分别是父本和母本的权利人，这让案件变得非常特殊。江苏省南京市中级人民法院一审时多次尝试调解，但双方始终无法达成协议，最终只能认定两公司均构成侵权，分别判决双方各自停止侵权。

　　"从法律规定上看，一审裁判有明确的法律依据。但如果父本和母本权利人互不相让，始终达不成协议，会导致彼此都无法使用对方的品种，也就无法生产更优秀的品种后代。"该案二审合议庭成员、江苏省高级人民法院知识产权审判庭副庭长袁滔说。二审合议庭认为，本案可以借鉴强制许可制度，通过行政申请程序作出强制许可决定，直接允许申请者生产使用授权品种。

　　"虽然植物新品种相关保护条例并未规定法院可作出强制许可，但在本案中，这一新思路是考虑到优良品种如何得到更好推广、国内杂交水稻科研大合作的背景、推动公众享用优质粮食品种以及国家粮食安全战略实施等因素，最终判决强制双方交叉许可。"袁滔进一步阐释。

　　"当品种权人行使权利和维护国家粮食安全的公共利益发生冲突时，应该如何准确界定权利的边界？本案裁判在没有先例可援引的情况下，参照专利强制许可制度，交出了一份圆满的答卷。"中国知识产权法学研究会副会长、中国政法大学教授冯晓青表示。

　　今年的最高人民法院工作报告显示，2021 年，人民法院审结一审知识产权案件 54.1 万件，同比增长 16.1%。我国已经成为审理知识产权案件尤其是专利案件最多的国家，也是审理周期最短的国家之一。

　　"从审理涉 5G 通信、生物医药、高端制造等高新技术案件，加强关键核心技术和原始创新成果保护，到明确职务发明权属争议的判断标准，激励科研人员创新创造，再到越来越多的案件中对侵权人判处惩罚性赔偿，知识产权审判作为知识产权保护体系的重要组成部分，在保护创新、激励创造的过程中，发挥着越来越重要的作用。"冯晓青说。

发挥法治对创新的规范、激励和指引作用

"要不是四川省知识产权服务促进中心的专业意见和指导，恐怕我们至今都难以成功上市。"回忆起公司曾面临的困境，四川省成都市某科技公司董事长钟某仍记忆犹新。

2020 年 5 月，在向科创板上市发起冲刺的关键阶段，公司突然被其竞争对手以专利侵权为由诉至法院，请求法院判令公司立即停止侵权行为，并请求法院判令赔偿经济损失和维权费用 4600 万元人民币。

中心在接到请求后立即组成专家团队，根据实际情况，从两个方面为公司提供解决方案：引导公司通过专利快速预审审查通道提交新的专利申请，作为被提出无效请求专利的有效补充和后备力量；同时，中心组织专家通过对公司现有专利技术和竞争对手的同类专利技术进行了多层次分析论证，给出了尽量和解的参考意见。最终公司与竞争对手顺利达成和解，并于 2021 年 3 月在科创板成功上市。

"工作中我们发现，如今越来越多的企业日益重视对技术创新的投入和研发，但它们在运用法律去完善自身知识产权保护的专业能力方面还存在一些不足。"四川省知识产权服务促进中心主任谢商华说，中心为企业创新主体提供精准专业服务，强化知识产权源头创新保护，整合中国（四川）知识产权维权援助中心等专业组织，打造知识产权"全链条"维权保护服务平台，为创新主体提供高效快捷的"一站式"知识产权维权保护公益服务。

"因不够了解法律相关规定，一些医务人员钻研多年的技术成果在申请专利时功亏一篑，这个通报给我们提供了非常及时专业的指引。"2020 年 4 月，北京知识产权法院对涉化学药品专利案件的审理情况进行线上通报，让北京大学首钢医院院长顾晋受益匪浅。

化学药是医药专利的重要来源，相关案件技术含量高、法律适用复杂。同时，近年来中医药发展迅速，但相关案件也呈现出专业代理人少、申请撰写不规范、专利授权率低等问题。

针对这些薄弱环节，北京知识产权法院因案施策，总结出不同应对措施。

针对化学药，重在通过专业审判严控专利质量，例如采用"专业审判团队 + 医药技术调查官"的审理模式，除了 3 名技术类法官组成的合议庭外，还指派了来自医药实务一线的技术调查官。结合中医药的特点和规律，对专利申请、维护和保护等各环节进行详细释明，让"偏方""古方"向医药专利的转化过程做到有章可循。

"对知识产权的保护，并不仅限于个案审理，还应充分发挥法治对创新的规范、激励和指引作用。"北京知识产权法院副院长宋鱼水说，作为全国知识产权案例指导研究基地，北京知识产权法院发布强化商业秘密保护、反垄断司法审查等方面的举证指引和司法建议，回应创新主体的现实需求和热点关切。

《人民日报》2022 年 4 月 28 日刊登

倪 弋：《人民日报》记者

提升国际公信力精审每起涉 RCEP 案

——南京海事法院发布 16 项司法举措

丁国锋

近日，南京海事法院发布《关于服务保障〈区域全面经济伙伴关系协定〉（RCEP）高质量实施的司法措施》及涉 RCEP 成员国海事典型案例，从强化法治保障理念、发挥司法职能作用、完善司法服务机制三个方面提出 16 项具体司法举措，紧跟最高人民法院和江苏省委部署，全面推进海事司法对接 RCEP 高质量实施。

江苏是外贸大省、经济大省，近年来与 RCEP 成员国间的贸易往来呈高速增长态势。2021 年，江苏与东盟进出口总额达到 1146.7 亿美元，与日本、韩国的贸易总额分别为 840.9 亿美元、674.7 亿美元。

"货物贸易中超过 90% 系由海运完成，相应的纠纷亦呈现增长趋势。"南京海事法院党组书记、院长花玉军介绍说，妥善审理好每一起涉 RCEP 纠纷案件，平等保护国内外当事人的合法权益，实现各类海事纠纷高效审判、案结事了，将有效助力江苏经济社会高质量发展，进一步打造市场化、法治化、国际化、便利化的营商环境。

推出系列创新性探索机制

据南京海事法院副院长杨昌顺介绍，该院从案件审理、机制创新、职能延伸、工作协同等方面突出海事司法服务保障 RCEP 实施的 4 条路径，强调在司法理念上坚持依法平等保护、尊重当事人意思自治、依法行使海事司法管辖权和一致性解释 4 项司法原则。

　　16 项举措围绕 7 个重点领域，即有效规范国际货物贸易秩序、切实助推服务贸易创新发展、着力提升国际投资保障效能、强化中小企业司法保障、不断满足数字经济司法需求、积极打造船舶建造司法保护高地、依法促进海事行政执法水平提升。其中不仅包含新类型案件审理、裁判效能等，还包括前瞻性调研、前端预防、实质性化解争议等具有中国特色的司法理念机制，不少举措都是在海事审判领域首次探索。

　　其中，海事审判中近年来涉及的进出口货物启运港退税、外贸集装箱中转集拼、沿海捎带、中欧班列陆海联运、多式联运"一单制"、无船承运人资格备案等国际物流变革引发的国际货物贸易新类型案件，以及涉区块链提单、数字货代、数字仓单等数字经济新类型案件，RCEP 实施后与放宽市场准入、提升贸易便利化、创新监管模式相关的海事行政案件化解机制，都紧贴 RCEP 国际贸易特色。

　　16 项举措进一步强调和明确专业化审理、便利化审理、多元纠纷解决、协同联动、司法协助、涉外人才培养等 6 项具体工作机制。"江苏与日韩、东盟国家的贸易所涉运输多为中短途近洋运输，货物流转速度快，公正专业、便利高效的海事司法服务，有利于海事纠纷当事人优先选择在南京海事法院化解纠纷。"杨昌顺说。

　　据了解，南京海事法院将推出一系列创新举措，包括组建涉 RCEP 专业审判团队、建立外国法查明数据库、探索与 RCEP 其他成员国法院沟通协作机制等，致力于培养一支"懂法律、懂外语、懂海洋、懂贸易、懂航运"的海事审判队伍，培养业内领军人才。

树立中国海事法官好口碑

　　据了解，南京海事法院全面梳理履职两年多来受理的 51 件涉 RCEP 成员国案件，其中审结的 36 件案件涉及 RCEP 协定 15 个成员国中的 10 个，69.4% 的案件系调撤结案，仅 4 件在一审判决后提起上诉，绝大部分纠纷处理得到涉外当事人认可。

　　"江苏是造船大省，多年来无论是接单吨位还是下水吨位均为全国首位，且外贸业务占比较大。但国外买家一般出于对本国法或欧美发达国家法律的尊崇，或对我国法律、法治环境不了解，会在合同中约定相应的纠纷在伦敦或新加坡仲裁解决，排除我国法院管辖。"花玉军说，怎样破解困局，吸引外国当事人自愿在我国就近解决纠纷，是一直受到重点关注的问题。

以南京海事法院审理的6起出口至印度尼西亚的大豆、大蒜热损案为例，承运货物当事人涉及法国、新加坡等国，立案受理时正值新冠肺炎疫情暴发，涉外送达难问题突出，承办法官在征得原告同意的前提下，准许外国当事人的律师迟延提交授权书的公证认证手续。

其间，法国当事人提出管辖权异议，在等待公证认证手续过程中，承办法官同步推进案件调解工作，积极引导各方达成共识，法国当事人最终接受南京海事法院管辖，并与原告达成调解协议。

"该案积极、主动、灵活的送达方式，极大提高了涉外案件审判效率，法官以公正、专业、敬业的形象和便捷高效的司法服务赢得了外国当事人的信赖，展示了中国海事司法公正高效专业的良好形象。"杨昌顺说。

提升国际公信力人文关怀

南京海事法院发布的涉及 RCEP 成员国的 6 个典型案例，包括海上货物运输、海上货运代理、海上保险等不同领域，虽然都是 RCEP 实施之前的案例，但与 RCEP 实施后可能产生的海事纠纷具有一定相似性。

其中一起新加坡海峡海难事故保险分摊追偿案，系该院审理的首例债权止付和首例外国法查明案例。2015 年 9 月 4 日，运载着 16 万吨铁矿石的"爱丽斯"轮在途经新加坡海峡附近时搁浅，经海难救助公司救助后脱险。购买方向中国一家保险公司投保了货物运输保险，保险合同约定适用中国法，外方企业则向英国一家保险公司投保并约定适用英国法。双方就保险赔偿纠纷于 2020 年 3 月向南京海事法院提起诉讼。"我国海商法、保险法对于重复保险的规定不一致，导致实务中对于海上重复保险的构成要件存在争议。"承办法官介绍说，通过外国法查明和及时下发到期债权止付裁定，促使当事人及时应诉与和解。

据花玉军介绍，为了提高司法服务保障措施的质效，在审理涉 RCEP 案件过程中，需要坚持依法平等保护、尊重当事人意思自治和依法行使海事司法管辖权原则，在理解、适用法律存在分歧时，应当尽量保持法律解释与条约含义的一致性，提高海事审判国际公信力。

2021 年，南京海事法院与江苏省贸促会、省货代协会和江苏船东协会共同设立"国际航运物流一站式解纷中心"，目前已在化解涉 RCEP 海事纠纷中发挥重要作用。

《法治日报》2022 年 4 月 2 日刊登
丁国锋:《法治日报》记者

用司法妙手修复残缺信用

丁国锋　何　薇

近日，江苏省无锡市市政建设集团有限公司的纳税信用级别由 M 级提升至 A 级，在经历了一年的重整波折后，这家无锡老牌市政施工企业的纳税信用等级成功修复，2021 年实现净利润 1516 万元，成为全市首家完成破产重整税务信用修复的企业。

作为社会诚信体系建设中的关键一招，信用修复既能给失信者"复权"的机会，也能减少信用惩戒带来的"误伤"。无锡法院充分运用法律法规和司法手段，竭力为破产重整的企业、诚实而不幸的创业失败者以及自愿履行的被执行人进行信用修复，帮助解决其"欲而不能"的难题，让曾经的失信者过而能改，残缺的信用恢复如初。

隔断不良信用企业轻装上阵

据了解，仅 2017 年至 2021 年间，无锡法院通过破产重整、和解程序，先后帮助 30 家有价值的危困企业重获新生。但在实际推进中，破产企业的信用修复仍是一大难题，除了银行信用修复难，重生企业的税务信用等级提升、工商信用信息更新等均存在现实困境。

2020 年 5 月，已经成功重整的无锡尚德太阳能电力有限公司，将一家银行告上法庭。原来，尚德公司曾是世界上最大的太阳能光伏技术企业，后因巨额负债走上破产重整之路。

2013 年在无锡市中级人民法院主持下重整成功后，银行负面信用记录却成了"绊脚石"，甚至有涉案银行将本应减免的部分债权作为不良征信记录上报征信系统，有违破产法规定。"明明已经按照重整计划偿还了债务，银行方面仍不将贷款逾期未清偿的不良记录删除，致使公司征信受损，连带融资也受到影响。"该公司负责人说。

前不久，新吴区人民法院对这起重整企业诉银行信用修复案作出一审判决，支持了尚德公司要求银行删除其不良征信记录的诉请。

"重整过程中，继续经营的破产企业迫切需要给予一定的税收优惠政策以减轻成本，但前提是有良好的税务信用等级，而提高税务信用等级，又需要先清偿税收债务，这就陷入了闭环式困境。"无锡中院金融庭破产法官沈君告诉《法治日报》记者。

在无锡市政建设集团有限公司的破产重整中，因无法摆脱信用等级低带来的高额成本，公司员工一度出现恐慌。其间，惠山区人民法院联合税务局对其进行税务指导，及时解封该公司的税务账户，定期督促其按时报税、按时纳税，并协助提交申报材料……最终，该企业的税务信用级别提升至 A 级，公司运行也回归正常。

为彻底解决此类问题，无锡中院加强与税务局联动，联合印发了《关于企业破产涉税处置的实施意见》（以下简称《实施意见》），明确重整企业在重整计划执行完毕后，税收债权即告清结，税务机关应当对重整企业进行纳税信用等级修复。"因'披着'破产重整的外衣，这类企业面临各种信用风险。"无锡中院副院长陈靖宇表示，法院联合政府相关部门对重整企业进行多层面的信用修复，促使其重新轻装上阵，最大限度提高重整企业生命力。

设立信用考察期通过即"重生"

债主起诉、银行断贷、账户被封……一年前，唐女士的信用跌到了谷底。

唐女士的母亲在无锡经营某包装厂 20 多年，后因市场环境变化和经营策略失误，结欠了大量债务，母亲去世后，由其接手经营并承担还款责任。"我已经变卖了所有房产和设备，还有 100 多万元债务，压得人实在喘不过气来。"回忆当时的惨状，唐女士仍心有余悸。

恰逢锡山区人民法院正在进行"类个人破产"试点。该院副院长潘洪峰介绍，类个人破产试点工作挽救了诚实而不幸的创业失败者，给他们提供信用修复的机会，以尽早摆脱债务困扰，更轻松地融入社会生产、创业。

2021 年 4 月，唐女士正式向法院申请个人债务集中清理。在后来形成的清偿方案中，债权人申报的债权金额核定为 110 余万元，豁免其 60% 的债务，清偿率为 40%。

虽然免掉了超过一半的债务，但这并不意味着完全"松绑"。按照规定，清偿计划作出后，唐女士即进入为期 5 年的信用考察期。其间，法院对她的职业任职资格、高消费、收入支配等部分权利进行限制，若其能及时大额清偿，则视情况缩短期限。

据介绍，锡山法院作为无锡首个开展"类个人破产"试点工作的基层法院，已受理案件 6 件，其中 5 件已结案，涉及债权金额 400 余万元，清偿 200 余万元，豁免债务 100 余万元。

"针对债务人设置信用考察期，除了以示惩戒外，更是对其信用的进一步考察，本质上也是一种信用修复过程。只有通过了考察，债务人才能解除信用惩戒，真正获得免责和复权。"无锡中院金融庭负责人徐冰介绍，近期相继出台《"与个人破产制度功能相当"试点工作指引（试行）》及《实施意见》，标志着无锡法院精心编织的"信用大网"正在全市范围铺开。

激励被执行人主动修复信用

拿起手机打开无锡中院微信公众号，点击信用查询、输入公司信息后，一个"绿码"赫然跳出……回想起上个月还是"黄码"，曾在无锡两级法院涉及执行案件 10 余起的黄某悬着的心终于放了下来。

2021 年 12 月 3 日，就在无锡法院被执行人信用码查询系统上线的当天，黄某第一次查到了自己的信用"黄码"，顿时慌了。没几天，黄某就赶忙向法院递交了信用修复申请。法院核查发现，黄某这几年一直在积极还款，没有逃避，并在近段时间还清了涉案债务。鉴于此，法院随即运用信用修复机制，帮助黄某提升了信用评价，及时消除了负面影响。

作为信用查询的"爆款"利器，信用码系统上线一周，查询次数就已破万，来法院申请恢复信用的被执行人更是络绎不绝。"以全市法院执行案件信息为基础，利用数字化手段自动生成被执行人专属的信用二维码和电子信用证明，并以'红、黄、绿'三色码进行标识。"无锡中院执行指挥中心主任闵仕君介绍，通过对执行大数据的分析，可以勾勒出个人的信用脸谱、评估某个企业的失信风险度，这让信用可视成为现实，也为风险预判提供了直观依据。

不少案件的失信者，从"拒不还"到"主动还"，信用二维码的激励作用显露无遗。据悉，社会公众可以随时随地通过无锡中院微信公众号、灵锡App等途径查询到信用二维码。至今，已有460余名被执行人申请信用恢复，积极主动履行义务共计8750余万元。

《法治日报》2022年4月13日刊登

丁国锋：《法治日报》记者

何　薇：无锡市中级人民法院

法护稻花香两岸

江苏法院加强知识产权保护推进种业振兴纪实

朱 旻

    种子是农业的"芯片"。为推动种业振兴、种业科技自立自强，江苏法院不断加大种业知识产权保护力度，严厉打击侵权行为。2013 年至 2021 年，全省法院受理涉及粮食种子新品种案件 382 件，案件数呈持续上升态势。江苏法院裁判的多起植物新品种案入选中国法院十大知识产权案件，多项裁判规则为最高人民法院植物新品种权相关司法解释吸收。

严厉打击侵权行为 培育良种生长的金土地

    天津市水稻研究所将育成的"金粳 818"水稻品种申请植物新品种权保护，并于 2018 年获得授权。2019 年 9 月，该研究所向江苏省金地种业科技有限公司出具授权书，授权其拥有"金粳 818"植物新品种的独占实施许可，授权期限为该品种申请日至整个有效期内。

    然而某市某农资有限公司未经授权，长期以来以白皮或其他稻米包装方式对外销售"金粳 818"稻种，金地公司认为该行为侵害了其获得的该植物新品种独占实施权，同时属于恶意侵权行为，要求该公司立即停止侵权，并赔偿其经济损失及维权合理开支共计 300 万元。

    "法院调查过程中，根据录音收据、收条以及公证书记载的购买过程，认定该农资公司以商业目的销售'金粳 818'，侵害了原告公司获得的独占实施权，侵害故意和情节明显。"该案承办法官、南京知识产权法庭臧文刚介绍。

    该案另一个关键点在赔偿数额上。原告主张适用惩罚性赔偿，提出的

300 万元这一赔偿诉求是否具有事实和法律依据？

"调查该公司实施侵权行为后的销售价格、销售数量后，我们认为，被告未经许可采用白皮或其他不规范的包装销售种子，包装无任何有关种子信息的标注，侵权方式隐蔽，主观故意明显，侵权情节严重。"

"侵权人系农业技术服务提供者、技术推广者，他利用了种粮大户等会员的充分信任实施侵权行为，知假卖假，影响极坏。所以合议庭对原告的赔偿主张予以支持，按照损失额 3 倍实施惩罚性赔偿。"臧文刚说。

"新修订的种子法还将故意侵犯植物新品种权行为的惩罚性赔偿的倍数上限由三倍提高到五倍，将法定赔偿的上限由三百万元提高到五百万元。"提到上述"金地案"，江苏省高级人民法院知识产权审判庭法官唐静认为，"金地案"适用种子法开出巨额罚单，加大了对恶意侵权的惩治力度，对于维护种子市场交易秩序和粮食安全，促进种业科技创新具有积极的价值引领。

近年来，江苏法院率先提出实施最严格知识产权司法保护理念，对具有侵权故意、情节严重的侵权行为，依法加大惩罚性赔偿的适用，通过严格、积极适用种子法、植物新品种保护条例、商标法、反不正当竞争法等法律法规认定被诉行为，实现了对种业知识产权的多维度保护。

保护品种权人合法权益　激励育种原始创新

原始品种、新品种是种质资源创新成果的重要载体，给予这些品种更强的知识产权保护，有利于激励育种原始创新，减少种业创新的低水平重复，有力解决种源安全面临的种子同质化问题。

"特别是现在涉及新品种权的侵权行为更为隐蔽，比如直接向种粮大户推销、隐蔽销售白皮包装侵权品种。公开或半公开销售虚假标注的彩装侵权品种，且标注信息不真实，增加了溯源难度。甚至有的销售后不收取对价，采用易货交易，待粮食收获后以同等价值的粮食支付对价。"南京知识产权法庭庭长徐新表示，这些行为给维权取证带来了难度，严重影响粮食安全、公共健康和种业振兴。

对此，江苏高院充分发挥审判职能，通过适时转移举证责任，加重侵权人的举证负担等方式有效降低维权难度，积极保护品种权人的合法权益。比如在个案中，针对被告以"销售的是商品粮""白皮包装中未销售侵权品种"等理由抗辩的，要求其承担举证责任，否则承担不利后果。同时通过判决明确，已通过 DNA 方法进行鉴定，确定了涉案被诉种子与受保护的植物新品种相同时，不准许无正当理由申请重新鉴定。这些审理中的裁判规则均体现了降低权利人维权负担，有效保护植物新品种权的价值导向。

谈到积极保护和鼓励创新，南京中院一审，江苏高院二审维持原判的一起追偿植物新品种临时保护期内使用费纠纷案很有典型意义。涉案稻种为粳稻，其新品种在增产、提升食品品质等方面进行了改良创新，倾注了科技工作者极大心血。

该案审判长、江苏高院知识产权审判庭法官曹美娟介绍，一、二审法院判决认为，虽然植物新品种保护条例等相关法律对于新品种临时保护期内实施侵权行为的性质、实施者如何承担民事责任尚无明确具体规定，但对新品种被授权公告前给予该品种延伸保护，要求行为人向品种权人支付相应使用费，符合鼓励种业科技创新、培育植物新品种的立法精神。

该案的审理思路、裁判规则被最高人民法院司法解释相关条款直接采用，推动了植物新品种临时保护制度的完善。

判决强制父本母本交叉许可 孕育更加优秀的下一代

水稻品种"9 优 418"性状优良，在江苏、安徽、河南等地广泛种植。其母本由徐州农科所选育，并授权南方某公司独占实施，父本由辽宁省稻作研究所选育并许可北方某公司独占实施。两家公司在实际生产过程中，都使用了对方品种进行生产。为了达到独占生产的目的，他们分别向法院提起诉讼，主张对方构成侵权。

知识产权纠纷一般发生在权利人和侵权行为人之间，而本案中，原、被告分别是父本和母本的权利人，这让案件变得非常特殊。一审法院多次尝试调解，但双方始终无法达成协议。最终一审法院只能认定两公司均构成侵权，分别判决双方各自停止侵权。

"从法律规定上看，一审裁判有明确的法律依据。但如果父本和母本权利人互不相让，始终达不成协议，会导致彼此都无法使用对方的品种，也就无法生产更优秀的品种后代。"该案二审合议庭成员、江苏高院知识产权审判庭副庭长袁滔说。

二审合议庭认为，本案可以借鉴强制许可制度，通过行政申请程序作出强制许可决定，直接允许申请者生产使用授权品种。

"虽然植物新品种相关保护条例并没有规定法院可以作出强制许可，但在本案中，这一新思路是考虑到优良品种如何得到更好推广、国内杂交水稻科研大合作的背景、推动公众享用优质粮食品种以及国家粮食安全战略实施等因素，最终判决强制双方交叉许可。"袁滔补充道。

当品种权人行使权利和维护国家粮食安全的公共利益发生冲突时，应该如何准确界定权利的边界？

本案裁判在没有先例可以援引的情况下，参照专利强制许可制度，交出了一份优秀答卷。该案获评中国法院年度十大知识产权创新案件，入选最高人民法院第 16 批指导性案例，成为裁判同类案件的全国性示范。

"江苏是农业大省，也是科技大省。全省现有农业种子新品种申请量 2755 个，授权量 1342 个，数量位居全国前列。实现种业科技自立自强，种源自主可控，加强种业知识产权保护时不我待。"江苏高院知识产权审判庭庭长汤茂仁说，近年来，江苏法院积极适用证据保全、临时禁令、惩罚性赔偿、刑事惩罚等措施，不断加大对植物新品种权的保护力度。

《人民法院报》2022 年 4 月 10 日刊登

朱旻：江苏省高级人民法院

江苏：释放司法保护效能　激发产业创新活力

赵　璠　魏雯珺

为更好地推动实施创新驱动战略和知识产权战略，2017 年，南京知识产权法庭、苏州知识产权法庭挂牌成立。五年来，南京、苏州知识产权法庭以保护创新为使命，充分发挥跨区域集中管辖的优势，因时而动、顺势而为，以机制革新守护科技创新，护航企业在科技浪潮里破浪前行，走出了一条具有全国影响、省域示范作用、地方特色的知识产权专业化审判道路。

典例示范　激发产业创新活力

南京知识产权法庭与苏州知识产权法庭在成立伊始就见证了新业态、新技术和新商业模式的飞速崛起，5G、大数据、云计算……不断涌现的新技术意味着新的权利空白与裁判尺度亟待界定和明晰。

"新，意味着探索，也意味着责任。法庭既要考虑创新产业的实际需求，对新业态、新商业模式保持一定的司法宽容，又要审慎裁定，树立裁判标杆，明确价值导向，激发社会创新的内驱动力。"江苏省高级人民法院知识产权审判庭庭长汤茂仁认为，知产审判要有鲜明的态度，要用法律保护、尊重与承认创新，为创新主体提供明确、稳定和可预期的司法引导。

五年来，南京、苏州知识产权法庭在审判实践中发挥裁判价值引导作用，在一个又一个标志性案件的审理中发挥着法治对产业创新的保障效应。

唯创新者恒强。南京、苏州知识产权法庭加大对通讯、软件、数字产业等关键领域和专利技术成果的保护，聚焦企业核心技术竞争力，推动技术转型突破和创新提档升级。

南京知识产权法庭妥善处理"擎天科技商业秘密侵权案""远卓公司发明

专利侵权案"等一系列涉商业秘密侵权、发明专利侵权案件，根据创新程度确定知识产权的保护范围与强度，最大力度保护企业的创新技术，促进自主可控的现代产业体系建设。苏州知识产权法庭妥善处理一系列涉智能交通大数据平台、智能仓储物流系统、数字博物馆等案件，助力推进人工智能、云计算、大数据等数字产业链和数字产业集群的形成。

惩罚知其所加，邪恶知其所畏。通过细化惩罚性赔偿因素的精细化裁量方法，南京、苏州知识产权法庭加大对源头侵权、恶意侵权、重复侵权、规模化侵权等严重侵权行为的惩罚性赔偿力度，让侵权者付出沉重代价，让权利人放心创新、大胆革新，激发社会创新的活力与动能。

对因竞争对手"挖墙脚"导致核心技术秘密受侵害的江南环保公司，依法全额支持其9600万元的赔偿请求；在"小米"商标侵权案中，判令中山奔腾公司等企业立即停止侵权，全额支持权利人5000万元的赔偿请求；"花千骨"网络游戏作品侵权案，全额支持权利人3000万元的诉讼主张……自江苏高院提出最严格知识产权司法保护理念以来，南京、苏州知识产权法庭坚持保护强度与创新程度相适应，形成损害赔偿额与知识产权市场价值相适应，以全面有效赔偿为主的损害赔偿司法认定机制。

南京、苏州知识产权法庭创造性的司法裁判，有力增强了知识产权国际治理规则中的中国话语权。南京知识产权法庭审理华为公司与卢森堡康文森公司专利权案时，先于外国法院判决确定华为公司使用康文森公司4G专利的费率标准，有效维护了我国司法主权和民族企业合法权益。

南京、苏州知识产权法庭平等保护中外当事人合法权利，以诉讼优选地助力打造投资优选地，营造开放、公平、非歧视的科技发展环境。在涉"舍弗勒""欧舒丹""普利司通"等国际知名品牌案件中，均依法按照法定赔偿额上限确定损害赔偿数额。华为、宜家、福特、微软、路易斯威登等国内外知名企业主动选择在江苏提起知识产权维权诉讼，江苏国际知识产权争端解决"优选地"初步形成。

机制革新　破解技术事实查明难题

"知识产权法庭所接收的案件往往专业性强、涉及范围广，在案件审理中如何进行技术事实的查明成为知识产权法庭亟待解答的问题。"南京知识产权法庭庭长徐新谈道。

现实需求的升级引发了司法实践的创新，围绕技术事实查明机制，南京、苏州知识产权法庭积极探索、锐意创新，给出了一张张漂亮的答卷。

南京知识产权法庭在全国率先招聘专职知识产权技术调查官，联合院校、科研所、行业协会等单位建立"技术专家咨询库"，形成技术调查官与专家咨询、司法鉴定等有效衔接的"多元一体"技术事实查明机制。数据显示，五年来，南京知识产权法庭技术调查官参与的案件平均审理期限缩短约 23 天，较 2017 年平均审理期限缩短约 17%。

苏州知识产权法庭拓展延伸技术调查官职责，首创技术调查官担任法院特邀调解员和人民陪审员的"一官二员"机制，实现技术调查官队伍效用最大化。与国家知识产权局专利局专利审查协作江苏中心进行对接，确定首批 30 名技术专家担任技术型人民陪审员，全程参与诉讼。

"在机制制度创新方面，江苏形成了技术事实查明的'南京模式'与'苏州路径'，加强多元化纠纷解决机制建设以及长三角司法保护区域协作，对知识产权司法保护起到了积极的促进作用。"全国政协委员魏青松这样评价。

数据显示，2021 年，南京、苏州知识产权法庭技术调查官共参与 623 件技术类案件的事实调查，参与勘验、保全 92 次，参与庭审、听证 559 次，出具书面技术调查报告 313 份。五年来，南京、苏州知识产权法庭技术调查官参与审结了一大批具有高技术难度、深技术壁垒的技术类知识产权案件。

问题导向　释放司法保护效能

"案涉发明专利产品已通过激光扫描和贴图渲染，在屏幕上 3D 成像，请双方当事人对扫描成像所对应的技术特征予以确认。"这是苏州知识产权法庭引入技术型人民陪审员审理的第一案，也是法庭通过 3D 扫描技术设备固定技术特征的第一案。

如何有效回应数字经济发展司法需求？新生的法庭因地制宜、因时而动，作出新的探索与尝试。

苏州创新产业集聚、高新技术企业蓬勃发展，涉技术类权属、侵权案件多发。以数字正义推动实现更高水平的公平正义，以专业化审判护航数字经济时代创新产业的发展，苏州知识产权法庭重任在肩。

苏州知识产权法庭创新"智慧审判苏州模式"，以现代科技赋能案件事实查明，借力数字技术提升审判质效，围绕侵权证据交换展示、证物集约化管理、优化在线开庭、专业技术术语精准录入等领域推进一体化集成方案的深度应用。苏州市中级人民法院出台《关于充分发挥苏州知识产权法庭审判职能依法服务和保障苏州数字经济和数字化发展的实施意见》，为保障数字产业化、智能化转型和数字经济健康发展提供坚实的司法支撑。妥善处理涉智能交通大数据平台、智能仓储物流系统、数字博物馆等案件，加强"涉网"知识产权司法保护，引导新技术新业态模式在法治轨道上健康有序发展。

数据显示，自 2017 年成立起，南京、苏州知识产权法庭受案数一直处于增长状态。2021 年，南京、苏州知识产权法庭新收一审知识产权民事案件数量占全省 47.51%。如何解决知产审判中维权周期长的问题？运用审前程序分流简易、关联案件，适用小额程序、简易程序快速审结简单案件，南京知识产权法庭积极探索知识产权民事案件繁简分流，出台知识产权繁简分流改革试点专项方案。

"这起案件的双方当事人对于商标侵权的事实认可，仅仅就赔偿数额的确定有所争议，我们适用小额诉讼程序，采用一审终审制度，判决后，被告即向原告支付了赔偿款。"据南京知识产权法庭法官介绍，在"简案快审"的原则下，这样的类似案件中适时扩大小额程序的适用比例能够及时快速地保障当事人的权益，大大缩短案件审理周期。

通过要素式审理、表格式文书等做法，法庭有效缩短了案件审理周期、降低了维权成本，将更多审判资源投入到疑难复杂的案件中去，实现了案件质效双提升。

内外互动　构建知产保护新格局

"五年来，以南京、苏州知识产权法庭为锚点，辐射、带动区域内知识产权司法服务，以点带面、以优带新，促进江苏知识产权审判水平的整体提升，构建汇聚司法、行政、行业协会在内的立体化知识产权保护网络，形成了纵横联动、多方参与的知识产权大保护格局。"江苏高院副院长刘嫒珍表示，南京、苏州知识产权法庭充分发挥辐射带动作用，不断延伸司法保护触角，形成了知识产权司法保护区域"矩阵效应"。

据了解，南京知识产权法庭设立多个巡回审判点，开展走访、座谈和巡回审判活动百余次，就近解决知识产权纠纷、就地为当事人提供司法服务。苏州知识产权法庭围绕"聚力创新"，深入推进四地法院联盟，与无锡、南通、常州三地中级人民法院签署《知识产权司法保护合作共建协议》，整合优化区域知识产权司法保护资源，形成四地一体聚焦保护创新的新格局。自成立以来，苏州知识产权法庭新收跨区域集中管辖案件4514件，占新收案件总数的49.6%。

法庭积极构建协同保护机制，加强与公安、检察、行政机关等部门合作协调，构建部门跨域协同、执法司法衔接的全链条司法保护网络。南京知识产权法庭与市司法局、市检察院等7家单位共同签署知识产权保护战略合作协议，加强内外联动与合作，打造防范和化解知识产权纠纷的整体合力；与中国（南京）知识产权保护中心建立专利复审判断与司法侵权认定的对接工作机制，推动完善行政执法与司法保护两条途径优势互补、有机衔接的知识产权保护模式。

法庭主动延伸司法职能，将知识产权保护关口前移。苏州知识产权法庭有针对性发出司法建议，推动阿里公司旗下三大平台40余万商户2000万件3C认证商品的规范销售，获评全省法院优秀司法建议；就审判中发现的当事人存在无资质专利代理及利用制度漏洞恶意减缓专利费用等行为，向国家知识产权局发出司法建议，探索建立法院与知识产权局良性互动的协同保护机制。

在革故鼎新里释放司法效能，在司法创新中守护知识创新。江苏法院将继续以最严格保护为总基调，不断增强司法保护整体效能，更好地服务保障科技自立自强和自主可控的现代产业体系建设，为知识产权司法保护贡献出智慧江苏方案。

《人民法院报》2022年4月25日刊登

赵璐、魏雯珺：江苏省高级人民法院

保稳定保畅通解难题促再生
江苏12条司法措施助企纾困

朱　旻　闫　杰

　　近日，江苏省高级人民法院出台《全省法院服务保障疫情防控和经济社会发展十二条司法措施》，要求全省法院进一步服务疫情防控，助企纾困，促进经济平稳健康发展。

　　措施包括保障产业链供应链稳定，对于受疫情影响产生的买卖、租赁、加工承揽、建设工程等合同纠纷，鼓励引导当事人维持合同关系或调整、变更协议内容。在适用法律时，综合考量疫情对不同地区、不同行业、不同案件的影响，合理确定各方责任。保障货运物流畅通，依法妥善审理运输合同纠纷，对受疫情影响发生运输路线变更、装卸作业受限并导致迟延交付等情形，视情依法免除承运人相应责任。高效化解受疫情影响引发的海上货物运输交付迟延、船舶不能靠泊、绕航以及滞期等纠纷，准确认定航运企业责任，维护航运市场秩序等。

　　针对缓解企业融资难题，措施明确贯彻执行国家疫情防控和经济社会发展金融服务政策，对于企业因疫情影响迟延偿还金融借款的，审慎认定违约情形，积极促成当事人以展期、续贷或分期付款等方式化解纠纷。对受疫情影响无法清偿所有债务但具有挽救价值的企业，债权人提出破产申请的，积极引导当事人通过债务重组、资产重构等方式进行庭外和解，帮助企业渡过难关。对于已经进入破产程序但具有挽救价值的企业，积极引导企业通过破产重整、和解等程序，解决债务危机，帮助企业再生。视情快速处置与疫情防控相关的破产财产，或暂停处置因疫情导致变现价值较低的有关财产，实现破产财产价值最大化。

《人民法院报》2022 年 5 月 6 日刊登

朱 旻、闫 杰：江苏省高级人民法院

水深鱼极乐　林茂鸟知归

——江苏泰州海陵区法院服务营商环境纪实

吴嘉臻

　　"这笔欠款我们并不是有意拖欠，公司这两年受疫情影响，经营困难，现在能用这种分期付款的方式大大缓解了我们的压力，非常感谢！"江苏省泰州市某建筑机械有限公司法定代表人夏先生激动地说。

　　营商环境好不好，每个案件都是试金石。近年来，海陵区人民法院将优化营商环境贯穿于审判执行工作全过程，夯实制度保障，提升服务质效，为打造"政策最优、成本最低、服务最好、办事最快"的营商环境，提供司法服务和保障，让辖区企业更有信心、更有干劲。

关口前移：矛盾纠纷实现"外循环"

　　泰州某建筑机械有限公司因经营需要，向某银行借款，但受疫情影响，陷入经营困境，一时无法偿还贷款。了解到其具有偿还意愿和实际困难后，海陵区法院立即启动诉调对接机制，指导法官、诉前调解员进行会商，决定采取"协调解决、助企纾困"的调解思路。在征得双方当事人的同意后，法院通过"一案一群、双方确认、三方视频"的方式开展线上调解，促成双方达成分期付款的调解方案。

　　据悉，2019年，海陵区法院联合区工商联成立商事调解中心，截至今年3月底，该中心共成功调解909起案件，调解案件标的额达2.95亿元，为民营企业节省诉讼费208万元。

联合区工商局开展"护航金融助企行"活动，针对企业经营短板弱项与管理漏洞提出司法建议；聚焦企业生产经营息息相关的劳动争议等类型纠纷，为行业发展和企业经营提供司法服务……近年来，海陵区法院坚持"法治是最好的营商环境"理念，做足诉前和案外功夫，通过优化法治化营商环境"筑巢引凤"。

"商事纠纷一头关系着企业的生死存亡，一头连接着区域经济高质量发展。如何让矛盾纠纷化解在萌芽状态，是我们一直不断思考和尝试的。"海陵区法院院长孔维俊介绍。

分类施策：企业发展激活"池中水"

海陵工业园区内一家外商独资企业，因关联企业资金拆借陷入财务困境。进入破产程序后，海陵区法院通过实地调研、资料分析、专题研判，初步判断该企业具有继续运营的价值和希望。

对于危困企业，时间就是生命。由于无法获取该公司存放在仓储公司历年来的财务账册、凭证，破产管理人申请证据保全。海陵区法院当即成立专案行动小组，由副院长带队，民二庭、执行局、法警大队的十余名干警连夜奔赴仓储地上海市奉贤区。

仓储方负责人情绪激动，要求必须解决其损失才能取走财务资料。考虑到仓储方的实际情况，该院柔性执法，经过3个多小时的沟通，最终促使仓储方同意移交相关账册。专案行动小组连夜清点，次日凌晨5点便将资料全部安全运送至泰州。

破产审判是一项系统性、综合性工作。针对企业银行账户使用、税务发票开具、职工劳动关系解除、财产账簿接管等企业重整中的障碍，海陵区法院坚持强化府院联动，多次召开协调会。在多方共同努力下，涉680名职工的各类问题得以解决，2.36亿元地方债务得以化解，8927万元企业资产得以盘活。如今，该企业已步入良性发展轨道。

对资不抵债、丧失自我修复和自我发展能力的企业，海陵区法院及时启动破产清算程序，将大量生产要素从"僵尸企业"的泥潭中解放出来，转而投入具有发展前景的产业中去。2019年以来，海陵区法院已推动161家"僵尸企业"有序退出市场，盘活资产 130.84 亿元，盘活土地、厂房 38.31 万平方米。

改革创新：商事纠纷步入"快车道"

"开庭类似医生按排号依次看病，一个案子接着一个案子进行审理，平均每个案子仅用 20 分钟就能完成全部庭审流程，大大提高了办案效率。"海陵区法院民二庭法官窦松前说。

据了解，海陵区法院创新"门诊式"审判模式，针对事实清楚、证据充分的金融案件统一排期开庭，集中时间多案同审，多案连审。庭审过程中，采用要素式审判方式，组织双方重点进行调查和辩论，不再严格按照庭审调查、归纳争议焦点、辩论等环节进行，缩短审判流程。庭审流程结束后，法官助理根据庭审情况及宣判内容当场制作令状式文书，当庭送达，有效减轻当事人诉累，提高办案效率。

在该项工作的基础上，海陵区法院探索建立了金融消费纠纷调解中心调解制度化、金融案件巡回审判常态化，以及要素式审判和令状式裁判文书快速化的"1+1+2"的工作机制，使金融类案件平均审理天数缩短了 18 天。

新冠肺炎疫情给企业发展带来了一定冲击，为保障企业有序复工复产，加快涉企案件审理，海陵区法院开通了涉企立案绿色通道，做到 100% 当场登记立案、当日移送；召开多场"云上"债权人会议，加快为债权人兑现权益；建立法官在线司法服务微信群，主动摸排掌握辖区企业因疫情导致的各类经营风险和法律问题。

孔维俊说："我们将进一步找准司法服务企业的切入点、着力点，高效回应企业需求，精准助力企业成长，使司法环境切实成为营商环境建设的硬核竞争力！"

《人民法院报》2022 年 5 月 8 日刊登

吴嘉臻：《人民法院报》通讯员

信用修复：重振"诚而不幸"企业发展生机

孙彩萍　常文金　陈　雄

创新创业福地，山水花园名城。江苏省镇江市地处长江与京杭大运河"十字黄金水道"交汇处，拥有近三百公里全省最长滨江岸线资源，是长江经济带重要节点城市。

为营造更优法治化营商环境，让市场主体释放内生动力，镇江法院开展企业信用修复专项行动，为市场主体洒阳光、培厚土，截至 2022 年 3 月底，镇江法院为全市 2778 家失信企业修复信用。企业信用修复工作入选 2021 年镇江市产业强市"十件大事"，镇江市中级人民法院被市委、市政府授予全市优化营商环境"甘露奖"。

细致调研　失信企业逐一摸排

"要多出争优之举，举全市之力打造市场化、法治化、国际化的营商环境。"2022 年 2 月 8 日，在镇江市委、市政府召开的产业强市暨优化营商环境新春"第一会"上，市委书记马明龙强调，镇江正处在高质量发展爬坡过坎的关键时期，面临着既有产业发展和转型升级问题。要全力营造高效便捷的政务环境、公平有序的市场环境、公正透明的法治环境、温暖诚信的人文环境，真正为企业解难点、止痛点、通堵点。

守信激励，失信惩戒。在"基本解决执行难"的大背景下，公布失信被执行人名单信息、限制高消费等失信联合惩戒机制已成为法院威慑失信被执行人、提升执行强制力的一种主要手段。然而现实中，有部分既有履行意愿也有发展潜力"诚而不幸"的企业，因被纳入"黑名单"，在获取贷款、参与招投标等社会活动和经营方面受限，削弱了履行能力。

"企业信用修复是一个系统性工程，要解决信用修复中的难点、堵点问题，仅依赖某一部门的推动、某个环节的完善是无法完成的。在企业信用修复攻坚行动中，全市将对5372家企业进行信用修复，其中被法院纳入失信的有4257家，占总数的79.24%，法院是信用修复工作的主力军。"镇江市信用办副主任朱永新介绍。

"为确保完成企业信用修复攻坚任务，我们挑选精干力量组成工作专班，第一时间制定工作方案，对4257家企业开展排查摸底，经核实，这4257家企业共涉及案件19 538件。"镇江中院党组副书记、副院长鲁宽介绍说。

镇江法院充分认识到企业信用修复工作的重要性，内"合"全市法院力量，形成组织合力，外"合"政府职能部门，协调联动攻坚，积极为服务企业发展提供司法保障。

面对涉案企业分布广，财产调查工作量大的难题，企业住所地法院在当地发改部门的配合下，积极推动各辖市（区）政府召开专项治理会议，压实乡镇、街道的治理主体责任。各级法院自我加压，落实工作责任和实施责任，指导基层组织对各类财产进行现场调查。在基层组织的大力支持和密切配合下，完成了对失信企业的线下财产状况调查。

精准发力　"因企制宜"推动修复

"我们公司主要靠投标、中标后承揽工程业务，受疫情影响企业经营压力很大。被纳入失信被执行人名单后，我们不仅丧失了投标的资格，也被银行系统停止授信，面临倒闭困境。"江苏某民营建筑企业在信用修复申请中反映该公司对信用修复的迫切需要。

据了解，江苏某市政公路工程公司欠中国银行润州支行借款本息及诉讼费用共计1300余万元，江苏某民营建筑企业对上述债务提供了担保，承担连带清偿责任。

京口区人民法院收到信用修复申请后，第一时间核实了相关情况。鉴于被执行人江苏某民营建筑企业属担保人，一直积极配合法院执行工作，未发现其存在规避执行、抗拒执行行为，京口区法院主动协调，约谈双方当事人调解，在取得申请执行人谅解的基础上，决定将被执行人江苏某民营建筑企业从失信名单撤销，为当事企业生存发展提供了"一线生机"，也为债务后续履行保留了"双赢可能"。

近日，"江苏海纳机电集团有限公司破产重整案"入选2021年江苏法院破产审判典型案例。

扬中市人民法院有关负责人介绍，海纳公司是扬中市首批仪表阀门管件生产企业，虽在管阀件行业具有一定知名度，拥有良好资质及大量优质客户。但因企业管理不严、经营不善等因素影响造成资金链断裂，不能偿还到期债务，被债权人申请破产。

"在海纳公司案中，虽然海纳公司被裁定重整，但受破产重整负面效应外溢影响，在司法、银行、税务、市场等方面信用等级降低，对企业恢复经营、重新融入市场造成较大障碍。"扬中法院党组书记、院长朱晓军谈道，"企业具有良好的发展潜能，我们感到让海纳公司重焕生机责任重大，我们将企业信用修复工作同步纳入重整重点工作议程，确保企业平稳健康运行。"

扬中法院积极协调涉海纳公司案件的各级、各地法院，屏蔽海纳公司司法信用惩戒信息，协调扬中市政府及相关部门帮助海纳公司重新开立基本账户，保障企业资金正常使用，及时为海纳公司办理税务登记变更手续等，帮助企业恢复市场交易信用。在各方共同努力下，海纳公司重整计划已于2021年12月24日执行完毕。目前，海纳公司恢复信用轻装上阵，生产经营重新步入正轨。

实践中，哪些企业适用信用修复？

"企业信用修复要精准。全市法院全面摸排失信企业资产状况、经营状况和履行意愿，对具有一定诚信度和发展前景，需要法院协调达成和解协议的企业制作'帮扶清单'，及时修复企业信用。将停产停业等确无财产可供执行的企业纳入'退出清单'，对有履行能力拒不履行的继续进行信用惩戒纳入'约束清单'。"镇江中院执行局局长张巧林介绍，全市法院按照"一企一策"要求，"因企制宜"推动信用修复的工作举措。

全市法院严格把关，充分保障申请执行人的知情权和异议权。镇江中院下发4份指导性文件，制作5份法律文书模板，指导基层法院规范失信治理工作。确立"属地治理、法院指导"的工作原则，明确并压实属地政府主体责任、治理责任，法院指导和实施责任，充分调动各方力量，解决失信企业负责人难找、财产调查工作量大等难题。

已经停产停业的企业能否退出失信名单，有无可执行财产是关键。全市法院于 2021 年 10 月底全部完成对企业财产的 2 轮网络查控，同时通过乡镇、街道对所有停产停业企业完成了 3 轮企业财产信息线下核查，结合财产调查情况，视情决定将相关企业直接从失信名单中删除或移送办理"执转破"。目前，全市以无财产可供执行方式和以"执转破"方式退出失信企业 2130 家。

源头防范　"勤督促"力减失信

"现通知你公司在收到本通知书之日起 5 日内向申请执行人履行生效调解书确定的义务，逾期不履行的，你公司将承担纳入限制高消费和失信被执行人名单、作为被执行人在全国法院被执行人信息公开网公示影响相关信用评价等可能产生的不利后果。"

在申请执行人沈阳某科技股份有限公司向镇江中院申请执行镇江某集团有限责任公司一案中，该院向被执行人发出了督促履行通知书，告知其不履行法律义务所需承担的不利法律后果。发出督促履行通知书 3 天后，镇江某集团有限责任公司主动履行了给付义务。

为从源头上防范失信行为发生，镇江法院建立"一督促三预告"机制。执行立案前向当事人送达《督促履行通知书》，避免债务人因非故意不履行生效法律文书产生不良征信记录。执行过程中，全程告知被执行人不履行义务可能面临的惩戒后果，特别是采取惩戒措施或强制措施前，向被执行人发送预纳失、预限高、预处罚通知书，切实做到以勤督促防失信、以控纳失减失信。

"法院的预警和督促让我时刻绷着一根弦，提醒自己千万要诚信做事，不能上了'黑名单'，上了名单对小微企业发展来说寸步难行!"镇江某软装设计公司负责人坦言。

此外，对拟采取失信惩戒措施的企业，镇江法院视情给予 1 至 3 个月履行宽限期。企业信用修复工作行动开展以来，全市法院发布的失信企业名单数量同比降低了 62.1%。

对于积极纠正失信行为的企业，全市法院建立信用正向激励机制，及时向其出具自动履行生效法律文书证明，引导激励企业诚信经营、守法经营。

据了解，下一步，镇江法院还将深化府院联动机制，对于前期专项行动中尚未进行信用修复的企业，能修复的按照相关要求进行修复，需要继续采取惩戒措施的，将相关清单推送地方政府信用部门，协调属地政府继续做好治理工作。

"人无信不立，企无信不兴。立足善意文明执行理念，开展企业信用修复，既为企业稳预期、增定力、添信心，也有利于盘活优质资源，激发市场活力。镇江法院将继续巩固企业信用修复工作成果，营造诚信社会氛围，努力让法治诚信成为现代化新镇江建设的核心竞争力！"镇江中院党组书记、院长刘亚军表示。

《人民法院报》2022 年 5 月 10 日刊登
孙彩萍、常文金、陈 雄：镇江市中级人民法院

吴中："双预模式"力解房企发展困局

沈　歆

　　楼市降温，房地产企业融资难度不断增大……近年来，面对疫情叠加对房地产及其衍生行业带来的严峻考验，充分发挥审判职能，审理好房地产企业破产案件，是江苏各级法院扎实做好"六稳"工作、落实"六保"任务的一项重要内容。

　　2019 年以来，江苏省苏州市吴中区人民法院因案施策，创新采用预重整及预破产"双预模式"，力解房地产企业破产僵局，交出了一份优化法治化营商环境的优秀答卷。

"明星工程"烂尾　传统工艺蒙尘

　　"天下工艺看苏州，苏作精华在吴中。"地处太湖之滨的苏州市吴中区光福镇，是一个被誉为洞天福地的千年古镇，有着秀美的太湖山水和历史悠久的吴文化，古镇上有着玉雕、核雕、红木雕、佛雕等特色产业，创造了无数手工制作的艺术瑰宝。

　　2008 年，呈辉公司在光福镇投资开发了"中国工艺文化城"项目，项目占地 23 万平方米，规划建设会展中心、艺术酒店、商铺等多类业态，共计1040 套房屋，建筑面积 22 万余平方米。2011 年初，该项目试运营时期，曾有 30 余位国家、省、市级工艺美术大师在此落户，设立了创意研究室、工作设计室、展示厅等文化创意平台，共同开创传承发扬中国传统手工艺的新模式。

　　然而，2015 年下半年起，呈辉公司因市场波动及其自身经营不善导致资金链断裂而陷入财务困境，工程建设停滞，无法完成续建交房。

耗资 2 亿余元建成的酒店、会展中心成为沉没成本，公司还因与数百名房屋买受人签订了名为委托管理、实为售后返租的合同，导致工程竣工迟延需向业主支付固定收益，一时陷入近百起诉讼案件。官司缠身的呈辉公司再也无力正常经营，项目现场管理缺位、秩序混乱、消防和安全隐患突出。

6 年来，呈辉公司尝试了多种自救途径，曾与国内多家商业房地产公司或文化艺术产业类企业接洽投资，但都因项目债权债务情况复杂，仅停留在初步意向谈判阶段就停滞不前。

而同时，随着时间推移，工程烂尾带来的"后遗症"愈加明显，违约金金额滚雪球式上升，竣工验收标准一再更改，强制执行拍卖多次流拍……一时间，工艺美术城从熙来攘往的明星项目沦为鲜有问津的烂尾楼。

府院联动破局　重塑项目业态

2021 年 5 月，在当地政府的积极推动下，经过多轮谈判和多方联动，呈辉公司重组事宜有了实质性进展，沉寂多年的工艺美术城项目终于迎来了一丝曙光。但鉴于呈辉公司名下财产几乎全部在此前的强制执行中被查封、冻结，吴中区法院在充分调研论证的基础上，于当月 27 日受理了呈辉公司的预重整申请。

"呈辉公司的重整之路注定崎岖坎坷，首当其冲的是几个历史遗留难题，包括呈辉公司其自持近 7 万平方米大体量物业及 70 余亩空地难以通过市场化方式处置，减损了债务人财产的应有价值。其次，该工程烂尾时间跨度长，竣工验收标准多已变更，部分已完成工程并不符合现行验收规范，且部分买受人因长期未能按约办证已自行改造装修入住，项目整体竣工验收困难重重。"

"还有，公司严重资不抵债，审计报告显示其净资产亏空达 9.8 亿元之巨，若大批房屋买受人作为普通债权人无法取得公允受偿，将产生群访风险，成为当地的不稳定因素。"该案审判长、吴中区法院党组成员、副院长辛欣谈到该案说。

于是，在预重整阶段，法院与区、镇两级政府、资规局、住建局等多部门通力合作，积极发挥府院联动机制的作用，成功协调由政府指定平台公司作为保底受让人，以评估价受让呈辉公司名下部分大体量物业及未开发空地，通过规划调整，按程序重新挂牌出让，实现土地资源的高效集约利用。

同时，由资规和住建部门专项保障呈辉公司竣工验收和交付备案顺利完成，扫除影响呈辉公司后续经营的关键障碍；由属地公安、综治和街道等部门联合进行现场秩序疏导和维护，做好与债务人沟通、解释与安抚工作，为预重整提供安全保障。

经过多方谈判，最终确定由中国工艺美术协会控股子公司中艺互联公司作为保底重整投资人，受让呈辉公司 100% 股权，引入其在工艺美术领域的优势资源，重塑项目业态，恢复项目运营，努力将项目打造成苏州市政府与中国工艺集团有限公司计划合作建设的"中国工艺文化城"。

2021 年 10 月 8 日，经过政府协调，抵押权人在框架协议中明确支持呈辉公司重整，并从尽快回收偿债资金的角度豁免对呈辉公司的部分债务，为普通债权人的受偿让渡了宝贵的空间。

"预重整"夯基石　推进企业复苏

预重整是债务人与债权人在庭外协商制定重整计划，获得多数债权人同意后，借助重整法律程序使重整计划具备约束全体债权人的效力，以早日实现债务人复兴的一种拯救机制。作为庭外重组与庭内重整的衔接机制，预重整既具备庭外重组的灵活性，有利于建立债务人与债权人之间畅通沟通，又具有庭内重整的司法保护效力，有利于提高重整成功率。相较于传统的破产重整模式，预重整的核心在于鼓励和支持经营者尽早开始重整谈判、确定重整计划，为危困企业复苏开辟了一条新路子。

据介绍，呈辉公司重整案在预重整期间，吴中区法院指导管理人完成重整投资人的公开招募，确定重整框架的核心要素，履行债权申报和审查程序，通过审计评估厘清公司资产负债情况，并据此拟定重整方案，统筹安排重整投资人、债务人、抵押债权人、普通债权人等相关方乃至政府平台公司等参与方高度关联、互相博弈的利益诉求。

2021 年 10 月 29 日，管理人制订的《重整方案》经债权人会议预表决通过，吴中区法院根据管理人的申请裁定受理呈辉公司重整申请。12 月 8 日，吴中法院在线召开呈辉公司第一次债权人会议，表决通过了《重整计划草案》，并于次日裁定批准呈辉公司重整计划。

短短40天，一个负债接近10亿、有着将近500名债权人的房地产企业成功通过预重整程序回归正轨、涅槃重生。随着政府平台公司收购项目地块资金的进账，有295名债权人于12月31日前收到了重整计划中第一批次金额合计2.28亿元的分配款。其中，大部分债权人都是在10年前为了居住或经营而陆续购买呈辉公司房屋的业主，《重整计划草案》所安排的8万元小额清偿线对全体债权人8万元以下债权予以全额清偿，尽可能保护这部分债权金额相对较小、利益受损总量相对较重的债权人。

值得一提的是，预重整阶段债权人预表决的效力延伸至重整程序内。预表决时已投票同意《重整方案》的债权人，在管理人根据《重整方案》制定的《重整计划草案》核心内容未发生变化的情况下，受到禁止反言原则的约束。即该债权人在重整阶段债权人会议分组投票表决时反对《重整计划草案》的，按其预表决时意见处理。

"预重整中的一切活动主要依赖当事人的意思自治，债务人、债权人和出资人需对重整方案进行谈判磋商，形成预表决意见。在民事活动诚信原则基础上建立的禁止反言原则，能够保证预重整阶段的相关活动、决议更加稳定、可靠，巩固预重整成果，为《重整计划草案》顺利通过打下坚实基础。"辛欣说道。

据介绍，目前在法院和管理人的监督下，项目续建和竣备工作正在有序开展中，预计在今年10月可分批交付房屋。根据重整计划，重整投资人将充分发挥其行业优势，在此成立苏作雕刻研究院、创建玉石雕大使馆群落等，将"中国工艺文化城"打造为光福特色文化小镇的靓丽文化名片。

直面"急难愁盼""预破产"解僵局

无独有偶，在与光福古镇相距30公里的吴中城南，有一个建造于10多年前的商品房住宅小区——"越湖名邸"。住宅区表面风景秀美，实则其地产开发商因集团内其他项目所累导致资金周转不灵，欠了大量的债务。

2021年，某信托公司将申请该地产公司破产的申请书提交至吴中区法院，审查中发现该地产公司名下还有多套别墅、商铺和大量车库、库房等未处置资产，但因欠税将近两亿导致房屋遭遇办证难题，执行拍卖多次流拍，资产处置遇冷，债权人的债权多年未能清偿。

地产公司在破产审查听证中提供了大量自持物业产权证据，以证明并未达到资不抵债的状态，并表示其已在积极筹措庭外重组，希望与申请人庭外和解。而申请人则认为债权多年未获清偿，必须通过破产清算对债权进行清理。在征询双方同意的基础上，吴中区法院启动了预破产程序。

吴中区法院的"预破产"制度是在债权人或债务人申请破产清算时，如存在债务人异议较大、债务人资产清偿能力尚不明朗、直接受理可能影响社会稳定等情形时，经征求申请人、被申请人意见，法院进行预破产登记，并指定管理人对债务人的资产、负债调查清理，在情况明晰后结合债权债务人的意愿适时进入和解、重整或清算程序的机制。

辛欣介绍说："企业破产法规定的破产审查期限只有 15 天，法院难以在短时间内对一些资产负债规模较大的企业摸清情况，草率受理或不予受理都将对当事人权益造成影响。预破产机制引入了临时管理人概念，由法院指定的临时管理人对被申请破产的企业情况进行全面梳理调查，同时亦可引导企业寻求自行清理债务的路径，既能够保护债权人的合法利益，也为债务人企业觅得生机。"

此前，吴中区法院已适用预破产程序，仅用短短 69 天就成功审结了某针织企业破产清算案，积累了一定的实践经验。因此，在信托公司与地产公司为资产负债金额争执不下时，合议庭第一时间想到可运用预破产程序"对症下药"，同时通过摇号程序选定管理人全面开展债务人企业的资产负债调查工作。

通过预破产阶段的摸排调查，该地产公司的债权债务情况逐渐浮出水面。根据审计、评估报告显示，该地产公司除了在破产审查阶段自行申报的债务外，还存在其他大额债务，负债已达 6.9 亿元，而其名下资产的快速变现价值仅 3.9 亿元。且走访中发现，有多名业主提出，因地产公司欠税无法开票，致其购房多年至今无法办证，他们坚决要求管理人通过破产程序解决这个问题。而在管理人开展调查工作的 3 个多月时间内，该地产公司此前言之凿凿会推动完成的"重组、和解计划"均没有兑现。

2021年10月，吴中区法院根据预破产管理人的申请，受理了该地产公司破产清算案。经过预破产阶段的"预热"，该地产公司破产清算案第一次债权人会议顺利召开，管理人提交的财产管理方案获通过，目前程序正有条不紊推进中。

房企一头连着购房者的切身利益，另一头牵系地产产业链的发展命运，房企财产变现受市场影响较大，在破产清算中为尽快变价，很难实现资产价值最大化，且房地产企业一般通过贷款方式取得建设资金，财产均已设立抵押，一旦破产，普通债权人清偿比例较低，在房地产破产案件办理中，吴中区法院特别强调，房地产企业破产案与其他案件不同，要求法官要坚持服务大局，从效果出发，灵活、审慎处理房地产破产案件。

"房地产企业作为典型的资金密集型产业，融资成本高、风险大。一旦破产，所涉及的债权人从金融机构、税务机关到上下游供应商、购房业主、农民工等，利益交错、规模庞大。"吴中区法院党组书记、院长董启海表示，受制于司法权被动、中立的特征，法院在房企破产案件审理中经常集中面对资产处置、信访化解等多方面问题，案件进程慢、推动难。对此，吴中区法院在充分论证合法性的基础上开拓创新了预重整、预破产"双预模式"。

吴中区法院一个个典型案例的成功实践证明，有效运用庭内、庭外机制的衔接，通过府院深度联动，积极争取各方支持，对涉及债权金额巨大、资产变现困难的房地产企业，以预重整推动涅槃重生，以预破产加速清偿债务，对于盘活存量资产、优化负债结构，满足债权人尽快受偿的需求和预期，防范化解重大金融风险形成了可复制、可借鉴、可推广的成功经验。

《人民法院报》2022年5月24日刊登

沈歆：《人民法院报》通讯员

信用修复，助失信企业"摘帽"重生

顾　敏

3月底以来，一场"优化法治化营商环境执行年"1+4专项行动在江苏全省有序推进。全省法院以企业信用修复"暖企"行动为牵引，以市场主体出清"助企"行动、善意文明执行"护企"行动、推进政务诚信"惠企"行动、执行信访突出问题攻坚化解"安企"行动为支撑，为市场主体纾困解难，推动江苏法治化营商环境持续优化、社会信用总体水平持续提升。5月18日，江苏省高级人民法院通报1+4专项行动最新进展：目前已删除5790条企业失信信息，将1516家企业退出失信被执行人名单。

划分三类清单，让失信企业"知错能改"

"被联合惩戒的日子真不好过，我们无法顺利办理贷款融资，也很难获得上下游企业的信任，尤其是疫情期间，融资困难甚至威胁到了企业的生存……"5月16日，拿到常熟市人民法院开具的信用修复证明，某家具用品公司负责人陈某某如释重负。

常熟法院的承办法官了解到，该公司是在新三板上市的科技型中小企业，虽暂时遭遇困难，但仍有"造血"能力，并且该公司已在经营范围内增加了"智能制造"项目，拟注入智能机器人制造资产后在北交所挂牌上市。法院将破产重整理念贯穿执行进程，协调公司、注资方及各债权人达成一揽子解决方案，注资方替被执行人偿还了近500万元债务。确认和解协议和履行情况后，常熟法院根据申请执行人的申请，开具信用修复证明。

守信激励，失信惩戒。早在2017年江苏省在全国率先建立起省级失信被执行人联合惩戒机制，一旦企业被纳入失信"黑名单"，将由有关部门在政府采购、招投标、融资贷款、市场准入、税收优惠等方面予以联合惩戒。法院走访发现，部分企业虽有一定履行意愿，但受信用惩戒影响，在获取贷款、参与招投标等方面受到限制，经营能力和履行能力被削弱。为了畅通失信企业"知错能改"、重塑信用的渠道，江苏法院将企业信用修复"暖企"行动作为重心，对注册地在江苏且被江苏法院纳入失信被执行人名单的逾4.2万家企业进行全面专项治理。

江苏省高级人民法院二级巡视员汤小夫介绍，面对涉案企业分布广、财产调查工作量大的难题，全省法院会同当地信用管理、市场监管、税务等部门，对企业失信被执行人逐一排查摸底，按照制式台账进行登记，标注企业的基本信息、纳失情况、生产经营状况、履行能力等信息，建立可退出、需指导、应约束三类清单，引导虽有失信行为但有主观修复意愿尤其是有存续发展前景的企业，主动履行法定义务或者与债权人达成和解协议，从而修复失信记录、提振发展信心。根据排查摸底情况，4.2万多家企业中，纳入可退出清单的有2.3万余家，纳入需指导清单的9757家，纳入应约束清单的9546家。

给予"纳失宽限期"，让困难企业"喘口气"

一边是因未及时履行生效裁判即将被法院纳入失信被执行人名单的焦虑，一边是信用惩戒影响复工复产的担忧，深陷两难困境的企业该怎么办？

"纳失宽限期"给企业纠正失信、缓解困境提供了新路径。近日，苏州工业园区法院作出"纳失宽限期"执行决定书，暂缓将某旅游公司纳入失信被执行人名单。

2020年11月16日，某融资租赁有限公司与该旅游公司因一起融资租赁合同纠纷诉至法院，诉请标的共计180万元。达成调解协议后，该旅游公司按期履行还款义务，但在履行大部分还款义务后，该旅游公司受疫情影响经营困难，中断了还款。法官了解到，涉案抵押车辆保存完好，该旅游公司也向法院提交信用承诺书，承办法官决定给予该公司3个月的信用宽限。"感谢法院给了企业喘息的机会，我们将努力复工复产，早日履行相关义务。"该旅游公司负责人说。

充分考虑疫情对企业经营带来的不利影响，江苏省多地法院探索建立失信宽限期制度，给予企业纠正失信行为缓冲期，推动企业由"要我履行"变为"我要履行"。以徐州为例，目前该市已有 210 家企业在宽限期内主动履行义务。

江苏高院执行局局长朱嵘告诉记者，按照有关规定，被执行人虽然已符合纳失条件，但存在双方当事人达成执行和解、被执行人有主动履行意愿且提供相应担保等情形时，法院可依申请或依职权给予其宽限期，并向其发送纳入失信被执行人名单警示书。宽限期由合议庭审查决定，一般不得超过 3 个月。宽限期期间，如果被执行人有无正当理由未按传唤指令接受调查询问、提交的证据材料弄虚作假等情形，法院可以依法对其或其主要负责人、直接责任人员予以处罚。

慎用强制措施，严格规范查封冻结等行为

去年 8 月，某家具公司与工人王某某等 13 人就 29.4 万元工资达成仲裁调解。案件进入执行程序后，该公司受疫情影响面临严重资金压力，考虑到被执行人是当地经营家具加工业务的小微企业，南京市高淳区人民法院前往公司所在地实地调查。经查，发现该企业仍在生产经营，厂房内尚有运转中的机械设备及部分半成品，且有数名工人正在施工作业。

对于机械设备、半成品等企业财产，法院没有直接查封拍卖，而是采取"活封"方式：允许被执行人在不转移所有权、不妨碍执行的情况下继续使用加工。此外，法院得知被执行人与案外人有正在履行的加工承揽合同，但受疫情影响，双方未履行完毕就陷入僵局。高淳法院发挥府院联动机制作用，及时与开发区管委会联系，统筹组织协调，最终案外人按协助执行通知支付了 13 名工人近 30 万元工资款，案件顺利执结。

对受疫情影响暂时陷入困境无法及时清偿执行债务的企业，全省法院依法审慎采取强制措施，对企业生产设备等尽可能采取"活封""活扣"方式，最大限度减少执行对企业生产经营的影响。无锡市中级人民法院推动物联网电子封条、电子监管系统提档升级，完善"物联网＋执行"信息管理系统，目前全市正在使用运行的电子封条超过 300 张。

5月18日，江苏高院发布《关于进一步规范查封、扣押、冻结财产工作指引》明确，有多项财产可供查封、扣押、冻结的，法院应合理选择对被执行人或被保全人生产生活影响较小、且方便执行的财产执行。对商品房预售资金监管账户、农民工工资专用账户和工资保证金账户内资金，应当依法审慎采取保全、执行措施，支持保障相关部门防范应对房地产项目逾期交付风险，维护购房者合法权益，确保农民工工资支付到位。畅通违法违规查封、扣押、冻结救济渠道，该指引明确，被执行人、利害关系人认为人民法院违法违规查封、扣押、冻结的，可以向执行机构申请纠正，也可以向执行裁判部门提出执行异议。

《新华日报》2022 年 5 月 19 日刊登

顾 敏：《新华日报》记者

高港"四诊法"为护企惠企"精准把脉"

孙乃清　陈　茜

2021 年 6 月开始，江苏省泰州医药高新区与泰州市高港区实行"区政合一"的运行模式，下设生物医药、化学新材料、电子信息、高端装备制造、港口物流等功能园区，现有企业 2.95 万家，其中规上工业企业 477 家、高新技术企业 240 家。高港区人民法院聚焦为优化营商环境提供法治保障这篇大文章，将供给侧改革理念运用于司法服务领域，推出"巡诊、速诊、精诊、智诊"的"四诊法"，为企业自主创新、市场良性竞争提供有力保障，探索司法护航经济高质量发展的新模式。

巡诊：进行经常性防控指导

2022 年 4 月 26 日，高港区法院院长许飞带队"坐诊"何芬法官工作室驻长城汽车股份有限公司泰州分公司。公司负责人就工作中遇到的劳动用工、工程建设、合规经营等问题进行了咨询：招录大学生实习、就业，合同该怎么签，要注意哪些问题；项目建设的部分工程款没有结算，怎样处理才能不留法律上的"后遗症"……员工们也纷纷前来诉说自己生活中遇到的法律问题，法官们一一详细解答。

活动中，双方还商定建立司法供给优化升级共建基地，借鉴已有的工作经验，运用高港区法院的"司法服务突击队"力量，推进精准常态化司法服务。

何芬是高港区法院立案庭庭长，曾被评为全国优秀法官，以她名字命名的"何芬法官工作室"集中了高港区法院的办案骨干。工作室设立 8 年来，从最初便利偏远乡村群众诉讼，到如今的优化司法服务、多元化解纠纷，从最初的 6 家工作室，到现在扩展至 20 余家，覆盖范围包括乡村、社区、园区等。每个工作室选派 2 名法官或法官助理，每周二、周四驻工作室值班，除答疑解惑、法律咨询外，还主动下沉一线，为基层群众和企业提供司法服务。

人多力量大，人多智慧多。在充分发挥"何芬法官工作室"作用的同时，高港区法院还巧用"商会调解"机制。近年来，高港区法院主动联系区工商联，依托人民法院调解平台，充分发挥商会调解化解民营经济领域纠纷的制度优势，在辖区 3 个商会设立商会调解中心，选聘 9 名商会调解员，选派 3 名法官入驻，形成上下联动、资源共享、业务协同的运行模式。

为提高企业风险意识，预防经营纠纷，高港区法院设计制作了风险防范手册，总结提示常见涉诉问题；建立共建守法诚信企业微信群，发放护企联系卡，方便企业第一时间联系法官，及时排查防范风险，助力建设"无讼"民企经营环境。

据高港区法院政治部主任殷华介绍，"巡诊"以需求为导向，围绕优化民企营商环境这一中心，突出纠纷预防的"全覆盖性"。依托"何芬法官工作室"、商会调解中心和司法供给优化升级共建基地等平台，形成"1+N"司法服务网络（即 1 个本院专项工作组统筹协调，在外围设立 N 个司法服务民营经济示范工作站），全面构建司法保障体系，有效防控民企经营风险。

速诊：把当事人的"难事"当自己的心事

"一拖再拖，实在是不像话。"

"必须给付违约金。"

……

前不久，高港区有 380 多户业主拉着横幅，聚集在开发商售楼部前。因疫情影响，他们没能如期收房，因违约金给付问题与开发商未能达成一致意见，部分业主诉至法院。

解决群体性纠纷刻不容缓。高港区法院立即组织审判人员与人民调解员建立专班，根据部分业主的诉请，仔细分析合同约定，研判疫情影响程度，提出解决问题的方案，并征求了尚未起诉业主的意见，经过连续一周的工作，98% 的业主拿到了违约金，对于部分不同意方案并且已经起诉的业主，由法院另行组织诉前调解。通过高效对接，该院成功阻断了批量涉房地产企业纠纷诉讼的发生，避免了对企业采取强制措施而影响正常经营，维护了经济秩序和社会稳定。

开发商负责人致信高港区法院表示："公司因疫情影响确实存在困难，但一直难以与业主达成一致意见，如果矛盾一再拖延，必然导致公司资金链断裂、工程停工。多亏法官马不停蹄高效解纷，避免了更大损失。我们一定秉承诚信原则，按约履行协议。"

何芬是高港区法院一站式多元解纷工作的牵头人，她表示"速诊"是以实效为目标，聚焦营商环境"办理破产"和"执行合同"两项任务，突出诉源治理的高效性。高港区法院将科学设置审判模式，优化配置有限的司法资源，提升涉企案件审判质效。积极完善诉调对接机制，对涉及重点项目建设和企业发展的各类案件，畅通快速化解通道，做到快立、快审、快结、快执，确保企业在法治轨道上高质量发展。

精诊：提供个性化"服务包"

长期以来，高港区医疗器械行业、医药产品行业及吊具索具行业等蓬勃发展，形成了聚集性、类型化的市场格局。

法官们走访调研时发现，同行业企业间互相排挤、恶性竞争的现象时有发生。为促进市场交易有序化、诚信化，高港区法院主动联合区工商联、监管部门等，指导行业协会制定行业规约，建立自我约束、自我管理的自治机制。

口岸街道、许庄街道是辖区内有名的吊索具产业链集聚地，不少中小型企业产销此类产品多年，经营模式相对传统、固定，很多企业以家庭小作坊、夫妻店的形式存在，大大小小上百家同类产品的竞争非常激烈。以往，行业协会都是凭借会长等老前辈的威望和熟人社会的交情从中进行调和，虽有一定成效，但各种矛盾纠纷还是层出不穷。

协会找到高港区法院，希望该院从法律层面，对行业内各企业行为进行规范和约束。民商事审判法官立即就此展开研讨，提出了意见和建议，帮助拟定了吊索具行业规约，初步建立了规范的行业竞争秩序。

"行业规约不仅是本行业内企业需遵守的规则，而且赋予了行业协会指导扶助企业经营发展的义务。地区特色产业法治化发展，必须坚持活力与秩序并举，建立不同类型行业内的规约制度，既能大力支持市场主体自主创新，又能有效防范市场竞争失序。"高港区工商联主席周正青介绍道。

据高港区法院民庭庭长周树平介绍，"精诊"以服务为宗旨，改变以往"粗犷式"护企模式，突出靶向施策的"高精准度"。法官通过在案件审理、企业走访、行业座谈中发现问题，针对不同类型企业、不同行业产业，提供个性化"服务包"，推动形成公正、透明、可预期的市场规则体系。

智诊：提升信息化水平方便当事人

经过多年的积累，高港区法院建立了"一企一档""一企一策"等档案资料，走进高港区法院档案室，如同走进图书馆。面对浩如烟海的档案材料，记者提出想看看与扬子江药业公司有关的资料。

"这不难。"高港区法院办公室副主任谭松海打开电脑，在"法企服务大数据库"中很快找到相关资料，他说："这在以前比较费劲，面对越堆越高的纸质台账，法官们常有'傻眼'的感觉，现在可以一键搞定。"

近年来，高港区法院借助信息化手段，整合传统的书面材料，汇集辖区民企基本经济数据、行业动态、涉诉情况及个性化司法需求，建立"法企服务大数据库"，构建数据资源网络。在数据库中可以精准快速查询到每次走访服务各企业的时间、人员、企业诉求、纠纷化解及待解决的问题，不仅便于查阅，而且方便工作人员经常性"复盘"，以研究完善司法护企的制度和措施。

疫情防控下的解纷如何在"不打烊"中实现"加速度"？高港区法院一直坚持借力信息化。

今年3月，高港区某消防设备有限公司起诉袁某要求给付自2015年起的消防器材货款24万余元，并要求采取保全措施。送达过程中，承办法官谭毅发现袁某现居住在上海市闵行区，当时正值上海疫情严重时期，面对面庭审显然不可能，而袁某通过电话联系对方当事人，对方表示愿意调解。谭毅立即借助线上视频进行调解。

"王经理，我也不是不给钱，疫情期间确实没收入，你保全了我的账户，我更加没法周转，欠你的24万元我一定分两年还清。"袁某恳求道。

"好吧，互相理解吧，疫情下企业都难做。"王某答道。

"谢谢谭法官主持的远程调解。要不是和王经理协商解决，我的账户将一直被冻结。"袁某一再向谭毅表示谢意。

疫情防控下，此类的"云端"审判和调解在高港区法院经常出现。无障碍的开庭和高效解纷，受到了当事人的点赞。

据高港区法院办公室主任张志伟介绍，高港区法院现有9个审判庭和多个调解室，均具备线上诉讼功能。"智诊"回应互联网时代当事人的司法需求，以技术为依托，借力"智慧法院"搭建服务民企大数据平台、诉讼服务平台，突出司法创新的"大数据化"。运用信息化手段打造集立案、审判、执行为一体的诉讼服务智能模式，全方位、多角度为审判工作提供强有力的技术支持，为营造法治化营商环境提质增效。

《人民法院报》2022年9月20日刊登

孙乃清、陈茜：《人民法院报》通讯员

司法助力，为中小微企业纾困解难

江苏法院发布第一批相关典型案例

顾　敏

6月16日，江苏省高级人民法院发布江苏法院助力中小微企业发展优化营商环境第一批典型案例。常态化疫情防控以来，全省法院不断加大中小微企业司法服务保障力度，依法妥善审结涉及中小微企业的各类合同、公司纠纷等商事案件57 407件，化解诉讼标的3083.98亿元。其中，3起案例入选最高人民法院发布的人民法院助推民营经济高质量发展十大典型民商事案例，4起案例入选人民法院助力中小微企业发展典型案例和创新机制。

住建局拖欠中小微企业货款，法院判定逾期年息18%

清理拖欠中小企业账款，是党中央、国务院重要决策部署，也是支持中小企业发展的重要举措。拖欠中小企业货款，逾期利息损失应如何计算？日前，南京市中级人民法院首次根据2020年9月1日国务院颁布的《保障中小企业款项支付条例》，对一起买卖合同纠纷案作出判决，判令被告辽宁省某开发区住建局按年利率18%支付逾期利息。

早在2013年6月，某集团公司与某开发区住建局签订设备采购合同，约定集团公司为住建局供应净水设备。合同签订后，集团公司履行了供货义务，但住建局迟迟未付近500万元货款。2020年，集团公司起诉索要货款，并主张以《保障中小企业款项支付条例》（以下简称《条例》）开始施行为节点，分段计算逾期付款利息，之前按照中国人民银行同期同档贷款基准利率或全国银行间同业拆借中心公布的贷款市场报价利率标准的1.5倍计算，之后按照

《条例》规定的每日万分之五（即年息 18%）标准计算。南京市中级人民法院二审认为，住建局是国家机关，集团公司符合中型企业划型标准，住建局拖欠货款行为从《条例》施行前持续到《条例》施行后，符合《条例》适用条件，对集团公司这一主张应予支持。

本案是人民法院直接适用《条例》依法保障中小企业回收账款的典型案例。一直以来，被拖欠货款是影响中小微企业正常运营的顽疾。针对这一痛点，防范和化解拖欠中小企业账款专项行动正在全国范围内开展。南京中院在准确识别企业性质的基础上，依法适用《条例》有关规定，本案入选江苏省政法系统 2021 年度优化法治化营商环境典型案件。

破产和解，帮助受疫情影响中小微企业重返"赛道"

餐饮、娱乐等行业的中小微企业受新冠肺炎疫情冲击最为明显。某环境技术公司在江苏省消防协会指导下，牵头开发了江苏省餐饮排油烟设施安全服务信息化综合平台，实现餐饮行业企业排油烟数据向消防监管部门实时传递，原本市场前景良好。但受疫情影响，该公司依托餐饮行业开展的行业信息化建设和专业培训无法正常进行，经营受挫，资金链断裂。

去年 12 月，苏州市吴中区人民法院裁定受理这家环境技术公司破产清算一案。法院审理发现，如非疫情影响，该公司仍有存续价值。在法院积极引导下，各股东最终筹措了偿债资金并决定继续经营，法院裁定认可和解协议并终止破产程序。和解协议履行完毕后，法院又向该公司发放《信用修复证明》，解除信用惩戒措施，为企业后续经营移除"绊脚石"。

疫情之下，如何在保障相关利益主体合法权利的基础上，提高企业家预期、提振企业家信心，成为摆在司法审判面前的一道难题。针对暂时陷入经营困境的中小微企业，法院积极运用破产和解程序，有效化解企业债务，并通过发放《信用修复证明》，鼓励企业合规经营，以法治化思维助力中小微企业健康发展。在人民法院助力中小微企业发展典型案例和创新机制新闻发布会上，最高人民法院对本案给予充分肯定。

实质合并清算 + 个案重整，让 7 家企业"涅槃重生"

2018 年 12 月 19 日，徐州市铜山区人民法院裁定受理某铸业公司破产清算申请。2020 年 8 月至 11 月，铜山法院先后又裁定受理某建材公司等 6 家公司的破产清算申请。因 6 家企业均系铸业公司控制的关联企业，企业之间财务、人员等高度混同，经管理人申请，铜山法院裁定对 7 家公司进行实质合并破产清算。

铜山法院审理发现某建材公司具备预拌混凝土专业承包资质，通过走访审批机关、业内人士及开展市场调研，了解到该资质具有较高市场价值，但必须以建材公司主体存续为前提。为充分保护债权人与债务人利益，铜山法院于去年 4 月 26 日裁定对建材公司进行重整，引入重整资金 2300 余万元，该资金与其他 6 家企业财产变价款共同作为破产财产用于清偿 7 家企业的负债。去年 12 月 18 日，铜山法院裁定铸业公司等 7 家公司破产清算程序终结。

本案是人民法院探索对人格混同企业实施"实质合并清算 + 个案重整"并行模式、挽救有价值中小微企业的典型案例。法院通过对有价值的企业单独进行破产重整，使破产财产处置价值比清算价值增加 2000 余万元，显著提高了破产债权清偿率。重整结束后，这家建材公司剥离债务、轻装上阵，创造就业岗位 100 余个，第一年即实现产值 2000 余万元。

《新华日报》2022 年 6 月 17 日刊登

顾敏：《新华日报》记者

江苏省邳州市人民法院立足司法职能积极探索

信用修复　助企纾困

倪　弋

"感谢法院，我们的工资拿到了""感谢法院，企业又能正常运营了"……前不久，因成功办理一起职工工资待遇纠纷案件，江苏省邳州市人民法院同时收到申请执行人和被执行人的感谢信。

原来，邳州某化工企业因资金紧张陷入停工状态，工人要求发放工资。案件进入执行阶段后，邳州法院执行局工作人员经过多次查控和走访，发现该企业厂房、设备等资产因外债已全部抵押，其名下无资产可供执行。工人们表示能够体谅企业当前面临的状况，希望企业恢复运营，现在要求支付拖欠的费用也是迫不得已。

同时，因无力支付工资导致留下的信用"污点"，让该企业在贷款、投资以及享受政府政策扶持和补贴等方面受到诸多限制，这让企业恢复经营变得更加困难。面对这一系列错综复杂的难题，应如何妥善化解？

"简单地'一执了之'不是目的，实现双方利益最大化、妥善化解矛盾纠纷，才是关键。"邳州法院执行局副局长吴振宁介绍，经过多番组织协商，并征得申请执行人同意后，邳州法院对该企业启动信用修复，及时解除其失信信息，还协助企业通过政府担保平台获得贷款支持，帮助企业渡过难关、恢复生机。目前，该企业已正常生产运营，工人工资也发放到位。

邳州法院执行局局长吴树渠介绍，为充分发挥失信企业主体"自我纠错"的主动性，法院在发出执行通知时，同步告知信用修复激励与惩戒机制，给予被执行人 1 至 3 个月暂缓纳入失信名单的合理宽限期。为确保信用修复的程序正当、公平公正，邳州法院全面梳理纳入失信被执行人名单的企业，通过摸底排查、线上查询、线下集中调查等方式，对符合条件的企业依法及时撤销、删除失信信息；对于发展前景较好的失信企业，及时与申请执行人沟通促成和解，并主动协调政府相关部门提供帮助。

与此同时，为防止出现弄虚作假等行为，邳州法院制定了严格的审查与处罚办法。信用修复期间，对暂停惩戒的被执行人实行滚动审查，一旦发现不符合条件的，将立即恢复惩戒。对发生违规情形的，法院不仅取消信用修复资格，还将延长失信发布期，并依法从严处理。截至目前，邳州法院已对252家被执行企业进行信用修复，促成16件案件执行和解。

"对企业信用进行修复，既是立足司法职能重振失信企业发展生机的有力举措，也是助推社会信用体系建设的激励方式。"邳州法院院长潘荣凯表示，下一步将不断完善企业信用修复的相关机制举措，为优化法治化营商环境、助力经济社会发展贡献更多力量。

《人民日报》2022年9月29日刊登

倪弋：《人民日报》记者

办好一个案件　救活一家企业

顾　敏

7月20日，江苏省高级人民法院发布助力民营经济高质量发展典型案例，集中展示近年来全省法院充分发挥司法审判职能、服务保障民营经济高质量发展取得的成效，也向社会释放出依法平等全面保护产权和企业家权益的积极信号。

借力商会高效化解纠纷

某汽车公司系省重点企业，总投资83亿元，是全国第12家获得国家发改委和工信部"双资质"的新能源车企。2020年底，受市场、新冠肺炎疫情等因素影响，公司项目开发停顿，供应商纷纷起诉要求解除合同、赔偿损失并申请冻结企业账户、查封财产，涉及诉讼标的金额达1.3亿元。如果解除合同，企业将赔付巨额款项，前期的开发工作也将归零，导致项目失败。为帮助企业化解难题，淮安经济技术开发区人民法院引入商会及其他纠纷调解力量，由法院与商会工作人员通过走访企业、驻企联络等方式，指导员工主动对接供应商，避免新增诉讼；通过多次组织调解，引导当事人变更保全措施和相关诉求，最终以调解或撤诉方式化解纠纷62件。目前，企业所有财产保全均已解除，信誉正逐步恢复，经营有序开展。

与诉讼相比，商会商事调解具有高效、灵活、低成本等优势，是解决纠纷、保护产权的优先选项。近年来，全省法院加强与工商联的协调联动，持续深化商会商事调解工作。近三年，全省各类商会调解组织共有效化解商事纠纷4000余件，标的总额超10亿元，商会商事调解纠纷效能逐步显现。以淮安为例，全市法院加强与工商联的密切合作，按照"1+7+N"总体布局，即

207

设立 1 个市级调解委员会、7 个县区商会调解工作中心、N 个商会调解工作室，构建起三级商会商事调解工作网络。

最严保护让民企创新无忧

沁恒公司拥有涉案计算机软件著作权，软件应用于 CH340 芯片中，该芯片产品系南京集成电路企业研发生产的软硬件结合的创新产品，其高度集成化的创新设计使产品质量提升的同时降低了成本，市场占有份额巨大。被告单位及其总经理许某、销售人员陶某未获得沁恒公司许可，反向破解 CH340 芯片，提取其中的 GDS 文件，再委托第三方公司生产、封装后以 GC9034 型号销售芯片 830 余万个，非法经营数额达 730 余万元。南京市雨花台区人民法院经审理认为，被告公司属于单位犯罪，许某系单位犯罪中负直接责任的主管人员，陶某系单位犯罪中其他直接责任人员，均已构成侵犯著作权罪。遂判决认定各被告人犯侵犯著作权罪，对公司判处罚金 400 万元，对许某、陶某分别判处有期徒刑四年和三年两个月，并处罚金，没收扣押在案的侵权产品。

侵权成本低、维权成本高，一直是知识产权保护领域的瓶颈。江苏法院积极践行最严知识产权保护理念，加大对恶意侵权、重复侵权等行为的惩处力度，依法适用惩罚性赔偿、举证妨碍制度确定数额破解"赔偿难"，引导经营者更加尊重和重视知识产权及行业创新发展。去年，全省法院共在 80 件案件中明确适用惩罚性赔偿或考虑惩罚性因素判决确定赔偿数额，同比增长 56.86%。在涉"盼盼"防盗门商标侵权案中，江苏省高级人民法院针对以侵权为业、经营规模巨大的侵权行为，确定 4 倍的惩罚性赔偿，判决侵权人赔偿 1 亿元。

影视特效公司重回发展赛道

光年影业是一家为影视和游戏制作提供特效服务的数字经济领域科技型民营企业，参与《哪吒之魔童降世》《姜子牙》等影视作品制作。受新冠肺炎疫情影响，公司项目减产，账款无法回收，资金周转困难，无力清偿到期债务。2020 年 5 月 15 日，苏州工业园区人民法院裁定受理该公司执行转破产清算案件。园区法院分析认为，公司在业内享有较高商誉，拥有多份潜在订单，具备较高的和解可能。法院一方面指导管理人积极走访上下游企业，维护客户资源，帮助企业申请房租减免；另一方面有效安抚职工情绪，搭建谈判平台，引导债权人与债务人达成清偿共识。2020 年 9 月 10 日，园区法院裁定光年影业和解。同年 12 月 23 日，园区法院裁定认可和解协议，并裁定终止和解程序。

　　本案的成功和解，不仅实现债权全额清偿的最优目标，也让民营企业短时间内重回发展赛道，展现江苏法院在救治民营企业、促进转型升级方面的担当作为。为帮助企业走出困境、重建信心，江苏法院充分发挥破产制度挽救功能，去年以来，已累计化解破产债权 4660 亿余元，妥善安置职工 4.1 万人，盘活土地及房产 2742 万平方米，让 190 余家有发展前景的困境企业重获新生。

《新华日报》2022 年 7 月 22 日刊登

顾　敏：《新华日报》记者

江苏淮安市淮安区法院推出 10 条措施助企纾困

强化司法保障　优化营商环境

姚雪青

江苏省淮安市淮安区人民法院推出《关于充分发挥审判职能助企纾困暖企发展十条措施》，进一步强化司法保障，并深入开展优化营商环境专项行动和暖企专项行动。

淮安市某机械公司此前陷入经营困境，被银行申请强制执行。执行法官全面评估了执行该措施可能对涉案企业造成的影响后，决定采取柔性执行措施。淮安区人民法院一方面发出《预纳入失信被执行人名单告知书》，给予被执行企业 45 天的"缓冲期"，另一方面对公司的房产和设备采取"活封"措施，允许其继续生产经营。最终，该企业履行了还款义务，案件得以圆满解决。

淮安区人民法院加快智慧法院建设，用好"24 小时自助法院"和"云上法庭"等，实现涉企纠纷"线上可办、一网通办、快审快结"。2021 年以来，该法院累计走访企业 100 余次，定期开展法律问诊 20 余次，发放宣传资料 2 万余份。该院院长段庆丽说："我们坚持司法需求在哪里，司法服务就往哪里发力，不断提升司法服务质量，依法为企业纾困解难。"

《人民日报》2022 年 10 月 12 日刊登

姚雪青：《人民日报》记者

聚焦"专精特新"　聚力科技创新

——江苏法院知产审判助企攻坚"卡脖子"难题纪实

朱　旻　唐　静

"贵院对本案的审理让我们感受到中国司法机关在知识产权保护、打造良好营商环境方面取得的成果，也更加坚定了我公司在中国进一步投资、发展的信心。"近日，江苏省高级人民法院知识产权庭收到来自某跨国电气企业的感谢信，信中对该院公正高效判决表示感谢，对法官在电气设计、研发和制造领域的专业素养表示敬意。

保护知识产权就是保护创新。近年来，江苏法院妥善审理新兴产业知识产权案件，助力解决关键核心技术领域"卡脖子"难题，2021年，江苏法院审理的一审技术类纠纷案件超过3000件。多年来，江苏法院审理的60余件知产案件入选中国法院指导案例、公报案例等。

着眼全球化竞争　护航"小巨人"创新发展

无锡上机数控股份有限公司是一家国家级专精特新企业，致力于品质优异的光伏全产品和硅片切割机、数控机床、通用机床等机械产品的制造。

2002年以来，公司历经十数年发展，成为行业龙头企业，其产品份额在国内国际市场占有半壁江山。然而2018年1月，公司在中国证监会过审即将上市之际，却遭遇了一场来自国外竞争对手突如其来的诉讼，国外某公司诉无锡上机某型数控金刚线切片机涉专利侵权，无锡上机上市的步伐骤然停摆。

时间点上如此巧合，是无锡上机在关键技术上构成侵权，还是国外竞争对手为了实现竞争利益启动诉讼？南京市中级人民法院非常重视该案审理，组成专门合议庭、指派技术调查官，第一时间到被诉侵权产品使用地现场勘验，固定被诉侵权产品的技术方案。

随后，南京中院在十天内完成庭审，庭审后针对相关问题与国家知识产权局、科研院所积极沟通、咨询，仅两个多月即作出一审判决，认定被诉侵权产品未落入涉案发明专利权保护范围，无锡上机没有侵权。

奇怪的是，在一审法庭辩论终结后，国外竞争对手向南京中院提出了撤诉申请。无锡上机则坚决不同意对方公司以撤诉方式解决本案。

"我们对无锡上机的态度很理解。"南京知识产权法庭庭长徐新说，高科技竞争正越来越全球化，企业在上市申请阶段最担心的问题就是被提起知识产权诉讼，特别是专利侵权诉讼。而近几年在上市申请阶段，竞争对手突然发起的知识产权诉讼越来越多，诉讼标的额也越来越大。基于对这些现状的考虑，南京中院依法对撤诉申请不予准许，且在较短时间作出判决，防止当事人再次利用诉讼影响上市，给企业发展服下了一颗"定心丸"。

该案二审经江苏高院充分调查取证，依法快审快结，认为无锡上机不侵犯涉案专利权，驳回上诉维持原判。无锡上机于 2018 年底在上海证券交易所主板上市，公司发展迅猛，2020 年以来，在江苏上市企业中业绩增长、市值增长越来越亮眼，2022 年 8 月无锡上机获评国家级专精特新"小巨人"企业。

严惩"拿来主义" 营造公平诚信创新环境

作为全球首家将自主研发的 RISC—V 处理器应用于芯片 MCU 中的公司，南京沁恒微电子股份有限公司正朝着破解"卡脖子"难题发起新一轮冲锋——与多家知名高校、企业携手打造全球 RISC—V 处理器生态。

然而谈及公司曾遭遇"盗版之痛"，沁恒微电子公司副总经理宋海瑞仍心有余悸，"投了几千万元、工程师研发多年的成果，被别人用几个月就抄袭完了。"

其自主研发的一款用于导航仪、扫码枪等领域的芯片曾备受客户欢迎，市场占有率高达80%。但某公司在未获得许可的情况下，反向破解这款芯片，并委托第三方公司生产，先后销售仿冒芯片 830 余万个，非法经营数额达 730 余万元。更致命的是，不明真相的客户在使用仿冒芯片出现问题后，找到公司更换芯片，导致沁恒品牌严重受损。

南京市雨花台区人民法院一审依法对仿冒公司判处罚金 400 万元，对该公司的许某、陶某分别判处有期徒刑四年、三年二个月，并处罚金，没收扣押在案的侵权产品芯片。南京中院二审维持原判。

"该案的判决，传递了我省法院最严格保护芯片等关键核心技术知识产权的价值导向。案件审理还有一个突出亮点，就是刑法并没有规定侵犯集成电路布图设计专有权这一犯罪形态，判决通过认定其构成侵犯著作权罪而予以刑罚惩治，填补了法律空白。"江苏高院知识产权庭副庭长袁滔说。

"知识产权纠纷并非个案争端，裁判结果会影响行业整体发展。关键核心技术是国之重器、企之利器，我们要保护突破和原创力，特别是从零到一的技术，更是要严格保护，推动科技自立自强和产业高质量发展。"江苏高院知识产权庭庭长汤茂仁结合案例分析说，有些产品被卡脖子只是直接表现，更深层次的原因，是企业在创新环境和创新机制上被卡住了脖子，拖住了步子，影响了创新能力。

"特别是不诚信的现象亟须重视。"汤茂仁说，一些企业不愿投入大量资金和精力从事研发，习惯于"拿来主义"抄袭别人智力成果。在一些案例中，江苏法院对原告的技术秘密给予了刑事、民事的双重、立体化保护，对侵权的被告科以高额的惩罚性赔偿。

"可以看出，江苏法院的裁判重在引导企业摒弃短视思维，长远布局核心技术，重塑商业模式，从而逐步改变企业'缺芯少魂'的核心问题。"江苏省政协委员汪旭东说。

明确奖励报酬　激励发明人创新动力

2010 年 10 月至 2016 年 4 月，孙某供职于某集团全资子公司——光伏公司，从事技术类岗位工作。在此期间，孙某所在团队研发了"砷化镓太阳能电池"项目，成功开发的柔性薄膜砷化镓电池可为航空设备、可穿戴设备、物联网设备提供高性价比的可持续能源动力。

2012 年 8 月，该集团就上述成果向国家知识产权局申请发明专利，并于 2016 年 3 月获得授权，孙某是该专利的第三发明人。2016 年，该集团将其所享有案涉专利的 65% 份额有偿转让给第三人。

孙某获悉后，要求该集团公司及其光伏公司按照专利转让价的 10% 支付报酬。而该集团公司认为，其与科研团队关于报酬、奖励都有相应安排，孙某的主张实质上属于科研团队的内部分配问题，与两公司均无关。协商未果后，孙某诉至法院。

苏州市中级人民法院经审理，认为孙某的主张具有事实和法律依据，参考转让价的 10%，判令该集团公司及其光伏公司支付孙某相应发明报酬及奖励。一审判决后，双方当事人均未上诉，被告公司主动履行了判决义务。

"职务发明奖酬制度是激励和保护发明人创新热情的重要保证，也是专利制度的重要内容。"

苏州中院知识产权庭庭长赵晓青介绍，当前为了集体攻关"卡脖子"核心技术，不少大型企业对知识产权采取集中管理，由集团公司对发明创造的研发和归属统一安排和认定。这一模式无疑有益于发挥"集中力量办大事"的优势，但也会造成发明创造的研发者和专利拥有者不一致，从而导致谁来支付职务发明的奖励和报酬不明确，由此带来对科技人员的创新激励不足。

而好的激励机制，才能凝聚住优秀的创新人才。

该案根据企业集团和相关成员公司意思、行为具有一致性，利益具有共同性，最终判决两公司共同向发明人支付报酬。更让法官们欣喜的是，回访中得知，案例推动改革，该集团公司在对其公司职务发明创造奖酬制度进行着积极的完善。

"党的十八大以来，我国通过强化知识产权保护统筹知识产权事业发展，激励科技创新，积极参与全球竞争。在科技创新领域，关键核心技术拿不来买不来，更讨不来，唯有打造创新环境，集聚创新人才，坚定地走自主创新之路。知产审判护航关键核心技术发展，江苏法院任重而道远。"江苏高院党组成员、副院长刘媛珍表示。

《人民法院报》2022 年 10 月 9 日刊登

朱旻、唐静：江苏省高级人民法院

执破融合，让企业"再生"机会更多

袁法轩

从"执转破"到"执破融合"，2021 年以来，江苏省苏州工业园区人民法院通过执行制度和破产制度的优势互补，实现了单向"执转破"向双向"执破互促"的转变，突出破产制度保护功能，为暂时陷入经营困难的危困企业提供了更加高效的"再生"之道。

今年 7 月，苏州市中级人民法院出台了《关于开展执破融合改革的实施方案》，正式在全市法院范围内推广苏州工业园区法院执破融合经验，推动打造成熟的市场机制，营造公平、透明和可预期的营商环境。

团队融合　"执破互促"全流程一体化

8 月 11 日上午，苏州工业园区法院民二庭法官助理郭志伟来到位于青剑湖的苏州工业园区法院执行局办公室，开始了一天的工作。郭志伟和同事主要负责法院里破产案件的处理。8 月初，为了更好地实现执破融合，他们从本部搬到了这里。

郭志伟介绍，此次苏州工业园区法院专门设立的执破融合团队，抽调了破产和执行方面的骨干组成合议庭。专业化团队组建后，实现了向"立"和"审"两端延伸，即从"执转破"案件启动筛查、甄别、向当事人释明、草拟移送材料到破产案件的立案、审查、审理工作全流程，均由执破融合团队一体化办理。特别是破产原因的识别时机向前延伸，从传统做法的终本结案前置提前到财产四查完成之后，及时筛选和识别有挽救价值的企业。

从单向的"执转破"向双向的"执破互促"转变，执破融合的新尝试，可以让具有挽救价值的企业获得重生机会，让"僵尸企业"快速退出市场，让"社会肌理"通过专业化债务集中清理，更加健康有活力。

手段融合 "双向互补"打破程序壁垒

中秋前夕，园区龙能科技（苏州）有限责任公司（以下简称龙能公司）的重整投资人每天都忙着和会计师事务所一起，处理公司重整事宜。

今年，受新冠肺炎疫情的影响，这家专业从事锂离子电池电解液、锂离子电池研发的企业陷入困境。按照正常流程，这家企业会走破产清算程序，但在具体执行中，法官发现企业还有发展生机。而且如果直接破产，债权人可以获得的补偿会很少。

随后，苏州工业园区法院创新适用预重整制度。1月13日，苏州工业园区法院召开听证会，各方一致同意本案进入预重整，由江苏新瑞会计师事务所有限公司担任龙能公司临时管理人。在临时管理人的协助下，今年1月29日，龙能公司面向全国公开招募预重整投资人，重整对价不低于1.1亿元。最终有投资意向人递交报名材料，并向临时管理人交纳保证金500万元。

6月27日，苏州工业园区法院作出裁定，批准龙能公司重整计划草案。该案从受理到批准重整计划草案仅用66天，普通债权的受偿率从1.09%提升至81.1%。通过预重整程序，避免了直接破产清算导致债务人资产价值贬损。同时，破产重整程序仅历时两个月，既使债权人不受破产程序过久拖累，又让法院和管理人有充足时间进行重整招募与资产负债调查，实现了资产价值最大化，达到法律效果与社会效果的统一。

近年来，苏州工业园区法院打破程序壁垒，按照"双向互补"的思路，全面改造优化执行和破产机制。一方面，引入执行手段，突出主动性和灵活性，探索财产查控、强制管理、财产处置等执行手段在破产中的应用，破解传统破产程序对资产发现和处置的"软""慢""散"问题。同时，强化快速和解，突出保护性和公平性，对暂时陷入经营困难的企业，强化引导破产清算向破产和解的程序转换，发挥破产制度保护功能，帮助企业重获新生。2021年，苏州工业园区法院通过执行机制发现并处置资产2.35亿元。

机制融合　府院联动助力多方共赢

在实现执破手段融合的同时，在一些复杂案件中，往往还需要多方协调，仅靠法院一己之力未必足够。近年来，园区推动建立了"党委领导、政法委协调、属地主责、司法推进、部门联动"的府院联动机制，将执破融合的机制创新纳入市域社会治理现代化的大格局中，通过多部门的联动协调，依法解决重整过程中涉及土地、税收方面的政策落实，进一步提升核心资产价值，激发市场在资源配置中的作用。历时 6 年多最终成功解决的"苏州太谷案"就是一个典型案例。

2015 年，苏州太谷科技投资发展有限公司及其法定代表人因涉嫌非法吸收公众存款罪被立案侦查，其投资建设的太谷大厦停工，涉及集资参与人 150 余名，涉案金额 6000 余万元。

2015 年 8 月 10 日，债权人申请破产清算，苏州工业园区法院于 2015 年 9 月 25 日裁定受理太谷公司破产清算案，并依法指定江苏新天伦律师事务所为管理人开展清算工作。为缓和集资参与人矛盾，打消意向投资人顾虑，实现资产利用最大化，苏州工业园区法院通过府院联动机制，向街道借入共益债务对在建工程进行复工续建并验收办证。为充分利用现有财产优势，提高财产整体价值，提高清偿率，根据府院联动与会商机制，运用政府关于存量房相关政策，管理人申请将土地性质变更为养老或人才公寓用途。在完成了复工续建、验收办证以及土地性质变更的情况下，经过多轮招募，最终招募到专业住房租赁机构投资人。

最终根据方案，破产清算程序中普通债权组清偿率为 5.44%，而在重整程序中，小额债权人本金清偿率达 80%，大额普通债权的综合最低清偿率不低于 12.68%，其他债权人均获 100% 清偿。通过充分发挥府院联动机制，一方面维护了社会稳定，另一方面大力推动了复工复建及土地性质变更，提升了资产价值，提高了清偿率，实现了各方共赢。

苏州工业园区法院院长赵新华介绍，通过执破融合机制，该院共计快速出清"僵尸企业"30 家，通过和解、预重整和重整挽救企业 7 家，目前正在推进和解、预重整和重整企业 6 家。

赵新华表示，为进一步推进执破融合，该院将加快设立破产管理人实训基地、司法调研基地，优化府院联动机制，探索推动危困中小微企业综合挽救机制、执破融合数字化办案等机制建设，为推进执破融合工作提供更多可复制、可推广的"园区模式"，为打造最优营商环境贡献更多力量。

《人民法院报》2022 年 10 月 19 日刊登

袁法轩：《人民法院报》通讯员

用心播洒优化营商环境法治甘露

——灌南法院护航经济高质量发展跑出"加速度"

严能本　朱　猛

　　今年以来，江苏省灌南县人民法院紧紧围绕"打造综合更优的政策环境、公平有序的市场环境、高效便利的政务环境、公正透明的法治环境、亲商安商的人文环境"总要求，始终把优化法治化营商环境作为法院的工作重点，立足审判执行职能，主动担当作为，引导全院干警树立"人人都是营商环境建设者"的全新理念，努力为法治化营商环境建设提供更加有力的司法服务和保障。

全力护航　激活优化营商环境动力源

　　为进一步优化营商环境，助力解决发展难题，支持企业改革发展，让民营经济的创造活力充分迸发，灌南法院坚持以习近平新时代中国特色社会主义思想为指导，认真贯彻落实中央、省、市、县委和上级法院关于服务优化营商环境的部署要求，积极发挥司法职能作用，不断深化改革攻坚，努力营造稳定、公开、透明、可预期的法治化营商环境。要求基层法庭和各职能部门躬身入局、入场入戏，驰而不息、久久为功，锚定目标、确保实效，用好文化的力量、市场的力量、法治的力量和社会的力量，全力跑出优化营商环境的"加速度"，在服务大局上精准把脉、主动作为，在审判执行工作中强化"人人都是营商环境、案案关系营商环境"的意识，明确"暖企、助企、护企、惠企、安企"5 种情形 24 项具体适用措施，努力为灌南"勇当排头兵、跻身百强县"目标注入强劲动能、提供强大支撑。

精准施策　延伸优化营商环境新举措

法治化的制度引领是优化营商环境的内在需求。该院结合审判职能，突出企业的问题导向、需求导向，制定出台了《灌南县人民法院关于"惠企业、优环境、促发展"若干规定》《关于开展优化法治营商环境执行年1+4专项行动工作方案》和《关于充分发挥审判执行职能，精准服务助企纾困十二条措施》，将服务举措"无缝隙"贯彻于立案、审判、执行和司法服务全过程，为企业量身定制"贴心服务"。从诉讼服务、司法公开、繁简分流、强化执行、风险评估等全流程作出详尽安排，并积极推行简易程序减半预收诉讼费、胜诉退费等举措，切实为企业保驾护航。同时，还在诉讼服务中心开设涉企案件绿色通道，确保在诉讼服务中心"一站式"完成诉前调解、立案、缴费、保全、查询、送达、开庭、结案等所有诉讼事宜，并提供线上线下双重选择，推行网上诉讼，让数据多跑路、让群众少跑腿，让"智慧法院"诉讼服务更便捷。

在涉企案件执结工作中，开辟"绿色通道"，坚持优先立案、优先执行、优先结案，让企业权益"最大化"得以充分实现。安排最精干的执行力量，依法用足、用尽强制执行措施，与失信被执行人斗智斗勇，想尽百计千方，深挖细查案"值"，使企业胜诉后的合法权益得到有效保障。至目前，已为36家企业纾困解难，常态化开展专项执行活动19次，出动警力231人次，执行到位金额7650余万元。

雨露滋润　确保优化营商环境提质效

"疫情要防住、经济要稳住、发展要安全。"这是党中央的明确要求，也是对人民法院运用法治思维和法治方式统筹推行疫情防控及矛盾化解工作所面临的一次"大考"。依法保障复工复产，助企纾困解难，精准服务企业需求，灌南法院在共同抗击疫情这场硬仗中坚守阵地，履职尽责。推行远程立案、网上审判、智慧执行，为企业解决纠纷提供菜单式、集约式、一站式服务，节约企业解纷成本，确保疫情期间"审判执行不停摆、公平正义不止步"，院领导带队走访辖区企业40余家，了解企业经营中遇到的问题堵点，为企业经营和纠纷解决提供法律咨询、法律建议。指派有丰富审执经验的法官，深入企业进行普法和专题讲座，加强对企业的专业指导，印发、讲解建设合同、房地产开发合同和买卖合同等方面的指导材料，取得了良好的法治宣传效果，优化营商环境的司法举措不断迭代升级。

该院还集中人力物力，提速破产重组案件办理，妥善化解群体性纠纷。建立完善府院协调常态机制，形成"法院主导破产程序，政府协同处置风险纠纷"的分工联动模式。还在全市率先发放《自动履行证明书》，第一时间屏蔽自动履行被执行人信息，帮助被执行人修复信用评价，促进社会诚信体系建设。今年9月，江苏省高级人民法院下发《关于"执转破""类个人破产"优秀案例及创新机制评选结果的通报》，灌南县人民法院报送的《连云港某发电公司破产清算案》一案，入选全省法院"执转破"优秀案例。

没有等出来的精彩，只有干出来的辉煌。灌南法院全面落实助企纾困促进经济增长的若干政策措施，助力市场主体纾困解难、推动企业高质量发展的有效举措，受到上级法院和县委县政府的高度肯定，为全县经济社会高质量发展注入了强劲动力。院党组书记、院长李作超说："下一步，我们将继续深化改革创新，驰而不息推进法治化营商环境建设，努力为企业提供智慧便捷的诉讼服务、多元高效的解纷服务和善意文明的执行服务，为谱写全县高质量发展新篇章贡献法院力量。"

《新华日报》2022年10月22日刊登

严能本、朱猛：灌南县人民法院

江苏法院立足职能"暖企纾困"帮助企业再出发

丁国锋　罗莎莎

9月22日，江苏省高级人民法院通过线上方式通报"优化法治化营商环境执行年"1+4专项行动启动半年来的工作成果。至9月20日，全省已对35 217家失信企业完成集中调查工作，依法将24 924家企业退出失信被执行人名单，并通过多措并举"防病于未然"，全省6个月来仅新增被纳失企业2975家，同比下降78.79%。

今年3月，江苏高院启动"优化法治化营商环境执行年"1+4专项行动，以企业信用修复"暖企"行动为牵引，以市场主体出清"助企"行动、善意文明执行"护企"行动、推进政务诚信"惠企"行动、执行信访突出问题攻坚化解"安企"行动为支撑，综合运用信用修复、教育督促、"执行转破产"、失信约束等措施，与政府相关部门紧密配合，对失信企业进行专项治理，推动江苏省法治化营商环境持续优化、社会信用总体水平持续提升。

行动中，全省各地法院与当地党委政府强化联系，依托乡镇、街道组织、基层网格员等，对失信企业开展一次全面"信用体检"，全面核查区域内失信企业基本信息、纳失情况、生产经营状况、履行能力等，确保对企业真实情况调查到位、对申请执行人合法权益保障到位，以提高信用修复的说服力和公信力，既防止"误伤"也防止"误删"。

根据"信用体检"结果，江苏法院建立可退出、需指导、应约束三类清单，分类施策。对退出清单中的企业，依法撤销或删除失信信息。符合破产条件的，通过"执行转破产"、政府公益清算等途径使其退出市场后删除失信信息；对指导清单中的企业，指导其配合法院执行、主动履行义务，或者促成其与申请执行人达成执行和解协议，对符合法定条件的删除失信信息；对依然抗拒、逃避、规避执行的企业，列入约束清单，继续依法采取信用惩戒措施。至 9 月 20 日，全省法院经过严格审核，已依法将 24 924 家企业退出失信被执行人名单。

为进一步明确纳入和退出失信名单的实质性要件和程序性要求，江苏高院还制定并下发《关于准确理解与适用〈最高人民法院关于公布失信被执行人名单信息的若干规定〉若干问题的解答》及配套法律文书样式，并探索纳失预警、纳失宽限期、信用修复证明等机制，引导企业自觉减少失信行为。

同时，强化善意文明执行理念，江苏法院灵活采取执行和解、"活封""活扣"等措施，努力减少对企业被执行人正常生产经营活动的影响，并要求对因疫情陷入困境的企业慎用纳失措施，给被执行企业"喘气""回血"的机会。通过多措并举"防病于未然"，专项行动开展 6 个月以来，全省法院仅新增被纳失企业 2975 家，同比下降 78.79%。

"信用修复不是纵容失信"，在鼓励和支持守法诚信行为的同时，江苏法院对逃避执行、规避执行、抗拒执行保持高压态势，促进企业减少违法、失信行为。至 9 月 20 日，全省法院共对 235 人追究拒执罪刑事责任，为历年来最多。

《法治日报》2022 年 11 月 9 日刊登

丁国锋、罗莎莎：《法治日报》记者

无锡：知产审判护航创新　推进高质量发展

潘唐玮　张　浩

　　从《傅雷家书》实体书籍著作权纠纷到《琅琊榜》《老九门》等网络平台短视频侵权争议，从宜兴紫砂、苏绣等非物质文化遗产的司法扶助到"可信时间戳"作为证据使用的证明效力，从必达福型材技术秘密侵权纠纷到"小天鹅""罗格朗""博世""维秘""BLOVES""阿克苏苹果"等品牌的维权……十年来，江苏省无锡市两级法院审结知识产权案件 5000 余件，10 起案件入选历年中国法院 10 大知识产权案件和 50 件典型知识产权案例。全市法院勇于开拓、主动作为，不断推进知识产权审判体系和审判能力现代化，走出了一条司法护航创新的坚实之路，有力保障了无锡这座工商名城的高质量发展。

加大赔偿力度　实施最严格保护

　　"《傅雷家书》是我国著名图书，我是该书中文简体字版著作权人。吉林音像出版社公司未经许可，擅自改编出版《傅雷家书》并在全国网店、书店销售，造成了巨大经济损失，请求法院判决立即停止侵权并赔偿经济损失……"傅敏在法庭上陈述。

　　2015 年，无锡市新吴区人民法院一审判决吉林音像出版社赔偿傅敏经济损失及为制止侵权行为所支付的合理开支共计 385 000 元。吉林音像出版社不服一审判决，向无锡市中级人民法院提出上诉，二审法院审查后依法判决：驳回上诉，维持原判。

　　《傅雷家书》是我国著名翻译家傅雷及夫人写给两个儿子的家信选编，自出版以来多次再版再印，但市面上销售的《傅雷家书》版本不一，让购买者分不清楚真伪。为保护版权，傅雷的次子傅敏将未经授权的出版商告上法庭，并将销售这些书的公司一并起诉。

"我们在权利人举证出版社印刷册数确有困难，而印刷委托书由被告实际持有且其拒不提供的情况下，依法适用民事诉讼不利证据推定规则，作出对被告出版社不利的事实推定，判决其赔偿权利人近40万元，体现了在知识产权案件审理中，决不姑息举证妨碍行为的裁判导向和最严格的司法保护。"无锡知识产权法庭庭长陆超告诉笔者。

无锡市两级法院严厉打击各类恶意侵权、重复侵权行为，通过完善知识产权诉讼规则，最大限度降低维权成本，显著提高侵权成本，有效遏制侵权行为，及时保护权利人合法权益，大力维护和激发创新活力。

由无锡中院一审、江苏省高级人民法院二审维持原判的一起信息网络传播权案，被誉为"传统媒体诉赢网络媒体非法转载"第一案，"转载4篇文章判决赔偿10万"的赔偿金额被称为此类案件中的"史无前例、史上最高"。

"网络传播过程中要充分尊重著作权利人的合法权益，以促进创新、促进知识生产为核心。"此案主审法官单甜甜表示，坚持损害赔偿数额与知识产权的市场价值、创新程度匹配原则，依法从高判赔是为了打击侵权行为，制止类似的不合法的网络转载，"本案的判决对当今互联网环境下新兴媒体大量存在的用户上传、转载、深度链接等行为性质进行界定，厘清了互联网环境下作品合法使用的边界"。

无锡市两级法院准确把握惩罚性赔偿构成要件，确保惩罚性赔偿制度在司法裁判中的精准适用。截至今年10月，全市法院适用惩罚性赔偿方式的案件12件，最高判赔额高达640万元，体现了最严格保护的司法政策。

守护文化产业　激发"创意"活力

2021年12月的一天，80岁的邓敦伟老先生将自己写的一幅书法作品，委托其代理人连同锦旗一并送到无锡中院，向合议庭法官表现出来的专业精神、为民情怀表达敬意。

邓敦伟是中国工艺美术家协会常务理事，有国家级美术大师等称号，擅长古典人物画。贵州某酒业有限责任公司未经授权，在其一款白酒包装以及瓶身上使用了邓敦伟《关云长忠义神武》作品。

合议庭在认真比对侵权作品的基础上，对作品权属、侵权事实进行了详细论述，并判处该公司赔偿 35 万元。该公司在收到判决书后，表示依法服判，并积极履行了判决内容。

无锡市两级法院注重发挥司法的规范、引导、促进和保障作用，激发文化创意活力，促进文化产业繁荣，在审理中维护权利人利益，兼顾传播者和社会公共利益，平衡激励创作和保障人民文化权益关系，促进了智力成果的创作和传播。

为了有效化解 KTV 著作权侵权纠纷，无锡中院针对涉 KTV 著作权侵权案件审理中遇到的问题，本着从源头治理、标本兼治的原则，向音像著作权集体管理协会发出"MTV 作品收费要更精准、管理服务要更务实、涉诉案件要更规范"等司法建议，并同时抄送国家版权局。

该份司法建议获得音集协高度重视与肯定，并对提出的问题和改进意见认真进行研究，明确了整改方向与思路。与此同时，无锡中院与市文化广播电视新闻出版局、市工商业联合会积极协调沟通，在短时间内即促成了无锡市文化娱乐行业协会的批准成立。

无锡中院还配合协同相关单位，加强与音集协的对接联系，推动无锡地区 KTV 著作权的管理与服务工作进入规范化的轨道，督促全市大多数 KTV 经营者加入了自愿交费的行列，从根本上减少用诉讼促收费、靠执行强保护的做法，真正落实多元化纠纷解决矛盾机制，也为 KTV 著作权管理和保护探索出一条新路。

维护营商环境　打造争端解决"优选地"

商标侵权及不正当竞争案件是无锡市两级法院知识产权案件审理的重中之重。当事人违反诚实信用原则，恶意商标侵权及不正当竞争，将会损害他人合法权益，扰乱市场正当竞争秩序，给法治化营商环境的建设造成极大的影响。

原告北京京东叁佰陆拾度电子商务有限公司于 2007 年成立，是京东集团下负责电商平台的公司，在核定服务项目第 35、36 类上注册了"京东"商标，上述商标及字号在全国范围内享有较高的知名度和影响力。被告江苏佳润投资发展有限公司开发建设了名为"京东广场"的楼盘项目并于 2015 年 11 月开业，该广场经营场所内外含有大量带有"京东广场"的标识。被告无锡京东商业广场经营管理有限公司在其运营的微信公众号"无锡 JingDong 广场"以及微博账号"无锡京东广场"中发布大量文章，对上述广场进行推广并发布招商引资、商铺出租信息。原告据此诉至法院，要求判令两被告立即拆除京东广场经营场所内的"京东"标识、停止在宣传中使用"京东"文字及赔偿损失、京东广场公司停止或者变更现用的企业名称等。

最终，法院判决佳润公司、京东广场公司停止在经营中使用"京东"标识，京东广场公司停止在企业名称中使用"京东"文字并限期办理企业名称变更手续，佳润公司、京东广场公司分别赔偿原告经济损失 80 万元、20 万元。

"本案涉及地名与商标及企业名称形成冲突的法律问题，尤其是在地名经过行政管理部门核准的情况下，如何判断其地名使用行为是否具有合法性的认定，具有一定的审理难度。"该案合议庭成员、无锡知识产权法庭副庭长鄞芳告诉笔者："'京东'商标及企业字号的保护问题也在本地形成了一定的社会关注度。本案判决精准打击了利用线下经营方式侵害用于线上经营的商业标识的侵权行为，维护了互联网电商龙头企业的合法权益，维护了无锡地区在知识产权保护方面的良好营商环境。"

"三管齐下"立体保护　走出特色创新之路

周某是江阴市一家烟酒回收店的店主，2015 年起，周某明知涉案"五粮液"酒是用低档白酒灌进五粮液酒瓶伪造而成的假酒，却仍然以明显低于市场价格的进价进货，并销售给他人，销售金额达 18 万余元。案发后，其车库内仍有尚未销售的假酒 123 瓶。最终周某一审获刑一年六个月。后周某上诉至无锡中院。二审法院认为，周某销售的是与市民正常生活密切相关的食品安全方面的产品，对社会的危害程度较大，一审法院判决程序合法，认定事实清楚，证据确实充分，适用法律正确，量刑适当，遂驳回上诉，维持原判。

星巴克公司是世界知名的咖啡烘焙商和零售商，通过多年的经营，星巴克公司在中国已经拥有了巨大的消费者群体，并申请注册了"星巴克""STARBUCKS VIA"等商标。

星巴克的遍地开花，也被一些利欲熏心的人看在眼里。2017年12月至2019年1月初，涉案公司销售假冒"星巴克"注册商标的速溶咖啡，通过销售员推销、物流发货等方式，销往全国18个省份，涉案销售金额高达700余万元，涉及消费者众多。新吴区人民法院经审理，以销售假冒注册商标的商品罪判处涉案公司和相关公司人员罚款人民币320万元及有期徒刑。

据统计，十年来，无锡市两级法院受理知识产权刑事案件197件，审结186件，判处犯罪分子440人，没收违法所得共计571.88万元。

无锡市知识产权局作出了一起专利侵权纠纷处理的决定，却因此成了被告。原告澄华公司称自己的模具技术属于现有技术，并不侵犯红光公司的专利权，请求法院撤销侵权纠纷处理的决定。

法院经审理认为，无锡市知识产权局在作出本案行政决定时，涉案专利尚处于有效状态，具有事实及法律依据。但涉案专利权在案件审理过程中被宣告无效，根据专利法的规定，此专利权视为自始无效。故澄华公司撤销行政决定的请求成立，遂作出撤销知产局作出的专利侵权纠纷处理决定的判决。

而在无锡中院二审审理的常熟市聚满仓食品有限公司诉无锡市工商行政管理局北塘分局不正当竞争行政处罚案中，法院认定"德芙脆香米巧克力"知名商品的特有包装装潢在先使用，被控商品包装装潢构成近似仿冒，被控商品包装取得外观设计专利权的事实不影响对涉案不正当竞争行为的认定，据此支持了行政管理机关依法履职。

据了解，2009年江苏法院全面推行知识产权民事、行政、刑事审判"三合一"以来，无锡市两级法院通过刑事、行政与民事诉讼程序并举，加强和促进知识产权行政、司法保护统一性方面持续发力，加大财产刑处罚力度，实现了对知识产权的立体保护。

《人民法院报》2022年11月14日刊登

潘唐玮：无锡市中级人民法院

张 浩：《人民法院报》通讯员

助企纾困，吴江不断拓宽"破局之道"

吴玉娇　李　艳

江苏省苏州市吴江区位于长三角腹地，这里繁育着最富活力与潜力的民营经济，然而近年来受新冠肺炎疫情影响，吴江部分中小微企业生产经营面临多重压力，有些甚至经营受挫、陷入债务危机。在助企纾困这场大战大考面前，吴江区人民法院发挥破产审判挽救功能和司法救治功能，以破产重整、和解方式，推动破产审判灵活转型。2020 年以来，该院以重整、和解方式挽救危困企业 32 家，引入资金 16.53 亿元，化解债务 49.58 亿元，有效激活了市场活力，守护就业民生，保障了经济社会平稳健康发展。

执破融合：精准识别提早介入

素有苏南"丝绸之府"美誉的吴江，大小丝绸纺织企业数不胜数，东航纺织公司就是其中一家。该公司经营多年，虽说规模不大，但因为口碑良好，故有着自己的稳定客源。

然而疫情袭来，导致纺织市场供需宽松，终端消费需求不足，东航纺织公司常常无法及时收回货款，拖欠上游供货商大量货款，供货商也不再对其正常供货。一时间，公司经营陷入恶性循环，被多位债权人起诉至吴江区法院，涉及的多起案件进入执行程序。

法院受理破产申请后，东航纺织公司负责人谢某多次向法院表达自己想要保留公司的意愿，希望可以在管理人的协助下与债权人达成和解，全力筹资分期偿还债务。

"我们注意到东航纺织公司的债务均为生产经营中所欠货款，且数额不是太高，公司口碑良好，具有一定挽救价值。对因疫情影响具备破产原因但具有挽救价值的被执行人，破产审判中需要秉持'救治为先'的善意文明理念。"吴江区法院审委会专职委员、清算与破产审判庭庭长郝振谈及该案："在善意文明理念下，我们考虑将执行与破产两种程序的优势交互叠加、充分释放，引导申请执行人将案件转入破产清算审查，合理运用企业破产法规定的执行中止、保全解除、停息止付等制度，有效保全企业营运价值，为企业再生赢得空间。"

据了解，该院指导管理人在第一次债权人会议前积极开展工作，协助东航纺织公司与各债权人进行沟通，并拟定和解协议草案。债权人会议上，债务人提出和解申请，合议庭审查后口头裁定和解，当即表决和解协议草案，并获全体债权人同意。

由于充分发挥了破产和解"简便快速清理债权债务关系"的优势，该案自受理破产清算申请至终止和解程序，仅历时47天。如今，东航纺织公司已着手准备恢复经营，等到纺织淡季一过，就将重返市场。

在吴江，东恒燃气公司也对东航纺织的危机与转机感同身受。

东恒燃气公司是一家具有燃气经营许可资质的企业，但因为经营不善，再加上为实际控制人、关联企业提供保证担保，逐渐陷入债务危机，公司频频涉诉且无力履行法律义务。

执行过程中，吴江区法院发现东恒燃气公司已具备破产条件，考虑到燃气经营市场潜力较大，相比于破产清算，公司更具挽救价值。经引导释明，申请执行人同意将东恒燃气公司移送破产重整审查。

受理重整申请后，在已有意向投资人承诺以750万元托底的情况下，为实现重整投资的充分竞争，管理人创新适用"线下承诺出价＋线上拍卖竞价"的方式确定重整投资人。

2021年11月22日，东恒燃气公司"重整投资人资格"以承诺托底金额750万元为起拍价，在阿里拍卖破产强清平台进行公开拍卖，最终以1390万元的价格成交。管理人以该成交金额制作重整计划草案并提交债权人会议表决，获全票通过。根据重整计划，31名职工获得全额清偿，近300名出租车司机的加气充值卡债权获得全额清偿。

东恒燃气公司重整案，成为江苏法院实践"执破融合"改革创新的先行案例。

　　吴江区法院执行局副局长、执行指挥中心主任章伟介绍，吴江区法院在深化"执破融合"工作中，加强识别具有破产原因但又有挽救价值的被执行人企业，引导企业适用破产重整、和解程序，全面解决企业债务危机，实现了对困境企业的保护和拯救。

预重整：快速施救激活价值

　　财智置业公司在吴江主城区投资了吴江财智商业中心项目，计划打造一个集金融、商贸、休闲、购物、酒店、公寓于一体的大型综合体。

　　但事与愿违，部分工程因公司缺乏资金多次经历停工复工，始终没有完成竣工验收和办证工作。按照原本时间规划，一家知名商场将入驻综合体，部分酒店式公寓交付在即。

　　项目陷入僵局后，心中不安的债权人们纷纷将该公司起诉到了法院，公司名下的不动产也陆续被查封。身处举步维艰的境地，该公司全然失去了自救能力。

　　绝望之际，财智置业公司了解到吴江区法院出台的预重整规定，便试着向法院提交重整申请，并申请在审查期间进行预重整。

　　"预重整是司法实践中探索出的新制度，通过预重整，可以在进入破产重整程序前，与债务人、债权人、投资人充分协商沟通，完成债权预申报审核、招募投资人、制定重整方案等各项准备工作，从而提高重整效率、成功率，降低重整成本。"郝振介绍，综合考虑各种因素后，法院决定适用预重整，并许可该公司为继续营业而借款。经多方协调，公司对外融资 6922 万元，完成了"烂尾"工程的竣工验收和不动产首次登记。

　　吴江区法院清算与破产审判庭有关负责人介绍，在预重整期间，经公开招募，有意向投资人提交投资方案，债务人制作预重整方案并征求出资人、债权人意见。正式进入重整程序后，鉴于该公司内部治理机制仍正常运转，债务人不存在隐匿、转移财产的行为，吴江区法院准许公司继续营业，并在管理人的监督下自行管理财产和经营事务。

　　在第一次债权人会议上，根据预重整方案制作的重整计划草案经表决获通过。重整投资人将支付偿债资金 6.5 亿元，普通债权清偿率比模拟破产清算下的清偿率提升 12 个百分点。此外，为完成项目竣工验收、产证办理而对外融资的 6922 万元作为共益债务优先获得清偿。

记者了解到，在吴江区法院于 2022 年 4 月 11 日裁定批准该公司重整计划后，入驻的商场便紧锣密鼓地装修验收，并于 10 月 28 日盛大开业。开业当天，人头攒动，市民争相见证吴江商业新地标的诞生，周边商圈住宅人气也随之提升。

预重整程序重整效率高、成本低的优势，在愁光实业公司重整案中同样得以体现。自受理重整申请至批准重整计划，仅用时 32 天，这家曾被重创的企业就完成了"浴火重生"，创下了吴江区法院重整案件审理速度的历史记录。

郝振介绍，预重整期间，临时管理人积极履职，监督债务人充分披露信息，协助债务人以"公开招募＋现场竞价"的方式引入意向投资人，预重整方案获得了出资人和多数债权人同意。进入重整程序后，管理人把根据预重整方案制作的重整计划草案提交第一次债权人会议表决，最终获高票通过。根据重整计划，有财产担保债权、职工债权会获得全额清偿，普通债权获得24.31% 的清偿，是模拟清算状态下清偿率的 3.3 倍。

据了解，愁光实业公司重整正稳步进行，新的投资人已经按约支付了重整投资款，并且顺利接管了企业。投资人将按照重整计划的规定，对该实业公司注入新产业，逐渐形成电气产业集群，企业发展完成"蝶变"。

信用修复：轻装上阵开启新局

鑫吴输电公司和鑫吴钢结构公司是吴江的明星企业，却因跨界投资房地产失误陷入债务危机。两家公司在 2016 年分别进入破产清算程序。

法院考虑到鑫吴输电公司已被编入国家电网合格供应商名录，拥有制造"350KV-1000KV"铁塔等许可证和资质，而鑫吴钢结构公司具有住建部核准的"钢结构工程专业承包一级""轻型钢结构工程设计专项甲级"资质，两公司均有重整价值和可能，经过努力，两家公司相继转至重整程序。其后公开招募的新投资人注入资金，其债务负担也因为债务结构被重新调整而减轻，获得了继续生存和发展的机会。

批准重整计划当年度，两家公司便实现扭亏为盈。如今，曾经一蹶不振的鑫吴公司，变成了欣欣向荣的兴齐公司。重整成功后，兴齐公司着力打造充满活力的现代示范企业，兴齐输电公司和兴齐钢结构公司 2021 年度销售收入分别达到了 2.6 亿元和 5000 万元。

欣欣向荣的背后，却有着企业重整后面临的信用修复困难。"尤其是在税务和金融等方面。信用问题不进行彻底修复，会导致重整后企业的日常生产经营活动面临诸多问题。既然推动企业进行重整，那就要给它一个新的身份，让它彻底摆脱过去，重新开始。"吴江区法院审委会专职委员张有顺谈到该企业信用修复过程时说。

就兴齐公司遇到的税务和金融信用修复问题，法院主动对接税务部门，依托两部门已形成的破产涉税会商纪要，依法核销未受偿的滞纳金，重新评价纳税信用级别；向人民银行发送司法建议，建议打通部门间的信息壁垒，积极采取措施办理信用修复相关业务。在吴江区法院的积极推动下，信用修复工作取得实质性进展，兴齐公司纳税信用被重新评估，多家银行也清除了公司重整前的不良信用记录，并注销了旧账户。

张有顺介绍，缺少法律法规的明确规定是目前重整企业信用修复的最大障碍。吴江区法院将通过个案修复实例，不断探索法院与人民银行、税务等部门的有效合作方式，以完善的配套保障机制，助力重整企业"轻装上阵"。

《人民法院报》2022 年 11 月 15 日刊登

吴玉娇、李 艳:《人民法院报》通讯员

淮安："双融双促"立诚信"法润民企"稳发展

赵德刚　赵大为　胡思远　陈俊声

近年来，江苏省淮安市中级人民法院围绕落实市委、市政府提出的"项目为王，环境是金"发展理念，不断推出优化法治化营商环境措施，取得明显成效。淮安中院与市工商联共建沟通联系机制服务民营企业发展的做法，被最高人民法院、全国工商联通报表彰，"办理破产""执行合同"两项营商环境考核指标连续3年位居全省前列，连续3次获评全市优化营商环境工作先进集体。

"啄木鸟"法律体检　助企避风险

淮安中院开展法润民企"双走进"活动，主要包括两方面：一方面是邀请企业家走进法院，通过旁听庭审、见证执行和座谈交流等形式，共商优化法治化营商环境举措；另一方面是法官走进企业，通过开展纾困解难、法律宣讲、发送司法建议和强化纠纷调解等形式，全力为企业提供司法服务。

作为"双走进"活动重要内容之一的"啄木鸟"法律体检服务，是淮安中院落实市委党政亲商会交办事项和全市法院优化法治化营商环境的公开承诺。该项目借用啄木鸟"除彼害虫、荣我嘉木"的象征意义，表达了孜孜不倦、细致专业为企业发现管理漏洞，纾解法律风险的工作目标。

在淮安市第六期党政亲商会上，一名企业家提出，由于所从事行业具有特殊性，在公司经营活动中存在大量应收账款，部分应收账款无法收回，希望能够规避此类风险。还有企业家提出，近年来企业劳动争议诉讼频繁，建议司法机关能够对公司的人事规章和劳动制度进行指导。

面对企业的迫切需求，在搜集梳理企业共性问题的基础上，淮安中院选派熟悉公司治理、审判经验丰富的资深法官组建了"企业运行法律诊疗所"，讨论、设计了涵盖 9 大类 68 项风险要素的企业法律风险体检表，包括公司决策机制失灵、股东会召集程序不合法、股东股权占比不合理等公司内部治理方面；侵害劳动者合法权益、规章制度制定程序不合法、劳动合同设计不合理等人事管理方面；合同条款设置缺陷、应收账款催收不及时等日常经营方面等问题。淮安市工商联根据企业需求、涉诉情况，甄别筛选适格企业，纳入法律体检"备选库"。

法律体检前，考虑不同企业需求不同，参检法官提前与企业沟通，明确法律体检的重点领域和环节。体检中，参检法官与企业核心岗位人员进行个别访谈，查阅企业公司章程、员工手册、合同管理情况，深度运用信息化工具，开展企业涉诉信息、专利和商标信息、工商登记信息检索，力求多角度摸清企业情况，全方位查明法律风险，为企业精准"画像"。体检后，法官根据各自分工和擅长领域，依照搜集的企业信息，逐项撰写存在的风险和"处方"建议，汇总后统一交法官会议讨论，形成一致性意见及时向企业反馈。

据了解，每次"体检"时，都有一名"主检法官"承担报告把关以及与企业联络等工作。当报告反馈企业后，"主检法官"又变身"咨询员"，负责向企业讲解报告中的专业术语、法律依据，并做好核心风险提示。对风险盲点多、各种涉法"慢性病"一时难以"治愈"的企业，淮安中院和市工商联建立动态风险信息库，开展风险跟踪研判，定期开展回访复检工作，及时发现共同问题，细致剖析问题成因，并及时向有关主管部门和行业协会发送司法建议。

盱眙县企业服务中心是以"法润盱商、难事我办"为宗旨而打造的一站式综合服务平台。自今年 5 月试运行以来，共收集企业合理诉求 52 个，开展的"星火"法律讲堂线下吸引超 160 余家县域企业报名参加，线上观看人数近 3000 人，获得点赞上万次。洪泽区人民法院开展"法治园区"创建，先后在淮安方特等 3 个重大项目、全覆盖工业园区设立巡回审判点，涉企诉讼巡回审判开庭率达 26.34%，案件审理与现场普法、建言献策一体化推进，使 23 家处于困境中的企业规避劳动争议、服务合同、买卖合同等法律风险，保住了 2000 余名职工的饭碗。

今年7月，淮安经济技术开发区人民法院法官走访某企业时，遇到了部分员工要求经济赔偿的纠纷。妥善化解这场纠纷的同时，法官对该企业签订的劳动合同进行"检查"，发现存在6处隐患并进行了完善。事后该企业负责人感慨："如果不是法官上门为我们做'体检'，以后类似的纠纷还会不断发生！"

多元解纷平台　帮企解困忧

敏安汽车公司系省重点企业，总投资83亿元，是全国第12家获得国家发改委和工信部"双资质"的新能源车企。2020年底，受市场和新冠肺炎疫情等因素影响，公司项目开发停顿，供应商纷纷起诉要求解除合同、赔偿损失并申请冻结企业账户、查封财产，涉及诉讼标的金额达1.3亿元。

如果解除合同，企业将赔付巨额款项，前期的开发工作也将归零，导致项目失败。为帮助企业化解难题，淮安经开区法院引入商会及其他纠纷调解力量，由法院与商会工作人员通过走访企业、驻企联络等方式，指导员工主动对接供应商，避免新增诉讼。通过多次组织调解，引导当事人变更保全措施和相关诉求，最终以调解或撤诉方式化解纠纷62件。目前，企业所有财产保全均已解除，信誉逐步恢复，经营有序开展。

淮安两级法院坚持把非诉讼纠纷解决机制挺在前面，广泛通过"诉前委派调解、诉中委托调解、邀请协助调解"的方式，针对不同类型的企业纠纷开展矛盾化解工作，使众多涉企纠纷化于未发、止于未诉。淮安中院推出的"法院+商会"诉调对接工作经验，今年3月入选国家发改委《优化营商环境百问百答》，今年6月淮安中院被评为商会商事调解联系协作机制省级示范单位。

2021年，淮安构建了三级商会商事调解网络，在全省创立首家市级非公企业调解组织，在7个县区工商联建立商会商事调解中心，在各级商会组织设立调解工作室。健全"诉内纠纷诉外解"的衔接机制，先后出台3份意见，逐步明确诉前委派调解的适用范围、流程规范，建立健全调解前置告知、司法审查确认、商会调解督促、无争议事实记载、卷宗材料互认等9项机制，实现诉调高效有序衔接。

淮安中院自主研发"无讼淮安·一码解纷"智调平台，通过卷宗线上流转、调解云上见面、结果在线确认等手段，切实减轻商事调解员的事务性负担，进一步提升商事案件调解质效。建立全市涉企案件专家咨询库，邀请行业专家、商会代表、新的社会阶层人士入库，为涉企案件提供行业规则、行业习惯等方面的专业支持。2021年，淮安法院一审案件服判息诉率达90.28%，位列全省第一。

"救治和退出"机制 励企转型升级

为加快推进"僵尸企业"退出市场，淮安中院创新工作思路，不同破产案件采用不同的审理策略，创新审理方式，对无产可破企业"当日宣破、当日终结、当日送达"，对有产可破企业，法官靠前指导管理人履职、简化办理环节、压缩公告时限、线上线下相结合债权人会议等，提高债权人会议通过率；对有重整可能的，采用"和解式"重整、"延续式"重整等盘活企业。全省重点工业项目台华新材百亿元项目，通过启用快审机制，从破产受理到资产拍卖再到腾退300亩工业用地仅用时53天。

针对部分自身价值较高但无人竞拍的企业资产，为有效将闲置资产发挥最大化效能，实现"破中取金"，淮安中院推出多部门联动推荐和处置破产财产机制。主动与招商部门沟通，将其融入招商引资工作，通过主动通报破产资产各项具体情况，推动引资帮办单位予以关注。通过信息推送、举办发布会、上门推荐等形式，实现破产资产供需信息精准匹配，引导社会资本参与不良资产战略性重组。发挥金融资产管理公司、国有资产公司的作用，通过兜底收购、担保替换、平移代偿、授信聚拢等方式，快速收缩担保圈。2019年以来，淮安地区"办理破产"指标连续三年进入全省前三。

淮安中院民二庭副庭长朱佩介绍，在企业破产案件中，厂房、生产设备等买卖均属于大宗买卖，该类资产交易市场不活跃，又常存在权利负担，大量破产财产通过一拍、二拍、三拍甚至四拍仍无法成交。如果仅靠传统的处置手段，不仅用时长，处置效果也比较差。淮安中院和市工商联通过信息推送、举办发布会、上门推荐等形式发布破产资产信息，实现破产资产供需信息精准匹配，加速破产财产变现。

"如浩宇公司破产案中，管理人在进入破产程序后迅速接管破产财产并挂网拍卖，但第一次网拍因无人问津而流拍。淮阴区人民法院及时将该案财产信息通过工商联向同类企业进行推送，吸引 5 名竞买人报名，最终经 39 次出价以 1996.26 万元成交，溢价近 400 万元。"淮阴区法院民二庭庭长钱晓晖谈道。

"立体化"诚信体系　促企信用修复

近年来，淮安中院强力推进"易执行"项目，探索建立"正向激励＋专项修复＋综合治理"企业信用修复长效机制，形成执行工作与信用体系建设双融双促良性格局。淮安两级法院坚持因案施策，构建"立体化"诚信激励体系，全方位引导督促当事人主动履行义务。今年 6 月，信用问题源头治理等 3 项创新做法被评选为全省法院信用修复创新机制；今年 7 月，"优化法治化营商环境执行年"1+4 专项行动获得市委主要领导批示肯定。

淮安中院加强督促引导，制定了《立审执协调配合操作指引》。明确加强自动履行引导、强化履行能力评估等配合机制，全面做好前端督促履行工作。加强告知提醒，建立《失信预告书》《和解建议书》制度。根据被执行人履行态度、履行能力分级设置 1 至 3 个月失信宽限期，督促 384 名被执行人主动履行义务或达成和解协议。加强即时修复，建立"两书同达"机制。在依法送达《纳失决定书》的同时，同步送达《信用修复告知书》，明确信用修复条件及程序，对符合信用修复条件的被执行人，主动出具《信用证明》，及时向地方信用办推送诚信信息，帮助其消除失信惩戒影响，"三关并重"，确保专项修复依法有序。

淮安两级法院坚持突出重点、精准施策，扎实开展企业信用修复"暖企"专项行动。

"我们企业一定会诚信经营，不辜负法院和对方当事人的善意。"今年年初，面对走访的法官，淮安一家半导体公司负责人再次承诺。该半导体公司被仲裁裁决向某电子公司支付工程款及利息近 2.5 亿元。考虑到半导体公司主要财产为生产设备，分割处置极大降低设备价值，且该公司系本地重点扶持高新技术企业，淮安中院多次组织双方当事人协商，电子公司同意解封已冻结的银行账户，对半导体公司生产设备采用"活封"措施。法官向该公司通报了不履行的严重后果，叮嘱该公司负责人按照合同定期履行。

"优化法治化营商环境，只有进行时，没有完成时。全市法院要深入学习贯彻党的二十大精神，完整、准确、全面贯彻新发展理念，多思发展之忧，多谋发展之策，多出发展之力，确保中心工作推进到哪里，司法服务保障就跟进到哪里。要树立'案案都是营商环境'的理念，厚植法治沃土，积极服务优化营商环境。"近日，淮安中院院长章润表示，要深入贯彻党的二十大精神，在执法司法中维护好群众权益，用高质量司法为经济社会高质量发展保驾护航。

《人民法院报》2022 年 11 月 28 日刊登
赵德刚：淮安市中级人民法院
赵大为、胡思远、陈俊声：《人民法院报》通讯员

"破局"：南京江宁法院破产专业化审判这五年

翟 敏

2017 年 4 月 17 日，江苏省南京市江宁区人民法院成立了全市首个破产审判专业审判庭——清算与破产专业审判庭，专职从事清算与破产案件审判工作，院长、分管院长进入合议庭担任审判长。

五年来，江宁法院不断推动破产审判规范化建设，通过制定规范性文件、畅通破产立案通道，严把破产审判质效等一系列措施，使得破产审判质效不断提高，使得江宁法院成为全市首个具备完善破产审判配套制度体系的基层法院。

11 月 11 日，记者从该院召开的新闻发布会上获悉，多年来，江宁法院破产案件结案数持续稳健增长，而平均结案周期则逐年下降，从上一周期的超过 2 年，压降到 2021 年的 344 天。而通过不断提高的破产审判质效，江宁法院持续助力全区营商环境的优化建设。该院发布的《破产审判工作白皮书》显示，2017 年至今，江宁法院通过破产审判，化解债权 130.23 亿元，妥善安置职工 3135 人、释放土地 1015.95 亩。在连续多年的优化营商环境考评工作由法院牵头的"办理破产"单项评比中，江宁法院一直位列全市基层法院首位，在全省范围内也稳居第一方阵。

府院联动共解难题

南京液压机械厂有限公司、南京起重机械总厂有限公司系"三联动"改制企业，因产能落后和经营不善，导致严重资不抵债，依法进入破产程序，由于大量职工债权无法保障，引发激烈社会矛盾，两案均被南京市政府确定为 2017 年度重点矛盾化解案件。

　　为妥善处理上述案件，江宁区政府成立破产工作领导小组，由区主要领导担任组长，法院院长担任副组长，并在法院设置工作小组联席办公室。通过多方协调努力，江宁法院成功办结两案，化解破产债权 4.43 亿元，安置职工 1109 人，释放土地资源 263.8 亩，充分体现了府院联动机制在推动破产案件过程中的巨大作用。

　　在吸取案件办理经验的基础上，经过不断的梳理和总结，在江宁法院的推动下，2019 年 12 月 30 日，江宁区政府办公室制订了《江宁区关于建立"府院联动"机制优化营商环境的实施方案的通知》，组建了由常务副区长为组长，公安局局长、法院院长、检察院检察长为副组长，发改委、信访局、农业农村局、财政局、住建局等 20 多家政府职能部门参加的"府院联动"机制工作领导小组，负责企业破产工作的总体方向把握与复杂个案的协调机制。

　　该方案实施后，在府院联动机制的框架之下，江宁法院积极协同政府职能部门多次召开协调会，就破产案件中出现的资产处置、职工安置、矛盾化解等重大、疑难问题开展协作，数十件破产案件得以顺利结案，实实在在地解决破产中的许多困难，保障破产程序的顺利推进。

先试先行创新改革

　　2016 年 9 月，根据江苏省高级人民法院《关于在部分基层法院开展管理人选任和管理机制改革试点的通知》，江宁法院被指定为全省四家开展试点工作的基层法院之一。

　　试点期间，江宁法院通过在全省范围内先试先行管理人选任市场化机制，创新管理人选任、履职评价机制等一系列改革举措，提高了南京地区中介机构参与破产管理人选任的积极性，扩大了破产审判工作影响，锻炼了管理人队伍，为此后上级法院管理人选任与管理相关规范的出台提供了重要参考。

　　此外，针对江宁法院破产案件基数大、收案量增长过快的特点，扶助资金采取"管理人初审—法院复核—财政据实拨付"的补助方法，不设预算上限，充分保障扶助对象的权利。自资金设立以来，江宁法院已累计审核发放管理人补助款 8 笔共 31.2 万元，向特困债权人发放补助款 3 万元，取得了良好的社会效果。

在资产处置方面，江宁法院始终鼓励管理人大胆尝试新平台、拓展新方法。今年，江宁法院与京东网深度合作，通过详细梳理、认真筛选，整合了一批优质资产和项目，在京东 App 首页设立了"南京市江宁区人民法院资产处置专场"，为破产案件中的资产处置和招商引资开辟了新思路。

"立审执破"一体建设

"执转破"工作是推动"立、审、执、破"一体化建设的重要一环，也是优化营商环境工作的重要抓手，是近一阶段全国司法工作的重中之重。江宁法院紧跟步伐，着力推动"执转破"各项工作快速开展。

2018 年江宁法院受理"执转破"案件仅 1 件，2019 年受理 5 件，2020 年受理 8 件，2021 年受理数量大幅增加至 40 件，2022 年至今已受理"执转破"案件 24 件，受理数量始终位居南京市基层法院首位。

此外，为确保"执转破"工作的持续、稳定开展，江宁法院建立了执行、破产条线常态化会商机制，并结合自身特点，制定了多部规范性文件：2020 年 11 月 12 日，通过工作请示的方式，向上级法院汇报，拟将"执转破"案件中较为简单的"三无"案件，由本院自行摇号指定管理人，以提高"执转破"案件的办案效率，该请示得到了上级法院的肯定批示。2020 年 12 月 21 日，制定实施《南京市江宁区人民法院"执转破"案件实施细则》；2021 年 6 月 21 日，又制定实施《南京市江宁区人民法院关于进一步加强"执转破"工作的实施意见（试行）》。目前江宁法院"执转破"工作机制运转良好，通过"执转破"程序，执行部门依法终结执行案件 711 件，并及时修复了相关人员的信用信息。

《江苏法治报》2022 年 11 月 16 日刊登

翟　敏：《江苏法治报》记者

一网融合　一站服务　一地通办
——江苏扬州法院提升执行质效改革纪实

王　彬　张瑾瑶

　　"我有3个案件需要申请立案执行，原本需要跑3个基层法院，现在只要去设立在扬州中院的城区法院综合执行指挥中心就可以实现。"近日，在江苏省扬州市中级人民法院，当事人朱某告诉记者。

　　百姓需求在哪里，服务便延伸到哪里。

　　扬州中院在全省率先推行全链式执源治理和一体化执行服务体系改革，通过链式拓展、链式延伸、链式数字转型方式将执源治理融入市域社会治理现代化建设全局，建立一体化执行管理体制，为当事人提供"一网融合、一站服务、一地通办"执行服务。

　　据统计，今年上半年，扬州法院4项执行核心指标均居全省前两位，其中3项第一、1项第二。其他指标中，结案平均用时65.92天，执行完毕率27.53%，实际执结率47.88%，均居全省首位，执源治理和执行服务体系改革成效初步彰显。

与多单位融入"一张网"

　　近日，宝应县人民法院一起近3年未能执结的案件在网格员的帮助下顺利结案。

　　2018年，被执行人李某不知去向，导致案件一度陷入僵局。前段时间，宝应法院执行法官接到李某所在社区网格员打来的电话，说李某就在他身边，他已经将利害关系告知李某并敦促其履行义务。当天，李某便主动到宝应法院履行了给付义务，案件就此执结。

据记者了解，此案件的顺利执结得益于扬州法院创新推进的"数字＋网格＋执行"线上线下融合机制。

扬州法院将执行工作进行链式拓展，主动争取党委、政府支持，融入政务"一张网"建设，从原先的单打独斗向多元协同转变。在市委政法委牵头协调下，推动市域社会治理指挥中心、市公安局、自规局等9家协作单位和全市两级法院入驻执行"一件事"平台，积极构建起互通互助、信息共享的线上执行协作体系。

执源治理工作事关当事人胜诉权益兑现，是市域社会治理现代化的内在要求。扬州法院依托市域社会治理现代化智慧中心资源，探索链式延伸方式，引入基层组织、社会力量，让信息化的联动方式与网格员的"铁脚板"相融合，借助三级社会治理联动响应机制，将协助执行事项一竿子插到底。

据统计，今年以来，扬州法院共新收执行案件10 538件，同比下降9.05%，执源治理成效显著。

把多件事并为"一件事"

5月上旬，山东泰安某公司向扬州中院申请执行的仲裁裁决一案有了新的进展，查封被执行人财产有了眉目。该院执行指挥中心通过政务管理系统执行"一件事"平台向市住房公积金管理中心发出协助执行通知书，对被执行人公积金账户情况进行查询。市住房公积金管理中心于次日便对结果进行了反馈。

"过去，我们对房产、车辆、股权、公积金等进行查控，需要2名干警前往各部门窗口进行办理，至少花费3至4天时间。而现在，只需要通过执行'一件事'平台将电子文书、协助执行通知书等文件发送到相应单位，大概一天便可以收到协办单位的反馈。"扬州中院执行局副局长宋晓波介绍道。

扬州法院坚持"数智赋能"，通过实现链式数字转型打造执行"一件事"平台，通过资源整合、事项集约，将多件事合为一件事，将协助事项从线下转至线上、节约人力、提升效率。

宋晓波进一步介绍，执行"一件事"平台依托政务"一张网"，可以将查封房产、车辆、股权等高频联动多件事合并为一件事，一键推送至多个部门，从人来人往变为"数据跑腿""电子签章"，实现协助执行事项办理全面提档加速。

据统计，执行"一件事"平台自4月试运行以来，在线查询、控制96次，节省人力286人次，协助执行事项办理时限平均压缩330%以上，大大提高了执行工作效率。

将多家事集在"一家办"

今年以来，扬州法院积极推进一体化执行服务体系改革，建立一体化执行管理体制，将多家事集在一家办，让当事人"走进一中心，事务一站清"。

多家事何以集中在一家办？

据宋晓波介绍，扬州主城区主要集中了市中院和广陵、邗江、经开区三家基层法院，主城区面积不大，地理上为实现执行案件的统一调度和集中管理提供了便利。从城区法院实际来看，人案矛盾、工作发展不均衡长期困扰执行工作的高效推进，同时，执行案件相互交织、财产所有地相互交叉情况普遍，存在交叉执行、重复执行问题。

"一家"如何办好多家事？

扬州法院立足实际，研究设立主城区法院综合执行指挥中心，探索推进一体化执行管理体制改革，着力打造"一地通办"工程，实行主城区两级法院执行一体化管理，打造"一条龙、一体化、一站式"的综合执行服务体系，健全智能化、精准化、标准化的管理机制，促进执行工作规范化、优质化、高效化。

目前，位于主城区的扬州中院与广陵、邗江、经开区法院的指挥中心资源已进行集中，执行立案、文书发放、财产查控、流程监管等事务性工作均由市中院综合指挥中心集中集约实施。

5月，扬州主城区法院综合执行指挥中心开始实体化运行，中心集立案登记、材料接转、保全申请、信息查询、司法救助等各项功能为一体，基本覆盖执行工作各个环节，申请执行案件可以做到"一站通办"，避免群众申请执行多地跑、折返跑。

据测算，辅助事务集约化办理可为主城区各法院节约人力资源 40 人，优化基层执行资源，有效化解人案矛盾。

"提升执行质效是践行司法为民的'命题作文'，是打造一流营商环境的'时代答卷'。"扬州中院院长李玉明说。

《人民法院报》2022 年 7 月 25 日刊登

王 彬：扬州市中级人民法院

张瑾瑶：《人民法院报》通讯员

"破""立"结合　激活"一江春天"

——镇江法院破产审判彰显司法智慧

翟　敏

"特点鲜明、成效显著、问题精准、措施明确，白皮书是镇江中院奉献给我们的一道破产大餐，很多方面值得进一步研究，共同推动镇江破产事业再发展。"近日，江苏省镇江市中级人民法院发布破产审判白皮书（2017—2021），破产管理人作出如上点评。

五年来，镇江法院认真贯彻新发展理念，围绕助推产业强市战略实施和持续优化营商环境工作大局，持续优化市场资源配置，充分释放破产制度市场救治和退出司法效能，积极推进破产审判，共受理各类破产案件1070件，审结835件。推动华通重工、韦岗铁矿等304家企业退出市场，运用重整、和解方式帮助汇丰公司、海纳机电等14家企业获得重生，清理债务213亿余元，盘活土地、厂房426万平方米。

制度化管理　创新推出"9+2"

破解审判质效难题，从自我革命着手。面对破产案件环节多、周期长等老大难问题，镇江法院打破常规思维，确定了向管理要效率的工作思路，制定出台《破产案件审判流程节点管理规定》，对破产案件的立案、实质审查、裁定制作、管理人选任等事项都规定了严格的时间限制，为破产案件提质增效套上了一道道严密的"紧箍咒"。"破产审判流程管理机制"被评为全市政法工作"十佳创新成果"。

此外，镇江法院还创造性推出破产专项保障经费市县两级统筹保障、破产涉税问题处理、破产资产池、破产管理人个案考评和年度考评、破产案件动态管理等各项制度机制，形成了镇江破产审判"9+2"工作机制，将镇江法院破产审判工作引入新的高度。镇江法院审理的破产案件自 2017 年起连续五年入选全省法院破产审判典型案例。2021 年全省营商环境考核评价中的"办理破产"指标，镇江从全省排名第七跃至前三。

镇江法院持续加强破产审判机制创新，开展类个人破产试点。2020 年 6 月，京口区人民法院被江苏省高级人民法院确定为"与个人破产制度功能相当的试点工作"法院。镇江中院会同京口法院业务部门、辖区高校进行多次研讨、论证，稳妥有序推进个人债务集中清理工作的探索，及时进行总结，形成可复制可推广的经验，为个人破产立法提供实践样本。2020 年 10 月，京口法院制定出台《关于个人债务集中清理的实施意见（试行）》。目前，京口法院已正式受理两名债务人提交的个人债务集中清理申请，现已将申请人名下的宾利·欧陆汽车以 1 489 200 元成功拍卖并顺利过户给买受人，努力让"诚实而不幸"债务人重回人生正轨。

联动化处置　凝聚府院合力效果好

"深厚的企业底蕴和良好的发展潜能让我们认识到让海纳公司重焕生机责任重大，我们将企业信用修复工作同步纳入重整重点工作议程，确保企业平稳健康运行，目前，海纳公司恢复市场交易信用轻装上阵，生产经营重新步入正轨。"扬中市人民法院党组书记、院长朱晓军说。

据了解，在海纳公司破产案中，虽然海纳公司被裁定重整，但受破产重整负面效应外溢影响，在司法、银行、税务、市场等方面信用等级降低，对企业恢复经营、重新融入市场造成较大障碍。

"府院联动"解难题，多方合力助重生。扬中法院提请扬中市政府协调相关部门帮助海纳公司重新开立基本账户，保障企业资金正常使用，及时为海纳公司办理税务登记变更手续等，帮助企业恢复市场交易信用。协调涉海纳公司案件的各级、各地法院，屏蔽海纳公司司法信用惩戒信息，在各方共同努力下，海纳公司重整计划已于 2021 年 12 月 24 日执行完毕。目前，"江苏海纳机电集团有限公司破产重整案"入选 2021 年江苏法院破产审判典型案例。

以"破"招商，变废为宝。2019 年 10 月，镇江中院在全国率先推动建立破产资产与招商对接的破产财产处置机制，市政府创设"破产资产池"推动资源优化利用的实施意见，创设"破产资产总池"和"优质破产资产池"，充分利用政府招商引资平台，引导外来资本参与总体变现，盘活存量资产。2020 年 12 月，首期规模约 35 亿元的"优质破产资产池"已建立，目前，通过"破产资产池"推介，已有多个辖市区成功吸引外来资本，及时盘活存量资产。

市场化运行　保障破产"管家"履职

2021 年 4 月 17 日，由镇江中院、镇江市法学会、丹阳市委市政府共同举办的"优化营商环境，保障破产管理人依法履职"专题论坛如期而至，来自镇江市企业破产处置协调联动机制有关单位、市破产管理人代表近 200 人参加会议。

此次论坛旨在对最高人民法院、国家发改委等联合下发的推动和保障管理人在破产程序中依法履职进一步优化营商环境的意见开展政策解读，参会嘉宾围绕论坛主题从优化破产企业注销和状态变更登记制度、加强金融机构对破产程序的参与和支持、便利破产企业涉税事务处理、完善资产处置配套机制等方面进行了深入研讨，充分体现了法律人为优化镇江营商环境积极建言献策的热情。

困境企业破产程序启动难、破产企业安置职工难、破产管理人报酬落实难……面对管理人在履职过程中的种种难题，京口法院于 2021 年 9 月率先制定破产保障基金管理办法，通过每年不低于 50 万元区政府专项全额财政拨款，进一步确保困境企业通过破产程序实现有效救治及有序退出，保障破产工作顺利进行。目前，破产保障资金制度由镇江中院牵头，已在全市两级法院全面推广实行，切实保障了破产程序正常推进，打通了制约破产审判质效稳步提升的"最后一公里"。

"尤其在统筹推进疫情防控和经济社会发展的关键时期，管理人要坚持'安全第一，预防为主'的方针，坚持'一企一策'，制定破产企业安全生产规章制度、操作流程、事故应急救援预案等，并严格落实安全管理措施，有效管控安全生产风险，及时消除风险隐患。"今年4月8日，镇江经济开发区人民法院主持召开破产企业安全生产责任状签订仪式，对管理人安全生产工作方面提出了明确的意见与要求，明确管理人、债务企业经营管理团队负责人是破产企业安全生产第一责任人。

支持与监督并举，镇江法院不断完善管理人选任和考核机制，对破产管理人分级管理，实行全方位、动态化考评，客观公正、实事求是评价破产管理人的工作业绩和能力水平，切实做好破产管理人晋级、降级和淘汰工作。2021年4月，重新更新镇江法院企业破产案件管理人名册，增补三级管理人11家、淘汰1家，晋升1家三级管理人为二级管理人。根据破产管理人需要，积极为其搭建互助交流平台，大力推动管理人协会行业自治管理，促进破产管理人队伍的良性发展和业务水平提升。

《江苏法治报》2022年5月11日刊登

翟敏：《江苏法治报》记者

"破"病企危机　"产"发展生机

——新沂法院推进破产审判工作纪实

王晓红　辛春晓

深化府院联动，盘活土地要素。近年来，江苏省新沂市人民法院聚焦法治化营商环境建设，创新破产审判工作机制，充分激活市场资源要素、助推传统产业转型增力，以法治力量擦亮"心怡营商·赢在新沂"金字招牌。

2019年以来，该院共受理破产案件126件，审结93件，收结案数连续保持徐州市基层法院第一，通过破产盘活土地733.5亩，化解企业债务17.3亿元，安置企业职工2500余人。

府院联动助力企业转型升级

2022年5月，润扬电子公司负责人谈某高兴地说："本来以为企业没救了才走破产程序，没想到企业不仅起死回生，还实现转型了。"

润扬电子公司是新沂市一家从事动力电池研发及生产销售的企业，因研发技术停滞不前，导致产品销售不畅，于2014年被迫停产。2020年6月30日，该案进入破产清算程序。

新沂法院主动作为，尝试让企业的控股股东南京某纺织公司注资进行重整，重整方案确定后，积极协调属地政府，同意南京某纺织公司将其在外地的部分纺织设备先搬迁至润扬电子公司启动生产，创新在重整计划获得批准之前先行启动生产经营的新模式，使企业"起死回生"。目前已顺利生产出12万平方米的毛绒面料，价值约480万元，带动就业近300人。

"我们在破产重整过程中注重建立跨部门协作机制，协同解决破产审判中遇到的现实困难,帮助困难企业重现生机。"新沂法院院长欧青海介绍,该院与财政局出台《新沂市破产费用专项基金暂行管理办法》,共向16家破产管理人发放破产专项基金50万元。与国土、税务、金融、环保、司法等部门召开联席会议26次,化解企业不良金融债权3.5亿元。企业重整成功后,部门间持续协作,帮助企业尽快复工复产,打通重整程序"最后一公里"。

能动司法助推企业涅槃重生

"感谢法院的不懈努力,我们的牌子保住了!"在第二次债权人会议上御品名庄重整计划通过之后,新沂市御品名庄公司负责人臧某激动地说。

御品名庄公司是一家捆香蹄生产加工企业,2014年被迫停产。债权人纷纷向新沂法院提起诉讼并申请强制执行。法官深挖细查后发现,该公司陷入危机的主要原因是盲目扩张导致资金链断裂,但该公司是省级知名品牌,并被央视报道。

新沂法院以此为支点,深度挖掘该公司重整价值和拯救可行性,积极引导企业引入战略投资人进行重整,成功招募到一家省级农业产业化龙头企业,注资3800多万元取得御品名庄股权,后续投入1.2亿元扩大生产,化解了近3000万元的不良金融债权,盘活了180余亩低效用地,带动就业300人,企业从种鸭养殖升级为屠宰加工全产业链,实现了涅槃重生!该案也入选了2022年度江苏法院助力市场主体纾困解难"暖企""护企"典型案例。

新沂法院对申请破产企业,根据资产状况、技术工艺、客户资源等进行评估,对产品有市场、但经营不善的企业,积极引导上市公司、行业龙头企业或担保企业,实施企业兼并重组。2020年以来,东大矿泉水等2家企业通过破产重整"破茧重生",江苏联宝实业等3家企业通过破产和解继续经营。

破解难题撬动发展资源要素

"企业破产重整过程中,低效用地难以及价值变现难是影响案件审判质效的关键因素,我们创设'附条件'财产处置以及20%优先购买线,破解不利要素,实现资源利用最大化。"新沂法院副院长王晓明表示。

新沂法院用活用好优化土地资源要素功能,有效释放地方发展空间。通过召开联席会议、函询等方式主动与属地政府对接，明确待处置土地资源在产业政策、产业规划、产业强度等方面的准入要求，创设"附条件"破产财产处置方式，依法合理设置土地竞买等限制条件，提前把好投资项目"准入关"，实现土地等资源要素的最优配置。如江苏锦圣亿纺织、新港金源化肥等破产案件，在处置时设置了土地用途、项目强度、亩均产值、亩均税收等竞买限制条件，使 139.5 亩土地得以有效利用。

为了"最大化"价值变现，新沂法院采用市场化处置加政府接盘方式，探索土地拍卖价格低于评估值 20% 以上时，由政府部门优先购买或统一托盘处理，避免土地资源浪费或不当利用。

由于土地政策、投资条件、竞买人资金等因素发生变化，导致竞买后的土地"二次闲置"。新沂法院与经济开发区、自然资源和规划局协商，对于拍卖成交的土地，强化开发利用后续监管，以"判后履职"促进"地尽其用"。

《江苏法治报》2022 年 6 月 14 日刊登

王晓红：《江苏法治报》记者

辛春晓：新沂市人民法院

法治赋能添动力

——江苏亭湖法院谱写优化营商环境新篇章

戴丽娟　李　蔚

法治是最好的营商环境。近年来，江苏省盐城市亭湖区人民法院坚持对标经济社会发展，以优化营商环境为己任，平等保障各类市场主体合法权益，为全面提升城区首位度、建强主城区提供司法支撑。该院连续三年获评扫黑除恶、服务"三项清理"、营商环境先进集体等荣誉称号。

同频共振　定位核心"坐标系"

全局上谋势，关键处"落子"。亭湖法院立足审判职能，与党委政府同频共振，相继出台服务保障民营经济发展二十条、服务"三项清理"、疫情防控和经济社会发展双胜利等一系列服务营商环境的"干货"举措。在服务旧城改造中，设立城北巡回法庭，安排专人驻庭办公，对涉城北地区改造的案件优先立案、优先审理、优先执行，实行"一体化"办理模式，确保法院工作紧跟中心大局。

策应"五新主城"建设，亭湖法院成立"三项清理"服务中心，定期就法律法规适用及裁判尺度问题与相关部门沟通、研讨。多次赴外省市协调司法查封事宜，协助办理被拆迁企业和个人权证注销手续。妥善处理重大项目矛盾，对城市建设、棚改征迁各类案件因案施策、形成规范，面对面、实打实解决棘手问题，加速项目清场，促成一批战略型新兴企业和民事项目落户，助力老城区旧貌换新颜。

2019年，被执行人许某名下房产被纳入征迁范围，该地块将用来建设盐城市首家文旅颐养小镇——百禾小镇，由于许某涉多起执行案件，且房产又因信用卡纠纷被南京玄武法院查封。为确保地块能如期挂牌，该院连夜赶赴南京沟通协调，及时解封房产，保证项目顺利建设。

"法院始终和党委政府、人民群众站在一起，有锐气、有担当，帮助民企解决难题，指导规范经营，司法公正、效率的升温让企业家的心更暖了。"全国人大代表刘怀平如是说。

聚焦难点　延展服务"长半径"

落脚"微服务"。亭湖法院组织由院领导带头、涉企案件审执部门参与，围绕政策发布、法律风险提示、意见建议征求等，对辖区重点企业开展走访调研，实地查看企业发展情况，将矛盾化解阵地前移至企业生产一线，近距离解决痛点难点问题。随着走访的进行，不少企业和群众咨询立案、执行系列问题，干警逐一耐心解答，延伸司法服务触角，引导当事人在线立案、调解解决问题。

执行"不打烊"。某纺织品公司负责人受疫情影响无法返盐，正为一笔执行案款发愁之际，很快收到了40万元的入账通知。该公司负责人紧皱多日的眉头终于舒展开了："我以为疫情期间法院就不执行了，没想到这么快就执行到位，真是帮了大忙了。"

微光"聚星海"。疫情出现以来，民营中小微企业遭遇冲击。为帮助企业在困境中求发展，亭湖法院强化善意文明的执行理念，就失信修复作出对机制和实践的探索，从惩戒为主转向惩戒与激励并重，以600头出栏生猪、1000箱鸡蛋等物品为履行方式，帮助被执行人提高履行意愿和能力，为企业松绑，让诚信发光。对暂时受疫情影响经营困难的企业灵活采取保全措施，同时做好申请人工作，对78家中小微企业采取"活封""活扣"，保障复工复产。

近三年来，亭湖法院围绕服务实体经济和深化金融改革，化解涉企纠纷5000余件，帮助多家企业及时追回债权8.2亿元，提升了企业司法获得感。

破旧立新　擘画最大"同心圆"

2021 年中秋节前，法官杨建彬收到某泵业职工代表发来的一张照片，42 名职工拿着 120 万元的工资款，脸上都洋溢着笑容。笑容的背后是亭湖法院破产审判模式的创新。

案涉企业于 2018 年陷入停产困境，工人们索要工资虽获仲裁支持，但一直未能实际兑现。后该公司被其债权人向亭湖法院申请破产清算。法院经研判发现，该泵业公司与某通用机械厂是两家关联企业，由同一人员创建，存在着经营场所一致，管理人员、主营业务、企业财产相互叠加，法人人格高度混同的情形。

为保障债权人利益，提高破产效率，经组织听证，亭湖法院依法裁定对两家关联企业适用实质合并破产清算程序审理，指导召开债权人会议，及时兑现了债权人和职工权益。该案成为盐城市首例适用实质性合并破产程序的案件，得到普遍赞誉。

"通过创新审判模式，对资不抵债的'僵尸企业'依法导入破产程序，对陷入困境但有社会价值的企业采取治病救人的态度，进行重整置换，也为民营企业造血再生提供新路径。"亭湖法院党组副书记、副院长王浪表示。

亭湖法院依法综合运用"执转破"、破产清算、破产重整等手段，分类处置"僵尸企业"，唤醒沉睡资产。积极通过府院联动处置机制，注重发挥司法化解矛盾、保护权利、维护稳定、促进发展的职能作用，助力困境企业涅槃重生，促进各方实现共赢。近三年协助企业安置职工 2000 余名，盘活资产 12 亿余元、土地 68.3 万余平方米、厂房 13 万平方米。

为保护市场经济的健康发展，亭湖法院以"法院 + 商会 + 行业协会"模式合力妥善化解权属争议、股权纠纷、知识产权纠纷。审结侵犯"斐乐体育""TCL""樱花"等知名品牌、驰名商标的一系列知识产权案件。对侵犯"迈瑞""九牧"等商标权的被告严格落实惩罚性赔偿制度，让恶意侵权者付出高昂代价。

支持技术创新，在 10 家高新科技企业设立知识产权司法保护联系点，增强企业"造血功能"，不断聚力催生新动能，画出鼓励创新创业创造的最大"同心圆"。

《江苏法治报》2022 年 4 月 13 日刊登

戴丽娟：《江苏法治报》记者

李　蔚：盐城市亭湖区人民法院

"三员"挺在前　纠纷源头减

——泰州两级法院打造专业调解队伍记事

于　波　张海陵

下沉基层参与社会治理，不着法袍为正义执言，专业调解化解矛盾⋯⋯近年来，江苏省泰州市两级法院通过加强基层网格员、人民陪审员、专业调解员队伍建设，大力推进市域治理、人民陪审和诉调对接工作，大量基层社会矛盾得以化解。

数据显示，截至今年6月，泰州法院一审服判息诉率为87.87%，法定审限内结案率为92.35%，民事案件调撤率为48.55%。数据的背后凝聚着"三员"们的辛苦付出。

网格员下沉村镇——"小村约"赋能"大治理"

"讲环保，洁环境；室内靓，庭院美。村道路，保畅洁；村河塘，保长清⋯⋯"傍晚时分，在泰兴宣堡镇联新村新时代文明实践站广场上，一群小朋友一边跳着橡皮筋，一边哼唱着该村的村规民约"三字经"，成为夕阳下一道靓丽的风景线。

"老规约体现了乡村文明文化，在乡村自治、德治上发挥了很大作用。然而随着时代发展，需要为其注入更多的精神内涵，才能保持先进不落伍，在乡村治理中发挥出新时代法治新效能。"宣堡人民法庭副庭长张展说。

针对基层法治需求，泰州法院基层法庭对在当地有一定影响力的乡贤能人、村居干部进行培训。作为法院基层网格员，他们除了主动参与到基层治理中，还帮助乡镇街道领导、建制村负责人在法律框架下制定乡规民约，赋予新时代乡规民约法治情境、乡村情理。

"我们网格员编写的 216 个字新'三字经'村规民约，将遵纪守法、和谐邻里、环境保护这些内容都包含了进去，老幼皆宜朗朗上口，教育孩子摆摆道理，都用得上。"联新村网格员赵群高兴地说。

"'小村约'赋能'大治理'。乡规民约既属于基层群众自治规范，也蕴含着乡村基层社会的道德要求，是构建自治、法治、德治相结合的乡村治理体系的有效抓手。"泰州市中级人民法院党组书记、院长孙辙说，泰州法院将进一步发挥基层法庭和网格员的作用，帮助完善村规民约的制定、帮助加强村民自治等体制机制建设，推动乡村传统文化再造和社会主义核心价值观相融合。

陪审员助推共赢——和解方案救"烂尾"

"倾心调解化纠纷，秉公执法暖民心"。6 月初的一天，人民陪审员庄红芳收到了当事人从山东寄来的锦旗。

事情要从 2017 年 2 月说起。泰州光伏公司在山东济宁投资光伏电站建设，济宁新能源公司承接了相关工程，后双方因济宁新能源公司提出的技术服务费数量发生纠纷，诉至泰州中院。

合议庭讨论该案时，庄红芳了解到，如果只是就技术服务费简单作出判决，泰州光伏公司账上钱款已不足以支付相关费用，济宁新能源公司极有可能只是实现"纸面上"的胜诉，而光伏电站项目也会因为没有后续资金的投入成为"烂尾"项目。

有过经商经验的庄红芳深知双方之前都为案涉项目投入了大量的时间、精力和资金，于是提出了和解促复产的调解思路。他同双方当事人进行了多轮视频协商，促成双方初步达成和解方案：泰州光伏公司以原先投入的电缆、器材、租用屋顶的租金等抵扣所欠技术服务费；济宁新能源公司积极寻求第三方投资，尽快开展生产。

最终在法院主持下，各方当事人通过线上庭审签署了和解协议，这起历时 5 年多的纠纷得以化解，陷入僵局的光伏电站项目也正待重新启动。

泰州中院副院长陈富贵说，近年来泰州市两级法院稳步推进陪审员制度改革，全市法院公开选任人民陪审员 1227 名，其中具有专业知识的陪审员 111 名。人民陪审员年均参审数约 1.4 万件，参审案件调解撤诉率约为 30%，参审率达 95% 以上。

调解员专业释疑——手机靓号终易主

多年前，市民小凯购买了 5 个手机靓号，登记在自己名下。2019 年小凯因意外事故去世，小凯的父亲老凯前往通信公司申请手机号码实名变更，要求继承手机靓号。

但通信公司表示，码号资源属于国家所有，国家对码号资源实行有偿使用制度，没有继承权，拒绝了这一请求。多次协商不成，老凯诉至海陵区人民法院。

调解员钱季萍多年在通信公司工作，对于手机号码变更的程序、手续以及码号管理方面的法律法规、内部规定比较了解。接手该案后，她与另一名调解员来到通信公司，与具体经办经理进行沟通协商。经过多轮协商与沟通，钱季萍最终促成双方达成共识。

2019 年 8 月，海陵区法院联合区工商联设立商事纠纷调解中心，成立了由指导法官、法官助理和调解员组成的"2+1+N"调解团队，建立起调解员调解、法官助理跟踪、指导法官把关的工作模式，并从符合条件的商会会员、行业专家、法律工作者及其他社会人士中选任专职调解员 4 名、兼职调解员 22 名充实到调解中心，有效提升了调解的专业性和成功率。

截至今年 3 月底，该中心共成功调解 909 起案件，调解案件标的额达 2.95 亿元，为民营企业节省诉讼费 208 万元。

《人民法院报》2022 年 7 月 14 日刊登
于 波、张海陵：泰州市中级人民法院

涟水："优＋"全域诉服，为当事人想得很周全

赵德刚　王毛毛　左　晟

"自古涟漪佳绝地。绕郭荷花，欲把吴兴比。"这是宋代著名文学家苏轼对江苏省涟水县优美风景的评价。现今，涟水又有了一道新风景。

为深化"为群众办实事示范法院"创建活动，今年以来，江苏省涟水县人民法院创新和实践"优＋"全域诉服机制，形成全过程陪伴、全流程体验、全时段解答、全方位评价的工作机制。截至6月底，该院诉讼服务质效位列全省基层法院第七，一审判决案件被改判发回重审率全市最低。

全过程陪伴：消减当事人的生疏度

到商场有"导购员"，到涟水法院有"导诉员"，并且是全程导诉。

"您好，需要帮忙吗？"走进涟水法院诉讼服务大厅，诉讼服务引导员身着统一制服，面带笑容，主动上前询问当事人诉求。诉讼服务引导员就是涟水法院的导诉员。

"优＋"全域诉服机制扩展一站式服务功能，对当事人提供"大堂经理"式的"一对一"服务，内容包括协助当事人填写诉讼材料、联系承办人、协助转交材料等方面，实现当事人在每个环节都有专人提供咨询服务。

"尽管我们在每一个窗口都设立了功能标识，但对于不熟悉法院工作流程的当事人来说，仍然不知下一步该找谁，而'一对一'的陪伴式服务就是要消除诉讼服务盲区、消减群众对诉讼程序生疏度。"立案庭负责人这样介绍道。

现在法院的人案矛盾很突出，给当事人配备导诉员，人员上能安排开吗？

面对笔者的这一提问，该院副院长王君说："我们不仅从诉讼服务中心挑选了3名经验丰富的干警，还通过第三方劳务派遣的途径，招收了3名兼职诉讼服务人员并进行专业培训，保证服务团队人员充足。"

全流程体验：提升诉讼感知度

"起诉要带上您的起诉状、身份证复印件和其他证据材料等，老大爷，您听明白了吗？"日前，65岁且听力有问题的李老汉，因赡养问题到法院诉讼。但李老汉对诉讼流程一无所知，诉讼服务引导员小刘担心他听不清楚，正提高声调耐心地给他解释。

小刘引导他来到智能化模拟诉讼体验中心，通过大屏播放该院制作的普法微视频《民事起诉书应该怎么写》。李老汉看后感觉心中有了底，便要往回走。

"大爷您先别急着走，您接着往下看。"小刘趁热打铁，李老汉转过身来继续看起来。

原来，小刘见李老汉对诉讼服务流程很陌生，便利用智能化模拟诉讼体验中心的设备，将视频讲解和实境模拟相结合，让李老汉从立案登记到开庭审理再到公开判决全流程体验了个遍。

"哈哈！这回啊我算是全明白喽，谢谢你呀姑娘！"体验了全流程诉讼后的李老汉连连称谢。

涟水法院在诉讼服务中心高标准建成智能化模拟诉讼体验中心，打造沉浸式模拟体验展厅。展厅主要围绕群众模拟诉讼体验、当事人诉讼风险提示、音视频画同步普法三大板块，可视化展示诉讼流程、诉前风险提示、普法宣传等功能，着力提升群众诉讼感知度、风险认知度。

全时段解答：真正解决"知情难"

张某身为企业法人，有过多次诉讼经历。他表示，以前打官司最痛苦的莫过于诉讼期间的等待阶段，既不知道案件进展情况，也不知道开庭、判决的具体时间，唯一能做的只有等，很被动，也很焦急。

有此烦恼的还有律师。

高律师二十几年前就开始与法院打交道。他坦言，以前有时很难见到法官本人，法官不是在开庭就是在开会，有些关键性材料不亲手送到法官手里，心里没底。

当事人和律师心中的"难事"成了涟水法院党组的"心事"。

为解决这一"难事"，该院党组副书记、副院长王士贵向我们介绍涟水法院的做法：落实好上级法院部署的"统一动作"——建设具备信息交互功能的审判流程信息公开平台、规范推进裁判文书和庭审公开、加强执行中的联络与公开等措施。在广泛调研的基础上，开展了"自选动作"——围绕"一次办好，公开透明"目标，全面梳理诉讼服务项目清单，逐项制定服务标准，规范诉讼服务流程，打造全时段覆盖式解答服务，推行"首问责任制"，严格落实当场一次告知制度。对首问责任人无法现场办结的约见法官等事项，由其做好引导对接工作，并于2个工作日内电话回访当事人告知办理情况。

通过上述措施，有效解决了"人难见""信息难查"等问题，当事人的合理诉求件件有回音、事事有落实。

全方位评价：推进诉讼服务长效提升

"法院的服务好不好，我们当事人现在不仅有发言权，并且相关的建议意见也被采纳，这让我实在没想到。"5月17日下午，该院作风督查指导委员会成员在诉讼服务中心，以暗访的形式询问当事人张某对诉讼的感受时，张某这样回答。

服务好不好，一定要让群众来评判。今年初，该院制定了《关于实施人民满意度和司法规范度双提升工程，为争创全国"百强县"提供坚强司法作风保障的实施意见》；5月26日，组织召开司法作风督查指导委员会聘任仪式暨第一次工作会议，来自社会各界的15名人员成为委员会成员，代表群众对涟水法院工作开展督查监督。

在此基础上，"优+"全域诉服机制将全方位跟踪评价作为提升诉讼服务水平的抓手。通过建立当事人实时评价、作风督查指导委员会定期专项评价、第三方常态化回访三级诉讼服务评价体系，将评价结果与相关团队、个人的业绩考核挂钩，倒逼形成文明、规范的行为自觉；将评价中提出的问题形成整改通知单，反馈相关团队，强化跟踪整改并及时公开，征求当事人对诉讼服务工作意见建议，形成服务效果双向反馈；定期召开"优+"全域诉服机制建设工作领导小组会议，综合实时评价、作风督查等情况，研究完善措施，不断提升诉讼服务水平。

涟水法院院长刘洋表示，接下来，该院将以"优+"全域诉服机制为引领，持续推进为群众办实事示范法院创建活动，努力让司法由"公平正义"迈向"感受公平正义"，切实提高人民群众对公正司法的获得感。

《人民法院报》2022年8月9日刊登

赵德刚：淮安市中级人民法院

王毛毛、左 晟：《人民法院报》通讯员

开展涉民生专项行动　守护群众财产安全

5

筑牢"反诈线"守好"养老钱"，自打击整治养老诈骗专项行动开展以来，迅速贯彻落实全国打击整治养老诈骗专项行动部署会议精神及最高人民法院通知精神，通过加强组织领导、健全工作机制、细化工作内容、强化协调保障，全力推进专项行动落地见效。2022年，全省涉民生案件执行、扫黑除恶等专项行动有力维护了社会稳定，守护着人民群众的财产安全。

江苏法院全力守护百姓"养老钱"

朱　旻　胡敏慧

打击整治养老诈骗专项行动开展以来，江苏法院迅速贯彻落实相关会议通知要求，紧盯重大案件、重点问题、重点地区，严厉打击养老诈骗违法犯罪，全力守护好百姓的"养老钱"。

据悉，江苏全省多地法院克服疫情防控影响，从严从快进行案件办理。江苏省高级人民法院以及南京、苏州等地法院集中宣判了 5 起养老诈骗犯罪案件，涉案金额近 20 亿元，涉及老年被害人 1500 余名，19 名被告人分别获刑，最高被判处无期徒刑。全省各地法院还创新宣传形式、丰富内容，贴近群众开展活动，深入社区街道揭露养老诈骗套路手段。专项行动开展以来，全省法院发布典型案例 40 件，组织现场宣传活动 104 次，发送宣传册 10 420 册，掀起了打击整治养老诈骗专项行动的强大声势。

据了解，江苏高院近日召开打击整治养老诈骗专项行动推进会，要求全省各级法院要加强与公安、检察、行政主管机关等部门的协调配合，全面查明涉案财物情况，及时查封、扣押、冻结涉案财产，为后续涉案财物追缴处置、财产执行提供条件。要加强审执协调配合，审判部门要及时听取执行部门有关财物权属甄别、案涉财物查扣冻意见，准确认定涉案财产归属，提高裁判文书可执行性，案件生效后及时移送执行部门。执行部门要建立快执通道，加大案件追赃挽损、财产处置力度。对涉众型重大养老诈骗案件，要一案一策、一案一专班，最大限度维护老年人合法权益。

《人民法院报》2022 年 6 月 13 日刊登

朱　旻、胡敏慧：江苏省高级人民法院

别让电竞酒店成未成年人保护盲区

黄宗跃

5月12日，江苏省宿迁市中级人民法院当庭宣判一起电竞酒店向未成年人提供上网服务民事公益诉讼案，禁止其向未成年人提供上网服务，并在国家级媒体向公众赔礼道歉。这是该类型民事公益诉讼案的全国首例。

法院查明，涉案酒店共有 20 个房间，全部为电竞房间，每个房间均配备 2~5 台电脑。电脑提供互联网上网服务，电脑的软硬件配置与网吧基本相同，根据房间不同，费用为数十元至数百元不等。可见，此酒店与普通酒店相比，配备的设施、消费模式和收费模式方面存在明显不同，实质上是以提供互联网上网服务为主要目的及消费方式，属于互联网上网服务营业场所。

我国《未成年人保护法》及相关法律法规明确规定，互联网上网服务营业场所不得接纳未成年人进入；满 16 周岁的未成年人可凭身份证在宾馆登记入住。经法院查明，2021 年 3 月，这家酒店开始从事"电竞主题"经营，未办理《网络文化经营许可证》；截至 2021 年 6 月 24 日，酒店住宿系统显示未成年人入住记录 387 人次。可见，涉案酒店的许可经营项目虽然不包含上网服务，但实际上不仅提供上网服务，而且面向的是包括大量未成年人在内的不特定消费者。这种违规接纳未成年人上网的经营行为，侵害了未成年人的合法权益，损害了社会公共利益，应当承担法律责任。

检察机关据此提起民事公益诉讼，积极履行检察机关职能，不仅有力维护了未成年人合法权益，而且能对此类商家形成有力震慑，推动商家在经营中坚守法律底线，切实承担起保护未成年人的法律义务。

同时，必须看到，电子竞技业兴起后，一种叠加酒店、电竞元素的新兴业态随之出现，其整体布局与普通酒店一样，如配备床铺等，另有电脑供人打电竞游戏。作为新兴业态的电竞酒店，到底是酒店，还是属于互联网上网服务场所？由于电竞酒店在提供酒店服务的同时还提供互联网上网服务，因此，其是酒店也是互联网上网服务营业场所。我国《互联网上网服务营业场所管理条例》规定，互联网上网服务营业场所经营单位不得接纳未成年人进入营业场所。该条例以往主要是针对网吧等营业场所，新兴不久的电竞酒店其实也符合"互联网上网服务营业场所"的限定条件，按照规定也要禁止未成年人进入。

应该认识到，参照酒店模式经营管理的电竞酒店，回避了互联网上网服务营业场所禁止未成年人入内的规则限制，经营者在履行查验、报告等义务后，未成年人可以进入，此种经营方式很难在保护未成年人方面做到尽责。

此案也提示全社会，当电竞元素加入酒店后，监管也要跟上，不能给未成年人无节制上网大开方便之门。事实上，2021年6月，南京市文旅局就出台过《关于明确电竞宾馆属性及相关事宜的批复》，提出如果房间电脑台数大于床位数（一或两台电脑除外），则电竞酒店需要办理"网络文化经营许可证"，参照网吧管理，不得为未成年人提供上网服务。河南省荥阳市人民检察院也曾发出检察建议，认为需要对电竞酒店实行"酒店＋网吧"双重管理，禁止未成年人进入。这些探索和努力都利于助推新业态规范经营、健康发展。

别让电竞酒店成为未成年人保护盲区，一方面，应通过此案强化社会公众对电竞酒店接纳未成年人危害性的认识，进一步推动地方立法明确电竞酒店属性，划分不同执法机关的执法权限，明确各部门监管职责，建立联动机制，加强日常监督检查，严厉查处各种违法侵权行为，确保电竞酒店经营合法合规。另一方面，学校和家庭也应从这起公益诉讼案中反思未成年人教育管理问题，从而切实履行职责，加强关爱陪护和约束规范，及时发现问题，及早介入干预。

《法治日报》2022年5月18日刊登

黄宗跃：《法治日报》记者

虚构"地宫穴位"项目骗了 1200 多名老人

丁国锋　罗莎莎

近日，江苏省高级人民法院宣判一起销售"地宫穴位"等涉老项目集资诈骗、非法吸收公众存款案。被告人朱某华等虚构"地宫穴位"理财项目、汽车租赁债权项目向不特定的 4000 余人非法集资，其中有 1200 多名老年人，集资诈骗金额达 18.74 亿元。主犯朱某华被判处无期徒刑。

专设公司实施诈骗

法院审理查明，2014 年 3 月至 2018 年 7 月，被告人朱某华、朱某根利用朱某根及他人身份材料注册成立凤鸣财富管理（苏州）有限公司、苏州苏玺资产管理有限公司等多家公司。

在上述公司没有取得相关金融资质的情况下，由被告人朱某华负责策划，将虚构不合规的"地宫穴位"项目、夸大的汽车租赁债权项目等包装成"创新 3 号""创新 6 号""金凤 8 号""金凤 26 号""苏玺财富"等 12 种理财产品，由销售团队通过散发传单、举办酒会、业务员推广等方式对外公开宣传，通过与集资参与人签订股权认购计划合同、债权计划合同等形式，以高收益率为诱惑，向社会不特定群体销售理财产品，向 4300 余人非法集资，其中涉老年人 1200 余名，实际吸收金额 18.74 亿元，至案发尚有 9.13 亿余元未能返还。

江苏高院二审审理认为，被告人朱某华、朱某根在无相应经营及偿还能力的情况下，虚构 12 种理财产品向社会公众宣传，非法吸收资金，吸收的资金被主要用于还本付息，归还个人债务及消费等，给集资参与人造成 9.13 亿元损失，应认定其具有非法占有目的，行为构成集资诈骗罪。

判决认为，虽然被告人朱某华主动到公安机关投案自首，但因其集资诈骗的对象包括一千余名老年人，且造成的损失绝大部分难以追回，归案后对非法集资款的去向不能如实供述，故不予以从轻处罚，以集资诈骗罪判处其无期徒刑，剥夺政治权利终身，并处没收个人全部财产；以集资诈骗罪判处被告人朱某根有期徒刑十年，并处罚金 40 万元；查封、扣押、冻结的财物依法处置后，按比例发还集资参与人；继续追缴各被告人的违法所得，不足部分责令各被告人在所参与犯罪数额内继续退赔，发还集资参与人。

包装项目虚假宣传

本案中，朱某华等人以公司名义包装实体项目进行虚假宣传，制造自身实力强的假象。朱某华先后控制 11 家各类公司，类别涵盖资产管理、汽车服务、基金管理、融资租赁、文化传播等，显示其经营业务范围广，公司门面装潢气派，通过种种手段让被骗者相信其公司实力强劲。

"以这些公司名义包装或虚构实体项目，用所谓的合同、现场照片、项目资料等精心制作宣传资料，进行夸大或虚假宣传，有很强的欺骗性。"江苏高院刑二庭法官尚召生说。

据他介绍，高息利诱通常是犯罪分子屡试不爽的诈骗手段，有些被骗者甚至在不同案件中反复上当受骗。朱某华等人正是利用这一心理，用高息刺激，用"话术"引诱，用情感迷惑，一步一步把被骗者引到坑里。

此外，本案的被告人采取针对不同社会群体虚构包装不同项目的方式扩大诈骗对象范围，被告人不仅包装了两个针对老年人群体的"地宫穴位"涉养老项目，还包装针对年轻人群体的汽车服务、租赁项目，以及针对由实际投资寻求的资产管理、基金管理等。

源头整治养老诈骗

《法治日报》记者在采访中获悉，朱某华等犯罪分子正是因为利用了不同社会群体的心理需求，采取针对性手段进行诈骗，致使数千人被骗。现实中，多数老年人渴望得到亲情关怀，希望身体健康减轻子女负担，一定程度上脱离社会，对新技术和社会发展不了解，以及部分人贪图便宜等心理，被不法分子利用实施诈骗。

据尚召生介绍，在此前办理的吴某某诈骗案中，被告人吴某某就利用部分老年人渴望得到亲情关怀的心理，从开始的每天电话问候，到将称呼从"叔叔阿姨"改成"老爸老妈"，再到采用定期或节假日上门问候、身体不舒服时的嘘寒问暖，生日送上价值不菲的小礼品等手段。许多老人在被告人持续的问候和感情攻势中体验到了渴望的亲情关怀和关爱，一步一步走向被骗迷途，十几万元、数十万元的养老金进入被告人口袋，甚至有多个老人将住房无偿提供给被告人向他人借款抵押。

"司法机关严厉打击养老诈骗犯罪的同时，还需要聚集社会合力从源头上进行综合治理。"尚召生建议，老年人服务机构、基层社区等组织，要充分发挥帮扶老人的作用，经常对老年人开展科普宣传讲座，帮助老年人继续接触、了解社会，增强老年人的识别判断力，提高自身的防范能力；家庭成员则应该时常关心老年人，让老年人渴望亲情关怀的心理得到满足，不给犯罪分子可乘之机；老年人自身切莫贪小便宜，犯罪分子往往会通过一系列的场景安排、安排"托儿"现身说法、用一系列话术进行"威逼利诱"，这种情况下，老年人往往难以脱身。

"总之，一定要加大宣传力度，让老年群体深刻认识到'天上不会掉馅饼'。"尚召生说。

*《法治日报》*2022 年 5 月 25 日刊登
丁国锋、罗莎莎：*《法治日报》*记者

泰州海陵：让"问题家庭"不出"问题少年"

肖梦琪

"家庭是人生的第一个课堂，父母是孩子的第一任老师。"父母在未成年子女教育中的角色缺位，往往是涉未成年人犯罪发生的重要因素之一。2016年，江苏省泰州市海陵区人民法院成立少年及家事审判庭，多年来不断探索创新，不断延伸审判触角，引导家庭正确开展教育，努力帮助未成年人远离伤害、健康成长。

一份档案追踪孩子成长

"这是当时的'1号档案'，当年6岁的露露如今已快小学毕业了，现在的她活泼开朗。"翻开厚厚的《离异家庭子女成长档案》，海陵区法院少年及家事审判庭法官们便打开了话匣子。

"当时在整理证据材料时，发现一份材料背面有露露的一幅涂鸦。"这引起了法官助理李瑶的注意，当即决定以"爸爸妈妈朋友"的身份登门拜访。看到自己随手涂鸦的画作，露露解释道："这是妈妈、兔子和我。"面对"怎么没有画爸爸呢"这样的追问，露露选择了沉默，咬着嘴唇不说话。

露露的父母是普通的农民，且均系离异或丧偶后再婚，40多岁才生育了这个女儿。露露平时由年迈的外婆照料，父母离婚后母亲以打零工维持生计，父亲则表示自己要再婚。"无论从家庭经济条件还是情感关怀方面，露露与同龄的孩子相比都有一定的差距。"对露露的情况有了深入了解后，李瑶萌生了为露露建立成长档案的想法，这个想法得到了时任庭长徐文君的支持。

"对当事人履行义务的监督不仅仅局限在审判期间，保护未成年人合法权益的方式也不仅仅局限于审判。家庭破裂对未成年人的影响并不局限于当下，而往往延伸至未来的数年甚至数十年，足以改变一个孩子的人生。"徐文君说。

为了跟踪了解父母离婚后露露的成长情况，确保其能享受基本的生存需求和受教育权，承办法官在档案中详细记录了露露的家庭成员、经济状况、教育经历、性格心理等相关情况，并且备注了露露父母的电话号码以及她所在幼儿园的联系电话。

目前，海陵区法院已建立《离异家庭子女成长档案》40 余份，最大限度保障涉案未成年子女权益。通过记录离异家庭和准离异家庭中未成年子女的生活现状和心理情况，对涉案未成年人的成长风险进行评定，对存在高风险的未成年人，由专人定期回访并介入矫正；对存在一般风险的，由妇女儿童权益维护中心定期向其父母发送提示短信，共同呵护孩子的成长。

破解探视难题

"谢谢法官，我终于可以经常看到女儿了。" 3 月 29 日，在签署完调解协议书后，沈女士感激地对法官说。

沈女士和陆先生育有一女文文，离婚后文文随陆先生生活，平日由爷爷奶奶照顾。因为陆先生长期出差，很少有空照顾女儿，沈女士遂向法院提出变更监护权的请求。

"文文平时跟爷爷奶奶一起生活开心吗，想不想多见见妈妈？"在征求文文意见时，文文表示更想跟爸爸生活。承办法官基于未成年人的成长环境及身心健康考虑，多次与沈女士交流。"在交流过程中，我们发现，其实沈女士的真实诉求是想能多看看孩子。"法官表示。

经过法官和家事调解员的努力，最后这起案件成功调解。调解书明确，文文仍随父亲生活，8 周岁前，在不影响文文学习、生活的情况下，沈女士可于每周日 7 时到陆先生家将文文接回家，并于当日 19 时 30 分送回；8 周岁后，沈女士可于每周六 19 时 30 分将文文接回家，并于次日 19 时 30 分将其送回。

"婚姻关系可以解除，父母子女关系却不因此灭失。行使探视权既是保障不直接抚养子女一方和子女情感沟通的需要，也是为孩子身心健康成长提供支撑。"近年来，海陵区法院针对家事案件中未成年人权益问题建立了探视见证制度，依托辖区现有的网格长制度和"五老"志愿者体系，聘请网格长、"五老"志愿者担任其所在社区离异男女的探视见证人，陪同不直接抚养子女的一方前往另一方家中探视子女，为不直接抚养子女的一方将子女接出探视提供担保，按时督促怠于行使探视权的离异人士履行探视义务。除网格长、"五老"志愿者之外，离婚案件男女双方也可以共同约定由一方或双方的亲属担任探视见证人。

为失职父母"补课"

"责令你们依法积极正确履行监护职责，做好对未成年人小夏的家庭教育，关注其工作、生活、社会关系、心理健康等情况，引导、教育其远离违法犯罪行为、树立正确三观。"4月13日上午，海陵区法院少年及家事审判庭法官当庭向小夏的父母韩某某、夏某某宣读家庭教育指导令。

小夏在15周岁时曾参与实施盗窃，因未达刑事责任年龄未被追究刑事责任，但案发一年多以来，其父母作为小夏的监护人，既未及时督促小夏主动退出赃款赃物，也未代为赔偿被害人损失，怠于履行监护人职责。对此，法官从社会调查、精准帮教等环节出发，对监护人发出教育指导令，并持续跟进开展家庭教育指导工作。

2020年5月，泰州市首家亲职教育基地——"XIN"课堂在海陵区法院揭牌。该院探索对失职父母强制"补课"，让不合格的父母"回炉再造"。

近日，在该院的"XIN"课堂上，一节别开生面的亲职教育课正在开展。泰州学院教育科学学院副教授薛桂琴围绕发现孩子的兴趣、与孩子深度交流等主题，为家长们讲解如何培养孩子的专注力。

此外，海陵区法院还聘请心理学、教育学专家定期开设心理咨询课程，通过一对一心理辅导，帮助"问题家长"打开心扉，引导"问题家庭"构建有效沟通渠道和正确教育方式，帮助"问题少年"重获新生，构建起家、校、社会、司法为一体的教育帮扶体系。

"最开始亲职教育仅面对问题少年的父母开设，如今已扩展至离婚案件中有未成年人子女的当事人。"该院少年及家事审判庭副庭长吴爱萍表示。趁着今年家庭教育促进法落地的春风，海陵区法院在已有的基础上进一步探索，打造了"XIN 海港湾"亲职教育驿站，在案件办理过程中引入亲职教育"五步法"，通过问卷调查、分析评估、教育指导、专项建档、回访跟踪等方式，对失职父母进行家庭教育指导。

《人民法院报》2022 年 5 月 17 日刊登

肖梦琪：《人民法院报》通讯员

开展专项行动打击整治，维护老年人合法权益

倪 弋

为期半年的打击整治养老诈骗专项行动正在深入开展，各地公检法单位依法快侦快破快审一批影响大、关注度高的典型案件。从提供"养老服务"到投资"养老项目"、从销售"养老产品"到宣称"以房养老"、从代办"养老保险"到开展"养老帮扶"……这些案件暴露出针对老年人群体的诈骗套路，可谓花样繁多、防不胜防，严重侵害老年人合法权益。

鼓吹"收藏品"升值——"公司"原来是诈骗团伙

【案情】许某桥注册成立公司，招募员工组成诈骗犯罪团伙。这些人把廉价批发来的工艺品、字画包装成"收藏品"，引诱缺乏收藏知识的老年人购买。他们谎称"收藏品"有很大升值空间，为了打消老年人的顾虑，他们还对老年人说收藏品升值后可以代为拍卖或者销售，甚至可以兜底回购。

为取得老年人信任，许某桥等人伪造了很多"证明"。比如虚假的"收藏品"拍卖、销售记录等，甚至编造购买部分"收藏品"还能享受财政补贴。

截至案发，该诈骗集团共从 160 余名老年人处骗得 2071 万余元。法院以诈骗罪判处许某桥有期徒刑十四年，其余主犯和从犯等 16 人也被判刑。

【说法】江苏省常州市武进区人民法院法官吴文亮介绍，近年来，针对收藏品爱好者的诈骗伎俩翻新多样，而老年人群体由于获取信息渠道相对较少，风险防范意识不足，极易成为诈骗分子的重点目标。

不法分子专门收集老年人的联系方式，设计针对老年人的营销话术，利用老年人希望通过售卖收藏品获得利润的心理和防诈意识薄弱的特点，以帮助老年人获取高额利润为诱饵，骗取老年人的信任。不法分子还会以"收藏

品公司"包装自己，为"公司"租赁繁华地段的办公场所，并且有较为齐全的人员架构和设施配备等，营造"公司"正常经营的假象，以骗取信任。

吴文亮提示，广大收藏品爱好者尤其是老年人投资收藏品时，一定要认真核实资质，不能简单以公司环境、规模等表面现象判断其是否正规。要提高对诈骗犯罪的警觉，对涉及钱财的陌生来电应提高警惕，不要轻信不法分子的宣传或推荐，一定要通过正规拍卖机构进行交易。同时增强防范意识和证据意识，发现违法犯罪苗头及时报警，采取有效措施减少损失。

《人民日报》2022 年 7 月 21 日刊登

倪弋：《人民日报》记者

江苏法院两次集中宣判养老诈骗犯罪案件

郑卫平　胡敏慧

记者日前从江苏省高级人民法院专项行动工作专班会议上获悉，打击整治养老诈骗专项行动开展以来，江苏高院组织南京、苏州、无锡、镇江、扬州、南通、徐州等地 13 家基层法院，两次集中宣判了 20 件养老诈骗犯罪案件，其中非法吸收公众存款案 14 件、诈骗案 4 件、集资诈骗案 2 件，涉案金额共计 33.16 亿余元。对 52 名被告人分别判处无期徒刑、十二年有期徒刑至拘役四个月不等的刑罚，并处罚金。

江苏法院始终坚持"稳、准、狠"的总要求，不断巩固严打高压态势，依法严惩养老诈骗犯罪。集中宣判的案件，聚焦以提供"养老服务"、投资"养老项目"、销售"养老产品"等为名，侵害老年人合法权益的各类涉老诈骗犯罪。

全省法院以实现"三个效果"统一为导向，切实贯彻宽严相济刑事政策，将依法从严从快惩处和最大限度追赃挽损统筹起来，对造成被害人经济损失巨大或者具有恶劣社会影响的依法予以重判，其中 13 名被告人被判处五年以上有期徒刑；对作用小、具有认罪认罚、自首立功等从宽情节的，特别是积极退赃退赔的，依法适当从宽处罚，其中 10 名被告人被判处缓刑。

此外，江苏法院坚持"一边打击整治、一边宣传发动"，将宣传发动贯穿专项行动工作始终，积极下沉社区、深入群众，广泛宣传养老诈骗危害性、迷惑性及常见套路手段，提升老年人反诈防骗的意识和能力。

《人民法院报》2022 年 7 月 20 日刊登

郑卫平、胡敏慧：江苏省高级人民法院

规避非法集资陷阱　守护群众财产安全

罗莎莎

非法集资危害极大，给受害者家庭财产和身心健康带来极大伤害。如何提高对非法集资的识别能力？怎样更好地规避非法集资陷阱？为此，《法治日报》记者选取江苏省连云港市人民法院审结的数个涉及非法集资的典型案例，以期通过以案释法，提醒广大群众"珍惜自己的血汗钱、保卫父母的养老钱、守住子女的读书钱"，拒绝高利诱惑、远离非法集资。

编谎言吸金八百万　诈骗多人获刑八年

2019年9月至2020年9月间，张某编造投资手机、电脑刷短视频等可获得高额回报的虚假事实，并采用发朋友圈、在网络媒体登广告、口口相传等途径，在连云港市东海县黄川镇等地向社会公众进行虚假宣传，吸收周边数十人资金800万元以上。

经查，张某在非法获取集资参与人投资款后，将大部分资金用于支付前期投资者返利，部分资金用于个人购置汽车等消费，未投入任何盈利项目。据不完全统计，已报案的周某、刘某、王某某等18名被害人的236.94万元集资款未能返还。

连云港市东海县人民法院审理认为，被告人张某以非法占有为目的，使用诈骗方法进行非法集资，所涉资金数额巨大，其行为构成集资诈骗罪。根据其犯罪情节和悔罪表现，依法对其判处有期徒刑八年，并处罚金。

法官庭后表示，集资诈骗罪一般是指以非法占有为目的，使用诈骗方法非法集资且数额较大的行为。本案被告人编造多个投资项目，通过发朋友圈、在网络媒体登广告等方式对外宣称投资后通过简单操作每天都能获得高额返利，后通过返点和分红，给被害人初尝"甜头"，使其相信投资一定可以获得可观的收入，让被害人将自己的积蓄倾囊而出，已报案的被害人仅有数十人，但是被告人吸收的资金就达到了 800 万元。

法官提醒，集资诈骗犯罪不仅损害了人民群众的经济利益，还破坏了金融管理秩序，具有很强的社会危害性。在司法机关严厉打击集资诈骗犯罪的同时，投资者需提高警惕、谨慎投资，投资前认真思考投资内容的逻辑性、可靠性，不要陷入高回报的陷阱。

高利为饵虚构项目　集资百万获刑三年

自 2017 年以来，王某某利用其浦南镇太平村保真超市店长的身份，假借超市进货倒货需要资金之名，虚构经营项目，以高额利息为诱饵，并通过口口相传的方式向 9 户社会不特定人员非法集资 110 余万元。

经查，王某某将其集资款用于归还小额公司贷款、借款人利息、本人日常消费等，至今尚有 76.68 万元被其非法占有使用，未能归还。

连云港市海州区人民法院经审理认为，被告人王某某以非法占有为目的，使用诈骗方法非法集资，应当以集资诈骗罪追究其刑事责任。根据被告人王某某的犯罪事实和情节，依法以集资诈骗罪判处被告人王某某有期徒刑三年，并处罚金。

法官庭审后表示，当前，集资诈骗手段一般较为隐秘，本案就属于犯罪分子在实施集资诈骗时的常见行为，以超市店长的身份获取投资人的信任，虚构经营项目骗取投资。希望广大群众要擦亮双眼，厘清投资思路，找准理财渠道，警惕高利诱惑，注重风险评估，通过合法的金融机构储蓄或寻求合法稳妥的投资理财项目，否则一旦陷入非法集资的陷阱，很可能血本无归。

组织打会诱惑投资　吸储千万获刑罚金

2011 年 2 月 11 日至 2020 年 11 月 11 日，杨某在自己的住处组织"打会"，以高额利息为诱饵，虚构项目，通过口口相传方式，向不特定公众非法吸收公众存款。所得款项除用于支付前期集资参与人本息外，部分资金被其用于个人消费、对外借贷等，后由于资金流断裂，最终造成投资者资金损失。

截至公诉机关起诉时，已有 135 人至公安机关报案，投资金额共计 16 668 273 元，损失金额共计 3 564 514 元。

连云港市海州区人民法院经审理认为，被告人杨某在不具备相关许可的情况下，违反国家金融管理法规，通过"打会""请会"等形式承诺还本付息等手段，变相非法吸收"会员"资金，数额巨大，其行为已构成非法吸收公众存款罪。根据被告人杨某的犯罪事实和犯罪情节，依法以非法吸收公众存款罪判处被告人杨某有期徒刑四年，并处罚金。

法官庭后表示，"打会""请会"本是局限于群众间的私下小额资金互助，是一种民间的集资方式。但近年来，部分不法分子以"打会"为外衣变相非法集资，违背小额互助的原则，公然违法吸储，破坏金融管理秩序，影响社会稳定。希望广大群众警惕民间"打会"陷阱，树立正确的投资理念，遇事要擦亮自己的眼睛，拆穿非法集资骗局，守住钱袋子，护好幸福家。

未经审批集资建院　单位个人均获刑罚

2011 年至 2019 年间，连云港市灌南县某医院负责人张某某为筹集医院建设、经营资金，未经国家相关部门审批，通过朋友介绍、口口相传等方式，承诺给借款人 1.5 至 3 分的月息，向社会不特定对象 80 余人非法吸收存款共计人民币 3000 余万元，造成损失人民币 2000 余万元。

灌南县人民法院审理后，以非法吸收公众存款罪判处被告单位灌南某医院罚金人民币 20 万元；以非法吸收公众存款罪判处被告人张某某有期徒刑四年，并处罚金。

承办法官庭后表示，任何企业或个人，在未获得国家金融监管部门审批同意情况下，不具备吸收存款的资质。本案中，灌南某医院违反金融管理规定，超出可持续盈利水平承诺还本付息，向社会公众变相吸收存款，扰乱金融秩序的行为属于非法集资。

法官提醒，投资理财要通过国家金融机构等正规渠道，不轻信身边传言，不盲目追求高回报，避免落入非法集资陷阱。在缺少稳妥的投资渠道或较为专业的投资技能时，要谨慎对待投资，树立防范意识，克服侥幸心理，抵制高利诱惑，避免盲目投资，一旦发现可能参与非法集资，要果断退出，保留好相关证据，及时报案，以免损失扩大。

<h2 style="text-align:center">利用网络骗取融资　违法放贷获刑十年</h2>

2015 年 4 月、8 月，王某等人分别在东海县牛山街道注册成立连云港宝丰经济信息咨询有限公司，在连云港市海州区注册成立江苏通正宝投资有限公司，并建立宝丰财富 P2P 平台和连云港市 E 贷网平台，假借公司名义，对外宣称公司主营信息咨询、网上融资、车辆抵押贷款等业务，并在网上发布虚假车辆抵押信息，通过 QQ 群广泛添加好友、开展宣传，吸引不特定人员投资，将吸收来的资金用于放贷。

2015 年 5 月至案发，王某等人以高息为诱饵发布虚假融资信息，通过上述平台骗取 28 名被害人人民币共计 1 402 297.81 元。

连云港东海县人民法院以集资诈骗罪判处被告人王某有期徒刑十年，并处罚金，对其余被告人判处有期徒刑四年至八年不等的刑期，并处罚金。

法官庭后表示，在传统集资手段之外，犯罪分子还善于利用新生事物，冠以众筹平台、融资管理、互联网金融等名义，或涉及投资理财、非融资性担保、P2P 网络借贷等领域，直接借助互联网进行非法集资，冠冕堂皇，真假难辨，投资者需提高警惕、谨慎投资。本案被告人通过大肆虚假宣传，承诺保本保息，假借互联网借贷平台非法集资，造成集资参与人财产损失。人民法院充分发挥刑罚的威慑作用，依法严惩假借互联网金融创新非法敛财的犯罪分子。

《中华人民共和国刑法》相关规定

第一百七十六条　非法吸收公众存款或者变相吸收公众存款，扰乱金融秩序的，处三年以下有期徒刑或者拘役，并处或者单处罚金；数额巨大或者有其他严重情节的，处三年以上十年以下有期徒刑，并处罚金；数额特别巨大或者有其他特别严重情节的，处十年以上有期徒刑，并处罚金。

单位犯前款罪的，对单位判处罚金，并对其直接负责的主管人员和其他直接责任人员，依照前款的规定处罚。

有前两款行为，在提起公诉前积极退赃退赔，减少损害结果发生的，可以从轻或者减轻处罚。

第一百九十二条 以非法占有为目的，使用诈骗方法非法集资，数额较大的，处三年以上七年以下有期徒刑，并处罚金；数额巨大或者有其他严重情节的，处七年以上有期徒刑或者无期徒刑，并处罚金或者没收财产。

单位犯前款罪的，对单位判处罚金，并对其直接负责的主管人员和其他直接责任人员，依照前款的规定处罚。

老胡点评

无论是集资诈骗还是非法吸收公众存款，都属于非法集资行为。非法集资侵害公民财产、扰乱金融秩序、破坏平安稳定，其造成的社会危害性不容小觑。近年来，国家打击整治力度虽然不断加大，但非法集资的违法犯罪活动依然时有发生，需要进一步强化综合治理措施，彻底铲除非法集资的土壤，守牢公民的钱袋子。

从本期案例中我们可以看到，非法集资的违法犯罪分子往往绞尽脑汁，利用一些人希望获取高回报的心理，编造虚假项目、许以高额利息，诱惑人们落入陷阱之中而无法自拔。一旦非法集资得逞，这些违法犯罪分子往往一走了之、卷款而逃，即使抓捕归案，赃款也往往被其挥霍殆尽，给受害人带来极大损害。

因此，相关单位应当进一步加大宣传力度，普及识别、防范非法集资的知识。在宣传手段上，应当多管齐下，更注重利用移动通信等新媒体的传播效力。在宣传形式上，应当更加通俗易懂、生动活泼，使防范非法集资的知识真正入脑入心，外化于行，从源头上消除非法集资的隐患。

司法机关要进一步加大打击整治力度，无论是集资诈骗还是非法吸收公众存款，要发现一起查处一起，构成犯罪的坚决定罪量刑，决不姑息。同时，还应当进一步加大追赃挽损力度，并依法及时返还受害人。

《法治日报》2022 年 9 月 4 日刊登

罗莎莎：《法治日报》记者

执行为民永远在路上

——江苏法院涉民生案件执行工作纪实

陈　坚

"我为群众办实事"实践活动开展以来，江苏全省各级法院围绕"涉民生案件力争年底前全部执结"工作目标，压实工作责任，明确办理期限，加大执行力度，专项执行行动取得良好成效。江苏省高级人民法院组织推进涉民生案件执行、执行案款清理等工作经验还被中央教整办刊发。2021年，江苏全省法院共执结涉民生案件 123 779 件，执行到位金额 53.9 亿元。2021 年救助申请执行人 842 人，救助金额 1452.8 万元。

"执行风暴"强化震慑显威力

"所有人员立刻出发！"随着南通市海门区人民法院副院长郭建雷一声令下，2021 年 12 月 4 日，在宪法日当天的凌晨，海门法院 39 名执行干警闻令而动，根据既定方案分 10 组迅速奔赴各个执行现场，掀起新一轮涉民生执行"江海风暴"专项行动。

该次行动的重点是集中清理拒付"三养费"、拖欠职工工资、工伤赔偿款等涉民生执行案件。凌晨 5 点，雾霭沉沉，执行干警远赴如皋，来到一起土地承包经营权纠纷的被执行人吴某家中，面对突然上门的执行人员，睡眼蒙眬的吴某从床上惊醒。"这个案件拖了许久，你拒不履行义务，现在跟我们到法院处理。"在强大的执行震慑下，被执行人最终与 19 名农民达成和解协议。

半个月后的 12 月 19 日，泰州市中级人民法院及海陵区、高港区人民法院执行干警在江苏高院的统一部署下，利用周末时间开展涉民生案件集中执行活动，共计出动警车 9 辆，执行干警 58 名。经过一天的奋战，共执行案件 10 件，拘传 1 人，扣押车辆 1 辆，搜查 3 处，顺利执结案件 5 件。

以上是全省各级法院常态化集中开展涉民生案件执行的缩影。江苏法院常态化开展"凌晨执行""节假日执行""午间执行"，形成对被执行人的高压态势，并深入开展根治欠薪冬季专项行动，对每一件涉农民工工资案件进行拉网式清理。会同江苏城市频道在全省 13 个市开展"我为群众办实事——冬季攻势执行直播行动"，无锡市中级人民法院开展"雷霆执行"，淮安市中级人民法院推进"暖冬行动"，盐城法院常态化开展"盐阜风暴"，持续加大涉民生专项执行力度，形成强大社会声势。

"江苏法院加大执行力度，常态化开展涉农民工工资、工伤赔偿、追讨赡养费和抚养费等涉民生案件专项执行行动，切实维护百姓合法权益，以实际行动践行司法为民的初心与使命。"江苏高院执行局副局长王成说。

聚焦"急难愁盼"破解身边难题

2021 年 11 月 18 日，南京市秦淮区人民法院一楼大厅人头攒动，江苏高院在南京市秦淮区法院执行指挥中心举行全省法院执行案款集中发放活动。李大妈在拿到 2 万多元执行款后表示，自己被同事欠款几年后才想到去法院起诉，没想到"养老钱"一下子就执行到位了。本次执行案款集中发放活动涉及多个类型的民生案件，全省共设立执行款发放现场 96 个，发放执行案款 6.2 亿元。

申请执行人祝某因与朱某、简某是朋友关系，便将"养老钱"借给他们，二人因经营不善拒不还款。祝某遂将他们诉至法院后达成调解协议，但朱某、简某仍未按协议履行。案件进入执行阶段，祝某找到执行干警，反映其患有重病，其妻子也常年卧病在床，两人均等着这笔钱治病。"这可是申请执行人的救命钱啊，必须争分夺秒！"执行干警立即开展行动，将二人带回法院，可两人称没有钱还，任由法院处置。鉴于被执行人的恶劣态度，无锡市惠山区人民法院拟对朱某、简某采取司法拘留措施，并带至医院进行核酸检测及体检，为拘留做准备。朱某、简某这才感受到法院的执行威慑力，连忙筹到 8 万元，偿还了被执行人。

全省各级法院还扎实开展涉农民工工资、工伤、医疗、抚恤、抚养、赡养等案件集中执行，坚持"优先立案、优先执行、优先发放执行案款"原则，切实提升涉民生案件执行效率。本着便民、高效、快捷的理念，全省各级法院均已建立执行事务中心，设置集中接待来访与集中接处举报电话场所，为执行案件当事人提供"一站式"服务。对于被执行人确无履行能力，申请执行人又面临生活困难的案件，充分运用司法救助机制，穷尽一切措施兑现胜诉当事人合法权益。截至目前，已救助申请执行人 606 人，救助金额 823.95 万元。

"科技赋能"服务民生再升级

用现代技术手段为涉民生执行"加持"，江苏法院实现执行工作从数字化到智能化再到智慧化的转变。

江苏高院全面完成执行工作"854 模式"迭代升级工作，建立健全以执行指挥中心为中枢，以"执行办案无纸化"与"执行事务中心"为依托的民事执行实施权"一体两翼"新机制，全面推行便民、利民的执行事务一站式服务。

无锡市新吴区人民法院在执行李某与无锡某公司追索劳动报酬纠纷一案时，经线上查控，被执行人名下无可供执行的财产，但该公司仍在正常经营。执行法官遂在企业经营场所安装电子封条，一旦人员进出监控区域，电子封条会发出"法院查控财产请勿靠近"语音警告。安装电子封条后的第二天，"失联"老板就主动联系法院，愿主动履行义务，请求拆除电子封条，后该案顺利执结。

得益于科技赋能，全省法院首次执行案件结案平均用时从 2018 年的 154 天缩短至目前的 86 天，执行完毕案件结案平均用时从 100 天缩短至 56 天，法定期限内结案的比例从不到 75.15% 提升到 97.02%，人民群众权利兑现的时限大为缩短，获得感不断增强。

《新华日报》2022 年 1 月 20 日刊登

陈　坚：《江苏法治报》记者

江苏高院宣判一起 18.74 亿元涉老集资诈骗案

赵　璠　胡敏慧

　　近日，江苏省高级人民法院宣判一起销售"地宫穴位"等涉老项目集资诈骗、非法吸收公众存款案。被告人朱某华等虚构"地宫穴位"理财项目、汽车租赁债权项目向不特定的 4000 余人非法集资，其中有 1200 多名老年人，集资诈骗金额达 18.74 亿元。主犯朱某华被判处无期徒刑。

　　法院经审理查明，2014 年 3 月至 2018 年 7 月，被告人朱某华、朱某根利用朱某根及他人身份材料注册成立凤鸣财富管理（苏州）有限公司、苏州苏玺资产管理有限公司等多家公司。在上述公司没有取得相关金融资质的情况下，由被告人朱某华负责策划，将虚构不合规的"地宫穴位"项目、夸大的汽车租赁债权项目等包装成"创新 3 号""创新 6 号""金凤 8 号""金凤 26 号""苏玺财富"等 12 种理财产品，由销售团队通过散发传单、举办酒会、业务员推广等方式对外公开宣传，通过与集资参与人签订股权认购计划合同、债权计划合同等形式，以高收益率为诱饵，向社会不特定群体销售理财产品，向 4300 余人非法集资，其中涉老年人 1200 余名，实际吸收金额 18.74 亿元，至案发尚有 9.13 亿余元未能返还。

　　江苏高院二审审理认为，被告人朱某华、朱某根在无相应经营及偿还能力的情况下，虚构 12 种理财产品向社会公众宣传，非法吸收资金，吸收的资金被主要用于还本付息，归还个人债务及消费等，给集资参与人造成 9.13 亿元损失，应认定其行为构成集资诈骗罪。

　　法院认为，虽然被告人朱某华主动到公安机关投案自首，但因其集资诈骗的对象包括 1200 余名老年人，且造成的损失绝大部分难以追回，归案后对非法集资款的去向不能如实供述，故不予以从轻处罚，以集资诈骗罪判处其无期徒刑，剥夺政治权利终身，并处没收个人全部财产；以集资诈骗罪判处被告人朱某根有期徒刑十年，并处罚金 40 万元；查封、扣押、冻结的财物依法处置后，按比例发还集资参与人；继续追缴各被告人的违法所得，不足部分责令各被告人在所参与犯罪数额内继续退赔，发还集资参与人。

《人民法院报》2022 年 5 月 26 日刊登
赵　璠、胡敏慧：江苏省高级人民法院

建设『枫桥式人民法庭』 服务乡村振兴

6

充分发挥职能作用，全面融入乡村治理大格局，在时代新课题中把握高质量发展契机，积极建设"枫桥式人民法庭"，促进构建"三治"融合的现代乡村治理体系、全面推进乡村振兴。

共同绘就乡村振兴的司法新画卷
—— 全省人民法庭高质量发展全面助推乡村振兴纪实

朱 旻

人民法庭扎根乡村，是乡村振兴的支持者、参与者和建设者，江苏全省法院 301 个人民法庭紧扣乡村振兴新任务新要求，深度参与基层社会综合治理，谱写出情系百姓、司法服务乡村经济社会发展的生动篇章。

2021 年 3 月，江苏省高级人民法院服务乡村振兴（张家港）实践基地挂牌成立，成为全国法院系统首个服务乡村振兴实践基地。随后，江苏高院在涟水县人民法院、如东县人民法院、沛县人民法院大屯人民法庭等 5 家基层法院、3 家人民法庭挂牌成立实践基地。

勇当"吃蟹者" 探索乡村产业振兴

苏州市相城区阳澄湖镇消泾村是全国知名的"大闸蟹之乡"。金秋时节，相城区人民法院副院长吴宏、渭塘人民法庭庭长干文建一行来到消泾村阳澄湖大闸蟹交易市场，向商户们发放《大闸蟹特色产业常见法律问题答疑》手册。手册内容涵盖了大闸蟹承包合同、蟹苗养殖、货品运输、提货券使用等问题解答，商户们非常欢迎，争相领取。

"消泾村大闸蟹产业发展的同时，不少养殖、交易纠纷涌向法庭。"干文建介绍了一起刚到庭的案件：某蟹业公司已将不同面值的提货卡提供给电商平台，平台却没有对已出售给客户的提货卡向商家支付相应的货款，造成商家在网络平台冻结了全部未付款的礼卡，损害了持卡人凭卡提货的合法权益。目前该案正在法庭审理中。

"消泾村从一个偏僻落后的乡村，十多年间发展成村民富裕、乡风文明、环境优美的'明星村'，靠的是在村党支部领导下，全村劳动者敢当'吃蟹者'的勇气锐气。"吴宏说，2021年以来，渭塘法庭将涉消泾村大闸蟹养殖、交易案件进行精细化审理，并作为"一庭一品牌"重点项目加以推进，这次编写的手册针对案件审理中发现的问题，紧密结合了商户需求。

精做"解纷者"合力推进诉源治理

2021年9月，王某承包的鱼塘被雨水漫过，养殖的鱼被水冲跑。王某称是某工程有限公司在改扩建京沪高速双塘路段施工过程中，将其鱼塘附近的行洪排水河道堵死，致使下大雨后鱼塘无法排水，遂向该公司索赔。调解中，该公司认为王某鱼塘漫水是大雨导致，与其修路行为没有关系，且王某也不能证明其有多少鱼被水冲走，损失无法确定。

因双方争议较大，双塘镇法庭员额法官、叶庄村"法治书记"唐恒涛两次组织调解都没有成功。"我们近期准备再组织一次调解，如果还不能达成一致，建议通过诉讼解决。"唐恒涛说，基层纠纷解决的规律是越往后端风险越多、难度越大、程序越复杂、成本越高，诉源治理强调"把非诉纠纷解决机制挺在前面"，就是促进矛盾纠纷有效分流多元化解，从而实现从源头上减少诉讼增量。

联动社会力量，打通诉源治理、社会治理"最后一公里"。在位于沛县法院大屯法庭辖区龙固镇中一社区的党群便民服务中心，公安、司法、法院联合办公，地方网格员梳理、排查矛盾纠纷上报，警格员对能够化解的邻里矛盾及时化解，需要司法确认的，由矛盾纠纷多元化解工作室的特约法官和工作人员审核后出具司法确认文书。警格员不能化解的矛盾纠纷，由中心司法所的家事调解室介入调解，实在化解不了的案件进行自助立案，通过诉讼风险评估终端进行案件风险评估，最后由大屯法庭法官在党群服务中心里的龙固巡回法庭开庭审理，由此形成矛盾纠纷化解的完整闭环。

"龙固镇矛盾纠纷基本就在这个闭环中化解掉了，小事不出网格、大事不出镇、矛盾不上交，社会治理逐步走向'社会善治'。"沛县法院党组书记、代院长李徐州说。

经过一年多的实践,"龙固样本"已被列入 2021 年徐州市法治为民办实事项目。大屯法庭庭长李魁说,诉源治理如何,数字是最显现的成果,过去龙固一直是大屯法庭的受案重镇,现在法庭受理案件数连续 3 年大幅下降。

目前,江苏高院正加快推进人民调解平台"江苏微解纷"进乡村、进社区、进网格,实现纠纷预警、分流、化解、调解、司法确认、进展跟踪、结果反馈等全流程在线办理,推动矛盾纠纷就地发现、就地调处、就地化解。

江苏高院立案庭庭长刘坤介绍,截至目前,全省已有 292 家人民法庭入驻平台,入驻基层治理单位 610 家。

勤当"送法者"法治种子播撒乡土

山凹村,地处南京市溧水区洪蓝街道梅花山旁、神山湖畔,周围十里梅岭、百种花木、千亩竹海、万亩草莓,是远近闻名的民宿"明星村"。

2021 年国庆长假前夕,溧水区人民法院洪蓝人民法庭的法官们特地走进山凹村,为十几家民宿开展量身定制的"法治体检",以案说法引导民宿经营者规范经营、有效化解游客和商家之间的纠纷。逐户随访中,"梅花山民宿"的老板提出想饲养些羊驼、梅花鹿以提升游客体验,法庭负责人王林引用了外地景区"网红大白鹅伤人"案例,向他介绍饲养动物损害责任纠纷中的常见问题和注意事项,提醒要特别注意游客的人身安全。

2021 年以来,溧水法院洪蓝法庭推出"左民右刑 普法护民"巡回普法品牌,在景区、社区、学校开展"消费者权益保护""防范电信网络诈骗""法爱同行"等普法宣传和法官宣讲 15 场。

"面对新形势新任务,全省人民法庭将通过一系列探索和实践,推动农村生态环境得到改善、乡村建设行动取得成效、乡村面貌发生变化、乡村文明程度得到提升,努力打造体现标杆水平的服务!"谈到人民法庭服务乡村振兴的前景,江苏高院民一庭庭长俞灌南充满信心。

《新华日报》2022 年 1 月 21 日刊登
朱旻:江苏省高级人民法院

"民有所呼，我有所应"

——江苏兴化法院人民法庭工作改革记事

万长荣　顾新燕

人民法庭面向群众、扎根基层，处在维护社会和谐稳定的最前沿、化解矛盾纠纷的第一线，是基层多元纠纷解决机制和社会治理体系中的重要纽带和法治保障。近年来，江苏省兴化市人民法院围绕"功能设置中心化、诉讼服务一站式"建设要求，为该院人民法庭绘制高质量发展蓝图。

"三三制"配置——法庭力量翻一番

人民法庭是人民法院加强与群众血肉联系的最前沿，也是满足群众诉求、提供优质司法服务的先锋哨所。然而，在法院内设机构改革推进过程中，民间借贷等类型化案件集中到院部审理，兴化法院人民法庭人员数量偏少、受案范围缩小，法庭功能日趋单一。

"民有所呼，我有所应。基层群众对司法服务的现实需求是我们改革的动力。"该院院长钱惠彬介绍，"今年年初，我们按照'三三制'标准，抽调精干力量充实到法庭，四个法庭全部实现了三名员额法官、三名法官助理、三名书记员的团队配置。"

"原来我们法庭只有两个员额法官，一年平均办理400多件案件，根本没有精力去参与基层社会治理。"兴化法院经济开发区人民法庭庭长朱均说，"现在不仅审判力量得到充实，由院里统一招聘的两位人民调解员也到位了，他们专门负责诉前调解工作，调解不成的，再予以立案。这样法官身上的担子轻了不少，也有了更多时间参与辖区平安建设。"

"我们将新招录公务员和新晋员额法官的第一站放到人民法庭，既为基层法庭注入了新生力量，也为青年干警提供了走进基层、贴近群众、掌握群众工作法的机会。"该院政治部主任王澄介绍。在评先评优、等级晋升、提拔任用时，适度向长期在人民法庭工作的干警倾斜，在有效化解"法庭空心化"的同时，也将基层人民法庭打造为优秀人才成长的摇篮。

充足的人员力量为法庭提供便利高效的诉讼服务夯实了基础。今年上半年，人民法庭员额法官人均办案数为 159.16 件，比去年同期减少 63.73 件，但法庭、法官在参与基层社会治理的广度、深度上却取得了根本性的改变。

"75%"办案目标——提质增效减诉累

"由于庭前确认了无争议事实，法庭调查和法庭辩论同步进行，今天的庭审比以往更高效。"安丰人民法庭一号法庭内，一名保险公司代理人感叹道。过去，受制于"两段论"逻辑，庭审中，当事双方经常重复表达，导致简单案件审理时间过长，复杂案件事实难以查清，案件质量和当事人满意度均不高。

为实现当事人在家门口参加诉讼，兴化法院对人民法庭收案范围进行科学调整，将婚姻家事、买卖合同、追索劳动报酬、农村土地承包合同等 24 类简案交由人民法庭审理，从而实现辖区内发生的一审普通民商事案件 75% 由人民法庭审理的目标。

面对案件数量的增加和类型的调整，基层人民法庭积极求变，从改变固有的庭审模式和法律思维入手，向庭审要效率，向效率要效果。适当调整原本的法庭调查和辩论固化模式，由法官根据案情灵活安排庭审环节，避免多个环节对庭审效率的递减效应。对于交通事故责任纠纷，法庭通过庭前书面质证的方式，简化庭审质证环节，增强庭审围绕争议事实和法律适用的实质化效果。

"积极推广适用令状式、要素式、表格式裁判文书，深入推进庭审实质化改革，严格控制简易程序转换为普通程序，将有效提升司法效率，更好保障人民群众合法诉讼权益。"兴化法院审委会专职委员徐开勇介绍。

通过实质化庭审、要素化审理、简约化文书，基层法庭有效提高了审判质效，今年上半年，四个基层法庭平均审理天数仅为 55 天，同比下降 9 天，一审简易案件适用率为 88%，同比上升 3%，为当事人节省了大量的诉讼成本和时间。

"一站通办"——司法服务零距离

"今天来法庭，只是想咨询一下立案流程的，没想到不仅案件立上了，还现场拿到了调解书。" 3 月中旬，一起离婚案件当事人来到兴化法院戴南人民法庭，咨询立案需要哪些材料。法庭接待后告知她，在法庭一样可以立案，不再需要多跑几十公里到城区了。弄清当事人诉讼请求后，法官随即与被告联系，了解到对方对财产分割方案没有意见，也同意支付孩子的抚养费，法庭当即登记立案。随后，法官组织双方进行调解，当事人在立案后一个小时就拿到了调解书。

截至 2 月底，四家基层法庭均设立诉讼服务中心，开通直接立案功能。"一窗通办" "一网通办"的立案服务，让辖区群众实现了"当场立、自助立、网上立、就近立"，今年上半年，各基层法庭合计立案 875 件，占全院新收案件 19.68%。

"才过了一周时间，工资就拿到手了，这下心里踏实了。"今年 4 月初，因受疫情影响，不少企业停业停产，拿不到工资的工人们走进法庭，咨询如何维护自己的权益。戴南法庭将工作重心前置，直接对话劳动者与用工方，通过诉前调解的方式，迅速帮助 43 名工人顺利与企业解除劳动关系，并当场领取 99 万余元补偿金。

"我们也想和工人们解除合同，但又担心补偿金过高承担不了，有法庭来主持调解，这工资我们愿意支付。"不仅工人，企业负责人对法庭快捷、高效、公正的司法服务也连声点赞。身子沉下去、服务送下去，群众的口碑自然就有了。据了解，该企业目前已顺利复工复产，好几位解除劳动合同的工人又回到了工作岗位。

《人民法院报》2022 年 8 月 2 日刊登

万长荣、顾新燕：兴化市人民法院

灌南县法院探索乡村治理新途径
融入乡村振兴"大格局"

严能本 朱 猛

灌南县地处江苏省东北部、黄淮平原南部，下辖 11 个镇。截至今年 5 月，全县 238 个村（社区）均搭建了"党建＋审务工作站"。这是灌南县人民法院探索司法参与乡村治理的新途径、新方式，也是该院以法治力量全面助推乡村振兴的一个缩影。一直以来，灌南法院坚持强基导向，强化人民法庭建设，提升基层法院司法水平，积极服务全面推进乡村振兴，为构建"生态优、村庄美、产业特、农民富、集体强、风气好"的新农村贡献法治力量。

党建挺在前 融入乡村振兴"大格局"

为充分发挥基层党组织的战斗堡垒作用，不断提升党员干部社会治理能力，创新基层社会治理方式，灌南法院主动融入大局，切实加强与地方党委的沟通协调，建立工作领导小组，积极推进法院主动融入基层治理大格局，依托人民法院的调解平台，联合基层社会治理的各方力量，构建横向到边、纵向到底的全覆盖司法服务网络体系，全力把矛盾和风险隐患化解在"早"及"小"，努力满足人民群众的多元司法需求。

更高质量地赋能乡村振兴工作，增强基层党组织的凝聚力、战斗力是关键。该院党组及下属党支部紧密结合"我为群众办实事"实践活动，与新安镇的镇郊社区、百禄镇的南房村等 10 多个村级党组织建立共建机制，通过选派优秀党员干警担任"驻村第一书记"，组织村干部和村民学习相关新政策、新精神，参与村里各项工作，促使大家心往一处想、智往一处谋、劲往一处使，真正让党旗飘起来、党员徽章戴起来、党员干起来，努力提升人民群众的获得感和满意度。李集镇新民村是首批入选江苏省特色田园乡村建设的试点村，展现在人们眼前的，是自然村落、农家小院错落有致，绿化苗木常青常绿，"生态优、村庄美、产业特、农民富、集体强、风气好"成为新民村广大干群共同奋斗的目标，当地努力实现"私事不出家、小事不出村、大事不出镇、矛盾不上交"。这也是灌南法院助力乡村振兴发展取得成效的一个缩影。

法官进网格　织密矛盾纠纷"调处网"

"网格化"管理是当下基层社会治理的一项全新举措。灌南法院积极探索法官融入网格、借力网格、服务网格的基层社会治理新路径，着力开展"法官进网格"创优活动，将全院法官、法官助理全员配备入格，并与县域范围内的所有"网格"和"网格员"建立微信群，力求做到互通有无。通过"法官进网格"活动精准对接社会治理的"神经末梢"，提升多元化解的质效，找准法院工作服务群众的切入点和着力点，将"我为群众办实事"实践活动不断引向深入，变法官"坐堂问案"为"入户走访"，与基层民间解纷力量形成合力，在发现案件苗头时提前介入、提前调处，切实把矛盾纠纷及时有效地解决在诉讼之前、法院之外。在下乡过程中了解群众需求，将化解矛盾的关口前移，尽最大努力实现案结、事了、人和。力争用法治思维护航"产业兴旺"，用法治文化滋养"乡风文明"，用法治方式实现"有效治理"，用法律维权巩固"生活富裕"，用法治手段保障"生态宜居"，打通服务群众的"最后一公里"。1~7月，法官常态化进村开展以案释法巡回审判13庭，利用"党建＋审务工作站"法治讲堂平台普法宣讲37场次，化解民间借贷、土地承包经营权和子女赡养老人等矛盾纠纷89件，让公平正义和司法服务温暖百姓的心田，提升群众的安全感和幸福感。

构建新机制　打造社会治理"新品牌"

今年，灌南法院投资600多万元翻新改造了"诉讼服务中心"和"审判融合管理中心"，运用智能化管理手段，对全院立、审、执工作中的各个流程节点进行全方位的监督管理，以"整合在线服务平台、提升线上服务应用率"

建设的全新理念，推行"首选线上办、有序线下办"服务模式，努力打造线上线下一体化司法服务升级版。与此同时，还将智能诉讼服务站点向乡镇和边远区域延伸，设立 24 小时自助诉讼服务一体机、风险智能评估机，"我要起诉、我要缴费、线索举报、文书签收、执行申请、阅卷查询和材料打印"等功能一应俱全，且方便简捷，极大地方便了边远地区当事人的诉讼查询。该法院还紧扣乡村振兴新形势、新要求，依法妥善处理涉及"三农"领域的传统纠纷以及观光农业、乡村旅游等新业态纠纷，闯出了一条具有地方法院特色的共建共治共享诉源治理之路。

灌南法院依托党建、法治、科技和服务等板块不断拓展加法，赋能创新，为建设农业强、农村美、农民富的新时代鱼米之乡，更富成效地推进农业农村现代化建设贡献人民法院的司法力量。

"乡村振兴，法治同行。我们将立足审判主业，紧扣乡村振兴战略部署，多元化解矛盾纠纷，服务基层社会治理，力求满足人民群众日益增长的高品质法治需求，通过党建、法治、服务等赋能乡村振兴，为奋力谱写新时代乡村振兴新篇章贡献司法力量和智慧。"灌南法院党组书记、院长李作超说。

《新华日报》2022 年 8 月 18 日刊登
严能本、朱猛：灌南县人民法院

四家法庭组建协作联盟服务保障"一带一路"

刘慧洋　王馨颖　李函潞

8月9日上午，中国（江苏）自由贸易试验区连云港片区法庭、南京海事法院连云港法庭、灌南县人民法院灌河流域环境资源法庭、连云区人民法院徐圩新区人民法庭《服务保障"一带一路""法庭协作联盟"合作框架协议》签约仪式在连云区人民法院举行。按照合作框架协议，四家协作法庭紧扣中国（江苏）自由贸易试验区连云港片区、国家东中西区域合作示范区、徐圩港区发展规划，结合自身职能优势，明确了各自司法服务保障的方向。

中国（江苏）自由贸易试验区连云港片区法庭以打造"服务保障外向型经济创新发展的专业法庭"为宗旨，为"进口资源和出口产品加工贸易的共建港"提供优质高效的法治服务。南京海事法院连云港法庭以服务"陆海联动、河海联运、开放创新"为特色，为"综合服务能力强大、安全高效的枢纽港"提供优质高效的法治服务。灌南县人民法院灌河流域环境资源法庭以服务"生态优先，绿色发展"为标准，为"绿色、智慧、循环、低碳的示范港"提供优质高效的法治服务。连云区人民法院徐圩新区人民法庭以服务"临港重大产业发展"为核心，为"万亿级世界一流石化基地相匹配的产业驱动型大港"提供优质高效的法治服务。

"南京海事法院特别是连云港法庭要以此次法庭协作联盟成立为契机，全面落实合作框架协议各项内容，努力为更高质量推进共建'一带一路'贡献海事司法力量。"南京海事法院党组书记、院长花玉军表示，要集聚司法协作新动能、彰显司法协作新成效、打造司法协作新品牌，完善联盟法庭之间组织联络、决策会商、协作办案、立体保护、人才培养、联动宣传等工作机制，积极探索"共享法庭"等创新举措，推动形成良好协作格局。

各法庭将通过加强良性互动、密切协作，共同推动建立"商事＋海事＋环保＋基建"领域权益一体化协同保障，形成立体、融合式品牌创建工作格局。合作框架协议还对建立组织联络机制、完善协作办案机制、构建立体保护机制、加强人才交流培养机制、强化联动宣传机制等方面作出具体约定。

"协商建立'自贸法庭＋徐圩法庭＋海事法庭＋灌河流域环资法庭'法庭联盟，实现'商事＋基建＋海上运输＋生态环保'一体化协同保障，对于服务保障高水平全方位对外开放、打造'一带一路'合作倡议坚强支点和战略链接意义重大。"连云港市中级人民法院党组书记、院长李红建介绍，法庭联盟将突出"共商"，在深化工作交流上聚合力；突出"共建"，在创新工作机制上强支撑；突出"共享"，在打造工作品牌上求突破。在打造精品案例、优秀经验等方面，大家同心同向、共同发力，全面提升联盟平台的品牌力。

随着"一带一路"合作倡议的深入推进，连云区与"一带一路"沿线国家和地区的经贸往来日益密切、合作交流不断深化、司法需求与日俱增，迫切需要更高水平的法律服务、更高质量的法治保障。此次签约，不仅是四家法庭司法合作的良好开端，更是连云区司法工作拓展合作领域、提升合作层次、增强服务能力的一次难得机遇。连云区委书记华宏铭表示，连云区将以此次签约活动为契机，持续加强与沿线地区司法机关的交流互鉴，推进司法领域深度合作，为"一带一路"交汇点强支点建设提供有力司法保障。

《新华日报》2022 年 8 月 11 日刊登

刘慧洋：《新华日报》记者

王馨颖、李函潞：连云港市中级人民法院

古镇法庭，在千年烟火中守望司法

艾家静

初秋时节，烟雨江南。一群身着汉服的女孩在甪直古镇的一家网红店里，举起印有古镇吉祥物"端端"的咖啡杯自拍。透过复古的花窗，象征法律庄严与公正审判的"甪端"石雕清晰可见，沿着神兽凝望的方向，走过一条马路，就是江苏省苏州市吴中区人民法院甪直人民法庭。

跨越 2500 年的历史，串联城市与乡村，细数全苏州 35 个人民法庭，像甪直这般各异其趣之地还有很多。太仓沙溪、吴江黎里（汾湖）、常熟古里，皆具悠远文脉浸润与厚朴风韵，搭乘时代快车，在司法的恒久守望中，古镇法庭书写了过去的事迹，也铸造着未来的美好。

新旧冲突间的动能转换

古镇的案子五花八门，但要问法庭的法官最怕碰上哪种官司？答案相同：涉及老宅基地的纠纷。背后原因也大概一致：历史遗留问题，事实查无可查。

20 世纪 80 年代起，城乡二元藩篱逐渐破除，古镇掀起一波又一波土地开发潮与招商引资热，至今方兴未艾。"老宅也好土地也罢，经历了集体收归到个体所有的过程，导致其间权利关系极其复杂。"最近，为了一起老人过世引发的子女析产纠纷，太仓市人民法院沙溪人民法庭庭长王月跑了多家档案馆，查不到原始产权登记材料，案件陷入僵局。

这种情况在其他古镇也很常见。"没别的办法，只有反复调解。"在甪直法庭庭长王丽芳看来，就算运气好有记录，囿于彼时登记政策可能一户只上一个名字，能否单纯依此进行法律认定也得打个问号。

发展的车轮滚滚向前，遗留问题还未得到完全消解，新一轮产业加速聚集与资源集约处置的进程也已拉开帷幕。

那些极具江南色彩的"小桥流水人家"风景，只是古镇的一小部分，古镇的经济开发区都在拼尽全力吸引企业进驻，特色产业园拔地而起；大片的农田水塘从以往分散打理变成村委会统筹发包进行种植养殖；老街和景区的商铺被集中收归再统一出租经营……古镇迎接着农业、产业和文旅上的新机遇，挺在司法服务最前沿的人民法庭也面临越来越多的新挑战与新课题。

"以往案件比较琐碎，民事纠纷占大头，这两年商事案件不仅数量增多，诸如涉及公司解散、股东知情权等新类型案件也越来越多。"王丽芳说。去年一年，只有三名法官的甪直法庭新收案件1590件，办案量最多的一人办了606件。其他三个法庭的案件量也在1500至1800件不等，其中商事案件大都超过一半。

面对人案矛盾，想方设法推进诉源治理，将法治力量向引导和疏导端倾斜，成为古镇法庭乃至苏州法院的"不二法门"。

办理一案、治理一片，沙溪法庭在"太仓药谷"生物医药产业园设立溪法巡回共享法庭，精准服务园区企业；审结一起沙家浜景区游客受伤的案件后，古里法庭决定多走一步，设置巡回审判点，近距离服务旅游景区。截至目前，四个人民法庭已在辖区各村镇板块挂牌了六个巡回审判点，真正把司法资源送到百姓家门口。

效果怎么样，案件量说话。因靠近阳澄湖，古里芦荡村鱼塘特别多，前几年，村里把鱼塘租给村民，村民又转租给外来第三人，由于合同到期引发矛盾冲突，每年至少十来起此类案件。常熟市人民法院古里人民法庭庭长赵一波说，这类纠纷很棘手，有时合同到期了，鱼塘里的螃蟹、河蚌还没成熟，一判了之很难保障第三人利益，执行也容易引发群体纠纷。

为此，古里法庭深入村委会，"一案一策"精准选择，量身定制解决方案。一方面，积极开展巡回审判，秉专业之道、行普法之责；另一方面，针对典型的拒不执行案件，彰显雷霆之势强制清场，刚柔并举，在农村营造守法诚信的浓厚氛围。

法润水乡的书香文脉

青年小吴在黎里古镇长大，几年前去云南旅游的经历激发了他回家乡创业的念头，没想到这条路并不好走。

"当时看到丽江酒吧一条街生意特别火，想着我们苏州古镇条件那么好，何不把风景变钱景？"小吴说干就干，一下子投资 200 万元在镇上开了一家面积为 500 多平方米的酒吧，并与房东也就是古镇经营方签了长达 20 年的租约。

谁也没料到，疫情来势汹汹，游客和本地人的生意都难做，小吴一时资金周转困难，拖欠好几个月租金。吴江区法院黎里人民法庭收案后考虑到，如果直接解除租赁合同，小吴将血本无归，酒吧停业也不利于古镇后期招商运营，于是多番组织调解寻求共赢方案。

"最后就在这里签订了调解协议。"黎里法庭庭长厉昱中站在古镇巡回审判点，指向不远处一桩灯光闪烁的二层小楼，"那就是小吴的酒吧。"减免了部分疫情期间的租金后，小吴得以喘口气恢复经营，正努力将酒吧打造成古镇的地标性商家，圆自己一个"文艺青年"的梦。

文化在历史长河中流淌，滋养了民风民俗，也浸润了司法理念。"不能就案办案，一定要详尽调查摸透背后渊源，从根子上解决问题。"这是四位庭长不约而同的要求，也是在司法实践中彰显人文精神的应有之义。

扎根法庭 20 多年，赵一波印象最深的是一起"外来妹"离婚案。"夫妻不和、婆媳掐架，丈夫铁了心离婚，受伤的婆婆还要追究儿媳的刑事责任，一连串闹出好几桩官司。"一槌判下去，万一当事人想不开怎么办？如何达到法律效果与社会效果的统一，始终是赵一波追求的方向。通过走访当地妇联和邻居了解实际情况，他花费半年时间不厌其烦地"背对背""面对面"做工作，最终以各方都接受的方式一揽子解决纠纷。

国家战略下的古镇视角

黎里法庭所辖的元荡村，有一座全长 585 米的慢行桥，勾连起上海青浦和苏州吴江。步行就能实现的跨越，从一个侧面反映了长三角一体化的加速进程，这其中就涵盖"全域协同"的法庭工作联盟机制。

2021年6月，江苏吴江、浙江嘉善、上海青浦的12家人民法庭在吴江区签署备忘录，通过深入发挥人民法庭前沿阵地作用，全方位增强示范区司法协作机制效应。

对黎里法庭而言，这一机制的建立有着不同寻常的意义与作用。

因为江苏和浙江以及上海的赔偿标准不一样，有的情况下算法不同可能会拉开几十万元的差距。如今，三地法庭之间互通有无，还会针对具体个案集体研判，妥善化解了一批相关纠纷，也对尝试先行统一示范区三地司法裁判尺度、加强常态化司法协作起到了积极的示范作用。

勇立长三角一体化发展和乡村振兴两个战略机遇叠加的"风口"，四地古镇没有只发展旅游业，而是选择大力发展当地特色的支柱性产业，这也给四地法庭打开了更多服务切口。

不久前，吴江区电梯行业诉源治理推进会在黎里法庭召开，法庭将创新推出的"黎解里纷"品牌引入电梯行业纠纷治理。

蓦然回首，千年古镇烟火漫卷，小桥流水书香飘逸，产业进击百尺竿头，对古镇长远发展的司法支持，让古镇焕发了新的青春。放眼未来，要真正做强古镇实现蜕变，时间、政策和法治，三个维度缺一不可。

那水，那桥，那人，一切尽在古镇法庭的司法守望里。

《人民法院报》2022年9月20日刊登
艾家静：《人民法院报》通讯员

姜堰法院：打造人民法庭新"枫"景

吴　琼

江苏省泰州市姜堰区人民法院下辖开发区、顾高、张甸、溱潼4个人民法庭，其中开发区人民法庭属于城乡接合部法庭，其他3个人民法庭属于农村法庭。4个人民法庭扎根基层、面向群众，立足服务全面推进乡村振兴、服务基层社会治理、服务人民群众高品质生活需要，坚持和发展新时代"枫桥经验"，紧扣区域治理需求，不断健全覆盖城乡的司法服务网络，推动健全基层治理体制机制，切实把矛盾化解在基层，为维护社会稳定贡献了法院力量。

"人民法庭坚持的工作原则，在'坚持便于当事人诉讼''便于人民法院依法独立公正高效行使审判权'的基础上，增加了'便于人民群众及时感受到公平正义'。从'两个便于'到'三个便于'，是时代的呼唤，也是群众的需求，更是我们加强和改进新时代人民法庭工作的出发点和落脚点，所以我们将今年确定为'人民法庭建设年'，全力打造新时代'枫桥经验'法院升级版。"姜堰法院党组书记、院长李平表示。

人民法庭与乡村有着天然的紧密联系，姜堰法院紧盯执法办案第一要务，妥善审理各类涉农领域纠纷，助力乡村营商环境不断优化。今年上半年，4个人民法庭共受理各类民商事案件2016件，办结1542件，结收案比97.6%，服判息诉率93.7%、法定正常审限内结案率94%、简易程序适用率86.4%，平均审理天数70天，办案质效整体在全市领先。

"在姜堰，民事案件中的60%涉农，妥善审理涉农案件，关系到姜堰的发展和稳定。为此，我们制定出台《关于为推进乡村振兴加快农业农村现代化提供司法服务和保障的十七条措施》，全力打造'法助农兴'品牌，为服务乡村振兴提供坚强的司法保障。"姜堰法院副院长于世民介绍道，"在抓好审判工作之余，4个法庭先后走访企业14家，围绕合同行为、融资担保等方面开展法律体检，帮助企业解决问题17个，收集意见建议9条。"

人民法庭承担着审判、参与社会治理、推进乡村振兴等工作任务，"事多人少"的矛盾必须解决。今年年初，姜堰法院党组果断决策，将人员力量向基层倾斜，为4个人民法庭配备13名员额法官、4名法官助理、13名书记员。与此同时，坚持"支部建在庭上"，设立人民法庭联合党支部，实现党的组织和党的工作全覆盖，坚持以党建带队建促审判，推动人民法庭党支部标准化、规范化建设。加强人民法庭干部管理，年轻干警定期到人民法庭"墩苗"锻炼，将人民法庭工作经验作为同等条件下入额、提拔、晋职晋级的优先条件。加强教育管理，规范司法作风，从严治庭、从严管理。

《新华日报》2022年9月1日刊登

吴 琼：泰州市姜堰区人民法院

"六朵金花"齐放 扮靓"花木之乡"

戴丽娟 李金宝

江苏省沭阳县花木种植面积达 60 万亩，约占全国二十分之一，花木品种 3000 余种、精品苗木占比达 40%，是全国首批"花木之乡"。近年来，沭阳县人民法院的庙头、华冲、韩山、胡集、耿圩、经济开发区 6 个派出法庭，充分发挥与群众接触最密切的"桥头堡"作用，积极指导和调处民间纠纷，指导预防化解各类风险，协力扮靓"中国花木之乡"。

"有板有眼"纾民忧 "约里看花"助发展

"谢谢法官，让我顺利拿到赔偿款。"近日，华冲人民法庭调解一起劳动纠纷后，当事人满怀感激地对副庭长于在会说。

2021 年年初，村民陈某来桑墟镇一家木材公司打工。一次，陈某在搬运木料时不小心左腿被木料砸伤，公司负责人仲某将陈某送到镇医院救治，但费用双方一时"谈不拢"。一同打工的老乡们都密切关注着，处理不好，将影响板材加工生产。

镇里接到"告急"后，马上联系华冲法庭，法庭立即指派法官进公司指导，帮助双方当事人理清"思路"："陈某是在搬木料期间受伤，当然属于工伤，医疗、误工、护理等费用都应由公司承担；公司及时救治已尽到责任，但还应给予适当赔偿。"经过解释、沟通，双方达成一次性赔偿陈某误工费、护理费等共计 4 万元的协议，华冲法庭司法确认，当即制作"民事裁定书"送达双方。

华冲法庭所辖的桑墟、青伊湖等 4 个乡镇现有板材企业 1000 余家。当地村民农忙时种田、农闲时到板材企业打工，因用工不规范、操作不熟练，极易引发人身安全、劳务工资等群体性纠纷。为服务基层治理和助力产业振兴，华冲法庭推出"有板有眼"特色司法服务品牌。据于在会介绍，品牌名称中的"板"指板材企业；"眼"指法眼，寓意人民法庭以审判工作为中心，为"板材之乡"提供优质司法服务和保障。2021年，该庭与辖区乡镇派出所、村居等合力化解涉企劳务、买卖纠纷100余起，排查化解涉及企业安全生产、劳资群体纠纷等方面隐患20余个。

群众的需求在哪里，人民法庭的司法服务就跟进到哪里。庙头人民法庭针对辖区极少数花木经营者强买强卖、以次充好，给花乡金字招牌抹黑的问题，充分发挥司法职能，指导辖区颜集镇堰下村、新河镇双荡村等镇村，制定《网络电商诚信经营村规民约》《花农诚信公约》，并帮助辖区所有花木种苗电商逐一签订《诚信经营承诺书》，倾力打造"约里看花"特色司法服务品牌。

据庙头法庭庭长张继林介绍，"约"有约定、规约之意；"里"有古语中乡里之意；"看"读轻声，意为看护、守护；"花"有"花乡""花木"之意。"约里看花"，意指通过村规民约来规范花木行业发展。自"约里看花"特色品牌推行以来，该庭的精准服务成效明显，2021年涉花木电商纠纷同比下降60%。

田头闪烁"红天平" 唱响解纷"协奏曲"

王某于2019年3月1日与某农业开发公司签订农村土地承包经营权转包合同，约定王某将26亩土地经营权发包给农业开发公司经营，承包期为20年。但该公司除了第一年如期支付承包金外，近两年均拖欠承包金，同类情况还涉及本村二十几户村民。为快速解决纠纷，韩山人民法庭迅速启动多元化解机制，由党员法官与特邀党员调解员组成先锋调解队走访调查，经过反复协调，20余起涉农纠纷就地得到解决。

不谋全局者，不足谋一域。2019年以来，韩山法庭立足乡村审判实际，加强党建工作，精心打造"红天平"党建特色品牌，服务基层治理乡村振兴。"红"有党员、党建之意，"天平"代表法院，寓意着法律的公平公正。

2021年以来，韩山法庭以"红天平"党员先锋阵地进社区、巡回审判进乡村为依托，做好诉前多元解纷，全年共诉前分流案件1000余件，调解成功

450 件，打造"红天平诊所"13 家，化解民事纠纷 400 余起。

你有"高招"，我有特长，沭阳法院 6 个人民法庭在助力乡村振兴中，各显"神通"。

胡集人民法庭深入挖掘民间习俗的内生力量，以"嚓呱小马扎"方式调解民间纠纷，受到群众欢迎。

2019 年以来，胡集法庭在辖区 42 个村居设立"小马扎联络站"，整合庄台长、网格长和审判长三股力量，共同带着小马扎深入农家小院、田间地头，面对面调解纠纷。2021 年，共诉前化解各类纠纷 900 余件，向乡镇发送纠纷态势分析报告 16 期，法庭辖区民事案件万人起诉率与 2020 年相比下降 17.8%。

司法智慧护诚信　法润校园育新苗

近年来，沭阳法院经济开发区人民法庭积极贯彻落实沭阳法院服务地方经济"12 条措施"，聚焦辖区企业信用保护，推出"护信法企行"司法服务品牌，依法稳妥处理涉及外来投资办厂、经商等各类纠纷，取得良好的法律效果和社会效果。

今年 3 月，经济开发区法庭通过对某生物科技公司的走访，了解到企业因应收款回收难导致缺乏资金购买生产原料，经营陷入困境。该庭分析后建议公司可通过司法途径追偿欠款。随后，该公司对欠其 300 多万元的陈某提起诉讼，该庭第一时间采取财产保全措施，陈某迫于压力主动与该公司协商，立即支付 300 多万元货款。

"'护信'是指对企业信用进行建设和修复，'法企行'代表法企同行。"据经济开发区法庭庭长辛晖介绍，自 2019 年以来，该庭针对辖区企业资金链不安全因素增多的实际，向开发区管委会发送分析报告 6 期，发放风险告知书 588 份，主动与人行、市场监管、税务、发改委、信用办等部门进行涉诉企业信用评估 160 余次，为 100 余家符合修复条件的企业出具证明文件，帮助企业恢复信用，获得信用激励。

青少年是祖国的未来和希望。耿圩人民法庭在"一庭一品牌"创建活动中另辟蹊径，针对辖区学校、学生资源多的特点，加强对未成年人保护，开展"法润校园行"志愿服务活动，护航未成年学生健康成长。

据统计，2021年以来，耿圩法庭组织法官到辖区刘集中学等16所学校开展模拟法庭活动20余场，惠及学生2万余人次；该庭的未成年人法治教育基地共接待学校参观学习20余次，学生人数超3000人次。"法润校园行"活动入选2021年沭阳县第二批"我为群众办实事项目"，并被评为"最佳志愿服务项目"。

《江苏法治报》2022年5月24日刊登

戴丽娟：《江苏法治报》记者

李金宝：沭阳县人民法院

英模人物是榜样，英模精神是引领，以鲜明党性和担当精神荣耀天平，第三届"江苏最美法官"的推选与宣传有力地激励广大干警履行"争当表率、争做示范、走在前列"光荣使命，不负韶华、砥砺奋进，更好地奋进新征程，建功新时代，为江苏切实担起"勇挑大梁"重任贡献更多司法力量。

英模凝聚力量　典范映照初心

7

第三届"江苏最美法官"名单

曹　霞　江苏省高级人民法院审判监督庭副庭长

王　燕　南京市鼓楼区人民法院刑事审判庭审判员

陆　超　无锡市中级人民法院知识产权审判庭（无锡知识产权法庭）庭长

李　魁　沛县人民法院大屯人民法庭庭长

黄文娣　常州经济开发区人民法院审判委员会专职委员、横山桥人民法
　　　　庭庭长

朱海兰　苏州市虎丘区人民法院民事审判第一庭庭长

陈燮峰　南通市中级人民法院民事审判第二庭副庭长

蒯　舒　灌南县人民法院灌河流域环境资源法庭庭长

周　婷　盱眙县人民法院党组成员、审判委员会专职委员

徐刘根　东台市人民法院三仓人民法庭庭长

左手落槌的"追光者"

于　波　张海陵

以梦为马、左手落槌，王小莉成了这个时代的"追光者"，荣获"双百政法英模"、全国模范法官、全国先进工作者、全国自强模范、全国三八红旗手，江苏省自强模范、江苏省优秀女法官、江苏省三八红旗手、江苏最美法官等荣誉称号，荣立"个人一等功"一次、"个人二等功"两次、"个人三等功"三次。

向阳而生，她不是天生好强

王小莉成长在一个普通的工薪家庭，因出生时的医疗事故，导致她右手残疾。但正是因为她没有放弃生活，生活才没有放弃她。再苦再难也要像花儿一样绽放，她成为一名向阳而生的新时代女法官。

"当一名法官！"执着与渴望让王小莉以极大的热情和精力投入到江苏省公务员考试的准备之中。2006 年 8 月，王小莉以全省公务员考试笔试成绩排名第一、面试成绩排名第二，成为江苏省法院系统正式招录的第一位残疾人公务员。

要想成为一名真正的法官，必须要从书记员干起，左手单手打字的不便极大地困扰了她的工作。攻克不便唯有勤学苦练！不想落后，也不想有任何特殊的王小莉还坚持承担庭里内勤工作，通宵达旦练打字，加班加点干好内勤。收发案件、统计分析、庭审记录、卷宗装订、起草文稿……担任书记员的五年期间，王小莉共收发了近 8000 起案件的材料，每一项工作都完成得兢兢业业、漂漂亮亮。

2012 年，王小莉终于有机会披上法袍，左手落槌，审理了自己法官生涯的第一案。而很快，随着她在审判业务上的崭露头角，一些棘手的案件也接踵而来。

2012 年，泰州某知名外资企业因部分员工不服从调岗安排，便以未能通过内部考核为由辞退员工，员工不服劳动仲裁部门和一审法院的结果，提出上诉。

王小莉深知此案不仅涉及当地知名的外资企业，更事关数百名企业员工的切身利益，一旦处理不好，会影响地方的营商环境，还会形成社会的不稳定因素。

她直接找到外资企业老总，流利的英语沟通让外资负责人刮目相看，通过有礼有节、据理力争的谈话，双方达成了离职补偿协议，历时一年多的涉外企群体性劳动纠纷得到了圆满解决。

因为工作业绩出色，2016 年年底，泰州市中级人民法院党组决定抽调王小莉去组建新成立的少年家事审判庭。家事案件往往矛盾突出，处理稍有不慎，可能会引发恶性事件。

"有一次，一名案件当事人因为请托说情无果，竟然对我日夜跟踪；还有一次，一名被告因为不满判决结果竟威胁要杀我全家。院里知道后立即让法警支队采取特别保护措施。说不怕是假的，尤其担心家人的安危。"

王小莉说起，那段时间正好车坏了，步行上下班过程中听到身后有嗒嗒的脚步声就会"脑补"不少惊悚的场景，直到打开家门看到老人孩子的笑脸，悬着的一颗心才敢放下！

王小莉说，虽经历过磨难历练，胆量养成还是从当了法官以后："在法官生涯中，会遇到有极度偏执思维的个别当事人，面对威胁，用智慧化解危险是非常必要的，但更要让威胁者看到，公正司法、秉公办案是法官的铮铮底气。"

用心办案，因热爱无怨无悔

"本领恐慌，能够推动一个人终身学习，保持对未知领域的探求。"在办理难案方面，王小莉有着一股子"钻"劲和"韧"劲。

在一起因建设工程施工导致相邻房屋质量受损引发的侵权案件的审理过

程中，王小莉多次到鉴定机构、当地建筑站、质检站等部门学习，甚至到专业书店买回建筑方面的专业书籍，对建筑学专业冷知识从头开始"啃"。

难案之所以难，很多是因为案件涉及相关领域的专业知识。这些法官不具备的专业知识、专业素养往往会成为"拦路虎"，影响彼此沟通和案件的顺利审理。然而在这次庭审中，案件当事双方由衷满意王小莉驾轻就熟的建筑专业知识。"我们以为王法官是建筑专业出身的！"

谈起该案审理。王小莉回忆，这个案件经过多次庭审，双方对建筑构件损伤的直接原因、修复方案以及损失的确定等一直各执一词，她为了查清事实、弄懂其中的问题，组织双方多次现场勘验，又跑了好几个部门，咨询了很多业内专家。开庭时，她又邀请鉴定专家出庭接受当事双方的质询，引导双方围绕鉴定意见进行充分质证，帮当事人把其中的焦点问题逐一梳理明白。她凭着对建筑专业知识的把握，把一个复杂案件的开庭把控得有条不紊，对案情逐一分析，精准把握双方争议焦点，让当事人双方心服口服，最终达到让双方当事人服判息诉的效果。

这个案件是当年泰州中院受理的第一起因建设工程施工引发的相邻损害赔偿纠纷，当时全国也不多见。

由于长时间的高负荷工作，王小莉的肩颈功能出现了严重退化，医生在给她明确诊断已达手术指征后，告诫她一定要好好休息，千万不能疲劳。

王小莉听闻，只是"嗯嗯"点头，依旧开启她"5+2""白加黑"的工作模式，全年累计加班超过 500 小时。

2018 年王小莉外出办案时遭遇了车祸，唯一利索的左手被撞成了骨折，恰逢重要案件要进行合议庭评议，王小莉作为主审法官必须参加，于是她请求将合议庭放在了病床边。别人问她，你这么拼命干嘛，不苦吗？她回答道："因为热爱，所以无悔。"

刻苦钻研，奋斗中实现突破

对于自己法律知识的盲点，王小莉坚持将所学与审判实践相结合，笔耕不辍，将办案过程中的感悟凝练成文字，形成了 10 多本办案笔记。

在办理一起因医院对孕妇未尽检查义务导致畸形婴儿出生的医疗合同违

约赔偿纠纷中，通过查阅资料，她发现此类"错误出生"引发的医疗损害赔偿问题研究较少，几乎没有任何公开案例，所以她在办案时加重对裁判文书说理部分的撰写。最终该案入选江苏省高级人民法院2014年第5期公报案例，并获评江苏高院年度"金法槌"杯优秀案例二等奖。

作为衡量司法能力和审判工作质量的重要标尺，王小莉一直坚持把裁判文书作为司法活动输出的有形产品。她所撰写的判决书和论文多次获评"首届全国法院百篇优秀裁判文书"、全省法院优秀裁判文书特等奖、江苏省高级人民法院"金法槌"杯优秀案例二、三等奖，江苏省民法学年会和民事诉讼法学研究会论文一、二等奖，并连续四年在"江苏省法院优秀裁判文书"评比活动中获奖，成为泰州法院获此荣誉的"第一人"。

她审理的杨某诉万某离婚纠纷一案，因审判理念的创新被央视《法治天下》栏目作为典型案例播出，播出后受到广大学者和社会各界的广泛好评。

为深入推进司法改革，统一裁判尺度，她主动深入基层法院开展调研，与一线法官、律师和当事人面对面交流，详细了解审判工作中遇到的困惑和问题，参与起草完成了《关于进一步加强家事审判中善良习俗司法运用的实施意见》《关于建立建设工程纠纷专家咨询调解机制的实施意见》《全市法院劳动人事争议案件裁审信息互通机制》等20余篇机制性文件和重大调研报告。

她还将审判调研与服务大局相结合，积极响应泰州大健康产业发展战略，走访医药企业，深入了解企业情况，前往知产局、版权局、药监局等部门了解全市医药产业知识产权保护状况。

2021年召开的"服务保障中国医药城建设暨4·26世界知识产权日"新闻发布会，发布了由王小莉主导带领的调研团队编写的《泰州医药产业知识产权司法保护蓝皮书》，填补了泰州在医药产业知识产权司法保护专项调研方面的空白。

倾听民声，用正义温润人心

"一枝一叶总关情"，在多年的审判生涯中，农民工、老年人、妇女、儿童、残疾人等诉讼能力较弱的当事人总是牵动着王小莉的心，她总是做到为民、护民、便民、利民，最大限度地维护他们的合法权益。

在一起事故中，范某某受伤致残，庭审中王小莉考虑到范某某是外来务工人员，为减少当事人的讼累，钝化劳资矛盾，她放弃周末休息时间，冒着烈日酷暑，先后 7 次赶到偏远厂区上门调解，向公司负责人反复讲明利害关系，最终敦促用工单位与范某某达成了一次性赔偿协议。达成调解后，范某某不顾自己身体残疾的不便，从千里之外赶到泰州为王小莉送上写有"优质服务为民解忧、捍卫正义维护公平"的锦旗。

"司法为民是一种理念，更是一种情感"。对于许多身处逆境的当事人来说，王小莉就是一盏明灯、一份依靠。

在倪某某履行协议纠纷一案中，她主动为身患肝癌晚期的上诉人申请司法救助，为了减轻上诉人的讼累，将所有司法救助金申领手续送到在苏州租房治病的上诉人病床前。

在一起同父异母姐妹争父亲遗产的案件中，她以女性特有的细腻情感、细微观察、精准判断，用一张过去的全家福照片，打开了姐妹的心结，帮助当事人化解矛盾、修复亲情，最后调解结案。

"即使问题解决不了，看看王法官的笑脸，心里也就舒坦了。"王小莉热心公益、乐于助人，主动参与策划了"小莉法官说家事"法治宣传栏目，开展法治宣传、普法维权等各类社会活动 100 余场；积极主动参加省、市残联和妇联组织的各项社会活动，在市残联微信公众号上开通"小莉维权热线"，为群众提供法律咨询 100 多次。

她还带头走访企业，服务企业，担任建设工程施工合同领域宣讲人，多次赴上海、苏州等地，为大型建工企业开展建设工程合同专题讲座。她还积极参加"送法进企业""送法进社区"等法律宣传教育活动，先后就侵权责任、建设工程施工合同、劳动争议和婚姻家庭等专题开展 20 余场法制讲座，把"司法温暖"传递给更多需要的人。

《人民法院报》微信公众号 2022 年 5 月 21 日发布

于波、张海陵：泰州市中级人民法院

杜开林：司法为民护正义　步履不停守初心

田　甜

8月30日，全国"人民满意的公务员"和"人民满意的公务员集体"表彰大会在北京召开，江苏省南通市中级人民法院审判委员会委员、执行局副局长、四级高级法官杜开林荣获全国"人民满意的公务员"称号。

会后，杜开林激动地说："倍感振奋！倍受激励！备受鼓舞！"

勇挑重担，大要案前不退缩

"别看杜开林长得高高壮壮的，办起案件可有绣花的功夫呢。"曾经跟杜开林共事多年的同事打趣说。

几年前，黄某兴等13名被告人在安哥拉境内持枪单独或联合实施绑架中国公民8起，累计勒索钱财117万美元。该案是公安部"5·11"专案的重要组成部分，备受国人关注。杜开林担任审判长并主审此案。

案件发生在境外，取证条件十分有限。接下这个任务，无异于接下了一副千斤重担。但杜开林坚信，"越是大案要案，越是要坚持铁证铁案的审查标准。"他很快就吃透了全部案情，起草了两万余字的庭审提纲，多次召开庭前会议，梳理犯罪事实和犯罪证据，还为两名未请律师的被告人申请了法律援助。

整个庭审虽然很顺利，但有一名叫顾某某的被告人却拒不认罪。杜开林反复查阅案卷材料，仔细分析每一份证据，终于从一摞高高的卷宗中找到了蛛丝马迹：顾某某的一名同案犯供述，曾经收到顾某某托人传来的一张通风报信的小纸条，上面写有"最近查得很紧，你们不要再作案了"等字样。

"如能找到这张报信纸条的原件，无疑就是找到该案的突破口。"杜开林当即建议检察机关补充这一证据。一周后，经公安部与中国驻安哥拉大使馆联系，杜开林拿到了那张报信纸条的原件，纸条上的名字与顾某某的签名一致。在铁的事实面前，顾某某沮丧地低下了头。

最终，杜开林花了一周时间，起草了该案 80 页共计 6 万余字的判决书。该案一审判决后，在安哥拉当地华人区引起了轰动，有力震慑了此类犯罪。

直击要点，执行有力度更显温度

2020 年 7 月，杜开林被调至江苏省南通市中级人民法院执行局主持工作，大力开展"六稳""六保"专项执行、推动公检法司形成打击拒执罪合力、大力推进执行款发放等工作，执行到位发放执行款数额连创新高。2020 年、2021 年分别执行到位发放执行款 87.78 亿元、91.8 亿元。2022 年 1~8 月，执结到位发放执行款 62 亿元。

2022 年 8 月，杜开林牵头负责的南通中院执行"365"体系助推全流程无纸化系统建设荣获 2021 年度电子政务典型案例，并入选首届江苏智慧法治十大优秀案例。

执行不仅有力度，更有速度、有温度。杜开林及其执行团队两年间收到了数十面锦旗。每一面锦旗，都是群众满意度的真实写照。

2021 年 6 月 9 日上午，一面印有"仗剑严格执法，维护公平正义"的锦旗送至南通中院执行局。

这是一起买卖合同纠纷案，案件经由江苏省高级人民法院一审，最高人民法院二审，2020 年 5 月 26 日指定由南通中院执行。

该案件当事人申请执行标的并不是给付金钱，而是对 32 000 吨螺纹钢这一特定物的履行。双方于 2015 年签订买卖合同，当时钢铁的市场均价为 2000 元每吨，因为疫情及市场等因素，后来钢铁价格飙升到 4000 余元每吨。因为价格过于悬殊，双方当事人一直处于僵持状态。

如果该案件久拖不决，对申请执行人来说，生效的文书变成一纸空文，没有原材料的提供，工厂将面临后续增长乏力的可能性。对于被执行人来说，如果在材料价差悬殊的情况下要求其简单履行，容易造成企业供货困难，工人工资等得不到保障，对企业经营产生影响。

杜开林曾多次召集双方当事人进行执行谈话，同时也奔赴上海、江阴实地查看标的物，做各方工作，以最初每月仅供几百吨，到之后加大供货量，一点一点地促成双方达到满意的点。功夫不负有心人，最终双方达成一致意见。

"他实现了审判实践与法学理论的完美结合！"华东政法大学胡玉鸿教授在举荐杜开林为江苏审判业务专家时如是说。

立足审判执行岗位数十年如一日，杜开林先后在《法学》《人民司法》《法律适用》等国家级法学期刊、丛书、学术研讨会发表60余篇论文，应邀参加全国人大常委会法工委刑事诉讼法修改等立法（司法解释）座谈及相关研讨会，先后荣立个人一等功1次，二等功、三等功各3次，获评江苏省先进工作者、全国优秀法官，被选树为江苏政法先进典型。

杜开林先后获评南通市十大法治人物、江苏最美法官、江苏省先进工作者、全国法院刑事审判先进个人、省法院个人一等功、全国优秀法官等荣誉数十项。

《人民法院报》微信公众号 2022 年 9 月 5 日刊登

田 甜：《人民法院报》记者

曹霞：唯真唯实　努力追求最完美的"终局"

朱　旻

100-1=0。一个错案的负面影响，足以摧毁九十九个公平裁判积累起来的良好形象。审判监督程序的职能是发现这个"1"，努力去修正它、纠正它；同时维护正确的生效裁判既判力，以实现案结事了、终局解纷。

入列"纠错法官"

空气中弥漫着栀子花香，带着即将成为一名法官的憧憬，1995 年夏，法科毕业生曹霞被分配到江苏省高级人民法院成立不久的"告诉申诉庭"。

"告诉申诉？"除了耐人寻味的庭名，这个庭的职能听起来也是那么特别："除了立案、信访，主要履行审判监督职能，办理申请再审和再审案件……至于具体怎么做，你先看看这本书吧。"

打开前辈法官拿来的这本专业书，一眼看到序言中"实事求是，有错必纠"这八个字。

"从没想过还有纠错的法官，而自己今后会是其中的一员。"江苏高院审判监督庭，曹霞副庭长笑着说起当年的茫然。

1998 年，江苏高院立审分离，分别设立立案庭和审判监督庭，曹霞进入审监庭，一干就是二十七年，成为全国法院审监条线资历最深的"老兵"之一，全程见证、参与了中国审判监督制度改革发展的整个历程。

"小法院"里的成长

审判监督程序所涉甚广。刑事、民事、行政、知识产权……除了执行案件，审监庭案件类型覆盖法院全部诉讼案件，所以从业务范围来说，审监庭就像个"小法院"。

审判监督案件矛盾尖锐。经历一审、二审，仍然不服判决的当事人自然会向更高层级的法院寻求司法救济，造成审监庭的案件量是呈倒金字塔形的：法院层级越高，案件量越大。

"这些都决定了审监法官在专业素养上首先要做到'通'，通学、通研各类案件裁判理念，同时不能教条刻板，需要灵活兼容把握好理念的价值平衡。"放满卷宗的办公室桌上，摆放在桌角的这本厚厚的学习笔记，点点滴滴记录着曹霞的学习体会、办案感悟。

"通，应该也必须是带着问题意识、反思视角的'通透'。也正是因为经历过一审、二审，甚至再审，到了审监程序，其矛盾一定是堆积的、交错的，要在司法的最终权利救济途径一锤定音定分止争，需要法官具备很强的就问题复盘分析、综合判断等能力。"曹霞谈起她对"通"的第二重理解。

"一个案件究竟有没有错？错了也不能乱改啊，究竟怎么纠正、怎么改才能趋于三个效果的统一？审监程序作为法院案件的内部监督程序，审理工作关乎当事人的切身利益，关乎对原裁判的评价，更关系到裁判既判力的稳定权威性。"说到这儿，她的眼神里增添了几分凝重。

兹事体大，事关重大，沉甸甸的责任感指引着走向"精通"之路。在审监庭二十多年间，曹霞先后被调整到民事、刑事、综合调研等多个岗位，成为大家眼中的多面手。而常年主审和参与审理疑难、复杂类型案件，钻研审判调研和理论领域，又推动她成长为一名行家里手。

"我是2020年来审监庭的。来了很快就注意到她，无论问到庭里哪方面业务，查找哪个文件，甚至起草背景，就有同事和我说，'这个可以找曹霞'。而她也总能圆满答复你。"江苏高院审监庭庭长张婷婷谈起她的"初识曹霞"。

除了专业素养，让张婷婷庭长特别眼前一亮的是，很多场合，包括面对专家和领导，曹霞能够对案件、对工作提出自己的真知灼见："观点鲜明，有一说一。对于认同，淡然谦虚；对于不认同，静静倾听吸纳。"

见解独立，却不骄傲，始终把所学所知作为新的起点再出发，学识才干由此在光阴的馈赠里慢慢发芽、生长。打开曹霞的法务云盘，一排排凌晨后的文件上传记录是静水深流、勤勉不怠的生动见证。

权衡"纠与维，判与调"

"实现对错误裁判的事后纠正和补救"是再审程序的重要职能。曹霞参与审理的案件中，有这么一起平安保险江苏分公司诉某安装集团公司保险人代位求偿权纠纷案。

该案中，对于保险人代位求偿权是否仅限于侵权人，法律并无明确规定，一、二审作出了径行相反的判决。

"这个案子由省法院再审，再审判决中，我们明确了保险人不但可以向侵权人求偿，因第三者违约行为给保险标的造成损害的，保险人也有权向第三者行使代位求偿权。该案入选最高人民法院指导性案例，全国类案尺度得以统一。"曹霞谈到，有助于明确裁判规则、价值导向的案件，应当尽可能改判。

她认为，努力实现三个效果的统一，纠正和补救到哪一步则需要实事求是，辩证思考。

曹霞曾经承办过一起盗窃案，原审法院判处李某有期徒刑三年，缓刑四年。审理查明，案发时已接近十年追诉时效，而犯案时李某刚参加工作，系偶犯且单位已及时发现并退回赃物，未予以追究。

她和合议庭法官们综合考虑案情，坚持罪刑相一致的原则，以原审错到哪改到哪的态度，对其改判免予刑事处罚，取得了良好的法律和社会效果。

除了纠错，维护生效正确裁判的既判力同样是审监程序的重要功能。"不同的诉讼主体有不同的诉求，为了争取利益最大化，往往会穷尽救济途径。但是从比例看，绝大部分生效裁判是正确的。对于正确的生效裁判，应当不受外力困扰，坚决维护程序的安定性。"曹霞说。

错的坚决改，对的坚决维，"实质性化解矛盾纠纷，努力实现再审终局"。同事们谈起，办理申诉、申请再审案件时，原则上不论申诉、申请再审理由是否成立，她都要与当事人见面，倾听其意见，做法律释明，以更好地开展服判息诉工作。

他们谈到，调解理念也是曹霞一直坚持的。

"当案件进入审监程序后，当事人往往已陷入诉讼疲惫的状态。对当事人而言，天然具有信任感的上一级法院在查明基本事实、分清责任的前提下，如果能用调解的方式解决纠纷，有助于彻底结束旷日持久的诉讼。"曹霞说，正因为这些特点，调解、和解在再审审理中有着重要价值。

在主审的这起最高人民检察院抗诉的单某诉谷某、王某民间借贷纠纷案中，她和同事们组织了几轮调解会议，做担保人单某和借款人谷某的工作。合议庭向单某多次释明刑民交织案件处理中，主债务人已经被追究非法集资的刑事责任，担保人仍应承担损失责任这一原则，促成双方就担保责任达成调解，妥善解决了这起历时十年的纠纷。

"依法纠错和维护正确裁判的既判力并重，适度开展调解"，审监程序作为当事人寻求司法救济的最后一道程序，作出的判决更是"下笔千钧"，需要法官心有格局，清醒权衡，实现终局解纷。

十年深耕"减刑、假释"

减刑、假释案件办理是审监庭一项重要的工作。减刑、假释是在刑罚执行中对确有悔改表现或立功罪犯的一种奖励，其正确适用，可以很好地惩罚和改造罪犯，实现刑罚目的。

审监庭综合组的十年是曹霞深耕减刑假释工作的十年。在正确把握法律精神，吃透司法政策的基础上，结合江苏罪犯监管工作实际，曹霞和同事们先后参与制定了2012年以来江苏法院一系列减刑、假释案件实体和程序方面的规范性意见，制定细化的规则。

这期间，细化财产性判项履行情况和减刑、假释关联机制执行相关规则，落实实质化审理要求，规范刑罚执行机关报请减刑、假释材料，强化罪犯日常监管过程性材料制作，指导中院探索公职律师作为刑罚执行机关代表出庭制度，江苏的一系列探索创新受到最高人民法院充分肯定。

"制定规范和标准，我们坚持从严把握减刑、假释的实体条件。然而严格审查并不等同于严格限制，并不是一味地严格和收紧、简单地一刀切。"

"减刑、假释的制度设计就是刑罚执行中对表现良好的罪犯的一种奖励。缩短刑期，早日出狱回归社会是服刑罪犯最普遍最迫切的愿望。出于这一愿望，服刑者会把自己的表现与奖励联系起来，从而影响其行为。如果没有这个盼头，表现的优劣不会对其刑期有影响，其改造的积极性会大大降低。"曹霞说。

特别是涉及过失犯罪、未成年人犯罪、老病残犯罪减刑、假释，曹霞总是慎之又慎，始终强调坚持宽严相济原则，在法律法规无明确规定的情况下，认为更要以是否符合这一原则来衡量处理结果的正确性。

曹霞的同事们谈到，无论是审理案件还是制定规范性文件，曹霞的视角没有止步于具体的条件与幅度，而是在于对人的挽救和改造。

"人是最根本最重要的。有了更健康、健全的人性回归，才会有更稳定的社会和谐。"同事说，曹霞的这句话对他们触动很深。

起底"30 年 80 万案件"

近几年，云南孙小果被判死刑后违规减刑出狱，郭文思违规减刑 9 次后释放，这些极少数案件严重损害了法律权威、破坏了社会公平。

鉴于此，2021 年中央、中政委部署政法队伍教育整顿中，将违规违法办理减刑、假释、暂予监外执行案件作为六大顽瘴痼疾之一予以集中整治。对江苏的部署要求是，对全省近三十一年来 80 余万件减刑、假释案件进行逐案排查，整治整改问题、瑕疵案件。

"教育整顿是一个有力推动，作为审监人，我们要通过逐案起底、逐案倒查对这段历史有个交代。"

面对巨大的案件量和工作量，没有等待和观望，庭领导果断决定成立工作专班，制定工作方案，编纂法律汇编，梳理案件台账，在中央作出具体部署前，组织 13 个中院着手对全省 1990 年以来的 800 902 件案件深入排查，并借此建章立制。

工欲善其事，必先利其器。此前 2020 年 10 月始，云龙湖的秋与冬，曹霞和同事们已经两度奔赴全国教育整顿试点法院，徐州地区法院以及常州、宿迁等地调研，探讨、总结整治经验，枕戈待旦，备战教育整顿"大考"。

曹霞和同事们全力投入编纂《减刑、假释法律法规汇编》，收集整理1979 年以来的减刑、假释法律法规、司法解释、政策规定等规范性文件，收录相关法律法规、政策规定 70 余件 17 万余字，为专项整治提供了全面精准的法律政策依据，也为全省专项整治工作打下了扎实基础。相关信息成为江苏在全国政法队伍教育整顿专刊发布的首篇信息。

其后紧锣密鼓中，曹霞带领工作专班设计 9 张案件要素对照表和重点案件评查表，组织全省对 80 余万件案件制作台账，全面核查所有案件台账要素信息，逐案填写 1.4 万余件重点案件评查表，切实做到底数清、台账全、要素细、问题明。陆续起草了公检法司《关于建立健全减刑、假释、暂予监外执行工作联席会议制度的意见》《减刑、假释案件审理指南》等规范性文件。

"那一年多可以说没白没黑，工作专班就像一个战斗小组，不间断地讨论、拟规定、各地辅导评查……"

"紧紧盯着电脑，全神贯注快速敲打着键盘是庭长的工作常态。电脑的旁边放着平板电脑，整理材料间隙，她会看一眼专心上着网课的女儿，就这样度过了女儿的高考季。"同事们回忆。

"2021 年对我而言是一个特殊的年份。强大的工作压力下，对审监情结，对同事之情、母女之情有了更深的体会。"

煮上咖啡给小伙伴们，然后亲手做出一个个心形的拉花；组织一场团建，和大家畅玩下新款"桌游"；和女儿一起领悟话剧舞剧美的熏陶，一起做南京明城墙保护、红色陵园保护志愿者……点点滴滴，曹霞用这样的方式感染着、回馈着来自周围的深情厚谊。

"她有着骨子里的善，思想上的正，生活中的美。"法官曹霞，人群中这个行色匆匆，带着倔强神情的女子或许没有那么引人注目，但如同外表朴素内里汁液甘美的果子，她把能耐美质都蕴含着，走近她，就是走近不断的惊喜。

朝霞不负行路人。二十七年专注审监之路，曹霞说，带着热爱坚持，沿途所见所得皆是风景皆是收获。

江苏高院微信公众号 2022 年 10 月 28 日发布

朱旻：江苏省高级人民法院

王燕：三十七载法官路绽放最美芳华

赵兴武

　　2022 年，是江苏省南京市鼓楼区人民法院刑庭法官王燕进入法院工作的第 37 个年头了，即使成了全院最年长的"大姐法官"，可她工作上的那股"拼"劲头儿却丝毫未减！ 2019 年以来，她平均每年审结的刑事案件达 450 多件，结案率年年 100％，一审服判息诉率达 98.88％，无一件改判和发回重审。

把认真变成一种习惯

　　37 年前，22 岁的王燕考入法院。当法官、为人间守护正义是她心中的梦想。

　　"一颗芽儿，是怎样吐露第一片叶儿，娇嫩、青绿，噢，枝儿上已孕育着一朵花蕾，即将绽开吐香……"她在入职后的日记里这样吐露心声，她要用认真做花的养分，不断涵养自己"认真"的精神品质。

　　入院伊始，她在院档案室工作，建立了全市法院首个档案管理规范，档案管理获全市一等奖。

　　"在她的字典里，没有'差不多'，只有'更完美'"。已退休的老法官陈素琴这样夸奖她。

　　1985 年 8 月，王燕从档案室调到民庭任书记员。"那个年代很多当事人文化程度比较低，庭审陈述东一榔头西一棒，词不达意。"陈素琴说。王燕都是在庭审结束后，将庭审笔录一字一句念给当事人听。"你说的是不是这个意思？我有没有记错？"陈素琴说："看到她与当事人核对庭审记录的场景，就像是一家人暖融融地交谈。"

王燕有个习惯，所有经手的案件从立案到办结逐一登记。从 1990 年到现在，23 本泛黄的《办案进行簿》，记录了王燕 30 余年主审的 4385 件案件。

"30 余年如一日，不是谁都能有这份坚守。23 本《办案进行簿》，见证的是她对工作的用心与专心。"鼓楼法院院长李畅说。

公正常常藏在细节中。一个案件常常决定一个人的命运走向，也关系到法律的威严，容不得半点含糊。王燕办案是出了名的"细节控"。

一起醉酒驾驶案，被告人为减轻处罚伪造立功，在取保候审时自导自演"救人大戏"。"被救者"宗某到派出所做了笔录，向被告人送来锦旗与感谢信，还在派出所合影留照为证，整个"见义勇为"过程设计得"天衣无缝"。但细心的王燕还是从近乎完美的"救人"事件中发现了破绽，要求检察机关进一步侦查核实，使假立功行为浮出水面。后被告人受到危险驾驶罪和妨害作证罪两罪并罚的刑事处罚。

不仅给判决书更要解决问题

法官因解决纠纷而存在。王燕办案 30 多年，她体会到，一个受百姓尊重爱戴的法官，对当事人的诉请，不仅要给判决书，更要解决问题。

有一起相邻关系纠纷，昌某与郭某两家的积怨从父辈们算起已延续了四代人。这次的官司，是因昌某在冬日被邻居郭某倒脏水结冰滑倒摔伤、春季时郭某建房又被昌家阻挠所致。从春天吵到梅雨季，两家人剑拔弩张，水火不容。

这起诉讼不是单纯的法律问题，而是邻里关系的情感问题。手拿案件诉讼材料，王燕寻找着办案的突破点。

第一次开庭，无功而返。走出去，才能拉近感情的距离。七月的南京，烈日炎炎，气温高达 38 度。怀着 8 个月身孕的王燕来到了当事人家，从情理到法理，苦口婆心耐心开导。一连三次登门，王燕是那样执着、那样真情。

真情暖化人心。在王燕的劝导下，两邻里各自检讨自己的不是，多年的积怨烟消云散。这起当时曾轰动全院的棘手案件被王燕在润物无声中化解了。有人向王燕讨秘诀，她说"人民法官都有颗悲悯的心，只有看到群众的苦处，才能够审好案件！"

"许多案件成因复杂，诉求多元。法官办案不能仅满足于一般的法律逻辑推理，有时还得注意法律以外的一些东西，从法的价值、目的和作用等方面，运用经验方法综合考虑、权衡选择。"王燕对办案有了更深切的认知。

一起交通事故损害赔偿纠纷案，原被告分别骑自行车在慢车道上相碰，原告双膝半月板损伤要求被告赔偿各项损失近 1.9 万元。被告是个年近七十的老人，患有高血压等疾病，经济条件又比较差，面对高额赔偿坚决不退让。

庭审中，王燕在查看医院的检查报告单时发现原告双膝半月板损伤存在原发性疾病的可能。于是，她向被告释明有关举证责任的规定，引导他申请鉴定，但老人因担心鉴定费用高而予以拒绝。

面对案件疑点，王燕先后找了两家医院咨询，又两次到原告就诊医院深入调查，证实了之前的疑问。之后，王燕分别找来原、被告进行调解，最终达成了被告支付原告 1000 元的赔偿协议。

与时代共同成长

22 岁进法院，工作 37 年，王燕经历了时代的发展与变迁，她从未放慢奋斗的步伐，与时代一起成长。市巾帼岗位明星、省市优秀法官、岗位标兵等，这些历年的荣誉是见证。

2007 年，王燕从民庭调至刑庭任刑事法官。怀着"空杯心态"，她开始了一段崭新的求索之旅，实现华丽转身。

"过去一年办的案件量，与现在一个季度量差不多。不仅案多，许多案件类型新，涉及一些前沿科技领域内的犯罪。"王燕说，"又快又准地定罪量刑，对刑事法官是个'大考'。"

对案情简单、法律适用不复杂，被告人认罪认罚的案件实行繁简分流改革。然而，徒法不足以自行，如何减程序不减权利？如何使简案办得又快又好，将繁简分流改革的目标落地？聚焦这些难点，王燕在案件管理上创新求索。

速裁案件罚金收取占被告人总数的 28%，每个人缴费时间不同，办理缴费手续会延缓案件进度。针对这一难点，王燕采取送达副本时缴费同步进行的方法，大大压缩了缴费时间。

缓刑考验材料收集前置也是王燕的一项小改革。这项举措，为检察机关建议缓刑、法院宣告缓刑提供了保障。

2020 年，王燕所在的刑事速裁组收案 488 件，审结 488 件；2021 年收案 421 件，审结 421 件，两年来的结案率、服判息诉率都是 100%。

"除了快办案，更要办好案，特别是要把各类疑难复杂案件办成铁案、精品案。"王燕说。

张某等人非法控制计算机信息系统案是公安部督办案件。案件定性为非法控制计算机信息系统罪，还是破坏计算机信息系统罪，尚无法律明确规定，也无成熟案例，从事实认定还是法律适用上都面临巨大难题。

王燕遍访多个大学计算机专业教授和法律专家，反复讨论和研究被告人对于计算机的"删除、修改、增加"操作与法律规定的犯罪客观方面是否相符合，最后精准落槌。该案在法学界获得了较高赞誉，入选最高人民法院指导性案例，并荣获全国法院优秀案例分析一等奖、江苏省"金法槌"杯优秀案例特等奖。

"手持正义之剑，胸怀国之大者。"这是王燕法官 37 年如一日对审判工作的"恒"心写照，她用经年累月的努力诠释着一名基层人民法官的执着坚守和无私奉献。一路走来，芳华于身后悄然绽放……

江苏高院微信公众号 2022 年 9 月 26 日发布

赵兴武：南京市中级人民法院

陆超：用司法之手为创新护航

何　薇

2022 年 6 月 9 日，无锡知识产权法庭正式"扬帆起航"。江苏省高级人民法院党组书记、院长夏道虎，无锡市委书记杜小刚共同见证这一具有里程碑意义的时刻。

从无到有、化茧成蝶，他，功不可没。二十年坚守和历练，把自己打磨成器，审结了一千多起知识产权案件，保护了上千家企业的知识产权权益，他躬身耕耘、一锄一镐，始终扎根在知识产权保护的沃土之中，为无锡地区的科创事业孕育了优越的创新生态。

他就是无锡市中级人民法院知识产权庭庭长陆超，一个服务保障创新发展的"法治护航"人。

责任，为创新护航

无锡作为东部经济重镇，科技创新企业云集、高端涉外项目众多。高水平的创新发展对无锡知识产权审判提出了更高质量的要求。

"法院的公正判决不仅挽救了公司，更增加了我们创新、创业的信心。"无锡奥特维科技有限公司法务总监刘壮志感叹。

奥特维公司是无锡一家高端智能设备生产商，企业创立之初，曾遭遇巨大危机，其生产的太阳能电池串焊设备被诉侵犯他人专利权。

面对这种情况，陆超带领审判团队摸索学习背景技术，组织设备现场勘验，经过严格的技术特征比对，最后认定被控侵权产品未落入涉案专利要求的保护范围，奥特维公司不构成专利权侵犯。

此番过后，奥特维公司更加重视技术创新和产权保护。通过自主研发，已掌握十余项核心技术，累计取得专利 591 项，其生产的光伏组件设备更是凭借性能优势畅销全球。

"知产强，则创新强；知产弱，则创新弱。"陆超的每一次审判都向社会传达着这样的理念。

遏制恶意、重复侵权，保障无锡"小天鹅"的商标价值；首次对自然人开出惩罚性赔偿"罚单"，保护"BLOVES"钻戒商标不受侵犯；发出首份证据提供令，破解知识产权权利人"举证难"；重拳整治短视频侵权乱象，确立法律规则，全力保护数字经济发展……

科技创新离不开法治的保障。深谙此理的陆超，提高司法站位，准确把握知识产权作为战略资源和竞争优势的核心地位，深度融入地方科创大局，积极打造知识产权保护高地。

他牵头起草了保障太湖湾科创带建设、保障"一带一路"交汇点建设、服务无锡"走出去"企业等司法指导文件，形成供决策参考的调研报告、情况反映和司法建议 50 余份，多次得到市领导的批示肯定。

他参与创立了物联网产业知识产权司法保护中心、"阳山"水蜜桃地理标志保护基地，全力促成无锡法院"涉外司法研究中心"、无锡国家数字产业园知识产权审判巡回法庭的创建，更推动建立了无锡知识产权法庭，成为继南京、苏州之后省内成立的又一家知识产权法庭。

最严格的知识产权保护，为无锡创造了优越的法治化营商环境。2021年，无锡高新技术企业达 4609 家，国家科技型中小企业达 7136 家，10 个产业集群规模超千亿元，物联网集群入选国家先进制造业集群。

专注，法律人的匠心

专注、思考、升华，实现更高层次的审判，是领导和同事对陆超的一贯评价，尤其体现在他的调研工作中。

陆超的案例研究成果非常丰硕，撰写的无锡中电物联科技有限公司诉唐亮等不正当竞争纠纷案案例，同时入选《人民法院案例选》和《中国法院2018 年度案例：知识产权纠纷》；审理的无锡市保城气瓶检验有限公司拒绝交易垄断案入选 2008—2018 中国反垄断民事诉讼 10 大典型案例；在《创新与发展——江苏法院知识产权审判十五年成果集》中发表《反不正当竞争法一般条款在司法审判中的运用》等论文……

2019 年，陆超审理了中讯公司与比特公司因恶意提起知识产权诉讼损害赔偿案，经过反复调查、剖析，最后认定被告恶意取得商标权后提起诉讼的行为构成恶意诉讼，应当就此承担赔偿责任。

"本案确立了恶意提起知识产权诉讼的认定规则，有力地维护了企业的合法权益及知识产权领域中竞争秩序的健康发展，促进了我国知识产权竞争力的真正提升。"该案成功入选当年全国法院知识产权司法保护典型案例，还被媒体和相关专业机构誉为"最具研究价值知识产权裁判案例"。

之后，陆超根据案情撰写了案例分析，又荣获全国法院系统优秀案例评选一等奖。2022 年，该案入选《最高人民法院公报》。

"法律文书作为一种'司法产品'，是社会公众接受普法的重要窗口，撰写文书的水平高低也是检验一个法官业务水平和能力的主要标志。"

陆超非常重视裁判文书的写作，尤其注重体现心证过程，他精心打磨每一篇判决书，力求用文字凝结其对于正义的诠释，彰显其对于法律的信仰。在江苏法院优秀裁判文书评比中，陆超凭借其高质量的裁判文书获得多个奖项，得到江苏高院知识产权庭的高度认可与肯定。

"耐心办案，静心书写，抽丝剥茧还原案件来龙去脉，这样的做法不仅让当事人信服，也让我们佩服。"无锡中院知识产权庭副庭长张浩如是说。

匠人匠心，至精至卓。可以说，匠人的品格在他身上体现得淋漓尽致。

坚守，不仅仅因为热爱

"我喜欢法官这个职业。"简单的一句话，道出了陆超对法律事业的无限热爱。

1995 年，刚刚大学毕业的陆超带着对法律的憧憬，来到了无锡中院。当问起为何踏入法院大门时，他开玩笑说："小时候经常看律政题材的港剧，里面的法官非常有威严，看着看着就喜欢上了法律。"

20 世纪 90 年代的无锡，正经历着改革开放的巨变，大批民营企业崛起、大量外资企业涌入，但因缺少创新，改革遭遇瓶颈。

没有创新就没有发展，没有发展就没有话语权，目睹这一切的陆超深受启发，暗暗立下誓言：要在法律的岗位上，用自己的努力为无锡的发展贡献一份力量。

从一开始的畏难、不知所措到现在的老练、专业，陆超对知产审判始终怀有一颗敬畏之心，无论是对当事人，还是律师，陆超都给予极大的耐心。在庭审中，陆超从不打断当事人的陈述，经常使用归纳性的语言进行引导，他认为，耐心是法官在庭审中应有的品格，是一名好法官必须具备的品质。

"办好一个知识产权案件，可以影响到很多人，甚至是一个行业，我很享受由此带来的满足感和成就感。"对陆超来说，知产审判的最大意义，就是确立裁判规则，引导社会价值取向。在案件审理中，他非常注重对纠纷所体现出的普遍性问题的研究，通过裁判说理，确立裁判规则，为相关同类型案件的审理提供相应的指导，并以此正确引导社会公众的价值判断。

"知产案件大多案情复杂，存在着法律适用难、鉴定难、认定难等诸多问题。但是，不管案子有多难，只要陆庭出马，我们就很放心。"在合议庭成员鄂芳眼中，陆超俨然是团队里的"定海神针"。

从 2002 年无锡中院知识产权庭成立至今，陆超历经了近二十年的知识产权生涯。从书记员到审判员，再到现在的四级高级法官，陆超一直坚守在知识产权审判一线，通过自己的努力，获得了同行尊重、领导赞许和社会认可。

二十年如一日，这份执着，凭借的不仅仅是热爱，还有当年的誓言。

江苏高院微信公众号 2022 年 9 月 28 日发布

何 薇：无锡市中级人民法院

李魁：行走在乡村的法治"追光者"

侯明光

又是一年麦收时，映着夏日耀眼的阳光，层叠的金色麦浪随风翻涌，这是徐州沛县王庄村 330 余户村民期盼已久的收获。

然而眼看麦收时间将过，300 余亩小麦因土地承包户和村民的纠纷始终不能收割，江苏省沛县人民法院大屯人民法庭庭长李魁急在心里，带着庭里 2 位法官 3 次来到村里协调解纷。火热的麦田里，法官们冒着 40 摄氏度的高温，争分夺秒测量着地块的面积。丈量完成后，他再次组织双方在田间地头面对面做调解工作，最终该案妥善化解。

这是李魁庭长的办案常态。自 2018 年担任法庭庭长五年来，他坚持把为民司法写在田间地头、乡村庭院，1000 余件高效审结的案件，饱蘸着他一腔为民情怀；村民发自内心的尊重与认可，浓缩着他司法助力乡村振兴的不懈付出。

李魁说，坚守基层法官、基层法庭庭长的职责，扎根微山湖畔，坚持不懈做乡村法治的"追光者"是他的追求。

为民纾困　村民群体性纠纷圆满化解

金秋九月，李魁与法庭干警带上书桌和画册，跟随法治宣传"大篷车"再次启程，走进杨屯镇孔欢屯社区的街头巷尾。

"李法官，有人欠我钱，躲外地去了！""我家孩子把人家小孩鼻子碰伤了，咋办啊？"……咨询台前，得到消息的乡亲们"蜂拥"而来，或提出心中的疑惑，或说谈遇到的问题，村民们和干警说说笑笑，一片祥和。而这份浓浓的信任和感激，都源自李魁为民办实事的"深耕细作"和纾困解忧的"冲锋在前"。

时间追溯到 2019 年，坐落在沛县杨屯镇的一家煤矿公司因长期开采煤炭，导致附近四个村庄部分土地塌陷，后经协商，煤矿公司一次性补偿了3696 户村民土地复垦费和农作物损失费共计 470 万元。但时隔数月，村民们得知相关部门出台的采煤塌陷地的新补偿标准高于煤矿公司的补偿标准，村民们认为自己吃了亏，故要求煤矿公司按照新标准补齐补偿。但煤矿公司对村民的要求很是不满，双方互不相让，僵持不下。

"土地是老百姓生存的命根子，因为你公司的开采行为造成百姓失去了赖以生存土地，补偿多一些也合情合理。"李魁受理案件后多次与煤矿公司沟通，但经过一个月的来回拉锯，双方对补偿一事还是无法达成共识。眼看村民们情绪渐渐激动，李魁意识到问题的严重性，为防止事态激化，他及时转变工作思路，决定先对其中一起案件通过示范诉讼的方法，以点带面稳步推进纠纷解决。

在最后一次组织双方调解时，李魁采用"背对背"的调解方式，将村民代表和煤矿公司相关人员分别安排在两个法庭，并邀请了杨屯镇矿办负责人、公司矿办科、分管副镇长等合力做双方的调解工作。经过近一上午的时间，在情理法的并融下，双方达成一揽子协议，其他案件也随之调解成功。历时近半年，该批涉及 3696 户村民的群体性纠纷以煤矿公司再补偿 49.7 万元圆满化解。

发力云端 智慧法庭建设乡村落地

2019 年是大屯法庭新址搬迁后的第一年，法庭基础设施也有了很大改善，为做好人民法庭工作，李魁提出了打造智慧法庭建设品牌的思路。仅一年多时间，大屯法庭在全市法院率先投入使用"四级视频会议联网系统""庭审语音转写系统""人工智能语音麦克风""云上法庭"等信息化技术，成为全市信息化建设最先进的基层人民法庭，也是全省首家入驻网格化治理云终端的基层人民法庭，极大方便了人民群众诉讼，实现了线上诉讼服务"不打烊"。

去年 10 月，李魁在微信置顶的"网格化治理云平台联络群"里收到了辖区网格员发来的"求助"信息。杨屯镇刘庄村的郭某和邻村女孩张某因彩礼返还问题发生争执，两家十余人聚集吵闹，矛盾一触即发。为防止问题激化，村内的网格员第一个就想到了李魁。

"如果他们真的没有和好可能，可向女方释明既没有办理结婚登记手续又没有共同生活的，应当返还彩礼，我这就发你一些案例，你给他们看看，让他们心里有底……我马上也赶过去。"李魁一边乘车赶往刘庄村，一边远程指导做双方的调解工作，然而人还未到，网格员的电话就回了过来。

"李庭长，你这一招还真管用，我把你的话和判决书给他们一亮，果然消停多了，两家已经开始协商了！"

听到这，李魁的心稍稍放下。这是大屯法庭"云端法官进网格"化解矛盾纠纷中的一个缩影。

作为基层法庭发展的"带头人"，李魁敢于摸索，勇于担当。在院党组的大力支持下，大屯法庭在龙固镇率先建立了集"网格＋警格＋家事调解室＋多元化解工作室＋巡回法庭＋24 小时自助服务中心＋审务工作站"等多元解纷于一体社区善治的"龙固样本"，不到两年，巡回审判案件便超百余件，这一在徐州全市法院中首创的基层社区治理模式，为人民法庭参与辖区综合治理、提升辖区社会治理能力和治理体系建设走出了关键的一步，也受到江苏省高级人民法院的充分认可。大屯法庭受理案件由 2018 年的 1165 件到 2020 年的 577 件，结案由 2018 年的 1087 件到 2020 年的 560 件，案件连续三年大幅度下降，真正地实现了案结、事了、人和。法庭工作经验入选最高人民法院《新时代人民法庭建设案例选编（二）》，先后荣获全省优秀人民法庭、集体三等功等荣誉。

普法宣传　法治力量助力乡村振兴

"现在开庭……"随着法槌落下，稚嫩的声音在肃穆的法庭内响起，小小少年们身穿法袍，端坐在审判席，俨然一个个"小法官"。这是大屯法庭和团县委联合开展的"普法护童年，法治伴成长"主题开放日活动中的一幕，在法庭干警的引导下，学生们"零距离"感受到了司法审判的神圣和庄严。

担任团县委兼职副书记以来，李魁坚持以关爱未成年人健康成长为出发点，每年在六一儿童节、宪法宣传日等时间节点都会邀请辖区学校学生到法庭，先后开展模拟法庭、"我是小法官"、"一起读宪法"等多样活动 40 余场次，普法参与人数 24 000 余人次，以此激励未成年人学法、守法、用法。沛县团县委在大屯法庭挂牌"全县青少年法治教育基地"，为法庭今后服务未成年人发展，保障未成年人权益等工作提供了更为广阔的平台。2021 年，江苏高院服务乡村振兴实践基地率先在大屯法庭挂牌，江苏高院民一庭党支部与大屯法庭党支部结对共建，为基层人民法庭服务乡村振兴走出了一条沛县的发展模式。

一路走来，李魁先后获得个人三等功 1 次、嘉奖 3 次，并获得全省法院党建工作先进个人、江苏爱岗敬业好青年、沛县十大杰出青年、市青年岗位能手等荣誉 40 余项。所办案件先后入选江苏高院工作报告，荣获第二届全国青年法官优秀案例二等奖、全省法院百场优秀庭审二等奖。

回望来路，有苦累，有辛酸，有欢愉，有遗憾，李魁始终坚信：时间看得见付出，唯有奋斗在党和人民的司法事业上，这样的青春最美丽，这样的生活最幸福！

江苏高院微信公众号 2022 年 9 月 30 日发布

侯明光：沛县人民法院

黄文娣：仰望星空的"梅花庭长"

邵家伟

公正司法，情系百姓冷暖

黄文娣生于农村，长于农村，工作在农村。来到基层法庭工作，她更是坚持"怀群众感情、为人民司法"的职业理念，坚持法明、理透、情深的工作方法，用法理明辨曲直，用真情点亮人心，取得了案结、事了、人和的效果，让百姓在每一个具体案件中真切地感受到公平和正义。面对农村百姓证据意识不强的特点，她将正确引导当事人举证与法院查证相结合，最大限度查清案件事实，化解矛盾。针对法庭受理的家事纠纷多发态势，她选择典型案件巡回审判，情理并举。由于她在家事案件审判中取得的成绩，所在法庭先后设立了"知心妇女微家""关心下一代工作站"。2018 年，她受邀参加江苏省妇女十三大，并先后当选常州市武进区、经济开发区妇联执委常委。

作为员额法官，黄文娣还承担大量商事疑难案件的办理。她认为，公正办案是法官的基本职责，法官只有坚守公正，百姓才会信服。为此，她要求自己不断提高专业素养，不断增强职业敏锐性，案件要办就办得公道，要做就做到最好。例如，在一起房屋买卖合同纠纷案件中，周某与张某签订房屋买卖合同，以 92 万元将自己的一套房子卖给张某，但其后房价大幅上涨，反悔了的周某百般推脱，拒绝履行合同。经审理，黄文娣依法认定周某的行为有违诚信，损害张某的合法权益，判决周某承担 30 万元违约赔偿款，这几乎相当于周某要再次卖房获得的全部收益。当时，在高房价的推动下，常州"卖家主动违约"等现象比较严重，为此，常州晚报主编殷益峰评价："这个判决对于引导社会诚信具有积极示范效应，让我们看到了法官的思考、担当和价值取向，社会就需要这样的法官。"

虽然是人民法庭法官，黄文娣还努力培养大格局，善于发现个案背后的社会症结。如常州的地铁和城市轻轨建设中某施工地段事故偶有发生。她在审理一起交通事故时，发现轨道公司存在防护措施不到位问题，案件审结后，她迅速发出司法建议，轨道公司及时进行了整改。此后，该施工地段鲜有事故发生，一条"伤人之路"变成"平安之路"。

2017 年以来，黄文娣共审结案件 1760 件，没有信访、没有投诉，庭史陈列室内一面面锦旗都是对她最好的褒奖。

勤学善思，铸就工匠精神

为了让每个案件都办得扎实，她白天办案，晚上抽空研习业务书籍，强化能力提升。她撰写的文章多次入选江苏省法学会民法学年度论文集，调研文章曾被江苏省法官协会评为"淹城杯"优秀作品。由于注重对审判经验的总结提高，她作为法院"先进人物"向全院介绍方法。2014 年起，她被江苏省法官学院聘为兼职教师，为年轻的法官助理讲授婚姻法审理实务。

作为法庭庭长，黄文娣充分挖掘团队力量，鼓励法官助理开展案件听证，提高调解艺术和水平，号召大家做法庭内的工匠。她建立每周五下午庭务学习制度，着力提高大家对疑难案件的把握能力。她敢于创新探索，党史学习教育中推出人民法庭"六微"工作法，该做法入选 2021 年经开区基层党建"七个一百"系列活动优秀案例，并迎来"少年案件审判庭"挂牌。她推动凝聚社会合力，实现"横山桥检察室"及未检团队在法庭驻点办公，组建"芳华正茂联盟"，联合开展"未爱花开，与法童行"等系列法治活动，以法治守护未成年人健康成长。她经常说，"法官是个有灵魂有厚度的职业，择一事、终一生，只有不断提高司法综合能力，才能更好维护百姓的利益。"

服务乡土，传达法治声音

作为一名农村民事法官，随着办案不断增多，黄文娣感受到，很多纠纷之所以难解决，甚至很多权益得不到法律支持，是由于当事人双方不了解相关法律法规、处理纠纷的方法不得当造成的。这些法律法规犹如夜空中的星星，对于普通老百姓而言高不可攀。为了让群众更好地提高尊法学法守法用法的意识，黄文娣针对日常案件，积极撰写案例信息、深入浅出为冷冰冰的法律条文增添人性温度，以让老百姓容易理解、容易接受，每年她都有 20 起案件信息被报纸刊登。2013 年，她被选为首批"常州法治大讲堂"主讲人，2014 年入选区妇女维权讲师团成员，2019 年入选"省百名巾帼法律专家顾问团"，2021 年入选"龙城先锋师资库"的党课名师。多年来，她带领法庭干警开展法治大讲堂 30 多场，受众数万名。为使普法宣传的效果更好，她还组织编写了民间借贷、道交事故等多门类课件，编成讲稿集萃，为群众提供菜单式的法律服务。一场场精彩宣讲，一个个鲜活案例，经过演绎，传播了法治声音，也传递了法治力量。

热爱生活，恪守理想情怀

黄文娣热爱着审判事业，这段一路走来的心路历程被她撰写成散文《人民法官，我不悔的追求》，得到法院同仁的感怀，获得"党在我心中"征文一等奖。她用"善良的心，就是最好的法律"作为自己多年办案的感受，阅读与行走是她人生的初爱，也将伴随着她对法律事业的热爱一并同行。在法律之下，她还极力维护家庭和睦，保持着对生活的热爱，坚持"在厅堂、厨房之外，女性要有宽阔的视野"。她一直订购《收获》《三联周刊》等杂志，关注民生、热点，参加妇联活动，试图与行进中的中国共忧患，努力增进法律人应有的人文情怀。2014 年被评为江苏省"平安家庭"示范户。

这就是黄文娣，作为司法者兼普法者，她脚踏实地，仰望星空，以亲身经历书写了一名乡村法官的坚守和理想。

江苏高院微信公众号 2022 年 10 月 4 日发布
邵家伟：常州市经济开发区人民法院

朱海兰：盛开在审判一线的"木兰花"

刘 琼

精于审判 她将审判事业作为毕生理想

（一）埋首案卷，履践致远

2009 年 3 月，朱海兰作为代理审判员开始承办案件。十余年来，她办理民事案件 3000 余件，无一件因承办人差错而发回、改判，审判质效指标位居全院前列。

同时，她还毫无保留地指导年轻法官办理案件，向他们传授办案思路、方法。大到文书逻辑、结构及说理，小到遣词造句、标点符号，她都一一娓娓道来。至今，她已先后指导年轻法官十余名、指导案件数千件。薪火相传，如今这些年轻法官已经成长为业务骨干，在各自的岗位上默默奉献。

（二）勤于钻研，玉汝于成

在承办疑难复杂案件的同时，朱海兰也不曾忘却司法宣传与调研工作。在审理一起案外人执行异议之诉案件时，她从细微处梳理案件事实，最终还原当事人的真实意图，驳斥了关联公司互相串通、妄图转移财产以规避执行的行为，维护了债权人的合法权益。案件审结后，她进一步挖掘案例价值、撰写调研文章，该案入选《苏州法院反规避执行十大典型案例》。

2018 年、2019 年，在江苏省苏州市中级人民法院组织的案例及文书评比中，她撰写的文书、案例分别获评典型案例、精品文书，并刊载于《裁判的力量》一书。

真情为民 她将把群众的每一个案件都当大事来办

（一）为民排忧，彰显司法实效

民一庭大多是审理婚姻家庭、劳动争议、民间借贷、人身损害赔偿等传统民事案件，相较于商事纠纷来说，民事纠纷与老百姓的生活更息息相关。

在处理民事纠纷中，朱海兰始终秉持"百姓事无小事"的理念。那是一起让她记忆深刻的离婚案。女方婚前患有精神疾病，初现端倪后双方协议离婚，约定房子归男方。女方父母一下炸了锅，出庭号啕大哭痛骂女婿，并威胁要带着女儿住到法院。如此情景，根据现有证据及法律规则判决并非上策。无意间，她听说老人还有儿子，便千方百计寻找并发动其做工作，另一厢又站在男方角度苦口婆心劝解。最终，双方达成一致意见，顺利调解结案，实现了案结事了人和。

（二）为民解难，传递司法温度

在苏州，没有老百姓不知道"寒山闻钟"，把这个监督负面曝光平台变成表达感谢的公开渠道，朱海兰是头一个。

一对夫妇买了一套房屋及配套车库，收房后才发现车库内住着一位老人，声称车库是儿子的，死活不肯搬。面对七旬老人，她不厌其烦反复劝说，又亲自到原房主所在单位进行劝解，最终促成双方调解。事后，原告非常感动，专门至"寒山闻钟"平台发文感谢。

在另一起交通事故损害赔偿案件，她无意中得知原告母亲患脑瘤需要手术、两岁的儿子患白血病等待配型，内心久久不能平静，遂在庭前多次与保险公司沟通，最终说服保险公司在庭前与原告达成调解协议，并在调解协议达成当日即将赔偿款付至法院账户。案件审结后，她又在全庭倡议开展爱心募捐活动，全庭共捐款数千元交给当事人，原告感动落泪。

模范引领　她用党建凝聚工作合力

（一）挂职基层，助力乡村治理

2016年，朱海兰去辖区黄区村挂职担任第一书记。走出威严的法庭，走进田间地头，身份和工作的转变让朱海兰备感挑战，但不变的是她那颗为群众办实事的真心。

上任后，与村民一起谈村情民情、产业发展，入户走访、了解民意，短短一月，朱海兰便与村里的群众熟络起来。

她与村干部着手进行制度改革，每半个月召开一次党支部会议，对党内事务和涉及村民利益的"小事"进行讨论；每月召开全村党员会议，请党支部书记等解读党的纲领和决策，让老党员也能紧跟"潮流"。

挂职期间，她还将村特色农产品搬上电商平台，给村民带来切身实惠。她也利用专业优势，开展法律咨询、居中调解，并在微信公众号开设法治微课堂等栏目为村民普法。同时，她还邀请党员法官与农村党员一起座谈，通过生动案例为村民讲解日常生活中涉及的法律知识。

（二）建强支部，打造过硬队伍

2015年起，朱海兰担任民一庭党支部书记。在党务、审判工作中，她积极主动作为，处处以身作则、率先垂范，带头参与"跟班先进找差距"、疫情防控志愿等活动。

为了充分发挥苏州市虎丘区人民法院民一庭"全国青年文明号"的标杆作用，她狠抓支部党建，将担当有为的精神融入审判工作中，把审判业绩纳入审判人员的目标考核，激励干警多办案、快办案、办好案。同时，她带领干警走进网格、做客直播间、拍摄微电影，通过各种方式和平台讲好法治故事，传播法治力量，助力纠纷源头化解。她用心设立并维护劳动争议、狮山横塘等三大巡回法庭，定期安排法官就地开庭、调解，就地接受法律咨询，实现"审结一件、教育一片"的效果。2019年，该庭第三次获得"全国青年文明号"称号，成为全省唯一一家获此殊荣的法院集体。

开拓创新　她用科技为审判插上数字化翅膀

（一）科技赋能，助力抗疫审判两不误

2020年，面对新冠肺炎疫情与案多人少交叠的严峻形势，朱海兰带领全庭积极开展电子诉讼，通过网上立案、电子送达、在线庭审等方式，让当事人足不出户，全流程在线解纷。

为充分发挥民一庭优质管理的"辐射"作用，2020年下半年起，她勇挑大梁推行全院民商事案件审判辅助事务集约化改革，组建专门的审判辅助团队，全院办案节奏显著加快。2021年，虎丘法院案件质量效率指标位居苏州全市法院第一方阵。该做法与虎丘法院大力推行的全流程无纸化办案高度契合，得到苏州中院的认可，于2022年7月在该院召开现场推进会，在全市法院大力推广应用。

（二）双重引擎，助力专业审判再进阶

针对劳动争议案件程序冗长、举证困难等特点，朱海兰带领民一庭在电子诉讼的基础上创建庭前"问诊清单＋异步质证"机制，推动劳动争议案件快调快审。

结合多年审判经验，她带领庭内法官自主设计问诊清单表，采集案件要素事实，并通过院自主研发的异步质证平台，在线完成证据交换、举证质证，有效缩减庭审时间，推进劳动争议线上"背对背""裁判式"调解。2022 年，在苏州中院举办的全市法院劳动人事审判示范项目评审中，"问诊清单＋异步质证"机制获评一等奖。

目前，该模式已推广至区仲裁委、律协，并获得《人民法院报》、最高人民法院微信公众号等媒体报道。

江苏高院微信公众号 2022 年 10 月 14 日发布
刘 琼：苏州市虎丘区人民法院

陈燮峰：越过"商"峰，遇见更美风景

谢 洲

"干商事审判就像爬连绵不绝的山脉，越过一山又是一山。"从初出茅庐的青涩小伙到办案标兵、副庭长，自 2010 年进入南通市中级人民法院，陈燮峰自嘲一直在做登山者。

12 年来，庆幸见证了南通迈入"万亿之城"的沧桑巨变，参与了南通法院商事审判的快速发展。时常有人问他，"为何在商事领域待了这么久？"他说，"城市发展更有力量，百姓生活更加幸福，给了自己坚持的理由。"

"角色扮演"的艺术

商事交易的本质在于交换，12 年的摸爬滚打，让陈燮峰越来越坚信，商事审判不是简单是与非的判断，需要探寻法律衡平，寻求社会资源配置的最优方案。

今年 8 月 23 日，江苏帝奥微电子股份有限公司成功登录上海证券交易所科创板，为南通发展注入新动能。而一年前，这家综合实力排名国内模拟芯片领域前五的芯片设计公司，正因一起决议纠纷身陷困境，上市之路一度暂停。

这件棘手案件分到了陈燮峰手中。

为了尽快帮助企业排除上市障碍，陈燮峰先后四次组织各方当事人进行调解，从维护企业现有股权架构入手，创造性地提出了由某位股东现金收购部分股权及转让部分股权的一揽子解决方案，得到各方当事人的一致认可。

从立案到审结仅用时 40 天，既维护了各当事人的合法权益，又为企业上市争取了宝贵时间，该案被评为"江苏省政法系统 2021 年度优化法治化营商环境典型案例"。

看到企业上市敲钟的那一刻，陈燮峰心里有些许自豪，"法治的力量与城市的发展互融互通，让我觉得自己的工作变得更有意义。"

人民法院处理商事纠纷过程中，调解优先原则是让企业迅速从纠纷中抽身、以最小成本化解干戈的一剂速效药，能为企业经营发展营造"一团和气"。陈燮峰深谙此道，"法官不仅是裁判员，更要学会角色扮演，善于站在商事主体的立场换位思考。"多年的调解经验让他总结了"说说事、讲讲理、消消气、算算账、握握手"的"商事调解五步法"，连续八年调解率全庭第一。

担任民二庭副庭长后，陈燮峰对"调解"有了更深层次的思考。这次，他将目光从法院投向了"外部"。

他起草了《关于建立涉企纠纷诉调对接、涉企非诉纠纷解决机制的意见》，积极参与南通中院与市工商联建设商会商事调解工作机制，推动"行业纠纷行业解"。自 2021 年 9 月南通商会商事调解中心成立以来，调解商事纠纷 500 余起，总标的额近 1.5 亿元，南通中院获评江苏省"商会商事调解联系协作机制示范单位。"

从个案智慧到规则引领

新冠肺炎疫情防控常态化后，口罩价格剧烈波动，大量熔喷机、口罩机新型案件涌入法院。

2020 年 8 月，因一起 1300 万元的口罩机买卖合同纠纷，买方南通某公司将卖方苏州某公司诉至法院。一审法院判决解除合同。

卖方上诉至南通中院后，陈燮峰仔细审查了证据，"成品口罩最重要的过滤指标符合国家标准，不能仅凭鉴定报告中几项小问题，就轻易说质量不合格。"

陈燮峰认为，"连续稳定生产"的约定缺乏明确界定，日夜不停歇运转也可能对机器产生不利影响，再结合口罩价格在 2020 年 6 月大幅下跌等背景，最终依法改判，驳回了买方的诉讼请求。

1300 万元，对于疫情之下的中小微企业，是笔不小的"救命钱"。"我早已作好败诉的准备，没想到您这么用心，对我们外地企业一视同仁。"拿到生效判决，卖方苏州公司负责人激动不已。

厘清个案背后错综复杂的法律关系不是陈燮峰的终极目标，"我更希望通过判决产生示范效应，以类案标准化的审理思路，对整个市场行为起到价值导向作用。"

经过充分调研，他起草了《涉口罩机、熔喷机买卖纠纷类案审理指南》，该指南对瑕疵担保异议期间的确定、合同目的能否实现的判断等问题给出了详细建议，为本地区审理此类案件提供了有益思路，促进了裁判尺度的统一。

市场交易类型的日新月异，决定着商事审判复杂多变、疑难热点繁多，且专业性极强，经常无例可循，这些都持续挑战着法官定分止争的能力。

办公桌里摞了一叠证券从业、会计从业等相关资格证书；钻研储备晦涩的商事专业知识和规则……陈燮峰从事商事审判多年来，养成了"以变应变"的习惯，尝试从更高、更深的视角行走于司法前沿。"自己专业了，当事人才能更信服。"

厚积而薄发，如今的他，轻舟已过万重山，办起新类型案件、疑难复杂案件游刃有余。

在南通某钢结构公司的5100余万元财产被依法保全后，经营陷入困境。陈燮峰大胆提出见索即付银行诉讼保函可以作为充分有效的反担保措施，既实现了财产保全，又让企业恢复生机，为进一步优化南通法治化营商环境提供了新的路径。

为了给孩子多带块糖

在陈燮峰的价值理念里，诉讼无关金额大小，刚性的法律背后蕴藏着人性的温度。

"人民的父母官！"今年1月12日下午，一起案件的当事人田老汉，冒着严寒特地赶到南通中院给陈燮峰送上了锦旗。

田老汉和老伴经营着一家粮油小铺，自2012年起每月给某火锅店供应米面粮油等食品，火锅店因经营不善未能及时付清货款。但由于田老汉提交的三份月送货单无原件予以核对，一审法院并未支持其这三个月的货款给付请求。

二审中，田老汉提交了一份与原火锅店员工黄某的通话录音，想证明三个月的送货单原件全部已由黄某回收且双方对金额进行了核对。但当时黄某换了号码后，完全联系不上。

陈燮峰看着几十张金额不大、沾满油渍的送货单据，想到两位老人因常年操劳皲裂黝黑的手，暗下决心，一定要找到黄某，让两位老人过个舒心年。

他先后前往派出所、人社局，几经周折终于找到了黄某。在耐心沟通下，黄某从拒绝配合到确认了案涉送货单复印件中的签名均是她所签。有了这个关键证据，田老汉最终拿到了一万多元的货款。

"我们多一份努力，也许当事人就能每天早上吃顿热乎的早饭，每次下班可以多给孩子带颗糖。"陈燮峰说，在这个岗位上收获很多，自己的努力得到群众认可就是他的收获之一，这也带给他强大的前行动力。

"大商事"背后牵动着"小民生"。父母曾双双下岗的经历，让陈燮峰对此有着更深刻的感受。审判之余，陈燮峰常常在思考，能为优化法治化营商环境出些什么点子？能为这座城、这里的百姓做点什么？

他奔走在解纷一线，成功调解涉熔盛重工系列案件，保障了1000多名农民工工资的顺利发放；深入企业宣讲民法典，将法律咨询送到"家门口"，为企业纾困解难；参与编撰《民营企业法律风险提示手册》，八大类100条干货，帮助企业规范经营，从源头避免纠纷。

一点一滴的积淀，让越来越多市场主体如鱼入水，陈燮峰觉得很有成就感。

未来，陈燮峰会继续向上攀登，"越过山峰，前面有更美的风景在等待。"

江苏高院微信公众号 2022 年 10 月 6 日发布

谢　洲：南通市中级人民法院

蒯舒：用美好年华守护美丽事业

李 岩

因为热爱，她十余年如一日，始终奋战在审判一线，怀着热爱审判事业的初心，无数次沐浴在月色下的灌河法庭，只为斟酌那一句判词、开完那一场庭审；因为热爱，她细致、耐心地倾听每一位当事人的诉求，哪怕是哭述和责备；因为热爱，她带着法徽巡回审判，让环境司法的理念更深入人心。

环境审判"灌南模式"的开创之路

2017 年 12 月，江苏省高级人民法院正式批复成立"连云港灌河流域环境资源审判巡回法庭"，集中管辖连云港全市，盐城市响水县、阜宁县、滨海县，淮安市涟水县、淮阴区涉水环境资源一审案件及江苏海域内环境资源类一审案件，在全省范围内首次完整实现了以"河海生态功能区"整体为单位的专业化司法管辖，探索和实践意义重大。法庭成立后，蒯舒成为首个调任至法庭工作的员额法官，同时负责法庭的日常管理工作。自成立的那一天起，她下定决心不辜负院党组期望，带领全庭干警扎实苦干，五年来，她所负责的灌河法庭在专业化审判、工作机制建设、审判机制创新等方面形成一批可复制的经验做法，被江苏高院通报表扬为环境资源审判的"灌南模式"。2022年 7 月，经过层层申报，灌河法庭成功入选全省首批 10 个"省级生态文化宣传示范点"，是全省政法系统和连云港市唯一获此殊荣的单位，环境资源审判"灌南模式"品牌效应不断攀升。

精品环资审判案例的打造之路

从事环境资源审判工作后，蒯舒发现环境资源类案件社会关注度高，裁判结果影响力大，这就要求案件审理中强化"精品"意识。自 2018 年以来，她先后参与承办、撰写的 8 篇案例获得市级以上表彰，2021 年灌河法庭巡回审理的"仰某某祭祖失火刑事附带民事公益诉讼案"，经新华网、人民网等中央媒体报道，清明节当天，全国消防系统微信公众平台转载，该案通过"线上直播＋线下补植"方式，引导公众形成生态祭祀、安全用火的良好社会风尚，央视新闻发起的该案微博话题阅读人数超过 9000 万人次，成为全民普法公开课。2022 年 6 月，该案入选最高人民法院发布的森林资源民事纠纷典型案例，该案庭审同时获评 2021 年度江苏省法院"百场优秀庭审"一等奖，同时入选江苏法院 2021 年度环境资源十大典型案例。2019 年世界环境日，其撰写的两篇案例同时入选江苏法院"生物多样性保护示范案例"。2022 年 3 月，她编写的《非法狩猎野生鸿雁，破坏生态于法不容》入选江苏省高级人民法院、中国法学会案例法学研究会江苏研究基地发布的第三批弘扬中华优秀传统文化典型案例。审判实践中，她发现在滥伐林木、非法狩猎等野生动物保护案件中，很多群众不是不守法，而是法律知识缺乏。所以，她更加重视环境资源的普法宣传，通过开展"巡回审判村村行"活动，将非法狩猎、滥伐林木类"小"案件搬到群众身边，在案发地开展巡回审判，法庭每到之处，不仅开庭，更是普法，用接地气的方式向人民群众宣传环境保护的"大"道理，让绿色司法理念深入人心。2021 年 1 月，蒯舒被最高人民法院授予"全国法院办案标兵"称号。

环资审判恢复性司法的探索之路

环境资源审判中，如何修复受损害的生态环境，是群众关注的，也是审判实践中亟待解决的问题。2018 年 6 月，蒯舒积极协调灌南县李集乡党委政府及相关部门，在该乡建立生态司法执行基地，为连云港法院形成"一案一修复，一树一养护"的环境生态保护模式提供有力司法保障。2021 年 1 月，她在承办连云港市赣榆区海头镇发生的一起海域非法捕捞刑事案件过程中，发现捕捞行为发生地位于传统渔业村海头镇小口村，渔民禁渔期出海捕捞现象屡禁不止，她选择将该案庭审放在小口村村委会，以"法徽来到小渔村"为主题开展巡回审判活动。该案中，被告人孙某因非法捕捞被渔政部门查获，根据生态损害评估修复意见，该案生态损失价值和实施费用共计 7.19 万元。当得知被告人孙某家庭经济困难，确无赔偿能力，她与检察机关多次沟通协商，确定了海岸巡护清洁的劳务代偿方案，法院最终判处孙某拘役四个月，缓刑六个月；附带民事公益诉讼部分判决孙某对小口村附近 1300 米海岸线按照连云港市赣榆区夏季作息时间于 2021 年、2022 年禁渔期（每年的 5 月 1 日至 9 月 1 日）进行 284 天的海岸巡护清洁，以每日 300 元的劳动费折抵生态损害赔偿费用。该案系民法典施行后全国首例保护海洋生态环境公益诉讼案，央视频 2021 年 12 月进行了专题报道，对该案恢复性司法的探索路径给予肯定。

为群众办实事的实践之路

仰望星空是追求理想的姿态，脚踏实地才是实现理想的必经之路，它体现在实实在在"为群众办实事"的司法实践中。2021 年 1 月，蒯舒审结了一起环境污染侵权案件，原告赵大爷种植了十多年的树一夜之间全部死亡，赵大爷却很难证明是河对面的化工厂实施了污染行为。为了查明事实，她先后 3 次驱车到远在百公里之外的案发地进行现场勘验，对周边农户开展调查，与当事人在河堤边一棵一棵清点死亡树木的数量，到环保局调取企业的生产资料，最终取得有力证据，判决认定化工厂是该案的侵权责任人，化工厂不但没有上诉还将赔偿款主动支付给了赵大爷。赵大爷大清早赶了上百公里路只为把那一封手写的感谢信送到她手中。她读到感谢信的那一刻，为自己是一名人民法官而自豪。也正是通过办理这类案件，她真实体会到评价司法审判效果如何，群众的满意度就是标尺。

2021 年夏，新冠肺炎疫情出现后，她积极投身连云港法院"两在两同齐心抗疫"活动。她带领全庭人员主动请战，加入"天平志愿者服务队"，进入社区网格，轮班值守，不放过采集每一户人员信息、登记每一次车辆出入，拨打每一户居民电话，尽最大努力为街道分担防疫压力。作为县政协委员，2019 年至 2021 年，连续三年获评灌南县优秀政协委员，2 篇提案获评优秀提案，其中，以《加快"发展替代"释放生态红利，让灌南高质发展早日实现加速度》的优秀提案在政协会议上交流发言。

　　心之所向，无问西东，也正是这份初心，指引着蒯舒在最美好的年华，克服一次次困难，跨越一道道沟壑，在环资审判中邂逅一树树花开。她深知所从事的事业是一份关于美丽的事业，在推进生态文明建设的征程中，司法每迈出一小步，都是迈向美丽中国、美丽港城的一大步，生态环境司法保护任重而道远。她也将与所有港城奋战在环境保护战斗前线的同志们一样，努力践行为群众办实事的初心，砥砺前行，奋力书写连云港环境司法新篇章。

江苏高院微信公众号 2022 年 10 月 8 日发布

李 岩：灌南县人民法院

周婷：专业铸匠心　真情赢民心

周佳芸

　　曾经的她，扎根基层、步伐坚定，穿梭在田间地头，怀揣理想，勇往直前。

　　如今的她，头顶国徽、身披法袍，坐于审判席上，法心如秤，司法为民。

　　两份职业，两种选择，她都闯出了别样风采。

　　她就是江苏省盱眙县人民法院党组成员、审判委员会专职委员周婷。

从学生到村官的转身

　　2010 年夏天，周婷从烟台大学法学院毕业了。带着海浪奔腾般的喜悦和激情，她回到了故乡淮安。可是学了几年法律毕业了，到底该干什么？成为她人生的第一道难题。

　　初次公考失利后，她选择报考了大学生村官，并被分到了离市区较远的盱眙县河桥镇。没能圆法官梦的她，就这样成了一名大学生村官。

　　到河桥镇没多久，周婷便意识到象牙塔外的生活并不简单。由于她不是盱眙本地人，又是一个小姑娘，刚开始群众都不相信她。她一度失落，一度苦闷，想来想去，周婷觉得抱怨只会让自己消沉，只有振奋精神，实实在在地帮群众办点实事好事，才是赢得群众信任的唯一之道。

　　当时镇里有位老上访户，因为承包土地与同村的另一家发生了纠纷，几年来村里、镇里三番五次做工作都不行。接到任务后，周婷多次上门和其聊天，与他聊不通，就找他的子女聊，并和他到田里一点一点辨认地块，终于对如何解决问题有了思路。她开始帮其搜集相关材料，帮助他到司法局申请援助律师，并全程协助完成到法院诉讼的全部事宜。功夫不负有心人，法院最终判决支持该原告的主张，判令另一户人家返还争议土地。

这起纠纷的化解增强了周婷做好群众工作的信心，与法官、律师的接触更让她再度燃起了想要从事法律行业的念头。于是，她拾起了法律专业知识，在扎根广袤大地的同时深入钻研，怀着司法初心继续前行。

做法官，她敢于挑战

2012 年 7 月，周婷一鼓作气通过公务员考试，进入了盱眙县法院工作。她从最基础的书记员干起，带着年轻人独有的朝气和闯劲，敢想敢拼，只干了一年书记员就成了助理审判员，只干了三年助理审判员就成了员额法官。

2016 年 4 月，根据司法改革需求，盱眙法院成立速裁组，专门负责简单案件的快速处理，周婷从民二庭调整到速裁组担任审判员。虽然速裁案件法律关系较为简单，但结案任务十分繁重，不但要加速结案，还要探索简案快审的路子，一切从头开始，没有经验可以借鉴。面对源源不断涌进来的案件，她没有退缩。靠着破釜沉舟的勇气，她边干边摸索，总结形成了类案集中排期开庭、模板文书等多个工作方法，推动了速裁案件的快速审理。

2016 年，她创造了盱眙法院历史上民事案件结案最多的数据——741 件，这个数据至今在盱眙法院甚至在全淮安市法院系统也很难超越。2017 年结案 624 件，2018 年结案 475 件，连续 3 年结案均位居盱眙法院首位。

"周婷不仅办理的案件数量多，案件质量也好。"这是当时院领导对她的一致评价。

2018 年，为改善居民居住条件，当地政府大力推进城南的老城区改造，但却有 8 名征收户与房地产开发商之间产生了矛盾。"法官来了也没用，我就是要上访。"信访室里，十几个人你一句我一句地吵，情绪非常激动。赶到现场的周婷第一时间与当事人沟通，在耐心听完征收户的诉求后，又联系开发商，进一步了解案情。她认为，这个案件如果就案办案，很可能形成"马拉松"官司和无休止的信访，直接影响社会稳定。

她第一次组织调解时，从下午两点一直谈到晚上八点多，因双方互相不坦诚，还发生了肢体冲突。她带着比她还小几岁的女书记员，心里直发怵，但她默默地告诫自己：再坚持一下，必须要谈成。调解失败后，她赶紧将第一次调解形成一致的意见以及还存在争议的事项进行了整理，接着又研究了几套解决方案。在她的努力下，双方最终达成了调解协议，并全部履行到位。一起涉众矛盾纠纷，仅用了 20 多天就成功做到了案结事了人和。

专业之外更要有一颗同理之心

2018 年 11 月，周婷从盱眙法院到马坝人民法庭担任副庭长。在这个最贴近基层的地方，她又有了新的感悟。

那是一起特殊的婚姻纠纷案。"先是女方婚内起诉要求男方支付扶养费，后来男方又起诉要与女方离婚，我照常上门走访，发现女方是个渐冻症患者，并且精神状态很糟糕。"周婷回忆，"当时我了解到，2017 年两人育有一女，却很快夭折。后男方外出打工，两人长期分居，男方两次向法院起诉离婚，女方接连遭受失去女儿和男方起诉离婚的双重打击，病情加剧。"

按照法律规定，女方身患重病的情况下，一般判决不准离婚，但是周婷以敏锐的同理心感受到了女方的真正需求——心理疏导。于是她多次以个人名义约女方交心聊天，深入了解女方的想法，同时做通男方的思想工作，为女方争取到了物质补偿。最终女方走出了心理困境，双方调解离婚。案件结束后，周婷带着鲜花去看望了病情得到缓解的女方，女方露出了久违的笑容，并给了她一个难忘的拥抱。"这个温暖的拥抱，是给我最好的嘉奖。"周婷动容地说。

至此，周婷开始探索如何更好地弘扬司法价值观。今年 1 月 1 日，在《中华人民共和国家庭教育促进法》实施当日，周婷发出了全国首份《责令接受家庭教育指导令》，引来社会广泛关注。她说："每一个涉未成年人违法犯罪行为的背后都存在法律意识淡薄、价值观念社会观念错位的情况。家庭教育的缺失极易给孩子、家庭乃至社会留下遗憾，因此在适用法律公正严肃地处理每一个案件的同时，我更关注青少年犯罪背后的原因。发出《指导令》就是希望能将法律'定分止争、保护与惩戒'的作用贯彻到底，让每个孩子的人生都能走在正轨上。"

"司法者唯求公平正义。"在法槌起落、案卷翻飞中，她将对审判事业的热爱，化作一种强大的力量和信念，用看似柔弱但却坚强有力的肩膀，勇挑公平正义的"大梁"。

江苏高院微信公众号 2022 年 10 月 10 日发布

周佳芸：盱眙县人民法院

徐刘根：乡村大地的法治耕耘者

张计玉

"省高院个人二等功一次、盐城中院个人三等功两次、'盐城市劳动模范''盐城市十大杰出青年法官''盐城最美法官''盐城法院文明法官''盐城市首届十佳德法模范'……"这些令人羡慕的荣誉和光环，都是对他多年来坚持司法为民、公正司法的肯定、褒奖和鼓励。

他就是扎根人民法庭 31 载、深受群众认可的江苏省东台市人民法院三仓人民法庭庭长徐刘根。作为法官，他发扬干劲、冲劲、拼劲，办结各类案件 4100 余件，没有一件因处理不当引发信访；作为庭长，他走在前、干在前、领在前，三仓法庭获得"省五四红旗团支部"等荣誉；作为法院"老人"，他甘为人梯、搭建平台、提供舞台，先后培养了一批敢于闯关夺隘、攻城拔寨、唯旗是夺的"干将"。

担当奉献，甘为执法办案"老黄牛"

翻开他的工作简历，非常简单，31 年间，他先后在东台市新街人民法庭、唐洋人民法庭、三仓人民法庭工作，每个人民法庭都距离城市有 50 多公里，他始终坚守在人民法庭。

1991 年 7 月，徐刘根从江苏公安专科学校毕业后，本可凭着优异成绩留在南京工作，但"学成归来、回报乡里、实现梦想"是他求学时的初心，他毅然决然回到了生他养他的故土，自愿到条件最为艰苦的人民法庭工作。

2003 年 8 月，他光荣地加入中国共产党。入党近 20 年来，无论在什么岗位，他时刻牢记自己的第一身份是共产党员，始终保持着共产党员的政治本色。扎根于乡村大地 31 年，他不仅从未向组织提出任何要求，相反，在组织对其调动升迁时，他还是选择坚守，把法庭当成了家，把工作过成了生活。他深知，他离不开乡亲们，乡亲们也离不开他。

"面对案件，面对法律，他始终能勇啃'硬骨头'、勇挑'重担子'、勇接'烫山芋'。"同事们这样评价他。自 1998 年被任命为助理审判员以来，他审结的各类民商事案件无一信访、无一缠诉。在执法办案中，他时常叮嘱同事，每当出具裁判文书时，要感到败诉方当事人就在眼前，一定要把法理说清楚，当事人给他"辨法析理、胜败皆服"的赞誉。

他对工作很上心，早出晚归、周末加班是常有的事。但是，有一次，他一连好几个周末不在家。当时，他的爱人很不解，还责怪他，"什么事，让你这么忙？"他说："是一起离婚案件，丈夫酒瘾很大，每次酒后都打老婆，而且是屡教不改。现在夫妻虽然调解和好，但我还是放心不下。我带着他挨家挨户地到商店，让他自己要求店家不卖酒给他。同时，再做一些'家访'。"就这样，老百姓的矛盾解了，他爱人的心结也解了。

五勤五治，勇做家事案件"化解者"

作为一名扎根在基层的共产党员，他总是积极创新、勇于探索，总结出家事纠纷"五勤五治"工作方法。近三年来，他累计审理家事案件 470 余件，指导诉前化解家事纠纷 260 余件，调撤率近 70%。

坚持"腿勤跑"，依托"法官村长"机制，实现家事纠纷"源头治"。他带领法庭干警挂钩担任村居社区的"法官村长"，及时掌握家事纠纷的"第一手"信息，搭建家事纠纷化解的"第一道"防线，确保预防在先、发现在早、处置在小。

坚持"脑勤思"，依托巡回审理机制，实现家事纠纷"专业治"。他深入农家院落、田间地头，精心选取婚姻、赡养等家事纠纷，到案发地公开开庭，让婚姻家事法律法规飞入"寻常百姓家"。

坚持"耳勤听"，依托道德评议机制，实现家事纠纷"协同治"。他积极探索在家事纠纷中引入道德评议机制，在每个村居社区选聘道德评议员，评议从道德、伦理和情理角度出发，形成法院主导、多方参与、综合协调的家事纠纷协同化解合力。

坚持"笔勤写",依托定期回访机制,实现家事纠纷"跟踪治"。他积极开展家事回访活动,建立家事纠纷专门台账,将当事人姓名、住址、联系方式等逐一记录在卷,并定期开展实地走访、沟通联络,及时了解、动态掌握当事人工作生活状况。

坚持"口勤讲",依托以案释法机制,实现家事纠纷"聚合治"。他将普法宣传和纠纷化解放在同等位置,利用国际家庭日、妇女节、儿童节等节日,结合家事纠纷典型案例,开展形式多样、生动活泼的普法宣传。

2018年秋,一起案件的被告朱大姐的婚姻仿佛走到了尽头。丈夫执意离婚,朱大姐也渐感无望。但通过走访调查,他认识到两人矛盾系琐事引发,最终通过化解子舅矛盾推动夫妻关系重归于好。

"伤害了一个当事人,就多了一个不相信法律的人。而维护了一个当事人合法权益,就会增加一分人们对法律的信仰。"正是用公正和善良、尊重和耐心,他让老百姓真真切切抚摸到司法的温暖。

以身作则,当好青年干警"领路人"

青年兴则法庭兴,青年强则法庭强。如何快速推动法庭青年干警"一年合格,两年成熟,三年挑大梁"?为此,作为庭长的徐刘根着力下好"三步棋",全力助力法庭青年干警成长成才。三仓法庭获评"省级青年文明号"等荣誉称号。

法院事业薪火相传,青年干警勇立潮头。他将"判得准、说得服、信得过"作为法官过硬业务建设的基本目标,帮助青年干警提升法律适用能力、群众工作能力和纠纷化解能力,让法庭青年干警经风雨、见世面、长才干、壮筋骨,6名法庭青年干警走上了院庭长岗位。

软肩膀挑不起硬担子。他带领青年干警与贫困农户对接,及时帮助群众解决急难愁盼问题,让法庭青年干警练就担当作为的硬脊梁、铁肩膀。主动联络和邀请种植、旅游等领域的"行家里手"担任法庭干警的社会知识导师,全面了解交易习惯、行业规则。

不经历风雨,怎能见彩虹?他深知审判业务能力对青年干警的重要性,经常挤出时间为法庭青年干警承办的案件担任审判长,指导审判工作,让他们吸收"司法营养"。他敢于"压担子""交任务""出题目",要求法庭青年干警必须撰写调研信息宣传。多名青年干警撰写的文章被《人民法院报》等主流媒体刊用。

在重抓青年干警培养的同时,他也始终严格要求自己。作为一名共产党员,他十分淡泊名利。2017年10月,唐洋、三仓两个人民法庭合署办公,他主动将庭长的位子让给了年轻同志。后因工作需要,院党组让他重新担任法庭庭长,他服从安排,再次挑起重担。

在31年工作中,他始终坚持"四不"原则,不接受当事人礼金、不接受当事人吃请、不接受说情打招呼、不贪单位一分钱好处,当地老百姓称他"小包公"。2021年,有人在抖音平台上对他恶意"举报",但是在抖音平台的评论区却出现"一边倒"的言论,"二三十年了,这四乡八邻的没有哪个人说过徐庭长的不字""徐庭长人品好,审案公道,我相信他"。最终,造谣者删除了视频,还主动向他赔礼道歉。

江苏高院微信公众号2022年10月12日发布

张计玉:东台市人民法院

守护绿水青山 加强环境资源司法保护

8

紧紧围绕党和国家生态文明工作大局，深入践行习近平生态文明思想、习近平法治思想，始终坚持以人民为中心，充分发挥司法职能作用，全力推进环境资源审判体制机制改革，不断提升新时代生态环境司法保护工作能力水平，用最严格的制度、最严密的法治，为生态文明建设提供有力司法保障。

一系列标志性案件推动生态环境法治进程

陈　磊

党的十八大以来，人民法院充分发挥环境资源审判职能作用，服务保障生态文明建设。严惩破坏生态环境犯罪，审结环境资源刑事案件 24.4 万件；充分救济环境民事权益，审结环境资源民事案件 137.8 万件；支持并监督行政机关履职，审结环境资源行政案件 34.3 万件；落实环境有价、损害担责，审结环境公益诉讼案件 1.58 万件；依法追究生态环境损害赔偿责任，审结生态环境损害赔偿案件 335 件。共审结各类环境资源案件 196.5 万件，一系列标志性案件载入史册，有力推动生态环境法治进程。

一个案例胜过一沓文件。十年间，人民法院审理了很多具有标志性的环境资源案件，每一起案件都是一个生动的法治故事，记录着美丽中国建设的法治声音。

——最高人民法院再审审理的腾格里沙漠污染系列环境公益诉讼案，促使腾格里沙漠污染得以治理，警示更多企业保护环境。该案进一步明确了社会组织是否具备环境公益诉讼原告资格的判断标准，对完善公益诉讼制度、更好保护人民环境权益具有重要意义。

——云南法院审理的绿孔雀预防性保护公益诉讼案，贯彻环境保护法"保护优先、预防为主"原则，突破"有损害才有救济"的传统观念，采取预防性司法措施，判令案涉工程在完成环境影响后评价之前停止建设，保护了绿孔雀赖以生存的最后家园。该案对生物多样性特别是濒危物种预防性保护提供了有益借鉴，在世界环境司法大会上被作为全球生物多样性保护十大案例之首。

——江苏法院审理的泰州"天价"水污染公益诉讼案，判处倾倒废酸污染河流的企业赔偿环境修复费用 1.6 亿元，明确污染者不因河流自我净化而免除环境修复责任，彰显"环境有价、损害担责"的司法理念。该案还探索创新了环境公益诉讼特有的"技改抵扣"责任承担方式，允许企业在符合条件时，将环保设施技术改造费用在 40% 环境修复费用额度内予以抵扣，较好平衡了经济发展与环境保护的关系。

——江西法院审理的破坏性攀爬三清山巨蟒峰案，被告人采取打岩钉方式攀爬世界自然遗产三清山巨蟒峰，在刑事案件中被以故意损毁名胜古迹罪追究刑事责任，同时在环境民事公益诉讼中，被判令赔偿生态环境损失 600 万元。该案的审理展现了人民法院以最严格制度最严密法治保护生态环境的鲜明司法立场，对于引导社会公众珍惜和善待人类赖以生存和发展的自然资源和生态环境具有示范作用。

这些标志性案件，丰富了环境司法裁判规则，促进了生态环境保护法治发展，让法律条文变成鲜活实践，让生态文明理念深入人心。

《法治日报》2022 年 10 月 12 日刊登

陈 磊：《法治日报》记者

太湖流域环资法庭的牵引效应

杨晓迪　孔菁华

姑苏区法院联合大运河（苏州段）沿岸沿线六家检察院，建立深化大运河生态资源司法保护"1+6"合作机制。

"太湖美呀太湖美，美就美在太湖水，水上有白帆哪，啊水下有红菱哪……"一首缠绵婉转的《太湖美》唱出了人们对太湖两岸优美风光和丰富物产的赞美与喜爱，太湖宛如一颗明珠，镶嵌在江浙两省。它是宝贵的环境资源财富，也是司法力量护佑绿水青山生态环境资源的重要对象。

2019 年 7 月，江苏省苏州市姑苏区人民法院设立了太湖流域环境资源法庭，集中管辖苏州、无锡、常州部分地区环境资源第一审民事、刑事、行政诉讼案件，开启了太湖流域环境资源司法保护新征程。

以太湖流域环资法庭设立为契机，近年来，姑苏区法院充分发挥环资审判职能，努力打造太湖这一"最美窗口"的靓丽明珠，为太湖流域生态文明高质量发展提供有力的司法保障。

重拳出击　切实打击环境污染犯罪

太湖西山岛属于太湖风景名胜区西山景区，全岛及周边岛屿为生态红线二级管控区域，以自然、人文景观保护为主导生态功能，吸引着来自全国各地的游客。

时光拨转回 5 年多前，2016 年 7 月的一个下午，风景如画的这里却停靠着用篷布盖好的 8 条船只，船只上装满跨省运来的数千吨垃圾，不法分子往西山倾倒垃圾时，被当场抓获。

原来，为赚取垃圾接收费，不法分子擅自接收大量未经处理的生活和建筑垃圾，倾倒在西山岛附近，导致太湖部分水体散发出难闻的气味，污染了周边环境，造成直接经济损失共计 850 余万元，"垃圾跨省倾倒太湖西山案"备受全国关注。

"隐患远不止于环境污染。案件中涉及的宕口，距离最近的取水口直线距离仅两公里，且非常靠近另一个取水点，一旦发生水体污染扩散，将严重影响生活在该地域范围群众的饮用水安全。"太湖流域环资法庭负责人马文立指着水域地图神色凝重地说。

经过为期 8 个多月的 4 次公开审理，在充分听取公诉机关举证、质证的基础上，姑苏法院作出一审判决，最终对 3 名被告人依法处以四年六个月至五年六个月不等有期徒刑，并处罚金。该案案情复杂，社会关注度高，后又历经两个多月的审理，最终驳回上诉请求，维持原判。

近年来，姑苏区法院坚持用最严格制度、最严密法治保护生态环境，依法惩处破坏太湖流域生态环境资源的各类违法犯罪行为，对污染环境犯罪的被告人，依法从严适用缓刑。数据显示，截至 2021 年 11 月，已审结环境资源类刑事案件共 563 件、环境行政诉讼案件 117 件、环境污染民事诉讼案件 140 件，以及环境污染刑事附带民事公益诉讼案件 47 件。

"案件中既有社会各界广泛关注的大案，还有诸如从事电镀、金属加工的小作坊偷排超标污水等典型案件。小案危害可不小，法院的依法判决有力打击了各类环境污染犯罪行为，向全社会昭示了太湖流域环资法庭坚定守护绿水青山的决心。"姑苏区法院副院长徐侃表示。

汇聚多方合力 共建大运河"最精彩一段"

苏州是大运河沿线流经区域最多的城市之一。古老的大运河穿城而过，雕塑出姑苏人家枕河而居的特色风貌和生活方式，造就了姑苏区在大运河文化带苏州段建设中的特殊地位。作为太湖流域的重要河道之一，大运河一直是姑苏区法院的重点守护对象。

大运河保护是一项系统工程，单凭一家之力难以完成。2019 年 10 月，姑苏区法院率先牵头建立"1+12"司法联盟，与苏锡常 12 家检察院签署《太湖流域生态环境资源司法联合保护框架协议》，凝聚法检保护合力，联合打击破坏生态环境资源的各类违法犯罪。

在"1+12"司法联盟的基础上，2020年12月，在苏州中院的指导下，姑苏区法院牵头大运河（苏州段）沿岸沿线5家基层法院，共签司法协作协议，落实涉大运河（苏州段）案件跨区立案服务全覆盖，加强环境资源类纠纷的预防和处置，推动大运河生态环境保护，推动沿线文化遗产传承。

法律护航，使大运河水更清、景更美，姑苏区法院主动作为，于2020年12月18日联合大运河（苏州段）沿岸沿线六家检察院，建立深化大运河生态资源司法保护"1+6"合作机制。

徐侃介绍，根据该机制，涉大运河的刑事案件，从侦查、审查起诉到司法审判，将实行全程跟踪标识，突出对大运河生态环境的司法保护，必要时在案件审理中邀请大运河保护专家等专家辅助人出庭提供专业意见。

"随着经济发展和人口增长，大运河（苏州段）很多沿线河道面临水生态和环境压力等新挑战，我相信'1+6'合作机制将会为大运河保护提供有力的司法支撑。"苏州市文物保护管理所大运河遗产展示馆副主任袁琼岚充满信心地说。

积极开展司法合作的同时，姑苏区法院还先后与省渔政支队，苏州吴江、吴中、高新区生态环境局等多家行政机关签署合作备忘录，助力生态环境大保护大治理强度再升级。

据介绍，在妥善审结一起民事纠纷案件后，姑苏区法院就案件中折射出的大运河沿线某驳岸年久失修隐患，及时向主管部门发出司法建议，并提出合理化解决方案，得到相关主管部门的迅速回应，有力助推了苏州水上旅游良好环境的共同营造。

"广聚环境资源生态保护的内外合力，才能稳妥审理执行好大运河（苏州段）环境治理和沿线古迹文化遗产相关案件，更好地为建设大运河文化带'最精彩的一段'贡献司法智慧和司法力量。"谈到近年来为推动环境资源保护，姑苏区法院联动多方力量的作为，姑苏区法院院长杨晓春表示。

生态优先 探索实践恢复性司法

"小朋友你好，野生动物是我们人类的好朋友，我们一定要爱护它们哦……"一位志愿者正向百花洲公园里玩耍的孩子们免费发放野生动物保护宣传册。

两年前，眼前这位热心公益的年轻人，却是站在法庭被告人席上的野生动物非法售卖者。"我当时也是脑子一热，通过朋友介绍，买了几只黑白泰加蜥蜴和苏卡达陆龟，就想着倒手卖出去赚点差价，没想到就这么犯了法。"说起自己当初的一时"冲动"，小程后悔不已。

在法官的教育引导下，小程意识到社会上有很多人都不知道购买、出售野生动物的法律后果，于是他主动投身公益环保事业，精心设计、自费印制宣传材料近两万份，无偿捐赠给企业、学校等单位并在公共场所免费发放。

"我原来是学设计的，根据法官讲的法律知识，我剪辑了一个小视频，希望可以让更多人了解保护野生动物的重要性。"同案被告人阿唐是小程的"上家"，在法官的帮助教育下，他利用自身专长，制作了一则短视频，以公益广告的形式在网络平台投放，取得了很好的宣传效果。

"如何让被告人从内心深处真正认罪悔罪，并促使其以实际行动宣传环保、修复受损的环境资源，是我们一直在探索实践的课题。"马文立介绍，近年来，姑苏区法院对明确有修复生态环境意愿的被告人加以合理引导，鼓励他们以增殖放流、打捞水草、缴纳公益基金定向修复等形式，最大限度降低资源破坏和环境污染对城市发展、群众生活的负面影响。

2019年12月，在位于苏州市吴中区光福镇的太湖之滨，姑苏区法院设立了集生态修复保护、警示教育和普法宣传功能于一体的太湖流域生态环境修复基地，该基地是太湖流域环境资源法庭设立的首个生态修复基地，也是法院践行恢复性司法理念的重要阵地。

"一、二、三、倒！"随着响亮的口号，一筐筐活蹦乱跳的花白鲢被倒进了碧波万顷的太湖之中，大家手握鱼筐，喜笑颜开。2021年3月，姑苏区法院"2021大美太湖"司法保护主题系列活动启动仪式上，在太湖流域生态环境修复基地，市领导、苏州中院主要领导和姑苏区法院干警、渔政队员们共同将 10 万尾鱼苗投放至太湖，为优化太湖生态环境、维护水生生物资源多样性起到了积极的示范效果。

《人民法院报》2022 年 2 月 8 日刊登

杨晓迪、孔菁华：《人民法院报》通讯员

为守护流淌千年古运河注入法治养分

丁国锋　罗莎莎

悠悠运河水，传承逾千年。大运河是世界上开挖最早、里程最长、规模最大的人工运河，开凿至今已有2500多年。大运河（江苏段）绵延790公里，沿线常住人口占全省85%，也是大运河遗产资源最密集的省份。大运河流经江苏8个城市，对自然环境的演变、城镇布局的形成和经济社会的发展产生了重大影响，也塑造了"吴韵汉风""水韵书香"的人文特色。

如今，运河沿线仍是江苏的经济重心、美丽中轴、创新高地，古老的河流依然发挥着水利、航运、生态、文化等多种功能。为了保护好、传承好、利用好大运河，江苏及大运河（江苏段）沿线各个城市都在不遗余力地保护运河生态及沿线的文化遗产，其中不可或缺的就是法治的力量。

创设运河遗产保护新举措

2020年1月1日起，《江苏省人民代表大会常务委员会关于促进大运河文化带建设的决定》（以下简称《决定》）正式施行。作为全国首部促进大运河文化带建设的地方性法规，《决定》既有刚性约束，又有引导性规定，进一步推动大运河文化带建设步入法治轨道，为今后全国大运河文化带建设立法提供了"江苏经验"。

江苏地处大运河中间地段，沿线分布着54座国家历史文化名城、镇、村，有7个遗产区、28个遗产点段。但长期以来，大运河也面临着遗产保护压力巨大、传承利用质量不高、资源环境形势严峻、生态空间挤占严重、合作机制亟待加强等突出问题和困难。

为此，2018年7月，江苏成立大运河文化带建设立法起草小组，前往淮安、扬州等大运河沿岸城市地区开展立法调研，并赴浙江、安徽等地调研当地大运河文化带规划建设和立法情况。

针对调研发现的热点难点问题，《决定》紧扣"围绕问题立法，立法解决问题"的要求，以大运河文化保护传承利用为引领，根植地域特色，为大运河文化带建设破解难题、创新发展提供了有力支撑，统筹推进大运河沿线文化、生态、经济和社会建设综合发展。

明确管辖　保障"黄金水道"

大运河记录着千年岁月里漕运的辉煌，至今仍是国家交通运输、南水北调工程的"黄金水道"。

大运河是长江干线的重要支线和长三角航运通道，随着江海河联运的快速发展，发生在大运河上的海事海商案件逐年增多。为进一步明确大运河海事海商案件的管辖，促进审判工作专业化，2021年11月，江苏省高级人民法院发布《关于进一步明确南京海事法院管辖大运河海事海商案件范围的通知》。

"管辖范围的明确有利于进一步提升海事司法服务保障大运河文化带建设的能力和水平，增强海事审判影响力。"南京海事法院院长花玉军表示，将切实履行海事审判职能，审理好大运河海事海商案件，突出专业审判优势，及时分析并定期研判涉大运河海事海商案件疑难问题、特色问题，回应热点、难点问题。

苏州是大运河沿线流经区域最多的地方，大运河穿城而过。2019年，江苏省高级人民法院在全国首创以生态功能区为单位设立九大环境资源法庭，在苏州市姑苏区人民法院设立太湖流域环境资源法庭。该院以此为契机，充分发挥跨区域集中管辖优势，严厉打击涉大运河各类犯罪行为。

2021年6月，姑苏区法院在虎丘街道设立全市首个"古城大运河司法保护巡回审判站"，不定期公开开庭审理涉古城大运河保护的各类案件，把法庭搬到百姓家门口，到辖区巡回开庭、就地开庭、调解、答疑、宣传，用鲜活的案例为群众普及法律，普及大运河环保知识，增强群众守护大运河的法律意识。

合力协作 织就运河保护网

"大运河保护是一项系统工程，需要凝聚社会共识，借助各方力量。"近年来开展的大运河公益诉讼实践，让这一理念在江苏检察机关深入人心。2019 年 8 月，江苏 8 个沿运河的市级检察机关成立"大运河保护同盟"，推动大运河保护内外联动、地区协作。

2020 年 12 月，江苏省人民检察院制定下发《关于推进公益诉讼和行政检察案件办理机制改革的指导意见》，首次规定淮安市人民检察院、无锡市人民检察院分别对江北段、江南段大运河保护公益诉讼拥有机动管辖权，可以优先管辖案件。

在全省管辖"一盘棋"的基础上，江苏检察机关进一步加强跨省检察协作，积极与运河上下游地区检察机关构建运河保护"共同体"。邳州市检察院会同山东省枣庄市台儿庄区检察院、浙江省杭州市拱墅区检察院，联合签订《京杭大运河跨区域环境资源保护行政和公益诉讼检察监督协作配合工作协议》。

与此同时，江苏检察机关还不断促进社会各责任主体全面参与大运河综合治理，实现"左右岸同步"的办案效果。2019 年 11 月，徐州市检察院与市水务局联手建立"河湖长 + 检察长"工作机制，其中市院领导班子成员担负起与大运河连通的 17 条河流、6 个湖泊的巡查保护责任。检察机关与属地政府、水务局、生态环境局、农业农村局等形成横向联治"一盘棋"，开展巡查摸底，列出问题清单，加强资源保护。

2021 年 6 月 3 日，在江苏扬州召开的大运河保护公益诉讼检察论坛上，最高人民检察院牵头组织签订了《大运河沿线八省（直辖市）检察机关行政公益诉讼跨区域管辖协作意见》，为大运河公益保护"上下游同行"提供了制度保障。

2021 年 10 月，无锡市新吴区人民检察院与行政部门携手顺利拆除了在大运河无锡段沙墩港畔经营四十余年的无证修船作坊，而作坊主人老陈也有了一个新的身份：大运河环境保护巡查员，承担此处环境保护巡查工作，包括是否有人违法取土、偷排污水、偷倒垃圾等。

线索是公益诉讼办案的基础。江苏检察机关通过在线下建立"网格员 +

公益诉讼观察员"等机制，做到重要信息及时共享、重大情况及时通报、重要线索及时移送，最大限度地织密运河公益保护"情报网"。

在线上，江苏检察机关积极加强与自然资源和规划、生态环境等部门沟通联系，通过连线、拷贝等方式采集数据，形成公益诉讼线索数据库，据此研发并上线运行公益诉讼智慧分析系统。同时，针对运河水域范围广、损害行为复杂而隐蔽的特点，江苏检察机关还探索运用卫星遥感、区块链等科技手段收集各类有关大运河的线索。

融合法治理念　传承运河文明

"大运河是流动的文化遗产，保护好大运河、讲好运河故事，需要人人参与一起守护她的'高颜值'！"2022年1月，苏州市姑苏区司法局联合苏州市立达中学开展了一场以游学大运河为主题的社会实践活动。沿着山塘法治文化体验线，师生们在追忆千年古城繁华的同时，了解大运河法治文化的渊源，在心中种下保护运河历史、传承运河文化的种子。

山塘法治文化体验线是苏州法治文化体验行的重要组成部分。"大运河遗产保护不仅是对遗产本身的保护，还包括对大运河文化精神和文化价值的传承与弘扬，迫切需要以一种鲜活生动、易被新时代受众所接受的方式传播开来。"苏州市司法局普法与依法治理处处长许晓燕说。

近年来，苏州积极梳理挖掘大运河相关的历史遗迹及法治与道德元素，将法治文化建设融入大运河沿线河岸整治、生态修复、遗产保护、文化传承，全力打造大运河（苏州段）法治文化辐射圈，将法治理念通过游玩形式进行宣传推广，群众在游览中浸润法治思想，为流淌千年的运河文明擦亮法治底色。

记者了解到，2019年年初，江苏省司法厅聚焦《江苏省大运河文化保护传承利用实施规划》，找准工作切入点和突破口，谋定推进大运河（江苏段）法治文化长廊建设，服务保障大运河文化带江苏段建设走在全国前列。

3年来，江苏运河沿线各地以创建"全国法治宣传教育基地"和"省级法治文化建设示范点"为抓手，推动法治文化景观建设纳入城乡建设总体规划，优化完善法治文化长廊建设空间布局，新建、改造一批法治主题公园、法治文化广场、法治文化街区，形成由北向南的法治文化阵地"珍珠链"。目前，沿线已建成全国法治宣传教育基地 8 个、省级法治文化示范点 512 个。

记者了解到，运河沿线司法行政机关还聚焦挖掘大运河文学艺术、诗词歌赋、名人轶事、传说故事等非物质文化遗产，融入法治元素，推出了一批群众喜闻乐见、具有地域特色、富含运河特征的法治文化系列产品。

其中，扬州市借助首届运河主题国际微电影展创作 9 部运河主题法治微视频，借助扬州大运河文化旅游示范区建设，研发运河法治文化特色产品和纪念品十余类近百种；宿迁市深入挖掘大运河法治文化资源，印发《大运河（宿迁段）法治文化长廊建设五年行动计划》，面向全国征集大运河（宿迁段）法治文化作品，举办大运河（宿迁段）法治文化作品征集活动，收到各类法治文化作品 430 余件。

《法治日报》2022 年 5 月 31 日刊登

丁国锋、罗莎莎：《法治日报》记者

国内首部环境保护司法大剧《江河之上》开机

郑卫平

　　由最高人民法院、江苏省高级人民法院有关部门指导创作，最高人民法院影视中心与蓝白红影业联合出品的国内首部环境保护司法大剧《江河之上》，于6月8日在江苏无锡国家数字电影产业园开机。最高人民法院副院长陶凯元，江苏省高级人民法院党组书记、院长夏道虎出席开机仪式。

　　陶凯元在开机仪式上指出，《江河之上》是为贯彻落实习近平生态文明思想、习近平法治思想和习近平总书记关于文艺工作的一系列重要讲话精神而创作的作品。展现了人民法院在环境资源审判领域的不懈努力，绘就了中国生态环境司法保护的"绿色答卷"。

　　陶凯元提出三点希望：一要坚持正确政治方向，弘扬以人民为中心的价值引领，以优秀的文艺作品畅述人民法院的法治信仰和为民情怀，让人民群众通过这一作品感受到山河之美、法治之善、时代之光。二要秉持法治思维理念，推出广受欢迎的法治精品，用优秀的作品展现法治的魅力和法治的力量。三要紧扣时代发展脉搏，追求法治作品的艺术高峰。贴近"源头"取"活水"，力争创作出一部经得起观众、专家、市场检验的优秀作品。

　　为使该剧具有创新性和可视性，最高人民法院、江苏省高级人民法院相关领导协调、带领编创人员，历时近两年，实地走访在长江流域、太湖流域等区域的环境资源法庭，听取法官介绍相关案例，开放了数百万字的卷宗以及大量的图片视频材料供编创人员参考。最终，二十个中华人民共和国史上极为重要的环保案例以及相关资料汇聚出了《江河之上》的主要故事情节。

　　出席开机仪式的还有江苏省广播电视局和无锡市主要领导、相关部门负责同志及《江河之上》主要演职人员。

《人民法院报》2022 年 6 月 8 日刊登

郑卫平：江苏省高级人民法院

长江边，"唤醒"那些"沉睡"的土地

史璞顿　杨丹华

土地是经济增长的不可或缺的生产要素，近年来，江苏省常州市新北区人民法院在当地党委领导下，加强与市区行政职能部门的沟通对接，紧密联系辖区各镇、街道，发挥司法职能，全力盘活辖区土地资产，促进土地亩产再增效，依法护航区域经济社会发展。

信息共享"零障碍"

土地只有科学、综合利用才能发挥最大价值。新北区法院建立与属地党委、政府、主管部门的信息"双通报"机制，定期排查区域内涉诉低效工业用地情况，及时发布包含土地拍卖信息的"执行快讯"，征求该处土地的整体规划意见，在拍卖公告中提示有竞买意向者主动与地方党委、政府对接，积极服务区域土地整理工作。2017 年以来，已制作并发送"执行快讯"66 份。

梧桐树下"凤凰来"

以"腾笼换鸟"、汰劣留良为工作主线，将工业用地、厂房、设备等挂网拍卖，面向全国招商引资，在符合规划前提下以价高者得，引入更具竞争力、亩产效益更高的企业，既妥善处置"僵尸企业"，又为优势企业的入驻腾出"新空间"，让"沉睡"的土地焕发"新生"。2017 年以来，新北区法院网拍辖区大宗工业用地 15 处，成交金额 13 亿余元，盘活工业土地 917 亩，网拍溢价率 37.4%。

江苏港益公司毗邻长江北岸，拥有长江深水岸 350 米，建有近 100 米重力式码头。但因常年停产、资不抵债，进入破产清算程序。新北区法院通过公开拍卖方式依法对破产财产处置变价，由常州某港口物流有限公司成功竞买。该公司是一家以"绿色、环保、创新"理念为导向、以整合码头业务为重点的特色型现代物流综合港口公司。通过司法拍卖，变价财产全面覆盖工人工资和优先债权，盘活企业资产约 1.5 亿、释放 105 亩工业用地和稀缺码头资源，同时促成原有冶金、建材、化工、大件等污染重、产能低的产业向低碳化、高端化、清洁化的绿色产业迭代升级，预计每年可增加营业收入约 4000 万元，实现了案件政治效果、社会效果、法律效果的高度统一。

土地处置"更绿色"

在江苏沿江八市中，常州拥有的长江岸线最短，仅有 16.6 公里长江岸线，但多年前形成的沿江区域开发利用力度却最大。长江常州段岸线全部位于常州市新北区，为进一步发挥司法对长江大保护工作的服务保障力度，新北区法院认真落实"共抓大保护、不搞大开发"工作要求，为有序推进沿江一公里化工企业腾退复绿、促进化工园区转型发展等贡献司法智慧和力量。

该院积极主动与地方党委、政府对接，对长江沿线一公里范围内的涉土地承包、土地流转等案件进行梳理，协调处置腾退过程中各方矛盾，促进腾退土地复绿工作加快进行。对于涉化工企业执行案件，就企业危化品处理、安全生产、土壤修复等问题，给出专业法律建议和解决方案，提醒地方政府指导企业做好危化品的细致排查和专业清理工作，排除污染隐患，保护周边群众生命财产安全。加强与市、区环保部门沟通，在执行方案中充分考量环保部门或专业机构的意见建议，对于政府环保部门申请强制企业停工停产、技术改造的执行案件，在执行过程中全程邀请环保部门到场监督。在财产拍卖公告中详尽披露化工企业设备、资产等内容，提前告知潜在买受人相关风险及责任。对危化物处置过程全程监管，并预留相关处置费用，预防和杜绝环境污染风险。

群众权益"得保障"

新北区法院强化对企业欠薪欠费问题的处理，搭建工人代表、法院、党委、政府多方沟通平台，妥善处置职工欠薪问题。在区委政法委的大力支持配合下，依靠区欠薪应急周转资金机制，优先处置在涉化工企业清退转型中的劳资纠纷，常州市裕华玻璃有限公司、常州市清红化工有限公司等一批企业工人工资纠纷得到圆满解决，为近 300 名职工发放 3000 余万元执行款。

　　该院切实发挥司法对乡村振兴工作的保障职能，配合区域万顷良田工程开展，持续加强对退还土地案件的执行力度，实现快清快退，将土地及时退还农村农民，促进土地提质增益，让乡村人民群众的口袋鼓起来。2017 年以来，清退还耕相关土地 240 余亩，交付土地流转款 125 万余元。

《人民法院报》2022 年 6 月 22 日刊登
史璞頔、杨丹华：《人民法院报》记者

灌南法院：探索"一体化"修复平台
守护绿水青山

李超敏　朱　猛

生态环境修复是一项复杂的系统工程，功在千秋，又任重道远。今年夏天，灌南法院自主研发的生态环境司法执法"一体化"修复平台上线。该平台以生态环境实际修复效果为导向，构建以修复资源管理、重点项目管理、动态智能监管为核心的生态修复系统。目前，该平台已获得国家版权局计算机软件著作权登记证书，李集镇沟塘生态修复等4个项目正通过平台推进实施，为区域经济发展营造了良好的绿色营商环境。

全方位整合修复资源

"一言以蔽之，'一体化'修复平台就是建立一张多元参与的'生态修复网'，解决生态修复项目信息与资金管理利用分散、与其他部门涉及生态修复业务关联薄弱、监管难的问题。"灌南法院工作人员介绍。

该平台以党委政府区域生态环境治理决策为核心，明确法院、环保行政主管部门等各方主体在平台中的地位和作用。环保行政机关根据实际修复需要将合规性修复项目上传至平台流转，审核后，负责实际推进项目实施，项目修复完成后，组织开展验收，并按照预先制定的标准对修复效果进行评价，确保生态修复取得预期效果。

修复资源包括生态修复资金、生态修复行为、专家智库以及多元监管等。"一体化"修复平台运行的整个流程就是将流入到平台的修复资源进行有效整合，再将其运用于受损生态环境修复。工作人员介绍，对这些资源进行整合管理需要构建资源管理系统，资源管理系统是整个"一体化"修复平台的核心和基础。资源管理包括信息管理、资源整合以及资源调度。资源整合即将不同资源按照最优方式进行合并归类，主要包括将专家资源整合以及监管资源整合，在"一体化"修复平台运行的整个流程中，均可以对上述资源进行调用，实现资源利用的最大化。

全要素供给修复需求

山水林田湖草沙是生命共同体。该平台坚持系统修复观，构建"智慧化"生态网络修复平台，打造"功能化"生态产业修复布局，满足"多样化"生态要素修复需求，统筹推进生态环境的综合治理、系统治理、源头治理。

灌南法院主动融入全县生态环境治理大局中，自主研发"一体化"平台手机 App，实现 PC 端与移动端数据同步生成、同步传输。该平台不仅关注个案修复项目如何推进实施，更致力于解决如何对因修复而增值的生态资源更高效地管理、更符合社会价值地利用，将连云港中院"6+1"生态司法修复基地（即 6 个陆上基地以及 1 个海洋牧场）纳入平台，有针对性地进行功能布局管理，让不同生态资源向物质经济资源转变，并将这种物质资源反馈给当地困难群众，通过生态振兴助推乡村振兴。

据了解，在该平台，行政职能部门可将其预先制定的需求投放至平台，或者根据平台受损环境信息及修复资源类型规模，制定符合条件的修复需求投放至平台，以满足多样化的生态环境修复需求。

全流程监管修复项目

社区是基层社会治理最基本的单元，既是各种生态环境资源承载地，也是社区成员共享生态环境权益最基本的空间。该平台联通社区网格员、社区组织等，实现基层网格共治一体的生态修复新模式。

"一体化"平台的网格管理分为线上和线下两部分，"线上网格"即根据生态修复的具体资源和要素独特属性，对专家智库、修复资金等资源的使用进行网格化分类管理。比如，对水体进行修复时，平台将会通过网格筛选推荐相关水体修复方面专家以及水体修复的物质资源材料，从而更高效地推进修复实施。"线下网格"主要是和社区治理网络对接，联通网格员参与环境现状调查、环境修复监督以及环境纠纷化解等方面工作，提升基层社会治理效能。

在实践中，多元主体在协同治理过程中形成合力是解决生态环境棘手难题的客观倾向。"一体化"修复平台具体运用中，除了包括政府、法院、环保行政职能部门外，还包括普通群众、科研机构、专家学者、社区组织等业外、业内主体，形成一张集民意表达、决策规划、专家智库、多层级监督管理的多元化治理网格。同时，该平台完善"实时 + 节点"修复项目监督管理制度，实现多方同步监管、实时跟踪监督。

全景式呈现修复效果

良好的生态环境是最普惠的民生福祉。该平台坚持司法为民理念，充分发挥平台多资源、多渠道、多主体优势，利用智能化、网格化、信息化等技术手段，为公众提供诉求表达、普法教育、法律咨询等服务，打造为民生态司法服务圈，进一步增强公众对美好生态环境权益的获得感、满足感。

平台内设"信息公开""信访投诉""在线诉讼"3个诉求渠道。百姓可通过"信息公开"窗口，查询辖区内重点排污企业等相关环境信息以及生态修复项目实施等情况。设立"企业绿色发展"司法服务窗口，构建企业与环保专家常态化沟通交流渠道，帮助企业解决绿色发展转型中的理论和实践困难。开通企业在线"绿色体检"功能，企业均可通过填写生产方式及污染类型等资料，在线检验绿色生产指标率。对于企业作为被执行人的环资案件，在平台设立"技改抵扣"执行修复项目，通过以技术改造资金抵扣部分赔偿资金，引导、支持企业引进先进生产工艺、设备，有效降低、杜绝环境污染。开通"分期付款"在线申请窗口，对于有困难的被执行企业，可以在线申请分期付款执行，有效解决"案件执行企业经营难、案件不执行环境修复难"的两难问题。

政府、法院、行政职能部门等参与方，均可在平台对外窗口上发布普法教育视听资料，还可通过平台发布线下实地普法需求，通过平台将普法资源与普法需求相匹配，实现"线上线下"同频共振。平台还设有 VR 虚拟"环境资源审判实践展馆"，将省级生态文化宣传示范点——灌河流域环境资源法庭搬至线上，构筑发展、保护、治理、修复等多维度立体式的普法宣传矩阵，真正将修复平台打造成人人可参与、可学习、可研究、可实践的理想生态普法教育基地。

灌南法院院长李作超表示，将紧紧扭住环境司法专门化"牛鼻子"，发挥环境执法司法"一体化"修复平台建设优势，不断创新发展"恢复性司法实践＋社会化综合治理"审判结果执行机制，持续擦亮流域环境资源审判"灌南模式"品牌，为推进河海流域资源环境综合治理贡献"灌南智慧"。

《新华日报》2022 年 9 月 2 日刊登

李超敏、朱 猛：灌南县人民法院